Gaby Hauptmann
Nicht schon wieder al dente

SERIE PIPER

Zu diesem Buch

Marco ist Italiener, eine pikante Mischung aus feurigem Charmeur und laszivem Lebenskünstler. Und obwohl Niki eigentlich auf Sprachurlaub ist, verliebt sie sich auf Anhieb in ihn. Als Marco sie nach Mailand einlädt, bucht sie kurzerhand den nächsten Flug. Doch der Junge, den sie nur in Jeans und T-Shirt kennt, hat vor dem Flughafen keinen Roller geparkt – sondern einen Rolls Royce, der sie zum elterlichen Palazzo bringt. Auf soviel Luxus war Niki nicht vorbereitet. Am allerwenigsten allerdings auf Marcos Mama, die für ihren Sohn keinesfalls ein unbedeutendes deutsches Mädchen vorgesehen hat, sondern eine italienische Contessa samt Mitgift. Marco sieht das gelassen, aber nach haarsträubenden Erlebnissen im Palazzo flüchtet Niki schon nach wenigen Tagen zurück nach Deutschland. Sie lässt sich in dem kleinen Restaurant ihrer Mutter Julia mit köstlicher Pasta trösten. Doch ganz so schnell geben Italiener nicht auf – denn Marco taucht unverhofft im Restaurant auf und findet Gefallen an der attraktiven Mutter seiner Angebetenen. Aber Niki wird das Gefühl nicht los, dass es Marco nicht nur um Liebe geht … Raffiniert, romantisch, prickelnd: Gaby Hauptmanns rasanter Roman erzählt von einer so hinreißenden wie heiklen Liebesgeschichte al Italiano.

Gaby Hauptmann, geboren 1957 in Trossingen, lebt als freie Journalistin und Autorin in Allensbach am Bodensee. Mit »Suche impotenten Mann fürs Leben« schrieb sie 1995 ihren ersten Bestseller: Zuletzt erschienen die Erfolgsromane »Hengstparade«, »Yachtfieber«, »Ran an den Mann« und »Nicht schon wieder al dente«. Ihre Romane wurden in zahlreiche Sprachen übersetzt und erfolgreich verfilmt.

Gaby Hauptmann

Nicht schon wieder al dente

Roman

Piper München Zürich

Von Gaby Hauptmann liegen bei Piper im Taschenbuch vor:
Suche impotenten Mann fürs Leben
Nur ein toter Mann ist ein guter Mann
Die Lüge im Bett
Eine Handvoll Männlichkeit
Die Meute der Erben
Frauenhand auf Männerpo
Ein Liebhaber zuviel ist noch zuwenig
Mehr davon
Fünf-Sterne-Kerle inklusive
Hengstparade
Yachtfieber
Ran an den Mann
Nicht schon wieder al dente

Originalausgabe
Oktober 2007

Umschlaggestaltung: Cornelia Niere
Umschlagabbildung: summerfield press / CORBIS
Autorenfoto: Anne Eickenberg / Peter von Felbert
Satz: Uwe Steffen, München
Druck und Bindung: Clausen & Bosse, Leck
Printed in Germany ISBN 978-3-492-26242-2

www.piper.de

Für
Julia-Verena
und ihre Abenteuerlust

DER WIND PFIFF UM DIE ECKEN und trieb alte Zeitungen und benutzte Pappbecher vor sich her durch den Straßen. Niki stemmte sich gegen die Böen und suchte Schutz hinter einem breiten Mann, der mit seinem Regenschirm kämpfte. Ein Blick zum Himmel zeigte ihr, warum er ihn öffnen wollte, denn die Wolken hatten sich schwarz und bedrohlich so tief über Toronto gelegt, als wollten sie jede einzelne Straße ausfegen. Blitze zuckten, und Niki schaute sich schnell um. Ein Hotel auf der anderen Straßenseite versprach Schutz. Sie konnte durch die Fenster des Hotelcafés Menschen sehen, die neugierig hinausspähten.

Niki überlegte. Viel Geld hatte sie nicht mehr, aber für einen Kaffee würde es reichen. Und wenn sie nicht klatschnass werden wollte, blieb ihr kaum eine Wahl. Niki rannte über die Straße und flüchtete sich vor dem Sturm in die Hotellobby.

Ein geräuschvolles Sprachengewirr empfing sie, und verschiedene Düfte alter Stoffe und teurer Parfums umfingen sie. Niki blieb stehen. Sie liebte das. Es erinnerte sie ein bisschen an ihre Mutter, die in Wiesbaden ein kleines italienisches Restaurant betrieb, und augenblicklich verspürte sie so etwas wie Heimweh. Das gab es doch gar nicht, sie war selbst erstaunt, aber es war da.

Niki ließ ihren Blick über die Rezeption gleiten, vor der eine Schlange neu angekommener Reisender wartete, und suchte noch den Eingang zum Hotelcafé, als sie neben sich eine ratlose Stimme und eine vertraute Sprache hörte. Sie schaute sich unwillkürlich um. Eine ältere Dame, die wohl zu der Reisegruppe gehörte, versuchte sich auf Englisch verständlich zu machen. Sie hielt ein Handy fest an ihr Ohr gepresst und hatte offensichtlich Mühe, nicht die Fassung zu verlieren.

»Das gibt's doch nicht«, sagte sie schließlich zu sich selbst, »jetzt kann der Bub nicht mal Deutsch!«

»Kann ich helfen?«, fragte Niki und war froh, ihre Sprachkenntnisse endlich einmal sinnvoll einsetzen zu können.

Die Dame betrachtete sie kurz mit wachen Augen, dann streckte sie ihr wortlos das Handy entgegen.

»Und was wollen Sie wissen?«, fragte Niki.

»Ob und wann mich meine Tochter hier abholt – unser Flug aus Frankfurt hatte Verspätung. Aber jetzt ist mein Enkel dran und versteht mich nicht!«

Niki unterdrückte ein Lächeln und klärte den Fall rasch. »Ihre Tochter wartet das Gewitter ab und fährt dann los, sagt ihr Enkel«, gab sie die Information weiter. »Sie sollen einfach im Hotelcafé warten!«

»Und das?«, fragte die Dame und zeigte auf einen großen schwarzen Koffer, der neben ihr stand.

»Wenn Sie nicht hier im Hotel wohnen, nehmen Sie ihn am besten mit!« Und als sie den zweifelnden Blick der Dame sah, setzte sie hinzu: »Ich helfe Ihnen natürlich gern!«

Sie suchten sich einen Fensterplatz, und Niki erzählte, dass sie nach ihrem Abitur einen Intensivsprachkurs machen wollte und deshalb für drei Monate nach Toronto gekommen sei.

»Wie alt sind Sie?«, wollte ihre Gesprächspartnerin wissen, und als Niki die Frage mit »zwanzig« beantwortete, seufzte sie: »Noch so jung! Und da lassen Ihre Eltern sie allein gehen?«

Niki musste lachen. Ihre Mutter fand Sprachenschulen gut, hatte aber tatsächlich auch Angst um sie, und ihr Vater hatte eine neue Familie und schickte Geld.

Die Dame stellte sich als Barbara Halm vor, gab ihr Alter mit »vierundsiebzig Jahre jung« an und lud Niki spontan zum Kaffee ein.

Noch bevor der Kellner mit ihren Getränken kam, brach am Himmel ein Unwetter los, das jedes Gespräch im Raum ersterben ließ. Mit fasziniert-erschrockenen Mienen starrten alle hinaus und hielten den Atem an, um gleich darauf laute Schreie auszustoßen: Papier, Abfall und große Äste wirbelten die Straße herauf, ein riesiges Plakat flog von Autodach zu Autodach, Passanten hielten sich an Laternenpfählen fest. Niki beobachtete die halbrunde Markise über dem Hoteleingang, die jeden Moment aus ihrer Verankerung gerissen werden würde. Und auch die großen Schaufensterscheiben des Cafés erzitterten und wurden von dem Sturm nach innen gewölbt.

Der Kellner blieb an ihrem Tisch stehen.

»Ist das hier normal?«, wollte Barbara von ihm wissen.

Er schaute hinaus und zuckte die Achseln. »Der Winter ist in diesem Jahr spät dran«, sagte er. »Da sind die Herbststürme offensichtlich heftiger!«

»Also Klimaveränderung«, sagte Niki.

»Das Klima verändert sich seit viereinhalb Milliarden Jahren.« Er grinste. »Es wird sich weiter verändern!«

»Sind Sie Klimaforscher?«, fragte Niki keck. Er passte wirklich nicht hierher, dachte sie, zwischen die rot gepolsterten Barockstühle und Plastikblumen auf den Kirschholztischen.

»Ich jobbe hier«, erklärte er, nickte ihr zu und ging zum nächsten Tisch.

»Ich mache mir trotzdem Sorgen«, warf Barbara ein. »Viereinhalb Milliarden Jahre hin oder her!«

»Machen Sie sich keine Sorgen. Ihr Enkel sagte doch, dass Ihre Tochter erst losfährt, wenn der Sturm vorüber ist!«, Niki machte eine kleine Kopfbewegung nach draußen, dann piepste ihr Handy.

»Entschuldigung«, sagte sie kurz und las die Nachricht. Marco fragte, wann und wo sie sich am Abend treffen könnten. Ihr Herz schlug schneller. Marco war auch in ihrem Sprachkurs, der überhaupt sehr international besetzt war. Es gab nur drei Deutsche, aber jede Menge Franzosen, Italiener, Japaner, Spanier und Griechen.

»Eine nette Nachricht?«, fragte Barbara und strich ihre grau melierten kurzen Haare mit einer lässigen Geste nach hinten.

Ihre Bewegungen wirken so elegant, fand Niki. Und überhaupt sah sie für ihr hohes Alter noch unglaublich frisch aus. Und das hatte wahrscheinlich nichts mit Facelifting zu tun.

Als Antwort auf Barbaras Frage nickte Niki.

»Sie sind ja verliebt«, stellte Barbara lächelnd fest.

Niki nickte wieder. Stimmt. Das war sie. Und nicht zu knapp. Aber sie hatte keine Ahnung, wie das nach ihrem Aufenthalt hier weitergehen sollte. Er in Mailand, sie in Wiesbaden – da lagen Welten dazwischen. Da waren viereinhalb Milliarden Jahre ein Klacks dagegen.

Sie schauten beide hinaus.

»Verliebt zu sein ist überhaupt das Schönste, was es gibt!«, stellte Barbara melancholisch fest.

Darüber hatte Niki noch nie nachgedacht, sie war schon einige Male heftig verliebt gewesen. Sie fand das ganz normal. Für sie wäre das Schönste, einen coolen Job zu finden, ordentlich Geld zu verdienen, sich tolle Urlaube, eine schicke

Wohnung und ein Auto leisten zu können. Aber vielleicht sah man das mit vierundsiebzig ja anders.

Sie tranken ihren Kaffee, und irgendwann ließ der Sturm nach. Niki schaute auf ihre Armbanduhr.

»Ich muss los«, sagte sie. »Ihre Tochter kommt bestimmt auch bald!«

Barbara nickte. »Vielen Dank für Ihre Fürsorge«, sagte sie, »das war ganz rührend von Ihnen!«

»Das Vergnügen war ganz auf meiner Seite«, entgegnete Niki und kannte sich selbst nicht mehr. Das musste sie in einem alten Film gehört haben.

Bevor Niki ging, streckte ihr Barbara noch ein Visitenkärtchen zu. »Man kann ja nie wissen, das Leben ist manchmal seltsam«, sagte sie dazu.

Der Regen hatte alles, was vorher noch fröhlich durch die Luft gewirbelt war, zu Boden gedrückt. Niki schaute von draußen noch einmal zu dem Café und winkte Barbara Halm zu. Komisch, sie hatte das Gefühl, als verließe sie gerade ihre eigene Oma. Vielleicht, weil sie nie eine gehabt hatte. Niki schlug den Kragen ihres Mantels hoch und hielt ihn am Halsausschnitt fest. Es war kühl geworden. Der Regen hatte die letzte spätherbstliche Wärme verjagt, und jetzt kroch die feuchte Kälte die Hosenbeine hoch und ließ sie schaudern. Nur gut, dass es zur Busstation nicht mehr weit war. Sie wohnte etwas außerhalb bei einem Ehepaar, das eine Tochter in ihrem Alter hatte, die aber gerade selbst zum Sprachstudium in Italien war. Das war natürlich klasse, denn sie stillten das Heimweh nach ihrer Tochter an ihr – es ging ihr bestens. Fast schon zu gut, vor allem was das Essen anging. Sie konnte gar nicht so oft nein sagen, wie etwas Essbares auf den Tisch kam oder vor ihrem Zimmer stand. Mit weniger Selbstdisziplin hätte sie sicherlich schon zehn Kilo zugelegt. So waren es nur vier.

Natürlich brachte sie auch Leben ins Haus. Einige ihrer Kurskameraden hatten sie schon besucht, Marco allerdings noch nie, mit ihm hatte sie sich bisher immer in der Stadt getroffen. Aber nun, da die drei Monate zu Ende gingen, hatte sie nicht nur wegen Marco ein komisches Gefühl im Bauch. Heidi und Eric waren so etwas wie ihre Familie geworden, auch wenn sie sie vorher überhaupt nicht gekannt und noch während des Fluges keine Ahnung gehabt hatte, wo sie eigentlich landen würde. Aber sie hatte tierisch Glück. Marco auch, der sogar bei einer adligen Familie wohnte, die aber unangemeldete Besuche nicht besonders schätzte.

Und überhaupt Marco. Julia seufzte und strich sich über die Arme. Sie hatte sich in seine italienische Unbekümmertheit verliebt. In sein lockeres »Das wird schon«. In seine zuversichtliche Art, seine positive Einstellung. Er konnte über alles lachen – sogar über sich selbst. So etwas hatte Niki noch an keinem Jungen erlebt. Und er sah gut aus. Typisch italienisch, nicht allzu groß, gebräunte Haut und leicht gelocktes dunkles Haar. Ein Bilderbuchitaliener, sie musste selber lachen. Es passte auch, dass er schon vierundzwanzig Jahre alt war. »Gebummelt«, hatte er zur zielstrebigen Niki gesagt. »Wozu soll ich es eilig haben? Das Leben ist noch lang!«

Niki konnte sich dagegen keine Verzögerung leisten, sie wollte gleich loslegen, um möglichst bald selbstständig zu sein. Und vor allem wollte sie ihrer Mutter nicht mehr auf der Tasche liegen. Die tat alles, um sie zu unterstützen, aber Niki sah sehr wohl, was das bedeutete. Sie registrierte die langen Nächte und die dunklen Ringe unter den Augen ihrer Mutter, die mit fünfundvierzig Jahren eigentlich selbst noch gelegentlich Spaß haben sollte. Aber ihre Mutter hatte sich nach der Trennung dieses kleine Restaurant aufgebaut, und sie führte es mit möglichst wenig Personal, da halfen auch Nikis Einwände nicht: Sonst bleibt gar nichts übrig, sagte ihre Mutter dann, und überhaupt habe sie so alles am besten im Griff und müsse sich über niemanden ärgern. Dabei sah sie noch gut aus. Und wenn sie sich zurechtmachte, überlegte Niki manchmal, ob sie nicht sogar noch attraktiver war als sie selbst.

Niki wich zurück. Der Bus kam herangefahren und hielt in der größten Pfütze. Klar, dachte Niki und versuchte mit einem großen Schritt irgendwie in den Einstieg zu kommen. »Der hat auch keinen Bock mehr und will nach Hause.«

Nach Hause. Der Gedanke war seltsam. Als sie vor drei Monaten hierher gekommen war, war alles fremd und bestaunenswert. Die City Hall, der CN Tower und das Rogers Centre. Am Anfang konnte sie immer nur staunen, die Skyline war gigantisch, der Ontariosee mit seinen vier Inseln idyllisch und das vierstöckige Toronto Eaton Centre mit den achthundert Läden verführerisch. Sie war damit beschäftigt gewesen, alles zu besichtigen und sich nebenbei auch noch zurechtzufinden. Ihre Gasteltern wollten sie kaum alleine losgehen lassen, weil sie befürchteten, sie könne mit dem Netzwerk aus Buslinien, Streetcars und Subways überfordert sein und sich verirren. Toronto war immerhin eine Millionenstadt. Zweieinhalb Millionen Menschen im Vergleich zu knapp dreihunderttausend in Wiesbaden waren ein Wort. Aber auch eine Herausforderung – und Niki hatte Spaß daran.

Sie hatte einen freien Platz am Fenster ergattert und schaute hinaus. Der Bus fuhr die Yonge Street entlang. Das hatte sie die ersten Tage am meisten fasziniert. Eine fast zwei Kilometer lange Straße, das war gigantisch. Und alles, was wirtschaftlich und kulturell bedeutend war, fand man an dieser

Straße. Man brauchte nur im Bus zu sitzen und zu schauen. Aber heute hatte Niki keinen Sinn für neue Erkundigungen. Bald würde alles hinter ihr liegen, und auch Toronto wäre dann nur noch eine Erinnerung.

Sie betrachtete sich im Spiegelbild des Fensters. Ihr Gesicht war etwas rundlicher geworden, aber es war hübsch, hatte eine besondere Note, und darauf war sie auch stolz. Sie wollte keine 08/15-Maus sein, die einer Paris Hilton oder einer Britney Spears nacheiferte. Sie wollte immer unverwechselbar bleiben, sie selbst eben. Sie hatte früh damit begonnen, nach ihrem eigenen Stil zu suchen. In ihrer Teenagerphase war sie mit diesem Anspruch sicherlich superanstrengend gewesen, dachte Niki und lächelte ihrem Spiegelbild zu. Kleider suchte sie grundsätzlich selbst aus, was mitgebracht wurde – und war es noch so gut gemeint – war schon mal nichts für sie gewesen. Wenn alle zerschlissene Jeans trugen, setzte sie auf Schottenrock. Und als der Schottenrock modern wurde, trug sie dunkelblaue Röhrenjeans. Sie stöberte Ballerinas auf, als sich alle mit High Heels abquälten, und stopfte ihre enge Hose in die Stiefel, als ausgestellte Hosen noch der letzte Schrei waren. Selbst wenn sie es nie gewesen war: Sie hatte sich stets als Trendsetterin gefühlt. Das galt auch für ihre Frisur. Im Moment trug sie ihre dunkelbraunen Haare kinnlang, denn der Bob, denn sie sich hatte schneiden lassen, war seit Victoria Beckham undenkbar geworden. Jetzt trugen ihn alle. Grausam.

Sie lächelte und betrachtete ihre Lippen, wie sie sich leicht nach außen zogen, schmäler wurden und sich dann wieder zu einem Kirschmund zusammenzogen. Eine Kursteilnehmerin hatte sie nach ihrem Schönheitschirurgen gefragt, aber das hier war reinste Natur, da hatte sie einfach Glück gehabt. Und überhaupt, sie würde nie ein Gummiboot in ihrem Gesicht haben wollen, zumal manche dieser Dinger mit einem Mund nichts mehr zu tun hatten. Sie lächelte wieder und öffnete dabei ihre Lippen. Ihre Zähne waren weiß, aber klein. Dafür ebenmäßig – was ihrem Zahnarzt und seiner Spange zu verdanken war. Die Augenbrauen über ihren braunen Augen hatte sie nur leicht gezupft. Zu schmal wirkten sie affig, fand sie, und sahen nach Permanent-Make-up aus. Sie hatte nichts dagegen, aber sie hatte es auch nicht nötig.

Entspannt lehnte sie sich zurück. Alles in allem war sie mit sich zufrieden. Auch der Kurs hier war ein voller Erfolg gewesen, sie träumte nachts bereits auf Englisch und fühlte sich in dieser Sprache absolut wohl. Blieb nur noch Marco. Was würde werden, wenn sie morgen den Abschluss groß feierten? Ihr Magen schnürte sich zusammen. Sie war ein strukturierter Mensch, der gerne nach Regeln lebte, die sie sich zwar selbst aufstellte, aber immerhin waren es feste Regeln. Marco hatte Niki nicht eingeplant, er war einfach so über sie gekommen. Und jetzt fand sie keine Lösung für die Zukunft. Sie wollte in Frankfurt Wirtschaftswissenschaften studieren. Sie war nicht künstlerisch veranlagt, sonst hätte sie ja vielleicht noch auf Mode umschwenken können. Aber sie konnte kaum einen Knopf annähen und war musisch eher eine Niete. Was sollte sie also in Mailand?

Sie fuhren am Toronto Rogers Center vorbei. Diese riesige Sportarena, in der ein ganzes Hotel Platz hatte und deren Dach komplett zurückgefahren werden konnte, faszinierte sie jedesmal aufs Neue. Sie stellte sich vor, wie es wäre, aus einer der Suiten ein Spiel der *Argonauts* zu verfolgen. Oder der *BlueJays*. Aber eigentlich interessierte sie sich nicht für Football. Und für Baseball auch nicht. Eine solche Suite wäre also reine Geldverschwendung.

Ihr Handy piepste. Eine SMS von Marco. »Denkst Du gerade an mich?«, wollte er wissen.

»Nein, an Football«, schrieb sie spontan zurück. Schickte aber noch eine Nachricht hinterher. »Jetzt wieder an Dich!«

»Wann sehen wir uns?«, wollte er wissen.

Niki schaute auf ihre Uhr. Den Abend würden Heidi und Eric gern mit ihr verbringen wollen, das war klar. In drei Tagen würde sie abreisen, das ging auch den beiden nah. Sie spürte das. Ihr ging es ja auch nicht anders. »Dinner mit Heidi und Eric«, schrieb sie. »Danach?«

»Ich hol Dich ab!«

»Kuss!«, simste sie zurück.

Marco steckte immer voller Überraschungen. Auch jetzt wieder: Dass er sie abholte, war nicht nötig, bisher war sie einfach mit dem Bus in die Stadt zurückgefahren, aber es freute sie trotzdem. Es hatte so etwas Fürsorgliches an sich. Komisch, sie stand nicht auf den Ritter mit dem weißen Pferd, aber schön war das Gefühl trotzdem.

Heidi stand in der Küche, als sie in das typisch nordamerikanische Haus kam. Anders als in Deutschland, stand man direkt im Wohnzimmer, das in die offene Küche überging. Neben der Küche lag der Haushaltsraum, und die Schlafzimmer waren oben – die frei schwebende Holztreppe führte direkt hinter der Coach hinauf. Niki gefiel dieser Schnitt – es gab keine Räume, in die die Gäste geführt wurden, weil sie repräsentativ und aufgeräumt waren. Hier stand jeder Besucher mitten im Leben.

»Hi«, rief Heidi und winkte ihr zu. »Ich koche uns gerade ein Festmahl. Ein ganz besonderes Gericht!« Sie hielt mit ihrer mehligen Hand ein arg zerfleddertes Kochbuch in die Höhe. »Das ist von meiner deutschen Ma! Du wirst es mögen!«

Niki war sich da nicht so sicher, aber sie nickte freudig. »Spitze! Was gibt es denn?«

»*Dämpfnaddeln* steht da!« Sie schaute noch einmal genau in ihr Buch und wiederholte: *»Dämpfnaddeln!«* Dann schaute sie auf und zwinkerte Niki zu. »Eine alte bayerische Spezialität! Du weißt doch, meine Ma kam aus Oberbayern!«

Niki zog ihren Mantel aus und kam näher. »Und was soll das sein?«, fragte sie und schaute ins Buch, wo Heidis Zeigefinger ruhte.

»Dampfnudeln!«, las sie und musste lachen. Wie Heidi das aussprach, war schon witzig genug. Aber Dampfnudeln als Festmahl? »Great!«, erklärte sie inbrünstig. »Can I help you?«

Nein, Heidi wollte keine Hilfe. Sie wollte das Abenteuer wohl alleine durchleben, dachte Niki, denn eines war sicher: Heidi war eine zauberhafte Frau Anfang fünfzig, offen und fröhlich, konnte alles Mögliche gut, inklusive Malen und Singen, aber Kochen gehörte nicht dazu. Sie war jemand, der alles aus dem Tiefkühlfach direkt in die Mikrowelle schob. Wie wollte sie mit Dampfnudeln zurechtkommen und das auch noch nach einem Rezept in deutscher Sprache? Alles, was Heidi noch konnte, war »Guten Tag« und »Auf Wiedersehen«.

Als hätte sie Nikis Gedanken erraten, wies sie auf ein Wörterbuch. Sie hatte also mühsam Wort für Wort übersetzt. Nun gut, es ging um den Vorsatz und nicht um das Ergebnis.

Niki bot an, schon mal den Tisch zu decken, obwohl sie wusste, dass die ganze Dampfnudelaktion mindestens neunzig Minuten dauern würde. Möglicherweise würde es die Dampfnudeln gerade dann geben, wenn Marco sie abholen wollte. Aber gut, dann war es halt so.

Jetzt winkte Heidi sie doch heran. Sie war der Typ Frau, der immer irgendwie beschäftigt war, wuselig wirkte, selbst wenn man entspannt am Tisch saß. Immer fand sie einen Grund, um aufzuspringen und dahin und dorthin zu laufen. Ständig organisierte sie etwas. Niki hatte bis jetzt nicht verstanden, in wie vielen Organisationen sie war, aber es mussten eine ganze Menge sein. Manche Verpflichtung stammte sogar noch aus der Schulzeit ihrer Tochter. Aber sie lachte darüber und fand das ganz okay. Soziales Engagement nannte sie es, und da gehörten auch ständige Benefizabende dazu. Selbst ihre Bilder malte sie für gute Zwecke, wobei Niki nicht wusste, wer sich diese Gemälde aufhängen würde. Ihr waren sie zu abstrakt, eine wilde Mischung aus Farben, die sie je nach Stimmung auf die Leinwand warf. Ob es auch ein »Niki«-Bild gab?

Die häufigsten Anlässe zum Malen bescherte ihr wohl Eric. Wenn die beiden ihr auch die heile Welt vorspielten, so war Niki doch bald klar geworden, dass sie längst nicht so heil war, wie sie taten. Eric kam für ihren Geschmack zu oft spät nach Hause, hatte ständig irgendwelche Verabredungen, fuhr übers Wochenende gern zum Golfen und war als Hauptabteilungsleiter einer großen Firma wohl auch in der Position, gewisse Möglichkeiten zu haben.

So genau wollte Niki es allerdings gar nicht wissen. Er war Mitte fünfzig, sah gut aus, gab sich betont sportlich und jugendlich und hatte mit den Ambitionen seiner Frau wenig am Hut. Benefizabende waren ihm ein Gräuel, er war *Argonauts*-Fan.

In drei Tagen würde das alles hinter ihr liegen, dachte Niki traurig, während sie Heidi beim Kochen über die Schulter schaute.

Heidi steckte mit beiden Händen im Teig und knetete, aber irgendwie sah er zu klumpig aus. Niki zog sich das Kochbuch heran. »Während des Knetens lauwarme Milch zugießen, bis sich der Hefeteig leicht vom Schüsselrand löst«, las sie laut vor und übersetzte es auch gleich. Sie schaute sich um. »Milk?« fragte sie, und Heidi zeigte mit dem Kopf in Richtung Kühlschrank. »Okay, let's do this together, that will be much more fun!«

Gemeinsames Kochen war schließlich auch eine Art Lust. Und tatsächlich: Heidi überließ ihr nach und nach die Zubereitung und holte stattdessen zwei Gläser Sekt. Dann erzählte sie ihr, dass sie Angst habe, ihre Tochter Louisa könne sich in Europa verlieben und nicht mehr zurückkommen. Dann wäre sie hier ganz alleine. Und gerade Italien sei doch für seine rassigen Männer bekannt.

Niki musste lächeln. Sie fand Marco eher schnuckelig als rassig. Rassig hörte sich so nach Sportwagen und Beau an, nach zurückgegelten Haaren und großem Maxe. Aber sie habe hier doch ihre Freundinnen und Eric, das Haus und überhaupt. Mehr fiel Niki nicht ein.

Heidi schaute sich um und verzog das Gesicht. »Was ist das schon gegen die Liebe«, sagte sie aus tiefster Seele, und Niki musste schlucken. Also war ihre Ahnung richtig gewesen: Heidi war nicht glücklich. Ihre eigene Mutter war von ihrem Vater verlassen worden und hatte sich danach eine eigene Existenz aufgebaut – war sie nun glücklicher?

Worauf musste man achten, um glücklich zu werden? Nikis Gehirn fing an, auf Hochtouren zu arbeiten. Wovor musste sie sich schützen? Was war wichtig?

Sie wusste es nicht, aber die dreißig Minuten, die der Hefeteig abgedeckt zur Seite gestellt werden musste, waren um. Sie holte die Schüssel, und der Teig war sichtbar aufgegangen. »Toll!«, freute sie sich. Jetzt konnte ihr Heidi wieder helfen.

Sie ließ sie eine dicke Teigrolle formen, diese in neun kleine Stücke zerteilen und dann gleichmäßige Kugeln gestalten. Heidi freute sich wie an Weihnachten, ihr depressiver Anflug war vorüber. Allerdings hatte ihn jetzt Niki. Und während sie die Teigkugeln nebeneinander in eine gefettete Auflaufform setzten, überlegte Niki, wie ihr eigenes Leben wohl weitergehen würde.

Louisa hatte es gut. Sie saß dort, wo Niki hinwollte. Aber stimmte das überhaupt? Wollte sie wirklich nach Italien? Zu Marco? War es nicht ein bisschen früh, überhaupt an so etwas zu denken? Und überhaupt – sie hatten wilden Sex gehabt, konnten gemeinsam lachen, die Zeit mit ihm war wie im Flug vergangen. Aber trug so etwas? Und wenn ja, wohin?

»What are you thinking about?«

Ja, jetzt sah sie wohl nachdenklich aus. »Ich denke darüber nach, dass die Zeit hier bald vorüber ist«, sagte sie und stieß mit Heidi an, »und dass ich deshalb traurig bin!«

Heidi nahm sie in den Arm. Das hatte sie noch nie getan. Sie waren etwa gleich groß, und Heidis nackenlange Haare, die sie immer mit etwas zu viel Haarspray in Form hielt, kitzelten sie. Niki musste niesen, und das half ihr über die aufsteigende Rührung hinweg.

»Lass uns nach unseren *Dämpfnaddeln* schauen«, sagte sie, und Heidi freute sich. »Das gibt ein Fest heute Abend!«, lachte sie.

Niki war sich nicht so sicher. Eric würde sicherlich nicht so früh nach Hause kommen, und ob sich Marco hier wohlfühlen würde, war auch fraglich. Zumal sie mit ihm alleine feiern wollte. Aber was hieß schon feiern. Eigentlich gab es nichts zu feiern.

Sie nickte. Gut, die Teigballen hatten zehn Minuten geruht. Jetzt konnte man sie mit flüssiger Butter bestreichen und mit Zucker bestreuen – und dann ab in den Backofen. Ihre Frage nach Vanillepuddingpulver quittierte Heidi mit einem triumphierenden »Ha!« und griff in den Kühlschrank. Klar, das hätte sie sich denken können, der Becher mit fertiger Vanillesauce wanderte in die Mikrowelle.

Marco kam, als das ganze Haus verführerisch duftete. Er fand es grandios, dass Heidi gekocht hatte, und nistete sich sofort in der Küche ein. Heidi, die ihn bisher nur zweimal in der Stadt gesehen hatte, fragte ihn sofort über Italien aus. Marco war in seinem Element. Er holte sich einen der Teller vom gedeckten Tisch, legte eine goldbraun gebackene Dampfnudel darauf und goss großzügig Vanillesauce darüber. Und dann stand er an den Küchenschrank gelehnt, aß und erzählte, erzählte und aß und fühlte sich ganz offensichtlich wohl.

Niki beobachtete ihn staunend. Hatte das was mit dem sprichwörtlichen »bei Mama« zu tun, das man italienischen Männern nachsagte? Sie hatte es für ein Vorurteil gehalten, aber ganz offensichtlich fand er Heidi in ihrer Rolle als Köchin unwiderstehlich. Und auch Heidi blühte sichtlich auf. Niki kam sich vor wie im Film. Zwei Seelenverwandte. Kaum erwähnte Heidi, dass sie malte, zündete Marco ein Begeisterungsfeuerwerk. Während er sich die zweite Dampfnudel auflud, erzählte er von den Kunstwerken Italiens, von den alten Meistern, von den Galerien und überhaupt: die Küche. Ob sie denn schon einmal in Italien gewesen sei und richtige italienische Küche genossen habe?

»Ich auch nicht«, warf Niki ein, und Marco lächelte ihr zu, während er seinen Löffel genussvoll in die Vanillesauce tauchte.

»Das wirst du alles noch erleben«, sagte er, und das beruhigte Niki wieder. Sie hatte schon befürchtet, dass Marco nun Heidi einladen würde und nicht sie. Man wusste ja nie – Heidi war zwar schon fünfzig, aber eine attraktive Frau.

Niki gab sich leutselig, aber so richtig passte ihr das alles nicht, deshalb schlug sie nach einer Stunde vor, jetzt doch endlich in die City zu fahren. Marco war von dieser Idee wenig angetan, zumal Heidi eben vorgeschlagen hatte, einen guten Roten aufzumachen. Rotwein war nun nicht gerade Standard auf Heidis Speiseplan, das war schon was Besonderes.

Marco nickte begeistert und kniff Niki zustimmungheischend in die Hüfte. »Yeah!«, sagte er. »Und was für einen Roten haben Sie?«

Jetzt war Niki gespannt, denn irgendwie traute sie Heidi bei Weinen keine Sachkenntnis zu. Heidi war der Wodka-Lemon-Typ und trank auch gern mal einen Campari-Orange, aber mit einem bauchigen Weinglas in der Hand hatte sie ihre kanadische Gastmutter noch nie gesehen. Zu gemütlich für ihr unstetes Temperament. Aber immerhin, sie hatte drei Flaschen im Angebot. Sicherlich alles Geschenke, aber was soll's.

»Alle aus Kanada«, begann sie und hielt eine Flasche nach der anderen hoch, und man hörte den Stolz in ihrer Stimme. »Und zwar hier aus Ontario. Ein Cabernet Sauvignon, ein Merlot und ein Pinot Noir!« Sie lächelte Niki freudig an. »So, jetzt entscheidet euch!«

Niki holte Atem und gab es im selben Moment auf. Es hatte keinen Zweck, noch an eine andere Abendgestaltung zu denken. Der Abend war gelaufen und die Nacht wohl auch. Oder würde Heidi Marco hier übernachten lassen? Sie vielleicht schon – aber Eric? Er tat immer so betont moralisch. Aber wenn man die leisen Andeutungen seiner Frau ernst nehmen konnte …

»Den Cabernet Sauvignon«, hörte sie da Marco sagen. »Nicht wahr, Niki?«

Sie betrachtete das Etikett der Flasche. Nun, gut, eben ein Cabernet Sauvignon.

»Haben Sie schon einen Sassicaia aus der Toskana getrunken?«, wollte Marco von Heidi wissen und nahm Niki die Flasche aus der Hand.

Heidi schüttelte den Kopf, und Marco schnalzte mit der Zunge. »Der Sassicaia von '85 erzielt öfter mal vierstellige Preise.« Er grinste. »Euro. Nicht Dollar!«

Heidi lachte und gab ihm den Korkenzieher. »Mit einer vierstelligen Summe würde ich eine Reise machen, keinen Wein kaufen!«

»Nach Italien und dort einen leckeren Landwein trinken!«

»Genau!«

Heidi kokettiert mit ihm, stellte Niki im Stillen fest. Hoffentlich würde das nicht schlimmer. Fast sehnte sie sich Eric herbei. Das würde wahrscheinlich auch Marco etwas dämpfen. Aber er entkorkte den Wein, und Heidi zauberte alte Kristallgläser aus ihrem Küchenschrank hervor. So schwer und scheußlich, dass sie fast schon wieder gut waren.

Marco goss sich einen kleinen Schluck ein und testete ihn genießerisch, rollte mit der Zunge und schloss dabei die Augen.

Er war der geborene Schauspieler. Niki begann ihn mit völlig anderen Augen zu sehen. Nun ja, bisher hatten sie Cola aus Pappbechern getrunken. Auch mal ein Bier aus der Flasche oder aus der Dose. Aber natürlich keinen Wein. Trotzdem fand sie, dass er es etwas übertrieb. Sie kannte sich ja auch ein bisschen aus – schließlich war ihre Mutter Wirtin, und sie kamen aus einer Weingegend. Aber so ein Theater wegen eines schlichten Cabernet Sauvignon?

»Du hast es hier wirklich toll erwischt«, sagte Marco unvermittelt zu ihr. »Beneidenswert! Wenn ich das gewusst hätte, wäre ich schon viel früher gekommen!«

»Ja, wie schade!«, pflichtete Heidi ihm bei.

»Sehr schade!«, sagte Niki, aber niemand schien ihren ironischen Ton zu bemerken. Auch gut, dachte sie und hielt Marco ihr Glas hin.

Der Wein war gar nicht so schlecht, das musste sie zugeben. Und nicht nur das. Mit jedem Schluck wurde es ihr leichter ums Herz, und außerdem hatten die Gläser beim Anstoßen einen wirklich schönen Klang. Heidi fand es lustig, das Kristall möglichst oft singen zu lassen, und so wurde die erste Flasche in recht kurzer Zeit leer.

Dann fing Heidi an, von ihrer deutschen Mutter zu erzählen, und dass sie immer mal mit ihr nach Bayern gewollt, das Geld für die Reise aber nie gereicht hatte. Wie schade, sagte Niki und fand es besonders traurig, dass die Mama gestorben war, bevor Heidi genügend Geld verdienen konnte. Das Leben war doch manchmal ungerecht! Marco gab zum Besten, dass seine Eltern und Vorfahren niemals aus Italien hinauswollten, sie waren durch und durch Italiener. Seinem Vater waren schon seine Auslandsdienstreisen zu viel. Das war für Niki die Gelegenheit, nachzuhaken, was sein Vater beruflich eigentlich tat. »Kaufmann«, erklärte Marco. »Eine ziemlich langweilige Tätigkeit!«

»Und was möchtest du werden?«, wollte Heidi wissen.

»Lebemann!«, kam es wie aus der Pistole geschossen, und beide Frauen lachten herzlich.

Niki saß im Flugzeug, und ihre Stimmung schwankte auf und ab. Mal fuhr sie mit dem Handrücken unter ihrer Nase entlang, weil sie an Marco dachte, der sie zum Flughafen gebracht und dort so leidenschaftlich geküsst hatte, als sei es das letzte Mal; dann musste sie an ihre Mutter denken, die sie in Frankfurt vom Flughafen abholen würde und sich sicherlich schon riesig freute. Und sie sich ja auch. Zu Hause, das war schon was. Andererseits war die Zeit in Toronto auch unglaublich schön gewesen – nur viel zu kurz. In ihrem Kurs hatten sie sich zum Abschluss geschworen, dass sie sich in exakt einem Jahr irgendwo auf der Welt wiedertreffen würden. Und in diesem Moment hatten auch alle fest daran geglaubt. Sie wollten sich nicht aus den Augen verlieren, sich gegenseitig über Neuerungen informieren, ständig in Kontakt bleiben. Aber jetzt, im Flieger, glaubte Niki schon nicht mehr so richtig daran. Sie war fünf Flugstunden von Toronto entfernt, wie viele andere von ihren neuen Freunden, die jetzt nach Japan oder Korea zurückflogen.

Nach Italien war es von Wiesbaden aus nicht so weit, dachte sie sofort, aber noch weit genug. Vor allem, wenn man ans Geld denken musste.

Dann servierte die Stewardess das Mittagessen. Niki entschied sich für die Aluschale mit Huhn in Curry, aber es schmeckte seltsam, und ihr Nachbar schmatzte dermaßen, dass es ihr glatt den Appetit verschlug. Er war auch eine Spur zu korpulent für die schmalen Sitze und drückte mit seiner Leibesfülle unangenehm gegen Nikis Körper. Sie fühlte sich eingeengt und höchst unwohl.

Nur gut, dass sie eine so gute Vorstellungskraft besaß, damit konnte sie flüchten. Als die Stewardess mit dem Kaffee kam, bat sie stattdessen um einen Whisky. Sie trank ihren Plastikbecher in einem Zug aus und hoffte auf eine befreiende Wirkung. Vielleicht konnte sie jetzt wenigstens sofort einschlafen und so dem dicken, schmatzenden Ungeheuer an ihrer rechten Seite entgehen.

Ihre Nachbarin zur Linken fragte sie, ob ihr nicht gut sei. Anscheinend befürchtete sie, Niki könne nach der Spucktüte greifen. Ihr misstrauischer Gesichtsausdruck brachte Niki fast zum Lachen, und sie bejahte die Frage. Ja, ihr sei speiübel!

Damit rückte die Kanadierin in Richtung Mittelgang von ihr ab, und Niki hatte mehr Platz. Was für ein Unterschied im Vergleich zum Hinflug. Da hatte sie neben einem jungen Pärchen gesessen, das eine Rucksacktour durch Kanada machen wollte. Das Gespräch mit ihnen hatte die Zeit wie im Flug vergehen lassen. Was aus den beiden wohl geworden war?

Niki dachte an Marco und spürte, wie sich sofort wieder Tränen bildeten. Sie war einfach ein hoffnungsloser Fall. Wie konnte sie sich nur so blöd in einen verlieben, der Toronto als schöne Zeit sah – und sicherlich nicht mehr!

Aber es war ja auch schön gewesen! Das war ja das Schlimme! Und sie hätte eben gern mehr! Die Stunden in Heidis Küche fielen ihr wieder ein, und sie musste lächeln. Jetzt, so aus der Entfernung, war Marco völlig liebenswert gewesen. Es war doch süß, wie er sich gekümmert hatte. Geflirtet, Wein aufgemacht, die Dampfnudeln gelobt, noch einmal in den Backofen geschoben und fast alle allein gegessen. Er war wie ein Einmannunterhalter, und ihr und Heidi war es doch gut dabei gegangen. Klar, nachher hatte er gehen müssen, und die Nacht war einsam gewesen, aber da war es längst Mitternacht vorbei, und alle hatten zu viel getrunken. Und als schließlich Eric kam, war die Stimmung dahin, was nicht mal an ihm lag. Er kam nur neu in die Runde, war nüchtern und hatte keine Ahnung von den Dampfnudeln, dem Wein und allem anderen. Er kam wie eine kalte Dusche, obwohl er freundlich war. Aber Heidi hatte schon recht: Wo kam er eigentlich immer so spät her?

Niki würde sich das nie bieten lassen. Von keinem Mann der Welt!

Von rechts bekam sie einen Ellenbogen in die Rippen, aber es störte sie schon nicht mehr, Niki war eingeschlafen.

Es war schon seltsam, was man alles schön finden konnte, wenn man Abstand gewonnen hatte. Manche Sachen sprangen einem dafür ziemlich unangenehm ins Auge. Das Treppenhaus, das zu ihrer Wohnung im vierten Stock führte, gehörte dringend gestrichen. Es war viel zu düster. Und der Glasschreibtisch ihrer Mutter war voller Fingerabdrücke und Wasserflecken. Die Sonne stand tief und schien schräg durch die Fensterfront herein, und Niki sah überall Staub und dünne Spinnenfäden, die sich über die Zimmerdecken zogen. Geradezu unglaublich. Dafür sah ihre Mutter unheimlich gut aus, frisch und erholt. Von was denn erholt? Etwa von ihr?

Julia hatte ein leckeres Abendessen vorbereitet und stand in Jeans und einer hellen Bluse in der Küche – und sie konnte kochen! Mein Gott, war das schön, ihrer Mutter beim Kochen zuzuschauen. Wie schnell ihr alles von der Hand ging, wie sie die Zwiebeln hackte, den Salat zupfte, das Fleisch briet, es waren alles harmonische Bewegungen, und ihre Finger wussten genau, was sie zu tun hatten.

Früher hatte sie das immer spießig gefunden. Diese ewige Kocherei. Das ständige Gerede von Gemüse und Salat. Niki hatte das Wort »Vitamine« schon nicht mehr hören können. Jetzt sehnte sie sich danach. Nach einem richtig guten Stück Fleisch, von dem man wusste, woher es kam, und einem knackig-frischen Salat. Dazu frisch gebackenes Brot. So ein Brot war überhaupt die Krönung. Sie zupfte daran herum, und wenn sie nicht aufpasste, würde sie bald das knusprige Holzofenbrot zur Hälfte aufgegessen haben. Noch besser war allerdings – oder auch die pure Freundlichkeit –, dass ihre Mutter zu ihrer Figur nichts gesagt hatte. Jetzt war Julia nämlich die Schlankere von beiden, aber Niki hatte kein Problem damit. Sie würde die vier Kilo recht schnell wieder loswerden – ihre Mutter fing ja schon mit der Tochterdiät an. Salat und Steak. Nur das Brot … Niki lächelte ihrer Mutter zu und suchte im Kühlschrank nach der guten deutschen Butter.

»Du kannst mich für verrückt erklären«, begann sie, aber ihre Mutter winkte ab.

»Mach nur! Ich war auch schon in Amerika, ich weiß, wie das ist!«

Ach so? Das hatte sie Niki ja noch gar nicht erzählt. Oder es hatte sie bisher nicht wirklich interessiert. Niki strich sich ein dickes Butterbrot und biss herzhaft hinein. Der tiefe Seufzer, der ihr danach aus der Seele stieg, war echt.

»Es ist«, sagte sie mit vollen Backen, »einfach mega! Warum machen wir keine Bäckerei in Kanada auf und bieten überhaupt nur Butterbrote an? Das wäre sicherlich ein Renner. Einfach nur richtig gutes Brot mit schöner, dicker Butter!«

Ihre Mutter lachte und klemmte sich das dunkelblonde Haar hinters Ohr. »Wir haben das schon mal mit Maultaschen überlegt. Statt Hamburgern. Eine ganze Maultaschen-Fast-Food-Kette.«

»Und? Warum ist nichts daraus geworden?«, wollte Niki kauend wissen.

»Vielleicht waren wir nicht mutig genug!«

»Wie alt warst du denn?«

»Ein bisschen älter als du. Ich hatte gerade deinen Vater kennengelernt. Und wie du weißt, ist er ein echter Stuttgarter; so gesehen lag die Maultaschenidee nahe!«

Niki dachte an Marco. Eine Maultaschen-Fast-Food-Kette in Kanada. Oder Amerika. Hörte sich eigentlich gar nicht blöd an.

Sie saßen sich beim Abendessen gegenüber, und Niki erzählte von Heidi und Eric, von dem Haus, vom Essen, von den Lehrern, von der Schule – zuletzt sogar von der Dame im Hotel.

Und schließlich hob ihre Mutter das Glas mit dem Rotwein, den sie zuvor sorgfältig ausgesucht und in eine Glaskaraffe dekantiert hatte, und schaute ihr direkt in die Augen: »Und die Liebe?«, wollte Julia wissen.

Tja, dachte Niki. »Und bei dir?« fragte sie zurück.

»Nichts. Keine Zeit!«

Jetzt war die Reihe wieder an ihr. Niki stieß mit ihrer Mutter an und genoss erst mal den Wein. Sie schwenkte das bauchige Glas, schnüffelte, kostete, roch wieder und trank schließlich. Aber dann gab es keinen Ausweg mehr, und sie stellte ihr Glas ab.

»Er heißt Marco«, erklärte sie und spürte, wie sie rot wurde. So was Blödes aber auch! »Er ist vierundzwanzig und Italiener. Kommt aus der Nähe von Mailand. Er sieht süß aus, ist ein unternehmungslustiger Typ, dabei ziemlich cool und hat Charme.«

Damit schloss sie ihren Vortrag. Sie sah ihrer Mutter an, dass sie gern weitergefragt hätte. Was will er werden, was macht der Vater, was die Mutter, aber Julia ließ es. Sie nickte nur und nahm noch einen Schluck. »Dann hast du jedenfalls eine schöne Zeit gehabt«, sagte sie nur abschließend, und Niki war ihr dankbar dafür.

Niki tigerte durch Wiesbaden und fühlte sich irgendwie wurzellos. Komisch. Es waren nur drei Monate gewesen, und nun war sie schon wieder zehn Tag hier, trotzdem wollte sich das alte Gefühl nicht einstellen. Selbst beim Plausch mit Lisa, einer ehemaligen Klassenkameradin, die sie zufällig auf der Wilhelmstraße getroffen hatte, fand sie es lästig, von ihr auf Kanada angesprochen zu werden. Sie hatte gar keine Lust, sich länger darüber auszulassen. Das waren ihre Erfahrungen, das gehörte zu ihrem Leben und war kein Diskussionsstoff. Deswegen lehnte sie Lisas Einladung in ein Café fast schon schroff ab. Nein, sie müsse sich um ihr Studium kümmern, erklärte sie, das ginge ja im März schon los, und sie sei mit manchem in Verzug.

Nachher fragte sie sich, was sie da für einen Mist erzählt hatte. Nur gut, dass Lisa nicht studieren wollte und möglicherweise keine Ahnung hatte. Ohne lang zu überlegen, flüchtete sie sich in das Restaurant ihrer Mutter.

Julia lächelte ihr zu und stellte ihr einen Cappuccino hin. Das war schon mal tröstlich. Und dann setzte Julia sich zu ihr.

»Mutti, ich glaube, ich bin unglücklich!«, begann Niki und wusste nicht so richtig, wo sie hinschauen sollte. Es war ein merkwürdiges Bekenntnis ihrer Mutter gegenüber, aber es entsprach der Wahrheit. Sie war unglücklich und hatte doch eigentlich keinen Grund dazu.

»Hat sich Marco schon gemeldet?«, wollte ihre Mutter wissen und legte den aktuellen Speiseplan, den sie eben für abends hatte schreiben wollen, zur Seite.

»Wir haben telefoniert«, sagte Niki und betrachtete ihre kurzen Fingernägel. »Und gesimst.«

»Bist du seinetwegen unglücklich?«, fragte Julia. »Hast du Sehnsucht?«

Niki nickte und hätte heulen können. Dieses Gefühl im Bauch, dieses Ziehen und gleichzeitig die Frage, was es bedeuten sollte. Was sollte sie mit einer Liebe in Italien? In Toronto war alles so einfach gewesen, so spielerisch. Die gemeinsamen Stunden waren so selbstverständlich, es gab keine Realität außerhalb ihrer Zweisamkeit, sie gingen gemeinsam in die Schule, sie lernten zusammen, sie spazierten herum, saßen auf Bänken, in Cafés, schlenderten durch Straßen, hatten tausend gemeinsame Themen und tausend Gründe, plötzlich stehen zu bleiben und sich leidenschaftlich zu küssen. Oder zu lachen. Oder – überhaupt.

»Ich fühle mich ganz komisch«, sagte Niki und rührte in ihrer Tasse. »Irgendwie ist die Leichtigkeit weg. Es ist, als ob ich vor Toronto noch ein Kind gewesen wäre und jetzt eine uralte Frau!« Sie schaute hoch.

Ihre Mutter lachte nicht, obwohl selbst Niki im selben Moment fand, dass es seltsam klang. »Hm!« Julia legte ihre Hand auf Nikis. »Schreib ihm doch einen Brief. Ganz altmodisch. Und schildere ihm deine Gefühle. Möglicherweise geht es ihm ja wie dir?«

Niki nickte. Vielleicht war das wirklich eine Idee. Was aber, wenn sie sich ihm offenbarte und er ganz anders fühlte? Wie würde er reagieren? Verschreckt Abstand nehmen? Konnte sie seiner Liebe sicher sein – und überhaupt, was hieß schon Liebe!

»Ich habe einfach noch nie so gefühlt«, sagte Niki. »Bisher waren das immer nette Beziehungen. Schön, aber nicht so wahnsinnig wichtig!« Sie seufzte. »Ich glaube, mich hat es richtig erwischt!«

»Scheint mir auch so.« Julia lächelte. »Und das ist doch auch schön! Aber wenn du dich ablenken und nebenher etwas verdienen willst«, sie machte eine ausholende Geste durch den noch leeren Gastraum, »du weißt, ich freue mich!«

Niki zog das leere Blatt Papier und den Kalligrafiestift zu

sich heran und schaute auf. »Also, dann erzähl mir mal, was es heute Abend Leckeres geben soll!«

Julia hatte dieses kleine Restaurant nach der Scheidung eröffnet und es *Pane e vino* genannt. »Brot und Wein«, das erschien ihr essenziell, kein Chichi, nichts Überkandideltes. Julia wollte sich in ihrem neuen Lebensabschnitt auf das Wesentliche besinnen. Mit vollem Einsatz und vielen Ideen gelang es ihr, die geeigneten Räume zu finden, ihre Bank zu überzeugen, alles umzubauen, modern zu gestalten und einen guten Koch zu finden. Sie nannte es »meine Therapie«. Und als sie es vor vier Jahren eröffnete, hatte sie abgenommen, war körperlich ziemlich erschöpft, aber glücklich. Und es lag an ihrer Art und an der ehrlichen Küche, dass immer mehr Leute kamen und sie zum Geheimtipp avancierte. Sechs Tische, das war das, was sie alleine bewältigen konnte. Angelo, ihr Koch, orientierte sich an den Angeboten der Saison und des Marktes, und deshalb boten sie auch täglich neue Gerichte an. Sie hatten nur drei Stammgerichte, alles andere wechselte. Nicht zu viel, war ihre Devise, dafür aber gut. Und so hielt sie es auch mit den Weinen. Kürzlich hatte sie die Tessiner Weine entdeckt und einen Drei-Tages-Ausflug in verschiedene kleine Weingüter gemacht. Sie war stolz und freudestrahlend mit einem neuen trockenen Rosésekt und mit einem im Barrique ausgebauten Merlot von 2002 zurückgekommen. Und alle Gäste gaben ihr Recht. Der *Rosso del Mago* war sein Geld wert. »Trinkt lieber ein Glas weniger«, erklärte sie stets, »und dafür etwas Gutes!«

»Das ist keine Verkaufsstrategie«, brummte dann Angelo dazwischen, aber auch er liebte es, immer wieder etwas Neues aufzuspüren. Und so fuhren sie zwischendurch gemeinsam zu den Weingütern der Umgebung, testeten hier, verkosteten dort und machten jedesmal ein kleines Fest daraus, wenn sie mit ihrer Beute zurückkamen.

»Ich liebe meinen Beruf«, erklärte Julia stets, wenn jemand im Laufe eines Abends fand, eine Frau wie sie habe doch Besseres verdient. »Und überhaupt«, fügte sie jedes Mal an, »was heißt Besseres? Ich habe mein eigenes Geschäft, bestimme selbst über mich und mein Leben. Was soll es da Besseres geben?«

Meistens bekam sie darauf keine Antwort.

Niki legte den Stift aus der Hand. Sie hatte den letzten Kringel zum Abschluss der Seite unter das »Amarettiparfait« gesetzt und schaute jetzt auf. »Ich bekomme Hunger«, erklärte sie. »Das hört sich alles super lecker an!«

Julia war schon dabei, die Tische für den Abend einzudecken, hielt zwei Weingläser in der Hand und schaute zu ihr hinüber. »Angelo ist noch nicht da«, erklärte sie, »aber ich kann dir auch schnell was brutzeln ...«

Niki schaute auf die Uhr. Kurz vor fünf. »Er kommt ja gleich«, sagte sie und holte sich ein Mineralwasser. »Und außerdem ...« Etwas zweifelnd schaute sie an sich hinunter.

Julia lachte. »Lass dir den Appetit deshalb nicht verderben. Kleines Ossobuco alla Milanese vielleicht?«

Niki seufzte und schüttelte den Kopf. »Salat, denke ich!«

Zwei Tage später saß Niki am Nachmittag zu Hause und schrieb einen Brief. So richtig von Hand. Sie hatte auf dem Schreibtisch ihrer Mutter die PC-Tastatur zur Seite geschoben, ihren alten Füller aus dem Zimmer geholt, Briefpapier gesucht, das nicht jugendlich kitschig, aber auch nicht zu billig aussah, und sich schließlich hingesetzt.

»Lieber Marco«, fing sie an. *Lieber Marco*, überlegte sie. Das hörte sich ziemlich gestelzt an. *Mein lieber Schatz*. Wie affig. So hatte nicht einmal ihr Vater ihre Mutter genannt, und der hatte allerlei Kosenamen auf Lager. *Mein Süßer.*

»Geht's noch?«, fragte sie sich laut. Gut, also *Lieber Marco.* Und dann?

Sie legte das Blatt auf die Seite und nahm das nächste: »Mein lieber Marco«, schrieb sie betont schwungvoll. Die Schrift sollte fröhlich aussehen, bloß nicht verzagt. Groß und lebensfroh. So, gut. *Mein lieber Marco*, das war schon mal okay. Das zeigte ihm gleich, dass er ihr wichtig war. Dass sie ihn als »ihr« ansah. Besitzanzeigendes Fürwort, Possessivpronomen. Ganz in ihrem Sinne.

Und jetzt, wie weiter?

Ich vermisse Dich, dachte sie. Quatsch, damit fiel sie ja sofort mit der Tür ins Haus. *Ich vermisse Dich*, Punkt und fertig.

Die Tage sind ziemlich lang. Und ich habe viel Zeit, über uns nachzudenken. Ich vermisse Dich!

Verdammt! Niki schob das Blatt von sich weg und zog es gleich darauf wieder her, las es erneut und lehnte sich dann im Bürostuhl ihrer Mutter zurück. Sie war einfach ungeübt im Liebesbriefeschreiben. Es war die perfekte Kurznachricht.

Sie schaute nach ihrem Handy. Sollte sie? Es war eine SMS eingegangen. Ihr Herz schlug schneller, aber es war Anne, ihre beste Freundin. »Bin wieder da«, stand da. »Hast du Lust auf einen Meinungsaustausch?«

Niki grinste. Sofort hatte sie gute Laune, schraubte ihren Füller zu und legte ihn quer über das Blatt. Dann tippte sie zurück: »Im *Spital*. Bin schon unterwegs.«

Das Café war gut besetzt, aber Niki erspähte Anne sofort. Sie saß an einem kleinen Tisch in der Ecke, hatte bereits einen Cappuccino vor sich stehen und winkte ihr zu. »Hey, Süße!«, sagte Niki, und sie lagen sich in den Armen. Warum konnte man zu der besten Freundin »Süße« sagen und zu seinem Freund nicht?

»Es ist dramatisch«, begann Anne sofort. »Lauter gute Typen! Und mir blinzelt bereits am zweiten Tag einer über den Tresen zu, und ich denke, wow, Anne, Treffer, das ging schnell, bis ich merke, dass er den Kerl hinter mir meint!«

Niki lachte los. Ach, tat ihr das gut. Anne mit ihrem schwarzen Struwwelkopf, die immer aussah, als sei sie gerade aus der Dusche gekommen, Anne mit ihrem Humor, ihrer sportlichen Fairness und ihrem drahtigen Körper. Sie konnte auch nach einer Sechs in Mathe noch lachen. »Na und?«, sagte sie. »Dann schreibe ich das nächste Mal halt eine Eins, dann gleicht sich das wieder aus!«

Sie arbeitete jetzt in einem Fünf-Sterne-Hotel in München und ließ sich zur Hotelfachfrau ausbilden. So weit weg. »Du bist zu weit weg!«, sagte Niki vorwurfsvoll. »Frankfurt hätte es auch getan!«

»Schnucki!« Anne schüttelte den Kopf. »Ich brauche Wasser, Schnee und Berge. Halb München ist am Wochenende in Kitzbühel. Und ich werde mir das auch ansehen. *Bunte* live. Ist doch was. Und wenn ich das alles satt habe, übernehme ich ein Hotel im Bayerischen Wald und züchte Gallowayrinder. Kann ja nicht so schwer sein!«

Niki grinste. »Du und Rinder züchten!« Sie schüttelte den Kopf. »Das größte Tier, mit dem du je umgegangen bist, war eine weiße Maus!«

»Ja, stimmt, Esmeralda und Diotima!« Anne grinste. »Die beiden habe ich wirklich geliebt! Aber ist schon lange her, und man entwickelt sich weiter!«

»Von der Maus zum Rind, warum nicht.« Niki zwinkerte ihr zu, bestellte sich eine Latte macchiato und für Anne einen weiteren Cappuccino.

»Und du?«, wollte Anne wissen. »Wie war es in Toronto. Erzähl!«

Und siehe da, anders als bei Lisa, sprudelte alles aus Niki heraus. Und erst am Schluss ihrer Schilderung fiel ihr auf, dass Anne keinen einzigen Ton gesagt hatte.

»Du sagst ja gar nichts!«, stellte sie fest.

Anne rührte in ihrer Tasse. »Ein Italiener also!«

Niki zuckte die Schultern. »Warum? Ist das schlimm?«

»Pasta und fünf Bambini!«

»Du bist ja bescheuert!« Niki runzelte die Stirn. »Und im Bayerischen Wald? Knödel und fünf Gören! Ist das besser?«

Anne nahm die Tasse mit beiden Händen hoch, spähte über den Rand und fragte dann verhalten: »Du bist aber noch nicht schwanger ... oder?«

Niki warf ihr spontan einen der kleinen Kekse an den Kopf, die mit ihrem Getränk gekommen waren. »Das ist die gute kanadische Küche, du dumme Nuss!«

Sie schauten sich an und mussten beide lachen.

»Wow, hat's dich erwischt«, stellte Anne nüchtern fest und winkte dem Kellner zu, der sie aber übersah. »Auf dieses Ereignis müssen wir anstoßen. Gratuliere! Richtig verliebt, das ist spitze!« Sie zögerte. »Und jetzt?«

»Gute Frage! Meine Mutter meint, ich soll ihm einen Brief schreiben!«

»Du hast mit deiner Mutter darüber gesprochen?«

»Du warst ja nicht da!«

»Stimmt!« Anne drehte sich nach dem Kellner um, der sie aber weiterhin ignorierte. »Und? Hast du geschrieben?«

Niki zuckte die Achseln. »Ich habe angefangen.« Sie unterbrach und hielt den Arm hoch, um auf sich aufmerksam zu machen. »Bin aber über die ersten drei Sätze nicht hinausgekommen!«

»Wie kannst du auch auf die Idee kommen, einen Brief zu schreiben.« Anne schüttelte den Kopf. »Jeder Aufsatz war dir doch ein Graus!«

»Ja, gut.« Jetzt hatte Niki es geschafft. Der Kellner bedeutete ihr mit einem Kopfnicken, dass er gleich kommen würde. »Ich wollte mich freischreiben. Alles reinpacken, was mich bewegt. Ihm mitteilen, dass ich ihn vermisse. Aber nicht so, dass er es gleich merkt ...«

»Wie bitte?«

»Na ja.« Niki holte tief Luft. »Eigentlich möchte ich lieber, das *er* mir schreibt und mir sagt, wie tierisch er mich vermisst!«

»Und? Tut er's nicht?«

»Bisher nicht ...« Niki verzog das Gesicht.

Anne betrachtete sie kurz. »Eigentlich müsstest *du* in den Bayerischen Wald und nicht ich!«

»Wieso, wie meinst du das?«

»Wo gibt's denn so was noch! Auf die Liebeserklärung eines Kerls zu warten! Das ist ja wie anno dazumal. Wenn du ihn liebst, dann sag ihm das gefälligst! Oder hast du es ihm auch nicht gesagt, als du mit ihm schlafen wolltest? Hast du etwa auf seine freundliche Einladung gewartet?«

»Ich ...« Niki schüttelte den Kopf und spürte, wie sie rot wurde.

Anne schaute sie strafend an. »Das ist aber nicht meine Erziehung!«

»Blöde Gans!« Niki suchte nach Keksen, die sie werfen konnte, und war froh, dass in dem Moment der Kellner kam, um die Bestellung aufzunehmen.

Zwei Tage verbrachte sie mit Anne, dann fuhr Anne zurück nach München, und Niki half ihrer Mutter bei Bestellungen, Einkäufen und im Restaurant. Das lenkte sie ab, und ihr Bauchweh war schwächer geworden. Anne hatte ihr gutgetan, so viel war sicher. Aber jetzt war sie wieder weg, und so schnell würden sie sich nicht wiedersehen.

»Studier halt in München«, hatte Anne sie noch bei ihrem Abschied zum wiederholten Male aufgefordert. »Da gibt's auch 'ne Uni. Und wir könnten viel Spaß haben!«

Das klang verlockend. Und München war näher an Italien, aber Niki wollte wegen ihrer Mutter nicht. »Deine Familie ist komplett. Deine Eltern, deine jüngere Schwester – alles im Lot. Aber ich fände es meiner Mutter gegenüber unfair.«

»Sieht sie das auch so?«

»Sie würde es nie zugeben.«

»Vielleicht glaubst du es nur.«

»Sie rackert ja hauptsächlich für mich. Da lasse ich sie nicht allein sitzen!«

»Du bist ein Gutmensch!« Anne grinste.

»Nein, ich möchte nur einfach kein schlechtes Gewissen haben.«

»Und wenn dich Marco einlädt? Komm und studiere bei mir in Mailand? Kannst bei mir wohnen?«

Niki überlegte. »Dann würde ich meine Emanzipiertheit heraushängen lassen und ihm sagen, dass er auch zu mir nach Wiesbaden kommen kann.«

Genau darüber dachte Niki seitdem nach. Anne hatte ja recht. Wie würden ihre Grundsätze aussehen, wenn Marco tatsächlich auf eine solche Idee käme? Aber wieso sollte er, fragte sie sich gleich, bisher waren sie über liebevolle, fröhliche oder unterhaltsame Kurznachrichten nicht hinausgekommen. Alles in allem belangloses Geplänkel. Der Kontakt würde langsam einschlafen und irgendwann ganz absterben.

Niki und Julia wohnten ziemlich zentral in einem der schönen großen Altbauten, die im 18. Jahrhundert Bürgerhäuser gewesen und nach dem Krieg in Mehrfamilienhäuser umgebaut worden waren. Wiesbaden war ja nicht zerbombt worden und musste deswegen nicht neu aufgebaut werden wie andere Städte. Manchmal dachte Niki, dass Wiesbaden so ein bisschen Erneuerung nicht geschadet hätte. Es war tatsächlich alles alt. Alt und ehrwürdig, die Gebäude, die Menschen, die Atmosphäre. Manchmal vermisste sie einen frischen Wind, der den Staub aufgewirbelt und für Belebung gesorgt hätte. Aber daran hatte niemand so recht Interesse. Wozu auch? Alles war gut, und so sollte es auch bleiben.

Niki öffnete die geschnitzte schwere Haustür, die in die Eingangshalle führte, und zog aus ihrem Briefkasten die Tageszeitung, einige Prospekte und Briefe heraus. Sie klemmte sich alles unter den Arm und lief die Treppe hinauf in den vierten Stock.

Niki hatte gute Laune, das Wetter war herbstlich schön, überall fielen die Blätter gelb von den Bäumen und erinnerten sie an ihre Kindheit. Sie hatte damals das Drachensteigenlassen so geliebt, und während sie in ihrer Tasche nach ihrem Haustürschlüssel suchte, dachte sie daran, wie sie einige Male mit ihrem Vater und ihrem kleinen roten Drachen unterwegs gewesen war. Welche Freude, wenn er oben blieb, und welches Geschrei, wenn er abstürzte und alles wieder von vorn begann. Ach, ihr Vater. Sie lehnte sich gegen den Türrahmen und ließ die Bilder vorüberziehen. Er hatte schon damals eine Geliebte gehabt. Niki war nur zu klein gewesen und hatte nicht verstanden, warum er sie ausgerechnet immer zu dem einen Mädchen bringen wollte, mit dem sie zusammen in den Kindergarten ging. Sie fand das Mädchen nicht besonders nett, und sie saßen auch immer nur gelangweilt vor dem Fernseher, während die Mutter der Kleinen und ihr Vater dringende Besorgungen vortäuschten. Erst Jahre später wurde ihr plötzlich klar, warum sie immer in dieses langweilige Wohnzimmer musste und auch ihrer Mutter gegenüber so tun sollte, als sei das für sie eine ganz wunderbare Freundschaft. Sie hatte Jahre daran herumgekaut, weil sie es ihrem Vater nicht verzeihen konnte. Und plötzlich brauchte sie es ihm nicht mehr zu verzeihen, denn da zog er aus. Zu einer neuen Geliebten.

Niki schloss die Tür auf. Es tat immer noch weh, stellte sie fest. Es würde ihr immer nachgehen, weil es sie irgendwie geprägt hatte. Sie wollte aber nicht davon geprägt sein. Sie wollte nicht misstrauisch sein und jeden Schritt ihres Freundes hinterfragen.

Aber verdammt – sie warf die Post auf den langen Esstisch –, warum meldete sich Marco nicht? Einmal müsste er doch sagen, okay, wir versuchen es, oder sorry, wir lassen's. Oder wartete er wirklich auf einen ersten Schritt von ihr? Sie hatte keine Ahnung, und sie wollte deshalb nicht anfangen, irgendwelche Psychobücher zu lesen. Der Brief fiel ihr ein. Er lag noch immer auf dem Schreibtisch ihrer Mutter. Über die ersten drei Sätze war sie noch nicht hinausgekommen. Ein kleiner diabolischer Gedanke schoss ihr durch den Kopf: *Vielleicht hat sie ihn ja zu Ende geschrieben …* Es war vollkommen unlogisch, aber schließlich musste sie doch hinlaufen und nachsehen. Das Briefpapier lag noch unverändert da, mit der Schrift nach unten und dem Füller obendrauf. Trotzdem nahm sie es in die Hand. *Die Tage sind ziemlich lang. Und ich habe viel Zeit, über uns nachzudenken. Ich vermisse dich!*

Die Tage waren noch immer ziemlich lang, obwohl sie ihrer Mutter im Restaurant aushalf und auch in der Wohnung schon wie wild mit Putztuch und Staublappen herumgewirbelt hatte. Aber es nützte nichts. Ihre Gedanken an Marco waren übermächtig.

Niki seufzte, legte das Papier zurück und lief durch das helle Wohnzimmer in die Küche. Dort goss sie sich ein Glas Wasser ein, ging an eines der hohen Fenster und schaute hinaus. Bald würde es schneien, dachte sie, während sie den Menschen auf den Gehsteigen zusah und den Autos nachschaute. Dann versinkt alles in der großen, weißen Stille. Sie dachte an Toronto. Da war der Winter auch sehr spät dran. Außergewöhnlich spät, hatten die Einheimischen gesagt. Herbststürme mit Gewitter, das war selten. Und hier? Sie hoffte auf Schnee. Sie liebte diese kleinen Eiskristalle, die auf der Zunge schmolzen. Sie sah sich mit ihren Strickfäustlingen, wenn sie mit der Zunge über die gefrorene Wolle leckte und ständig neuen Schnee auf die Zungenspitze schob, der gleich darauf geschmolzen war. Fast glaubte sie den vertrauten Geschmack im Mund zu haben, die feuchte Schafswolle, der warme Atem und der zerlaufende Schnee.

Das Telefon klingelte und riss sie aus ihren Gedanken. Als sie abnahm und sich meldete, hörte sie nur ein entferntes Atmen. Das machte ihr Angst, und sie legte schnell wieder auf. Unwillkürlich schaute sie zum Eingang und ging dann zur Anrichte, um sich einen Tee aufzubrühen. Da hat sich einer verwählt, sagte sie sich, und war zu feige, um sich zu entschuldigen. Sie setzte sich mit ihrem dampfenden Becher an den Tisch, pustete, um einen kleinen Schluck trinken zu können, und zog die Tageszeitung heran. Da sah sie ihn. Der Brief war fast in einen Prospekt für Elektroartikel hineingerutscht, aber genau die Ecke mit der italienischen Briefmarke schaute noch heraus. Niki stellte die dampfende Tasse so heftig ab, dass heißer Tee über den Rand schwappte und über ihre Finger lief. Sie spürte es nicht. Sie brauchte eine Weile, bis sie glauben konnte, was sie da sah. Dann zog sie den Brief mit spitzen Fingern hervor. Ein Brief aus Italien. An sie adressiert. Langsam drehte sie ihn um. »Marco« stand da. Sonst nichts. Als gäbe es in ganz Italien nur einen einzigen Marco. Niki riss den Brief ohne weiteres Zögern mit dem Zeigefinger auf. Mit dem Brieföffner wäre es eleganter gewesen, aber jetzt hatte sie keine Zeit mehr. Niki holte tief Luft und zog den handgeschriebenen Brief langsam heraus. Nicht so hastig, ermahnte sie sich und zwang sich sogar dazu, die Augen zu schließen und bis zwanzig zu zählen. Sie wartete, bis ihr Herzklopfen etwas nachgelassen hatte, dann legte sie ihn vor sich hin.

Was für eine schöne Schrift er hatte. Bestimmt und gerade, dabei großzügig und flüssig. Er hatte mit Füller geschrieben. Wie sie, dachte sie. Nur sein Briefpapier war edler. Wahrscheinlich war er extra losgelaufen, um es zu kaufen. Er hatte sich mehr Mühe gegeben als sie.

Sie strich das Blatt glatt, und dann beugte sie sich darüber, um es zu lesen.

Mia bella tesorina –

unsere letzten gemeinsamen Stunden sind schon zu lange her. Ich wage nicht einmal, genau nachzuzählen. Ich möchte Dich gern wiedersehen, unser Lachen, unsere Stimmungen, unsere Vertrautheit wieder erleben. Ist es Dir möglich, zu mir zu kommen? Du brauchst mir nur die Ankunftszeit am Mailänder Flughafen mitzuteilen, ich hole Dich zu jeder Tages- und Nachtzeit ab. Ich würde mich rasend freuen, mia fiammina, Dich bald wieder in den Armen zu halten,

Dein Marco.

Zuerst saß Niki ganz still, dann sprang sie auf und suchte ihr Handy. Anne war nicht erreichbar, so ein Ärger, aber klar, sie arbeitete ja, trotzdem musste sie die Neuigkeit irgendwie loswerden. Sie schrieb eine SMS.

Und sie rief sofort ihre Mutter an. Und dann surfte sie nach den günstigsten Flugverbindungen von Frankfurt nach Mailand. Möglichst gleich. Na, morgen ginge auch noch. Wie, ein Linienflug? 400 Euro, das geht nicht. Wo waren denn diese verdammten Billigflüge? So kurzfristig aber gab's wohl keine.

Sie rief wieder ihre Mutter an. »Mutti, ich finde nichts Billiges, ich plündere mein Bankkonto. Ist mir egal!«

»Nein, mach langsam. Ich helfe dir. Aber lass uns das noch einmal in Ruhe besprechen!«

»Da gibt es doch nichts zu besprechen! Er hat mich eingeladen, und ich …«

»Nichts überstürzen! Wir finden was, ich versprech's dir. Schnell genug, aber günstig. Und nicht zu hastig. Das kommt nicht gut!«

Kommt nicht gut! Das war das Letzte, was sie jetzt hören wollte!

»Du hast doch nicht auf den Startschuss von ihm gewartet!«

Doch, hatte sie.

»Komm später her. Es sind nur zwei Tische besetzt, die werden bald gegangen sein, dann soll Angelo uns was Schönes kochen, und wir reden!«

»Angelo ist doch auch Italiener«, fiel Niki ein.

»Ja, klar.«

»Dann kann er mir doch ein paar Sätze Italienisch beibringen …«

»Und vielleicht auch was über italienische Männer?«

»Mama!«
»Niki?«

Zwei Tage später saß sie in einer Swiss-Maschine zu 178 Euro. Alitalia wäre um 150 Euro teurer gewesen, die Hungarian Airlines wollten mehr als das Doppelte, und die Czech Airlines schossen mit 732 Euro den Vogel ab.

Niki war glücklich. Ihre Mutter hatte sich zwar nicht am Flug beteiligt, weil sie fand, dies sei Nikis Angelegenheit, aber sie hatte ihr 500 Euro in die Hand gedrückt. »Für alle Fälle«, hatte sie gesagt. »Vielleicht siehst du was Schönes, aber möglicherweise brauchst du auch Fluchtgeld. Wenn nicht, musst du es ja nicht unnötig ausgeben!«

»Fluchtgeld«, das fand Niki zwar übertrieben, aber manchmal war es besser, einfach nichts zu sagen. Sie hatte die beiden Tage bis zum Abflug genutzt, um noch zum Friseur zu gehen und überhaupt Hand an sich zu legen. Sie war durch den Wald gejoggt und im Solarium gelegen, hatte ausgiebig Körperpflege betrieben und fühlte sich jetzt gewappnet. Ihre Mutter wollte ihr noch ein Jackett spendieren, falls sie abends mal besser ausgehen würden – und man wusste ja nie, Mailand, Modehauptstadt und so –, aber Niki hatte abgewehrt. Ein Jackett war total übertrieben, sie kannte ja Marco. Wahrscheinlich hauste er in einem kleinen Zimmer irgendwo zur Untermiete. Noch verdiente er ja nichts, wie er sagte. Gelegenheitsjobs, Lebemann. Das hatte sie ihrer Mutter aber nicht erzählt und sich dann doch wenigstens zu einer neuen weißen Bluse überreden lassen.

Niki hatte einen Fensterplatz erwischt, sie flog leidenschaftlich gern. Auch jetzt wieder, die steile Kurve in den Himmel hinein; wenn das nach dem Tod auch so ging, wäre das ein wunderbarer Trost. Und dann irgendwo auf einer

Wolke sitzen, während sich über ihr der knallblaue Himmel wölbte und es unten grau und verdrießlich war. So wie jetzt. Frankfurt im Dezember halt.

Neben ihr saß eine gut gekleidete Dame Mitte fünfzig, sie war so schick, dass Niki sich kaum zu bewegen traute. Sicherlich hatte sie eine Boutique oder war Frau Hermes persönlich. Der zarte Duft, den sie verströmte, passte zu ihr. Nur der Platz nicht. Warum flog so eine Holzklasse?

Niki hätte sie gern gefragt, traute sich aber nicht. War die erste Klasse überbucht? War die Dame krankhaft sparsam? Hatte sie gerade am Roulettetisch ihr gesamtes Vermögen verloren? Oder wollte sie sich etwas beweisen, indem sie sich zu den Armen der Welt gesellte?

Sie trank auch nur Wasser. Stilles Wasser. Und wollte nichts essen. Nun, zu der gertenschlanken Taille und ihrem Dior-Kostümchen passte natürlich kein Billigfutter. Zu Niki schon, fand sie. Aber sie verkniff es sich trotzdem. Immerhin hatte sie seit Toronto schon zwei Kilo abgenommen, und die wollte sie präsentieren. Da musste auch ein doppelter Hamburger mit Speck und Käse warten. Dafür genoss sie ein Glas Sekt. Und spürte gleich, wie er ihr zu Kopf stieg.

Ach, Marco, dachte sie und ließ ihren Kopf gegen das Fenster sinken. Wird das schön werden. Wir zwei, in deiner Bude, in deinem Bett, in der Pizzeria, in der Stadt. Niki hatte sich einen Stadtführer gekauft, wie das alle deutschen Touristen tun, und sich ausführlich informiert. Sie kannte die mailändische Geschichte, wusste, dass Mailand die zweitgrößte italienische Stadt war und die Stadt mit der höchsten Luftverschmutzung, was ihr aber egal war. Sie würde einfach die Bettdecke über die Nase ziehen und an Marco schnuppern. Außerdem galt Mailand als »moralische Hauptstadt«, was auch immer das sein mochte, Niki würde es nicht befolgen. Und Mailand war, was Wirtschaft, Mode, Design und Medien betraf, das Zentrum Italiens. Das hatte sie nicht gewusst. Mode schon, aber Wirtschaft? Vielleicht sollte sie doch noch umschwenken und ihre Wirtschaftswissenschaften in Mailand studieren?

Sie seufzte und trank noch einen Schluck. Ach, war das Leben schön. Und vor allem jetzt, wo die Wolkendecke aufriss und sie die Alpen sah. Es sah gigantisch aus. Und es waren so viele schneebedeckte und in der Sonne gleißende Gipfel, dass einem schier schwindlig wurde. Wie klein man doch gegen diese Massive war. Und wie vergänglich. Ein Menschenleben musste den Bergen erscheinen wie ihr eine Eintagsfliege. Sssst, und weg.

Aber darüber wollte sie jetzt nicht nachdenken. Bei ihr war es umgekehrt. Ssst, und sie war da.

Sic waren bereits im Sinkflug, und in Niki wuchs die Aufregung. Die Stewardess kündigte an, dass nun die Tische wieder hochgeklappt werden müssten, und Niki trank schnell ihren Sekt aus. Gleich würde sie in Mailand landen. Das war unglaublich! Gleich würde sie ihren Marco wiedersehen. Es war wie im Film. Sah sie auch gut aus? Sollte sie noch einmal zur Kontrolle auf die Toilette? Nein, dazu war es jetzt zu spät. Keine Toilette mehr, nur noch Landung. Und ausgerechnet jetzt meldete sich ihre Blase. Aber das war immer so.

Die Dame neben ihr brauchte ewig, bis sie endlich aufstand und sich in die Menschenschlange eingliederte, die aus dem Flugzeug hinausdrängte. Gut, Niki wusste, dass es keine Rolle spielte. Nachher würde sie am Gepäckband stehen und auf ihre Reisetasche warten, aber trotzdem, die Ungeduld hatte sie gepackt, und jetzt ging ihr alles zu langsam. Wie würde Marco sie empfangen? War er schon da? Hoffentlich war er pünktlich. Und wenn er überhaupt nicht kam? Der

Schreck fuhr ihr in die Glieder, und sie schaltete ihr Handy ein.

Eine SMS war eingegangen: *Tesorina, ich freu mich auf dich*, stand da. Ihr Herz machte einen Satz, und die Freude trieb ihr die Röte ins Gesicht. Ihr wurde heiß, und gleich darauf begann sie wieder zu frieren. Sie stand am Gepäckband und nestelte an ihrem Mantel. Den hatte sie schon in Toronto dabei gehabt, der würde Marco vertraut erscheinen. Aber jetzt war er ihr zu warm. Sie zog ihn aus und klemmte ihn unter den Arm. Dann schaute sie sich um, vielleicht konnte sie Marco ja schon irgendwo sehen? Stand er vielleicht an einem der Fenster? Würde er seine dunkelbraune Lammfelljacke tragen?

Die Vorfreude legte sich wie eine warme Hülle um sie. Und dann kam endlich ihre schwarze Reisetasche. Sie hatte unter der Verladung ziemlich gelitten, aber es war kein teures Stück gewesen, also war es nicht weiter schlimm. Sie warf sich die Tasche über die Schulter, und jetzt kam der Moment:

Sie lief zum Ausgang. Ein Zollbeamter trat ihr in den Weg. »Guten Tag«, sagte Niki schnell und korrigierte sich: »Buon giorno! Ich habe nichts dabei!« Er musterte sie kurz, dann ließ er sie passieren.

Niki schluckte. Sie hatte wirklich nichts dabei, weshalb fühlte sie sich trotzdem schuldig? Draußen stand eine Traube von Menschen. Niki blieb irritiert stehen. Dann sah sie ihn. Er stand lässig in der dritten Reihe, grinste und schob sich durch die Menge zu ihr vor. Niki ließ die Reisetasche fallen, und in der nächsten Sekunde lagen sie sich in den Armen. Er roch an ihrem Haar, biss leicht in ihr Ohrläppchen, und dann küssten sie sich. Sie vergaß die Welt, so schön war es. Sie fühlte ihn, umfasste ihn unter seiner Felljacke, und er zog sie an sich. Um sie herum schob und drängte es, aber Marco ließ sich nicht beirren, er stand wie ein Fels und hielt sie fest.

»Wie schön, dass du da bist«, flüsterte er schließlich, und sie schauten sich an.

Ja, tatsächlich. Es war schön.

Er küsste sie noch einmal kurz und lächelte. »Los jetzt! Es gibt schönere Plätze als die Ankunftshalle eines Flughafens.«

Niki nickte und bückte sich nach ihrem Gepäck.

Dann tauchte sie wieder auf und schaute Marco ungläubig an. »Sie ist nicht mehr da!«

»Wer?«

»Meine Reisetasche!«

»Scheiße!«

Sie schauten sich um. Es waren noch immer viele Menschen um sie herum, und sie standen mitten drin in dieser Masse. Wie blöd auch, dachte Niki, sie einfach neben sich abzustellen! Hörte man nicht in jeder Durchsage, dass man auf sein Gepäck achten sollte? Und sie hatte es einfach fallen lassen und glaubte an den lieben Gott! Selbst schuld!

»Dann müssen wir zur Flughafenpolizei«, erklärte Marco.

Niki überlegte kurz. »Lohnt sich nicht«, sagte sie dann. »Ein paar Kleider und Waschzeug! Geld, Ticket und Handy habe ich hier.« Sie klopfte auf die Innentasche ihres Mantels.

»Aber du brauchst doch was zum Wechseln! Frische Wäsche!«, warf Marco ein. »Dann müssen wir jetzt einkaufen gehen!«

Shoppen in Mailand, das war verlockend. Aber sie hatten beide keine Kohle, das Geld ihrer Mutter wollte sie nicht gleich nach der Ankunft verjubeln.

»Ich wasche die Sachen abends aus. Du wirst ja wohl eine Heizung haben, über der man sie trocknen kann, wird also schon gehen!«

Marco lachte und drückte sie an sich. »Wir werden sehen«, sagte er, legte seinen Arm um ihre Schulter und dirigierte sie zum Ausgang.

Einige Schritte weiter stolperte Niki und schaute zum Boden. Da lag sie. Nicht zu fassen, sie war über ihre eigene Reisetasche gestolpert.

»Die ist durch die vielen Füße einfach weitergewandert«, lachte Marco und nahm die Tasche hoch. »Etwas lädiert, aber …«

»Das war sie vorher schon!« Niki strahlte ihn an. »Jetzt bin ich doch froh!«

»Na, Italien ist eben ein ehrliches Land«, erklärte Marco und gab ihr einen Kuss. »Ich zeige dir mal unser Vehikel, in das wir uns hineinquetschen müssen.«

»Ach, doch kein Roller?«

»Roller?«, fragte er erstaunt.

»Ja.« Niki zuckte mit den Schultern, während sie neben ihm auf eine der großen Glastüren zuschritt. »Ich hätte schwören können, du kommst mit einem Roller!«

Marco grinste. »Du weißt schon, dass es Winter ist?«, fragte er. »Und dass es in Mailand ordentlich kalt werden kann, so richtig mit Schnee und so?«

Irgendwie hatte Niki tatsächlich eher an angenehme Temperaturen gedacht. Eigentlich hatte sie sogar nur an ein kleines Zimmer mit Bollerofen und kuscheligem Bett gedacht. Was brauchte man mehr?

Die große Ausgangstür glitt zur Seite und entließ sie ins Freie. Ein eisiger Wind schlug ihnen entgegen, obwohl die Sonne schien. »Na, geht doch«, schwindelte Niki und war froh, dass sie nicht auf einen Roller musste.

Marco sagte nichts, sondern hielt sie weiter untergehakt und blieb mit ihr am Straßenrand stehen. Jetzt hat er wahr-

scheinlich das Parkdeck vergessen, überlegte Niki und lächelte ihm zu. Dann folgte sie seinem Blick. Eine große, dunkle Limousine kam auf sie zugeschwebt und blieb unmittelbar vor ihnen stehen. Niki wollte einen Schritt zurück machen, um den Herrschaften im verdunkelten Fond nicht im Weg zu stehen, aber Marco blieb gelassen. Ein Chauffeur in Uniform stieg aus, kam um den Wagen herum und öffnete den Schlag.
»Prego!«

Niki schaute Marco an und wollte nicht glauben, dass er dem Mann das Gepäck reichte und zu Niki sagte: »Steig einfach ein.«

»Steig einfach ein?«, echote sie. »Das muss doch wohl eine Verwechslung sein.«

»Das hier ist Giovanni.« Der Chauffeur nickte ihr freundlich zu. »Und es ist keine Verwechslung. Also, bitte!«

In Nikis Hirn wirbelte alles durcheinander. Sie stieg ein und landete in weichen Ledersitzen mit unglaublich viel Beinfreiheit. Man hätte glatt noch eine zweite Sitzbank einbauen können. Stattdessen stand da ein aus Kirschholz gefertigtes Möbelchen, und ein Vorhang schützte vor den Blicken des Fahrers. Aber wieso durfte der Fahrer nicht nach hinten sehen?

»Was ist denn das?«, platzte Niki heraus.

Marco sagte nichts, sondern öffnete das eingebaute Möbel und zauberte zwei Sektgläser und eine Flasche Champagner hervor.

Niki traute ihren Augen nicht. »Das muss dich doch ein Vermögen gekostet haben«, sagte sie schließlich. »Ich meine, ich finde so eine Überraschung ja toll, genial, mir fehlen die Worte.« Niki kicherte und fand sich ziemlich albern. »Aber …«, sie strich sachte über das cremefarbene Leder und schüttelte den Kopf, »das ist einfach verrückt … ich meine, versteh mich nicht falsch, aber so einen Service zu mieten – was ist das überhaupt für ein Schlitten?«

»Ein Rolls-Royce Phantom«, sagte Marco eher beiläufig, ließ den Korken knallen und schenkte ein. »Mach dir keine Sorgen!«

»Hast du vorhin nicht Vehikel gesagt? Bist du auch sicher, dass du nicht irgendjemandem das Auto weggenommen hast? Und dass nicht gleich die Polizei mit Blaulicht hinter uns herfährt?« Niki schaute sich instinktiv um.

Marco reichte ihr seelenruhig ein Glas.

»Lass uns einfach auf ein paar schöne Tage anstoßen!«

»Du hast eine Bank überfallen! Du bist ein Gangster, deshalb arbeitest du nicht!« Niki nahm zwar das Glas, war aber auf der Hut.

Marco musste lachen. »Nein, sicher nicht! Stoß mit mir an, und beruhige dich. Es ist alles völlig harmlos!«

Völlig harmlos, dachte Niki. Völlig harmlos war ihr Leben in Wiesbaden. Das hier war alles andere als völlig harmlos. Das war irre! Der Telefonanruf fiel ihr ein. Nichts als Atemgeräusche in der Leitung – war das die Mafia gewesen?

Sie holte tief Luft. Dann stieß sie mit Marco an und trank einen Schluck. »Okay, Marco«, sagte sie, »aber das musst du mir erklären!«

Er lehnte sich zurück und griff nach ihrer Hand.

»Du isst doch gern Spaghetti!«

Sie nickte.

»Und Farfalle!«

Sie nickte wieder.

»Mafaldine, Penne rigate, Cannelloni, Conchiglie rigate, Fusilli und Pipe rigate …«

»Ja, ja«, unterbrach ihn Niki ungeduldig. »Was soll das?!«

Marco drückte ihre Hand. »Jetzt nicht rausrennen!«

Niki hielt ihr Glas in der Hand und die Luft an.

»Es ist meine Familie!«, sagte er. »Mein Nachname ist Del Conte.«

»Ja, das weiß ich doch!«

Er sagte weiter nichts und wartete ab.

Es war Niki klar, dass sie jetzt irgendwie nicht schaltete. Was meinte er?

»Del Conte«, sagte sie leise, und plötzlich machte es Klick. »Das ist nicht wahr! All die Nudeln, die du eben aufgezählt …«

Er nickte.

»Oh, du mein Gott!«, entfuhr es ihr, »das ist ja entsetzlich!«

»Nein, so schlimm ist es nicht«, widersprach Marco, nahm ihr das Glas aus der Hand und küsste sie. »Glaub mir, es gibt weitaus Schlimmeres!«

Niki betrachtete ihn verstohlen. Sah er nach dieser Offenbarung etwa anders aus? Nein, seine Lammfelljacke war nicht die neueste, er trug die Jeans, die sie schon kannte, und auch seine Uhr war nichts Besonderes, zumindest war sie nicht aus Gold.

»Und du schwindelst mich nicht an?«, fragte sie misstrauisch, weil ihr das alles viel zu verrückt schien.

»Warum sollte ich?«, fragte er zurück. »In spätestens zwanzig Minuten wirst du meine Familie kennenlernen.«

»Deine Familie?« Jetzt war Niki wirklich entsetzt. »Ich will deine Familie nicht kennenlernen! Ich will mit dir allein sein. Irgendwo. In einer Kellerwohnung, in einem Schuppen, in einer Dachkammer, egal, aber ich will ganz bestimmt nicht deine Familie kennenlernen!«

»Ich wohne aber nun mal mit meiner Familie unter einem Dach!«

Ach, du lieber Himmel. Warum hatte sie der Abend bei Heidi nicht stutzig gemacht? Er war ein Mamakind! Ein italienisches Mamakind! Er würde, bis er scheintot war, aber mindestens bis vierzig, im Hotel Mama wohnen. Wie konnte ihr das passieren!

»Was ist denn?« Marco strich ihr die Haare zurück, die sie heute Morgen noch extra mit dem Glätteisen behandelt hatte, damit sie besonders edel glänzten und lagen. Für wen? Für seine Mama?

»Ich …« Niki musste sich sammeln, und am liebsten hätte sie »Fahr mich zurück, ich fliege heim!« gesagt, aber dann hätte sie ja auch Marco verloren. Konnte eine Familie so schrecklich sein? »Hast du da wenigstens ein eigenes Zimmer?«, fragte sie, denn irgendwie hatte sie die Filme mit Sophia Loren im Kopf, in denen zehn Kinder mit ihren Eltern in einem Raum hausten und sich alle ständig am Spaghettitopf trafen. Wie passend, fiel ihr auf, und fast schon hätte sie wieder gelacht, wenn das alles nicht zu furchtbar gewesen wäre.

»Ja, ja, keine Sorge. Und es hat auch eine eigene Tür!«

Das beruhigte Niki fürs Erste, aber trotzdem: Sie hatte keine so rechte Vorstellung, was sie erwartete.

»Und aus diesem Zimmer müssen wir nicht raus, wenn wir nicht wollen?«, setzte sie deshalb nach.

»Müssen wir nicht!«

Niki ließ sich zurücksinken. Das war doch schon mal was. Ob Kellerloch oder Villa, Hauptsache, sie waren für sich allein!

Marco lächelte und nahm sie in die Arme. »Du musst wirklich keine Angst haben«, sagte er, »es ist alles quite easy!«

Quite easy. Das wollte sie von ihm hören. Das hatte er in Toronto immer gesagt. Es gab eigentlich nichts, was nicht quite easy war. Seine Gastfamilie, die Schule, der Unterricht, die Zukunft, das Leben, letztendlich auch sie. Alles war quite easy.

Vielleicht ein bisschen zu quite easy, wenn sie es genauer bedachte. So einfach war das Leben eben doch nicht. Aber darüber wollte sie jetzt nicht nachdenken, sie lag in Marcos Armen und fühlte sich wohl.

Der Wagen hatte die Stadt verlassen und rollte nun durch eine weite, ruhige Landschaft. Sie glitten wie auf Schienen dahin oder, besser noch, wie im Schlitten auf einer verschneiten Straße. Es war nichts zu hören. Die Außenwelt war verstummt, wie weggewischt. Der Wagen musste gepanzert sein, sonst war die Stille nicht zu erklären. Sie schaute zu Marco, aber der lächelte nur still vor sich hin und schaute zum Fenster hinaus.

Woran er wohl gerade dachte? Auch Niki schaute zum Fenster hinaus und versuchte, nicht alles wie in einem Film zu sehen. Es ist Realität, sagte sie sich. Du sitzt in einem Rolls-Royce und gleitest mit deiner großen Liebe durch Italien. Aber es war so kitschig, dass sie das lieber nicht vertiefen wollte.

Als sie durch ein großes schmiedeeisernes Tor fuhren, das sich elegant vor ihnen öffnete, und sich der glatte Asphalt in einen knirschenden Kiesbelag verwandelte, schob Niki den Vorhang zur Seite. Sie fuhren auf weißem Kies eine breite Zypressenallee entlang.

»Hübsch!«, sagte sie und schaute aus ihrem Seitenfenster. Hinter den hoch in den Himmel ragenden Bäumen verlor sich der Park in der Ferne, unterbrochen von akkurat geschnittenen Heckenskulpturen, Teichen und schmalen Wegen. »Bist du sicher, dass das Italien ist?«, fragte sie Marco, der grinste. »Ich dachte, diese penible Gestaltung gibt es nur in Deutschland, Italiener dagegen lieben ein Feuerwerk an Formen und Farben.«

»Ich glaube, das liegt weniger an der Nationalität«, entgegnete er, »als vielmehr an dem Bauherrn. In diesem Fall an der Bauherrin, meiner Mutter. Sie wollte den Park nach französischen Vorbildern gestaltet haben.«

»Da bin ich aber auf das Haus gespannt«, erklärte Niki und lehnte sich vor.

»Brauchst du nicht«, schwächte er ab. »Es gibt weitaus größere Besitztümer!«

Der Weg vor ihnen öffnete sich zu einem Rondell, das Niki im ersten Moment an einen Kreisverkehr mit üppiger Blumeninsel erinnerte – nur dass das Gebäude dahinter in kein städtisches Schema passte. Das hier war kein Haus, es war ein Palazzo. Eine zweistöckige Villa, deren Mitte von einer prunkvollen Eingangstür geziert wurde, von der rechts und links hohe Fenster, Erker und Türmchen in einer sanften Rundung nach hinten wegflossen. So etwas hatte Niki noch nie gesehen, mit Mühe gelang es ihr, ihren Mund nicht aufzuklappen. Wäre das Gemäuer jetzt noch von Rosen überwuchert gewesen, hätte sie an das Schloss von Dornröschen geglaubt.

»*Da* wohnst du?«, fragte sie und konnte den Blick nicht von dem Palazzo abwenden. »Ich möchte mit dir in ein Kellerzimmer mit Bollerofen«, sagte sie und hielt sich die Hände vor die Augen. »Sofort!«

»Meins ist nur ein bisschen anders«, sagte Marco und nahm sie in die Arme. »Aber einen Bollerofen treiben wir bestimmt auf. Und Kellerräume haben wir massenweise.« Er zögerte. »Ich weiß nur nicht, ob dir dort die Gesellschaft so besonders gut gefallen würde.«

»Wovon sprichst du? Kerker? Skelette? Knochen?«

»Ratten und Mäuse!«

»Ach, so!« Niki atmete aus. Dann verkrampfte sie sich wieder. »Und jetzt?«

»Stelle ich dich meiner Mutter vor!«

»Was ist sie für ein Typ?«

»Jung, dynamisch, katholisch!«

»Ach, du je. Heißt das, dass wir getrennte Zimmer haben werden?«

»Nein, so viel hat sie schon verstanden!«

»Und dein Vater?«, wollte sie wissen.

»Der hat zu Hause nichts zu sagen, dafür darf er in der Firma bestimmen!«

Das konnte ja lustig werden. »Und warum hast du mir das alles nicht vorher erzählt?«

»Ach«, Marco fuhr sich durch seine dunkelbraunen Locken, »es gab Zeiten, da habe ich wirklich ein Kellerloch angemietet. Ständig war ich nur der Sohn und nie einfach nur ich, und dann wollte ich eben wissen, wer mich oder nur meinen Background mag. Aber ich bin erwachsener geworden …«

»Du bist gut!« Niki schüttelte den Kopf. »Von wegen erwachsener. Für mich warst du bis vor einer Stunde genau die arme Kirchenmaus. Und zu der wollte ich!«

Marco schaute sie an, und Niki glaubte, einen Funken Unsicherheit in seinem Blick zu erkennen. »Ist das jetzt ein Problem?«, wollte er wissen.

»Noch nicht …«, sagte sie und küsste ihn schnell auf den Mund.

Signora Isabella Del Conte war eine etwa fünfundvierzigjährige Frau, betont schlank, betont gut gekleidet und betont eisig. Niki fühlte sich nicht mehr wie Dornröschen, sondern wie Aschenbrödel. Die Signora hatte sie mit einem knappen

Kopfnicken begrüßt und Niki dabei so missbilligend von oben bis unten gemustert, dass sie sich wie durchleuchtet vorkam.

»Wir haben heute Abend Gäste«, sagte sie zu Marco, nicht zu ihr, »ich weiß nicht, ob ein Cocktailkleid in diesem … Sack«, damit heftete sich ihr Blick auf Nikis mitgenommene Reisetasche, »Platz hat. Aber es wäre durchaus angebracht, wenn sie eins tragen würde.«

Niki konnte zwar kein Italienisch, aber dies war leicht zu verstehen. Sie sagte nichts.

Marco legte seinen Arm um ihre Taille und drückte sie an sich. »Keine Sorge, Mama«, sagte er nonchalant, »wir werden schon was Passendes finden. Du wirst sehen«, er lächelte seiner Mutter zu, und dann schob er Niki durch die riesige Eingangshalle auf die marmorne Freitreppe zu.

»Ich glaube, deine Mutter mag mich nicht«, stellte Niki betroffen fest.

»Ach, das darfst du nicht so sehen. Sie meint es nicht so!«

»Sie meint es genau so!«

Er drückte sie nur fester an sich.

»Sieht aus wie bei mir zu Hause«, sagte Niki, weil die Freitreppe sie flüchtig an die Eingangshalle ihres Bürgerhauses erinnerte.

»Na also. Du wirst dich schon wohl fühlen«, fand Marco und bog unterhalb der Freitreppe nach links in einen endlos wirkenden, leicht gewundenen Gang ab. »Oben sind die Gemächer meiner Eltern«, erklärte er. »Rechts und links des Eingangs sind die Gesellschaftsräume, hier unter der Freitreppe gehen rechts und links zwei Gänge zu verschiedenen Zimmern ab. Ich hause hier im linken Gang, außerdem gibt es da ein kleines Büro, eine kleine Bibliothek und einige Gästezimmer.«

Niki hörte gar nicht richtig zu. Sie hatte den unerklärlichen Wunsch, ihre Mutter anzurufen. »Ich habe nur Jeans und T-Shirts dabei. Einen dicken Norwegerpullover und eine weiße Bluse, die mir meine Mutter aufs Auge gedrückt hat.« In weiser Voraussicht, dachte sie. Hätte ich mich mal nicht so gegen dieses alberne Jackett gesträubt. »Woher soll ich da ein Cocktailkleid zaubern? Selbst wenn wir noch schnell eine Gardine zusammennähen könnten, fehlen mir die passenden Schuhe!«

Sie kamen an das Ende des Ganges. Links und rechts zwei Türen. »Sackgasse!«, stellte Niki fest.

»Sieht nur so aus!« Marco stieß die rechte Tür auf, sie führte zu einem kleinen Büro. Dann die linke. Hinter ihr verbarg sich ein weiterer Gang.

»Findest du dich hier zurecht?«, wollte Niki wissen. »Wir könnten uns ja einfach hier verirren, dann müssten wir nachher nicht erscheinen!«

Marco lachte und ließ sie an sich vorbeitreten. Gleich darauf öffnete er die erste Tür rechts. Sie führte in eine kleine Bibliothek mit einem gemütlichen Ohrensessel aus dunklem Leder und einem sehr niedrigen Bett, das schräg gegenüber vom Sessel einfach in den Raum gestellt worden war.

»Seltsam!«, fand Niki.

»Es ist das Lieblingszimmer meines Onkels Paolo«, erklärte Marco. »Der Bruder meines Vaters. Er liebt Bücher und nistet sich am liebsten hier ein, wenn er kommt.«

»Aha!«

»Nebenan wohne ich!«

»Gut. Und dein Zimmer verlassen wir die nächsten Tage auch nicht mehr! Wo ist denn die Küche?«

Marco lachte. »Stimmt! Du hast abgenommen, du brauchst dringend eine anständige Portion Pasta!«

Del Conte, dachte Niki. Das brauchte sie wirklich nicht. Aber sie freute sich, dass er es bemerkt hatte. Immerhin zwei Kilo, das war schließlich was!

In Marcos Zimmer fand sie den Marco wieder, den sie kannte. Es hatte die Ausmaße ihres Wohnzimmers zu Hause und lebte von einer malerischen Unordnung. Sie fühlte sich sofort wohl. Das Bett war hastig glatt gestrichen worden, sicherlich würde sie noch die Frühstücksbrösel vom Vortag darin finden. Ein T-Shirt lag auf der Decke, und gern hätte sie daran geschnüffelt. Sicherlich schlief er darin. In einer Ecke lehnte eine E-Gitarre, und daneben, auf dem Schreibtisch, türmten sich Briefe, Akten und irgendwelche Ausdrucke.

Marco ging hinüber und zog aus dem Stapel zielsicher einen Prospekt heraus. »Schau, unsere Schule«, sagte er.

Niki blätterte den Prospekt auf, und urplötzlich überfiel sie ein unglaubliches Heimweh nach Toronto. Sie hätte heulen können. Wie leicht alles gewesen war, wie unbekümmert, wie unbeschwert! Selbst dieser Glaskasten, den sie auf den ersten Blick nicht besonders gemocht hatte, hätte nun bei ihr jeden Schönheitswettbewerb gewonnen. Toronto war eine unvergessliche Zeit gewesen, so bereichernd – und nicht nur, weil sie Marco kennengelernt hatte. Mit dem Zeigefinger fuhr sie liebevoll über den Namenszug der Schule. Und sie lag so praktisch mitten in der Stadt, mittendrin im Leben. Aber sie war nicht mehr in Toronto, jetzt war sie in Italien. Aber wo überhaupt? Sie hatte keine Ahnung. Irgendwo außerhalb von Mailand, toll!

Beruhige dich, sagte sie sich, es geht dir gut. Du bist bei Marco, und er würde schon aufpassen, dass diese italienische Signora dich nicht vergiftet. Was hatte Marcos Mutter eigentlich gegen sie? Sie kannte sie doch überhaupt nicht!

»Do you want a drink?«, wollte Marco wissen, und Niki ließ sich, so wie sie war, aufs Bett fallen.

»Einen Drink, eine Dusche und dann dich. Und genau in dieser Reihenfolge«, sagte sie und fragte sich gleichzeitig, wo sie diese Coolness hernahm.

Marco warf seine Lammfelljacke auf einen Sessel, auf dem schon zwei andere Jacken lagen, und zwinkerte ihr zu. »Wie Mylady wünschen!«

Niki lag in ihrem ausgebreiteten Mantel auf dem Rücken, betrachtete die Ornamente an der hohen Decke und hätte sich über ein verborgenes Rotlicht nicht gewundert. Irgendwie kam sie sich die ganze Zeit vor wie im Film. Gab es eine neue RTL-Reality-Soap? Sie schaute erst auf, als sich Marco schräg neben sie legte. Er hielt ihr ein mit Campari-Orange gefülltes hohes Glas hin. »Das wird dir guttun«, erklärte er und ließ die Eiswürfel klirren.

»Ja, danke, das glaube ich auch!« Niki streckte die Hand aus und richtete sich auf. »Trotzdem weiß ich nicht, wie wir das nachher in den Griff bekommen sollen. Gäste? Cocktailkleid? Was ziehst du denn da an? Etwa einen Smoking?« Bei der Vorstellung hätte sie lachen können. Marco mit seinem Dreitagebart und einem Smoking. Er war eher was für eine abenteuerliche Wildwasserfahrt.

Aber Marco lächelte nur und stieß mit ihr an. »Lass dich überraschen. Ich bin ziemlich flexibel!«

Das angrenzende Badezimmer erinnerte sie auf den ersten Blick an einen römischen Tempel. Alles war mit kleinen, bunten Steinen gefliest, die sich zu immer neuen Mustern zusammenfügten. Eine Badewanne stand auf Löwenpfoten in der Mitte des Raumes, und ein weißes Waschbecken, das einem länglichen Trog ähnelte, saß auf einem breiten Sims.

Die Dusche war keine herkömmliche Glaskabine, wie Niki sie kannte, sondern ein runder Duschraum mit vielen verschiedenen Duschköpfen, der durch eine brusthohe Mauer vom übrigen Badezimmer abgetrennt war. Schwallbrause, Massagedüsen, Handbrause – selbst ein Schlauch zum gezielten Abspritzen hing da. So etwas kannte Niki nur aus Saunen – und tatsächlich, im Nebenraum fand sich eine kleine finnische Sauna. »Nicht zu fassen«, sagte sie. »Was machst du hier allein? Orgien?«

Sie drehte sich zu Marco um und sah, dass es ihm durchaus nach einer Orgie zumute war. Sie hatten ihre Kleider auf Marcos Bett fallen lassen, und Niki war ihm nackt ins Bad gefolgt, aber sie hatte an eine normale Dusche gedacht und nicht an eine komplette Badeanstalt. Jetzt musste sie sich erst einmal sammeln. Sex inmitten von unglaublichem Luxus, das hatte sie noch nie gehabt. Ob es sich mit Geld anders liebte?

Marco hatte bereits alle Düsen aufgedreht. Er war wie ein kleiner Junge, stellte sie fest, er hatte tierischen Spaß dran, wie es aus allen Düsen spritzte, pulsierte und quoll. Seine braune Haut, seine lustigen Augen, sein gut gebauter Körper, muskulös, aber nicht aufgeblasen, das alles gefiel ihr und machte sie an. Seine Brust mit den kleinen, dunklen Brustwarzen, ein bisschen behaart, aber nicht zu viel, der knackige Po, den er von Michelangelo geklaut hatte, und sein Penis, der zu ihm passte, nicht zu groß, nicht zu klein, nicht zu dick, nicht zu dünn. Für sie war er perfekt, und während sie ihn betrachtete, wie er unter der Schwallbrause stand und das Wasser wie ein Wasserfall auf ihn hinabstürzte, sich über seinen Schultern teilte, um ihn dann völlig einzuhüllen, so als ob er in einem gläsernen Kokon stünde, da packte sie die pure Lust. Jetzt wollte sie ihn haben, und sie teilte das Wasser mit ihm, zog sich an seinem Nacken hoch und umschlang ihn mit ihren Beinen. Er hielt sie, drehte sich dann um, und während sie die Mauer in ihrem Rücken spürte, drang er in sie ein. Guter Sex hatte nichts mit Geld zu tun, nur mit Lust, das wurde ihr sofort klar.

Sie waren über eine Stunde im Duschraum, liebten sich in der Sauna und dann zwischen den Massagebrausen und ließen sich schließlich zur Entspannung ein Schaumbad ein. Sie saßen sich gegenüber, die Beine locker ineinander verschränkt, lächelten sich zu, und Niki machte sich weder Gedanken über ihr Aussehen mit ihrer verschmierten Wimperntusche noch über ihren späteren Auftritt im nicht vorhandenen Cocktailkleid, das war ihr alles egal. Sie war glücklich.

»Wir haben die Reihenfolge nicht eingehalten«, meinte Marco schließlich schläfrig.

»Was meinst du?« Niki fuhr mit gespreizten Fingern durch den Schaum und pustete ihn weg, sodass er in kleinen Flocken davonstob.

»Du wolltest zuerst duschen und dann Sex!«

»Ach, so!« Sie gähnte. »Das machen wir morgen!«

Irgendwann tauschten sie die Badewanne gegen das Bett, denn nun war ihre Haut aufgeweicht und hatte viele winzige Rillen. Niki fiel direkt in die Laken und hatte auch auf nichts anderes Lust, als mit Marco schläfrig im Bett zu liegen. So wurde ihre Siesta etwas ausgedehnter als üblich, aber kurz vor acht Uhr weckte er sie.

»So, meine Liebe, jetzt wird es ernst. Die Familie wartet!«

»Ach«, entfuhr es ihr. »Gibt es da noch mehr?«

»Es ist der Bridgeabend meiner Mutter, und im Anschluss daran lädt sie immer ein. Aber mein Vater ist auch da und mein Onkel. Also eigentlich ein sehr kleiner Kreis, keine Aufregung!«

Niki zog sich das Laken bis zum Hals. »Ich wäre nicht aufgeregt, wenn ich was zum Anziehen hätte. Aber ich bleibe wohl besser im Bett, und du entschuldigst mich. Sag, ich sei plötzlich verstorben. An meinem Wollpullover erstickt. Zu kratzig, das kann bei irischer Wolle schon mal vorkommen.«

»Ach, Tesorina. Vertrau mir doch!«

»Und ich habe auch die falsche Unterwäsche. Kein einziges Stück *La Perla* dabei. Wie soll ich mich da hinauswagen! Und ich habe die Haare nicht gefönt, nicht einmal gewaschen habe ich sie! Zumindest nicht mit Shampoo. Es ist alles falsch, merkst du das nicht? Ich bleibe hier!« Jetzt hatte sie das Laken schon bis zu den Augen hochgezogen.

»Richte dich einfach mal auf!«

»Soll ich mir das Laken umbinden, römische Statue spielen?«

»Höher!« Marcos saß ihr im Schneidersitz gegenüber, er war immer noch nackt, seine braunen Haare hatten sich wieder gewellt.

»Ja, ich sehe dich«, sagte Niki, die ein Auge aufgeklappt hatte.

»Schau richtig!«

Niki richtete sich etwas auf, hielt aber das Laken weiterhin mit beiden Händen fest.

An Marcos Schrank hing ein schwarzes Wickelkleid mit weißen Tupfen. Darunter standen die passenden Schuhe. Niki ließ sich zurückgleiten, schloss die Augen, öffnete sie wieder und kam langsam hoch.

»Das ist aber nicht dein Ernst«, sagte sie dann. »Wem gehört das?«

»Dir!«

»Und wie viele haben es schon vor mir getragen?«

»Willst du mich beleidigen? Es ist deine Größe und *brand-new*!«

Niki sagte nichts mehr, dann setzte sie vorsichtig ein Bein aus dem Bett, zog das andere nach und ging langsam, Schritt für Schritt, zu Marcos Schrank. Schließlich stand sie vor dem Kleid und schaute es an. Es war einfach nur schön. Absolut hip, im Moment der letzte Schrei in den Modemagazinen. Sophia Loren in ihrem Hausboot wäre vor Neid erblasst.

Marco hatte sie genau beobachtet, sie fühlte seinen Blick im Rücken und drehte sich nach ihm um. »Und du meinst, das steht mir?«

Er nickte.

»Und du hast das extra für mich gekauft?«

Er nickte wieder.

»Einfach so?«

Er nickte.

»Und warum? Wegen deiner Mama?«

Er schüttelte den Kopf und stand auf. »Meine Mutter hat ihren eigenen Geschmack. Dies hier ist für dich! Ich habe es in Mailand gesehen, es hat mir gefallen, ich habe es als Willkommensgruß für dich gekauft – reicht das als Erklärung?«

»Aber es ist kein Cocktailkleid. Kein klassisches, zumindest«, wandte Niki noch ein.

»Es ist mehr als das«, sagte er. »Es ist ein Traum!« Er nahm sie in die Arme. »Und deshalb passt es zu dir!«

Schmalz, schmalz, dachte Niki, sagte aber nichts, denn immerhin war es tatsächlich ein Traum. Wahrscheinlich hatte es so viel gekostet wie ihr ganzes Studium in Toronto. Sie hatte das Markenschild sehr wohl gesehen und auch das der Schuhe. Nun gut, dann würde sie sich jetzt eben mal kurz vom Aschenbrödel in die Goldmarie verwandeln.

Niki fühlte sich ein bisschen seltsam, als sie neben Marco den Gang entlang ging. Wie in einem Theaterstück, als hätte sie sich für eine Rolle verkleidet. Das Kleid passte genau, die Schuhe auch – sie konnte sich über Marco nur wundern –, und ihre dunklen Haare hatte sie hochgesteckt. Aber irgendwie kam sie sich selbst fremd vor. Marco lächelte ihr aufmunternd zu und nahm sie bei der Taille. Andererseits, dachte sie und ging etwas koketter, ist es ja auch erotisch, wenn ein weiches Kleid so schwingt, wie ihres es tat. Die kleinste Bewegung brachte es in Schwingung, und jetzt umspielte es ihre Knie bei jedem Schritt. Mehr Hüftschwung, dachte Niki und stellte sich Brigitte Bardot vor, die ihr das schon einmal in einem Petticoat vorgemacht hatte.

Sie kamen in die große Eingangshalle, und von dort aus steuerte Marco eine zweiflügelige offene Tür an, aus der Stimmengewirr drang. Niki schluckte nun doch kurz trocken und warf Marco einen Seitenblick zu. Er trug ein weißes Leinenhemd, einen dunkelblauen Blazer aus feinstem Tuch und eine dunkelgraue Flanellhose. Auch er sah aus wie von einem anderen Stern.

»Keine Angst«, sagte er. »Sie sehen zwar so aus, aber sie beißen nicht wirklich!«

»Sehr beruhigend!« Niki holte tief Luft. »Und vor allem – ich werde kein Wort verstehen!«

»Sie werden nicht mit dir reden. Sie sind mit sich selbst beschäftigt!«

»Wollen wir nicht lieber wieder umdrehen?«

Marco lachte, und dann standen sie mitten in der Tür. Es war ein gewaltiger Raum mit Stuckdecken und Wandmalereien, kleinen Kommoden und prunkvollen Spiegeln an den Wänden. Ansonsten gab es viele kleine Sitzgruppen, weiße Barockstühle mit roten Sitzpolstern um kleine runde Tische und auch moderne rote Ledersofas, die sich frei gegenüberstanden.

»Interessant«, sagte Niki und fragte sich, ob Marco das gemütlich fand. Für ihre Begriffe sah es aus wie der Verkaufsraum eines Autohauses. Oder höchstens wie eine Galerie, in der an Kunst interessierte Menschen flanierten. Aber sicher nicht wie ein Wohnzimmer. Oder sollte es das gar nicht sein? War das eine Art Begegnungsraum für den Aperitif oder so ähnlich? Es waren mehr Damen als Herren anwesend, das sah sie auf einen Blick. Insgesamt, schätzte sie, etwa sechzehn Personen, kaum jemand unter fünfzig, das stand auch fest. Was wollten Marco und sie hier? Den Altersdurchschnitt senken?

Marcos Mutter trug ein rotes Cocktailkleid mit goldenen Trägern. Wie passend, dachte Niki. Die Farben der anderen Damen waren eher gedeckt, viel Schwarz, etwas Dunkelblau und Dunkelgrün. Marco ging mit Niki direkt zu seiner Mutter. Sie sah aus wie frisch vom Friseur und frisch von der Kosmetikerin. Alles an ihr war perfekt, auch ihr maskenhaftes Lächeln.

»Ah, Nicoletta«, sagte sie, und ihr Blick streifte sie kurz, dann wandte sie sich an ihren Sohn und sagte etwas so kurz auf Italienisch, dass es wie ein abgerissenes Bellen klang. Dabei veränderte sich ihr Gesichtsausdruck überhaupt nicht.

»Hat sie dir gesagt, dass du mich hinterm Haus entsorgen sollst?«, wollte Niki wissen, aber Marco grinste nur.

»Nein, wo denkst du hin! Ich soll dich den anderen Herrschaften vorstellen. Es wird mir eine Ehre sein!«

Niki glaubte kein Wort, aber sie wollte auch nicht herumzicken.

»Dort zum Beispiel ist mein Vater!« Er stand mit einem anderen Mann am Fenster und trank ein Bier. Das war ein Lichtblick. Während sie zu ihm hinübergingen, fand Niki, dass er sie an jemanden erinnerte, aber sie kam so schnell nicht drauf. Aber dann fiel es ihr ein. Franz Beckenbauer. Schlank, hager, sportlich, ein kantiges Gesicht mit hoher Stirn, graue Haare und eine randlose Brille. Selbst sein Lachen, das eine Reihe gleichmäßiger Zähne zeigte, war ähnlich. Wie sein Sohn, dachte Niki. Er stieß gerade mit seinem Gesprächspartner an, als Marco zu ihm trat.

»Papa, darf ich dir Niki vorstellen?«, sagte er auf Englisch.

Sein Vater ließ das Bier sinken und begutachtete Niki aus braunen Augen. »Niki«, sagte er und streckte ihr die Hand hin. »How are you. Welcome in our home!«

Niki fühlte sie noch immer unsicher, aber sie schüttelte seine Hand und lächelte.

»Ich bin Claudio, und das hier ist mein Bruder Paolo!«, sagte Marcos Vater.

Das war eine Überraschung, denn Paolo sah völlig anders aus als sein Bruder. Eher wie ein Seebär. Er hatte im Vergleich zu Claudio langes, gewelltes Haar und einen dichten grauen Bart. Claudio schmunzelte, als er Nikis Blick sah.

»Er ist der Künstler von uns beiden. Auch der Spieler«, sagte er. »Nur dieses Bridge hier ist ihm zu langweilig.«

Niki lächelte etwas gezwungen. Offenbar hielt Claudio nicht besonders viel von seinem Bruder.

»Ich bin das schwarze Schaf der Familie«, sagte Paolo da auch schon und reichte ihr ebenfalls die Hand. »Aber ich bin es gern!«

Niki wusste nicht, was sie darauf erwidern sollte, solche Offenbarungen waren ihr unangenehm. Ihr Blick irrte herum und blieb an den Goldknöpfen seines Blazers hängen.

»Wir kommen später zurück«, erklärte Marco und schob Niki weiter. »Sie mögen sich. Es sieht nur so aus, als seien sie sich nicht grün«, erklärte er ihr leise. »Und jetzt wird es spannend, pass auf. Das sind alles die Bridgedamen meiner Mutter, sie treffen sich regelmäßig, spielen Turniere, einige sind richtig gut!«

»Bridge?« Das hatte für Niki etwas mit einem ausgedehnten Kaffeeklatsch in überheizten Wohnzimmern zu tun. »Was gibt es denn da für Turniere?«

»Nun«, Marco gab dem livrierten Jungen, der mit einem Silbertablett voller Getränke herumlief, ein Zeichen, »immerhin ist Bridge mittlerweile als olympische Disziplin anerkannt. 1998 spielten die weltweit besten Bridgeteams beim ersten Grand Prix im Olympischen Museum von Lausanne.«

»Aha.« Niki griff nach einem Glas Sekt-Orange.

Marco nahm sich ein frisch gezapftes Bier. »Und ein Jahr später gewann Italien gegen die USA«, fügte er nicht ohne Stolz hinzu und stieß mit ihr an.

»Ich dachte, das sei etwas für alte Tanten«, sagte Niki, »so wie die hier ...«

»Da täuschst du dich. Bridge ist altersunabhängig. Viele Studenten spielen es beispielsweise, andere sehen es als hoch sportive mathematische Beschäftigung an!«

Niki schaute sich um. Hoch sportiv? Mathematisch? Sie konnte sich das bei den Damen hier im Saal beim besten Willen nicht vorstellen. Sie sahen alle geistig eher durchschnittlich begabt aus. Manikürt, frisiert und teuer gekleidet, das schon, aber mathematisch versiert?

»Die hier auch?«, wollte Niki wissen.

»Die kennen sich schon seit dem Studium. Manche wohnen nicht weit weg, die sehen sich jede Woche einmal, andere fliegen extra einmal im Monat ein.«

Niki schüttelte den Kopf. »Verrückt«, sagte sie. »Bridge! Die müssen ganz gut Geld haben, um sich so einen Spaß leisten zu können!«

»Ja, da hinten, komm, ich stelle sie dir vor, das ist Friederike Freifrau von Finkenstein. Sie wohnt im Rheingau in einem Schloss und kommt jeden Monat einmal mit ihrem eigenen Jet.«

Marco bugsierte Niki um eine riesige Bodenvase mit blühenden Gladiolen herum und zeigte ihr eine Frau, die schmal vor ihnen stand und ihnen den Rücken zudrehte. Sie war mit zwei anderen Damen ins Gespräch vertieft, drehte sich aber um, als die beiden das Gespräch unterbrachen und Marco und Niki interessiert entgegenblickten.

Niki wäre fast das Glas aus der Hand gefallen, so heftig erschrak sie. Es war die Frau, die neben ihr im Flugzeug gesessen hatte. Aber offensichtlich erkannte sie sie nicht. Sie schaute Marco fragend an und antwortete in perfektem Italienisch, als er Niki dem Kreis vorstellte.

»Das ist ja interessant«, sagte die Lady gleich darauf auf Deutsch und lächelte ein maßgeschneidertes Lächeln. »Eine Landsmännin, wie schön! Da wird Alessia aber toben!«

»Alessia?«, wiederholte Niki und schaute Marco fragend an.

Ihm war es unangenehm, das war auf den ersten Blick zu sehen. »Das erkläre ich dir später«, sagte er, deutete Friederike gegenüber eine leichte Verbeugung an und sagte etwas, das Niki aber nicht verstand. Verdammt, dachte sie. Wenn diese Verbindung länger dauert, muss ich Italienisch lernen. Es war quälend, so ausgeschlossen zu sein.

Friederike lächelte noch immer und die anderen Damen auch.

»Vorn lächeln sie, und hinten hauen sie dir den Dolch in den Rücken!«, raunte Niki Marco zu, sie konnte es sich nicht verkneifen.

»Ach, was!« Marco ging mit ihr auf einen weiteren Kreis

zu. »Meine Mutter hat sich da nur etwas in den Kopf gesetzt, das sie für comme il faut hält. Ist für uns beide völlig unwichtig!«

»Alessia?« Niki blieb stehen. »Wer ist das?«

»Ich sage dir doch, ein Hirngespinst meiner Mutter!«

»Aber doch wohl ein Hirngespinst aus Fleisch und Blut, oder?«

Marco zuckte mit den Schultern und trank einen großen Schluck.

Jetzt schindet er Zeit, dachte Niki und spürte, wie ihr Magen sich verkrampfte. Und am liebsten würde er das Thema wechseln, das war ihr klar. »Also, Alessia«, bohrte sie nach und hätte am liebsten: »Soll ich vielleicht besser abreisen«, dazugesetzt, aber sie fürchtete sich vor Marcos Antwort.

»Mein Gott«, stieß er ärgerlich hervor. »Alessia da Castruccio ist italienischer Hochadel, und meine Mutter meint, dass dies die richtige Partie für mich wäre. Geld zu Adel, verstehst du? Oder Adel zu Geld, wie man will!«

Niki entgegnete nichts. Im ersten Moment dachte sie, dass es ja nun wohl klar sei, weshalb seine Mutter sie nicht leiden konnte. Ein Mädchen aus dem Nichts. Deutsch, arm, bürgerlich. Das war ja wie ein Schlag ins Gesicht. Aber konnte Marco etwas für die Hochzeitspläne seiner Mutter? Und sollte sie deswegen aufgeben?

»Und dein Vater?«, wollte sie nur noch wissen.

»Wenn ich ins Geschäft einsteige, kann ich auch die bucklige Hexe aus Grimms Märchen heiraten.«

»Danke!«, sagte Niki, musste aber schon wieder lachen. »Und? Steigst du ein?«

»Bisher habe ich keine Lust!«

»Und dann finanzieren sie dich fürs Nichtstun?«

»Nicht fürs Nichtstun. Für ihre Hoffnung!«

»Ach du je!«

Das Abendessen lief glimpflich ab. An den Aperitifsaal grenzte ein weiterer, ähnlich großer an. Flügeltüren wurden geöffnet, das war das Zeichen für das Abendessen. Niki hatte schon keine Lust mehr, aber ihr Magen knurrte, und sie hatte schlicht Hunger. Marco und sie ließen den anderen den Vortritt und warteten ab, bis sich auch Claudio und Paolo in Bewegung setzten.

»Ich glaube, dein Onkel gefällt mir am besten«, sagte Niki.

»Er ist noch schlimmer als ich, und alle haben Angst, dass ich nach ihm komme.«

»Inwiefern?«

»Na, mit dem Hang zum ›dolce far niente‹!«

Niki nahm seinen Arm. »Genau, mein Lieber. Jetzt fällt es mir wieder ein. Hast du nicht gesagt, dein Vater sei Kaufmann?«

»Ist er ja auch!«

»Und dein Berufswunsch sei Lebemann?«

»Ist doch nicht wirklich schlecht, oder?«, fragte er und schaute sie freimütig an.

»Aber doch nicht auf Kosten anderer!«, erklärte Niki bestimmt.

»Das ist doch meine Familie!«

»Ja, gut«, lenkte sie ein. »Aber man muss in seinem Leben doch selbst was auf die Beine stellen!«

»Muss man das?«

Die weiß eingedeckte Tafel war lang und mit so viel Geschirr und silbernen Leuchtern bestückt, dass Niki tief beeindruckt war. Das hätte sie für ihre Mutter fotografieren wollen, sie hätte es ihr nicht geglaubt. Auf die Schnelle fiel Niki auch kein vergleichbares Restaurant in Wiesbaden ein, das so auftrat. Es war einfach zu abgehoben. Und jetzt sah sie auch das Personal, das den Damen die Stühle zurechtrückte. Sie zählte fünf, einschließlich des Jungen, der sein Silbertablett zwischenzeitlich abgestellt hatte.

»Wie viele Angestellte habt ihr denn?«, fragte sie Marco leise, während sie zu ihren Plätzen gingen. »Das ist ja ungeheuerlich!«

»Das sieht nur so aus«, sagte er. »Ist zum Teil auch Leihpersonal, die kommen nur, wenn hier etwas los ist!«

»Und wie oft ist hier was los?«

Er grinste, schob ihr den Stuhl heran und beugte sich zärtlich zu ihrem Ohr, sodass seine leichten Bartstoppeln sie kratzten und sich von ihrem Hals aus sofort eine wohlige Gänsehaut über ihren ganzen Körper ausbreitete.

»Fast täglich«, flüsterte er, und sie musste lachen, obwohl er sie ja eigentlich nur die ganze Zeit veralberte. Und nicht nur das, er hatte sie ins offene Messer laufen lassen. Sie hatte von nichts eine Ahnung gehabt, und jetzt stand sie einer stilbewussten italienischen Mama gegenüber, die zudem die Zukunft ihres Sohnes schon besiegelt hatte. Es war wirklich die große Frage, was sie hier sollte. Und wollte.

»Könntest du nicht ein armer Schlucker mit Kellerwohnung sein«, seufzte sie.

Marco, der sich gerade neben sie setzte, schüttelte ungläubig den Kopf. »Das hat bisher noch keine zu mir gesagt.«

»Dann bin ich eben die erste und Einzige. Es ändert aber nichts an dem Wunsch, mit dir allein zu sein! Unabhängig und allein!«

Es wurde doch noch ein ganz netter Abend, denn die Damen waren aufgekratzt und lachten viel. Es war ihnen anzumerken, dass sie sich schon lange kannten und offensichtlich viel miteinander erlebt hatten. Besonders interessant fand Niki, dass sie sich alle irgendwie ähnlich sahen. Alle waren an die fünfzig, alle sahen gut aus und waren nahezu faltenfrei, alle trugen exakt sitzende Frisuren und stilsichere Kleider. Und alle waren sie schlank. Dagegen fühlte Niki sich schon fast mollig, zumal in ihrem gepunkteten Kleid.

»Die achten alle sehr auf ihr Äußeres«, sagte sie zu Marco, dem das bisher nicht aufgefallen zu sein schien.

Er ließ den Blick über die Runde schweifen. »Nun, ja«, sagte er. »Die haben auch nicht viel anderes zu tun. Bis auf Isabella und Francesca ergötzen sich alle am süßen Nichtstun. Jede hat ihren eigenen Fitnesstrainer, Masseur, Physiotherapeuten, Schönheitschirurgen und was sonst noch alles.«

»Und einen Liebhaber? Ich meine, das ist doch das Wichtigste!«

Marco musste spontan lachen, und alle schauten zu ihnen herüber.

»Ich glaube, das übersetze ich jetzt mal«, sagte er zu Niki, aber sie trat ihn unter dem Tisch.

»Untersteh dich«, raunte sie und war froh, dass in diesem Moment der dritte Gang kam. Das Besteck wurde weniger, und wenn man der Reihenfolge trauen durfte, kamen nach diesem »secondo piatto« noch der Hauptgang und dann nur noch ein Dessert. »Ich platze gleich«, sagte Niki, aber die Spaghetti in Muschelsauce waren so lecker, dass sie nicht widerstehen konnte. »Wie halten die denn ihre Figuren?«, wollte sie wissen, aber eigentlich interessierte sie es nicht wirklich. Wahrscheinlich aßen die Damen heute für drei und dafür die nächsten drei Tage überhaupt nichts.

Niki war nach dem Essen so erschlagen gewesen, dass sie sich postwendend hinlegen musste. Die fünf Gänge hatten sie schon schachmatt gesetzt, aber der wirkliche Killer war der schwere Rotwein zu dem leckeren, aber kräftigen Stierfilet gewesen. Danach fühlte sie sich völlig benommen und war auch nicht mehr in der Lage, noch auf den Digestif zu warten.

»Okay.« Marco hatte nichts dagegen und sagte nur kurz seiner Mutter Bescheid.

Niki war zu keinen großen Höflichkeitsformeln mehr fähig, sie konnte es kaum erwarten, in Marcos Zimmer zu kommen. Dort schlüpfte sie im Gehen aus den Schuhen und dem Kleid und fiel schließlich der Länge nach ins Bett.

Mitten in der Nacht fuhr Niki plötzlich hoch. Sie wusste zuerst nicht, was sie geweckt hatte. Wo war sie überhaupt? Mondlicht fiel durch die hohen Fenster und zeichnete alles schwarz-weiß. Niki brauchte einen Moment, um Marco neben sich zu erkennen. Dann ließ sie sich beruhigt in die Kissen zurückgleiten und schmiegte sich an ihn. Er brummelte leise, wachte aber nicht auf. Niki fühlte seinen warmen Körper und zog sich das Leintuch wieder über die Schultern. Alles war gut, sie war bei ihm. Was hatte sie nur so erschreckt? Sie musste geträumt haben. Beruhigt lauschte sie Marcos gleichmäßigen Atemzügen und schlief wieder ein.

Der Duft nach frischem Kaffee weckte sie. Marco saß im weißen Bademantel neben ihr und hielt ihr eine Tasse mit viel Milchschaum hin.

»Guten Morgen«, sagte er, als sie die Augen aufschlug und sehnsüchtig schnupperte. »Es ist fast ein Uhr, ich dachte, ich rühr mich mal, sonst ist der Tag vorbei ...«

Sie schaute zum Fenster. Es war nicht wirklich zu sehen, wie spät es war, denn draußen zeigte sich ein grauer Tag im

Nebelkleid. Es war wie ein Blick durch Gaze – alles wirkte diffus, die nahen Bäume unscharf, und von der Sonne war nur ein leichter Hof zu sehen. Die Natur wirkte wenig einladend, und bestimmt war es draußen feuchtkalt.

»Brr«, sagte Niki und nahm Marco die Tasse ab. »Mille grazie! Das ist superlieb von dir!« Sie trank einen Schluck und leckte sich mit der Zungenspitze den Schaum von der Oberlippe. »Lecker!« Dann zuckte sie die Achseln. »Es ist doch genau der richtige Tag, um im Bett zu bleiben!« Und keinen sehen zu müssen, fügte sie in Gedanken hinzu, denn jetzt fiel ihr nach und nach der gestrige Abend ein.

»Ich kann dir heute hier mal alles zeigen, wenn du magst, wir können aber auch nach Mailand fahren. Und morgen nach Verona, Venedig oder Florenz. In der Nähe von Florenz besitzen wir ein Sommerhaus – das wäre zwar romantisch, ist aber leider nicht beheizt –, da, wie gesagt …«

»Hört sich alles ganz toll an«, sagte Niki und klopfte leicht neben sich. »Aber können wir das nicht nachher besprechen?« Sie schaute ihn kokett an. »Danach?«

Er grinste. »Genau! Nach dem Mittagessen! Wir werden nämlich bereits erwartet!«

Niki fühlte sich noch unwohler als am Abend zuvor. Jetzt hatte sie die weiße Bluse herausgekramt, eine Jeans und die neuen Schuhe angezogen, aber es war natürlich nicht comme il faut, sondern aus der Not geboren. »Und wenn ich Migräne habe?«, fragte sie noch, aber Marco lächelte nur.

»Dann fällst du als Genpool sowieso durch. Meine Mutter achtet auf sportlich, gesund und gebildet.«

»Gesund und gebildet bin ich«, entgegnete Niki und atmete tief durch. Sie hatte ihr kinnlanges braunes Haar in Schwung gebürstet, die Wimpern getuscht und ein Lipgloss aufgelegt, mehr war nicht drin. Und mehr wollte sie auch nicht. Schließlich war es nur Marcos Mutter, nicht die Queen.

»Und wieder in dem Tanzsaal?«

»Aber nein. Ganz intim!«

Ganz intim mit seiner Mutter wollte sie überhaupt nicht werden, schon der Gedanke schüttelte Niki. »Und dann gehen wir wieder ins Bett?«

»Dann möchte meine Mutter bestimmt mit dir Tennis spielen.«

Niki blieb abrupt stehen.

Marco drehte sich schon im Türrahmen nach ihr um und lachte schallend. »Nein, war ein Witz!«

Niki fand das wenig witzig. Wer weiß, vielleicht wollte sie ihr auch ein Labyrinth im Keller zeigen. Oder zumindest, wie man hineinkam. »Ha, ha!«, machte sie.

»Ist ja gut.« Marco nahm sie in die Arme und drückte ihr einen Kuss auf den Mund. »Sie ist harmlos. Sie hat halt ihre eigenen Pläne und braucht eine Weile, um zu begreifen, dass es nicht meine sind.«

»Eine Weile?«, fragte Niki. »Wie lange dauert diese Weile schon?«

Er bohrte seine Nase spielerisch in ihr Haar und zog sie mit sich Richtung Mittagessen.

Der Raum war kleiner, verspielter und trotzdem kalt. Niki fröstelte unwillkürlich. Es saßen vier Personen am Tisch, die ganz offensichtlich auf sie warteten: die Signora, Claudio, Paolo und Friederike. Marco drückte seiner Mutter ein Küsschen auf die Wange. Niki reichte allen die Hand, Claudio und Paolo standen dazu auf, und Marco rückte ihr anschließend den Stuhl zurecht. Sie setzte sich und schaute auf das Besteck. Drei Gänge. Und Weingläser neben den gefüllten Wassergläsern.

»Und? Haben Sie sich schon gut eingelebt?«, fragte Claudio freundlich.

»Hier kann man sich nicht gut einleben«, sagte Paolo, worauf er einen Seitenblick von der Signora kassierte.

Friederike lächelte.

Und da, wumm, fiel es Niki wieder ein. Von wegen Privatflieger. In der Holzklasse hatte sie gesessen. Neben ihr. Das hatte sie Marco gestern noch erzählen wollen und total vergessen! Sie machte eine schnelle Handbewegung zu Marco hin und warf dabei das Wasserglas um.

»Oh!« Niki wollte aufspringen, um nach einem Tuch zu laufen, denn das Wasser lief ausgerechnet in Friederikes Richtung. Aber Claudio schüttelte nur kurz den Kopf: »Lassen Sie nur, meine Liebe«, sagte er, und schon kam von hinten eine helfende Hand mit einer gestärkten Serviette. Niki wäre am liebsten im Boden versunken, und sie wusste, dass sie einen hochroten Kopf hatte.

Dass die beiden Frauen die Situation genossen, war ihr klar. Der kleine Tollpatsch aus Deutschland. Bürgerlicher Trottel, der sich nicht benehmen kann. Mit Jeans anreist und groß einheiraten will. Wahrscheinlich wird sie auch bald schwanger.

Paolo rettete sie aus der Situation. »Ich kann das Wasser auch nicht leiden«, sagte er trocken. »Schmeckt immer nach Kalk!«

»Das liegt daran, dass du überhaupt nicht weißt, wie Wasser schmeckt«, erklärte die Signora spitz und schaute zu dem Kellner, der die Lache beseitigt hatte. »Bitte lassen Sie uns nun endlich zur Vorspeise kommen?«

Niki musste kämpfen. Sie hatte ohnehin keinen Hunger gehabt, und nach ihrer kleinen Ungeschicklichkeit war ihr auch noch der letzte Appetit vergangen. Aber vor allem hing ihr diese Erkenntnis über Friederike wie ein Kloß in der Kehle. Sie war gespannt, was Marco dazu sagen würde.

Als endlich der Espresso gereicht wurde, war weit über eine Stunde vergangen. Niki hielt es kaum noch auf ihrem Stuhl aus, sie hatte alle Gemälde in dem Raum betrachtet – ausschließlich romantische Landschaften in der Toskana –, außerdem die Vorhangstoffe verinnerlicht – verschlungene kleine Rosen auf blassgelbem Grund –, die Wandfarben studiert – gewischte Gelbtöne – und zum Fenster hinausgeschaut, wo es noch immer nichts zu sehen gab. Wenn nicht bald jemand anderes den Anfang machte, würde sie als Erste aufstehen. Denn eigentlich war es ja egal, wie sie sich hier benahm. Ob Marco das auch so sehen würde?

Aber seit wann ordnete sie sich den Befindlichkeiten anderer Menschen unter? Marco war ihr Freund, nicht ihr Aufseher. Sie zählte schon bis zehn mit dem festen Vorsatz, bei zehn alle italienischen Anstandsregeln zu brechen, als die Signorina nickte und damit die Tafel aufhob.

Erleichtert stand Niki auf, und begleitet von einem wohlwollenden Lächeln von Paolo, wollte sie schon gehen, da rief die Signorina ihren Sohn noch einmal zurück.

»Das ist heute für dich gekommen!« Sie reichte ihm mit großer Geste einen Brief. »Lies ihn!«

Niki beobachtete Mutter und Sohn. Sie ist eigentlich eine sehr hübsche Frau, dachte sie, und wenn ihre Gesichtszüge nicht so angestrengt wären, würde sie viel jünger wirken. Es war ihre Ausstrahlung, die sie zu einer uralten Frau machte, dachte Niki. Es war wie mit der bösen Königin in *Schneewittchen*, die wahrscheinlich keine dreißig gewesen war.

Niki verkniff sich ein Lächeln. Sie freute sich auf den Nachmittag. Marco warf einen kurzen Blick auf den Brief und steckte ihn sich in die hintere Hosentasche. »Und übrigens, Mama«, sagte er, »wir werden heute Abend unterwegs sein, also wartet mit dem Abendessen nicht auf uns.«

Isabella Del Conte sagte nichts, nur Paolo nickte ihnen erfreut zu. »Klar! Die Jugend muss raus! Solltet ihr für die Nacht eine Unterkunft in Mailand brauchen, nehmt meine Wohnung!«

»Um Gottes Willen!« Die Signora schüttelte unwillig den Kopf. »Verschone meinen Sohn mit solchen Angeboten!«

Unterkunft in Mailand? In Nikis Ohren hörte sich das grandios an. Aber es war schon toll, überhaupt rauszukommen. Zum ersten Mal verstand sie die Bedeutung des Bildes vom goldenen Käfig. Ob Marco das auch so sah?

In der Halle packte Niki Marco aufgeregt am Arm, und er blieb stehen. »Weißt du, was mir vorhin eingefallen ist?« Sie wartete kurz und fügte verschwörerisch hinzu: »Deshalb ist mir auch das Wasserglas umgefallen.«

»Dass du kein Wasser magst«, lächelte er. »Wie Paolo!«

»Nein, du Schafskopf!« Sie fasste in sein gewelltes Haar und ließ es durch ihre gespreizten Finger gleiten. »Der Privatjet von eurer Friederike muss in der Reparatur sein. Sie ist Linie geflogen. Wie ich.«

»Ja?« Er sah sie an, und sie hätte ihn küssen mögen. Sein Mund zog sie immer wieder magisch an. »Kann natürlich sein …«

»Aber Holzklasse. Sie saß neben mir. Da stimmt doch was nicht!«

Jetzt stutzte er. »Neben dir? Bist du sicher?«

»Ganz sicher!«

»Aber sie hat dich doch gar nicht erkannt?«

»Sie hat mich auch nicht angeschaut. Sie saß in ihrem Chanel-Kostümchen stocksteif da!«

»Stock was?«

»Stocksteif!«

»Hmm!« Er sah sie nachdenklich an und ging dann weiter.

Niki trabte neben ihm her. »Hmm was?«

»Du musst dich getäuscht haben. Das ergibt doch keinen Sinn!«

»Ich hab mich nicht getäuscht!« Sie blieb entrüstet einen Schritt hinter ihm, da blieb ihr Blick an dem Brief hängen, der aus seiner Hosentasche herauslugte. Das Wappen in der oberen Ecke war gut zu sehen. Aha, dachte Niki. Die Prinzessin hat schnell reagiert. Kleiner Versuch, den Zukünftigen in ihre Ecke zu ziehen, was?

Ihr erster Impuls war, den Brief aus seiner Hosentasche zu ziehen und nachzufragen, was das sollte. Doch lieber wollte sie schauen, wie er mit dem Brief umging. Am liebsten wüsste sie aber, was drin stand.

Sie überlegte noch, da waren sie am Ende des Flures an der Tür angelangt, die in den nächsten Gang führte. Abwarten, sagte sie sich. Du bist ein analytisch denkender Mensch und kein Heißsporn.

Marco hielt ihr galant die Tür auf. »Und?«, fragte er. »Lust auf Mailand?«

»Lust auf dich!«, sagte sie.

»Dann lass uns mal die Sauna anwerfen!«

Auf dem Weg von seinem Zimmer ins Bad steckte er den Brief achtlos in die Schublade eines Sideboards. Okay, dachte Niki. Mal sehen, was wir daraus machen können.

Nach der Sauna und der Dusche, vor allem aber nach der Liebe, fühlte sie sich so herrlich entspannt, dass sie ihrer Mutter die erste ehrliche Kurznachricht schickte: »Es ist ein Traum. Alles wunderbar! Fahren jetzt nach Mailand.«

Das Leben versprach wieder schön zu werden. Ganz offensichtlich waren seine Eltern ausgeflogen, und Niki genoss das Gefühl, endlich mit Marco allein zu sein. Nun konnte sie ihre braunbeige karierte Hose anziehen, die sie so liebte, und den beigen Pullover dazu, ohne jemandem Rechenschaft über ihr Outfit ablegen zu müssen. Sie schlüpfte in ihren Mantel und lief an Marcos Seite glücklich durch die Halle zum Ausgang. Er sah genau aus wie in Toronto: Jeans, Wollpullover und warme Lederjacke. Der Reichtum seiner Eltern war ihm wirklich nicht anzumerken.

»Und?«, fragte sie scherzhaft. »Fahren wir jetzt endlich mit dem Roller?«

Er lachte. »Ich hoffe, der Alfa steht vor der Tür. Der hat zumindest ein Dach!«

»Ist es deiner?«

»Eher Allgemeingut!«

»Aha!« Ein Alfa als Allgemeingut. Auch nicht schlecht, dachte Niki. Ihre Schritte klangen hohl in der leeren Halle. »Fühlst du dich eigentlich wohl in so einem riesigen Haus?«

»Ich kenne es nicht anders«, sagte er und zuckte die Achseln. »Und es hat Platz, das ist doch ein Vorteil.«

»Es ist wie ein Hotel«, sagte Niki und betrachtete im Vorbeigehen die Fresken und Spiegel an der Wand.

»Ja, und meistens ist es auch eines.« Marco schmunzelte. »Nur jetzt sind alle weg. Sie haben irgendeinen Termin.«

Das war Niki mehr als recht. Von ihr aus konnten sie die nächsten Tage bei diesem Termin bleiben. Alle.

Marco öffnete die große Tür. Das Wetter war besser geworden, die Sonne hatte sich durchgesetzt und Löcher in den Nebel gerissen. An schattigen Plätzen hing er noch tief über dem Boden, aber hier, direkt an der Hausfassade, war es angenehm warm.

Vor ihnen lag die kreisförmige Kiesauffahrt, aber von einem Auto war nichts zu sehen.

»Mist!«, sagte Marco. »Dann steht er in der Garage. Das dauert jetzt aber ein paar Minuten. Magst du hier warten?«

Niki nickte, setzte sich auf die Treppe und sah ihm zu, wie er um das Haus herum nach hinten verschwand. Dann sprang sie auf und lief auf leisen Sohlen ins Haus zurück. Jetzt oder nie, dachte sie. Die Gelegenheit würde so schnell nicht wiederkommen. Sie wusste nicht, wie weit die Garage entfernt war, aber vielleicht war es zu schaffen. Niki lief durch die Halle, den Flur entlang und schloss gerade die Tür zum nächsten Gang hinter sich, als sie Schritte hörte. Erstarrt blieb sie stehen. Das konnte ja eigentlich nicht sein. Es war doch niemand mehr im Haus. Oder doch? Vielleicht ein Angestellter?

Sie schlüpfte schnell in das nächste Zimmer hinein und stellte sich mit dem Rücken an die Tür. Es war der Raum mit der Bibliothek. Sie musterte das Bett, das noch ungemacht war. Und dann hörte sie, dass die Schritte genau vor diesem Zimmer anhielten. Mit einem Satz war sie hinter dem Bett und warf sich flach auf den Boden. Sie zog ihren Mantel fest um sich und hielt den Atem an. Die Tür ging auf, und Niki sah nur zwei Männerbeine unter dem Bett hindurch, die langsam hereinkamen. Nikis Puls raste. Die Beine bewegten sich auf den Sessel zu. Der Mann setzte sich, und Niki konnte ihn durch ihre verengten Augen erkennen. Es war Paolo. Und nun sah sie auch den Grund, weshalb er an der Tür so lange gebraucht hatte. In der linken Hand hielt er ein Glas, in der rechten eine Whiskyflasche. Er zitterte, als er sich einschenkte, dann erstarrte er in der Bewegung, und unversehens rutschte ihm das Glas aus der Hand und fiel zu Boden, wo es auf dem Parkett krachend zersplitterte. Paolo sprang auf, und Niki drückte ihr Gesicht ängstlich auf den Boden, aber bis zu ihr herüber kam er gar nicht, an der Stellung seiner Füße konnte sie sehen, dass er stand und auf ihre Gestalt starrte, dann stürzte er hinaus und schlug die Tür hinter sich zu. Gleich darauf hörte sie auch die Gangtür zufallen.

Niki richtete sich auf, lief zur Zimmertür, lauschte, glitt hinaus, lauschte an der Flurtür, konnte auch da nichts hören und öffnete leise auch diese Tür. Das Büro gegenüber, das ihr Marco gestern gezeigt hatte, war auch verschlossen. War Paolo da drin?

So genau wollte sie es nicht wissen, sie wollte nur hinaus. Auf Zehenspitzen lief sie den Gang hinunter, bis sie zur Halle kam, und dort rannte sie nicht quer hindurch, sondern an der Wand entlang. So war sie vom Flur aus nicht zu sehen. Erst an der großen Eingangstür blieb sie stehen und drehte sich um. Es war alles ruhig, nichts zu hören, kein Mensch zu sehen. Sie drückte die Tür auf, trat hinaus und setzte sich auf die Treppe. Ihr Herz schlug wie verrückt, und nun überkam sie ein Schüttelfrost, den sie schleunigst in den Griff bekommen musste, denn jetzt hörte sie Motorgeräusche, die näher kamen, und knirschenden Kies unter breiten Reifen.

Niki atmete dreimal tief durch und setzte ein Lächeln auf. Wahrscheinlich war sie knallrot im Gesicht, dachte sie, aber das ließ sich jetzt nicht ändern. Was Paolo wohl gedacht hatte, als er sie da liegen sah? Meinte er etwa, sie sei eine Leiche? Hatte er sie überhaupt erkannt? Wie auch immer, ihren Mantel konnte sie nicht mehr tragen.

Der Wagen war schwarz und sah schnittig aus. Marco stieg aus und öffnete ihr die Beifahrertür. »Auf ins Abenteuer«, sagte er.

Sie genoss die Fahrt, auch wenn es ihr noch nicht so ganz wohl war. Den Brief hatte sie nicht gefunden, dafür Paolo zu

Tode erschreckt. Dieses Abenteuer war jedenfalls gründlich daneben gegangen. Um sich von ihren Gedanken abzulenken, schaute sie hinaus, aber die Landschaft war auch nicht besonders erhebend, ziemlich flach und eher langweilig. Und als hätte Marco das gespürt, begann er von der Toskana zu erzählen. Es war leicht herauszuhören, wie er seine Heimat liebte. Er schwärmte von den Hügeln, den kleinen Städten, erzählte ihr Eroberungsgeschichten und kam schließlich zum Wein. Sein Gesicht glühte, und wenn er das passende englische Wort nicht gleich fand, sprach er einfach auf Italienisch weiter. Niki versuchte sich dann manches zusammenzureimen, verstand aber trotzdem nicht alles. Eines war ihr jedoch schnell klar: Den würde sie hier nie wegkriegen. Er ist wie der Bauer auf seiner Scholle. Und mit demselben Stolz präsentierte er ihr kurz darauf die Galleria Vittorio Emanuele, die prächtige überdachte Einkaufsstraße aus dem 19. Jahrhundert. Niki stand mit Marco unter einer unglaublich hohen Glaskuppel auf dem Oktagon, einem achteckigen Platz. Von dort aus gingen vier überdachte Passagen mit Geschäftshäusern ab, die üppig mit Fresken, Stuck und Marmor dekoriert waren. Niki drehte sich um ihre eigene Achse und konnte es kaum glauben. »Wie konnten die damals so was bauen?«, fragte sie Marco. »Es ist unglaublich! Mit welchen Mitteln haben die Menschen das damals geschafft?«

»Vor allem viel menschliche Arbeitskraft«, sagte er und machte sie auf die Wappen der vier italienischen Städte Rom, Florenz, Turin und Mailand aufmerksam, die als Mosaik den Boden schmückten.

»Der Mailänder Dom liegt hier übrigens genau nebenan, und die Mailänder Scala ist dort hinten!« Er zeigte in eine Richtung, aber Niki sah nur die Geschäfte. Sie hatte 500 Euro dabei. Für Notfälle, hatte ihre Mutter sie ermahnt.

War ein neuer Mantel ein Notfall? Nach dem Erlebnis von vorhin ganz bestimmt.

»Wollen wir ein bisschen durch die Geschäfte bummeln?«, fragte sie, weil sie keine Ahnung hatte, ob Marco überhaupt ein fröhlicher Bummler war. In Toronto hatte er sich nie angeschlossen, wenn sie shoppen wollte.

»Dazu sind wir schließlich hier«, sagte er und kniff sie zärtlich in die Seite. »Aber zuerst gehen wir ins *Camparino* und trinken einen ... rat mal –«

Niki schaute ihn verständnislos an. »Aperitif?«, tippte sie.

»Genau! Und zwar einen von Gaspare Campari erfundenen Aperitif!«

»Campari?« Mailand begann ihr zu gefallen.

Drei Stunden später luden sie zwei große Tüten in den Wagen. Marco hatte ihr einen fast bodenlangen Bergziegenmantel mit gewachsenem Fell gekauft, der warm und trotzdem leicht war, und sie hatte so lange mit einem Hosenanzug geliebäugelt, bis sie alle Skrupel überwunden hatte. Der kostete im Vergleich zu dem Mantel wenig, aber doch immerhin fast die Hälfte ihres Notgroschens. Aber auch Marco gefiel er, und sie wollte ihn nicht schon wieder bezahlen lassen. Er war dunkelblau mit feinen weißen Streifen und sah so edel und doch lässig aus, dass Niki genau wusste: Das ist das richtige Outfit für ein weiteres Diner im Hause Del Conte. Die weiße Bluse würde hervorragend dazu passen, und Niki hatte nicht den geringsten Zweifel daran, dass sie in diesem Dress unschlagbar war.

Sie grinste, als sie bezahlte. Und ihrer Mutter würde er auch gefallen, beruhigte sie sich. Schließlich gab es auch zu Hause in Wiesbaden feierliche Anlässe – beispielsweise war ja bald Weihnachten. Auf dem Rückweg zum Auto fand sie dann in einem Schuhgeschäft noch ein paar herabgesetzte Stiefel, die das Glück vollkommen machten: feinstes schwarzes Leder, eine kleine Schnalle über der Fessel und ein eleganter, aber nicht zu hoher Absatz. Perfekt zu einem Rock, perfekt zur Jeans und perfekt unter dem Hosenanzug. Und Marco zückte seine Kreditkarte. »Das ist kein Preis«, sagte er. »Gönn mir die Freude!«

Niki gönnte ihm mit Freuden die Freude, fragte sich aber selbst, ob er wohl Taschengeld bekam? Oder Zugriff auf das Familienkonto hatte? Oder jeden Einkauf bei seiner Mutter belegen musste? Oder sogar rechtfertigen?

Sie nahm sich vor, ihn danach zu fragen. Aber besser war das sicherlich heute Abend in einer Bar. Vielleicht mochte er dieses Thema nicht, dann war es praktisch, wenn schon ein Drink bereit stand.

Sie kamen weit nach Mitternacht zum Palazzo zurück. Niki hatte jedes Zeitgefühl verloren. Sie waren in verschiedenen Discos gewesen, hatten eine Menge junger Leute getroffen, die Marco alle zu kennen schienen, ständig wurde sie vorgestellt und musste irgendwas auf Englisch parlieren, um gleich darauf genau das Gleiche gefragt zu werden. Tedesco? Und woher genau? Gefällt es dir in Mailand? Und wo warst du schon? »Bei Marco zu Hause und in der Galleria Vittorio Emanuele«, antwortete Niki jedesmal und wartete darauf, dass endlich mal jemand darüber lachen würde, schließlich war das ja weniger als nichts, aber sie schauten sie immer nur mit einem respektvollen Kopfnicken an.

»Es wird ja schon hell«, sagte Niki schlaftrunken, als sie bei der Toreinfahrt durch das Knirschen des Kieswegs unter den Rädern geweckt wurde.

»Nein, das sind nur die Lichter ums Haus«, erklärte Marco.

»Was für eine Energieverschwendung«, gähnte sie. »Schafft euch lieber einen großen Hund an!«

»Der wurde beim letzten Einbruch erschossen«, sagte Marco, als ob das das Natürlichste auf der Welt sei.

Mit einem Schlag war Niki wach. Sie setzte sich auf. »Erschossen?!? Beim letzten Einbruch?«, wiederholte sie.

»Ja, das ist noch gar nicht so lange her. Leider gab es auch eine Tote.«

»Wie?« Niki schluckte und spürte eine Gänsehaut. »Eine Tote? Wieso denn?«

»Sie muss den Typen in die Quere gekommen sein. Ich war in Toronto, meine Eltern unterwegs, es ist noch nicht geklärt worden!«

»War sie denn allein im Haus?«

»Nein, im hinteren Trakt wohnen ja noch die Angestellten. Aber die schliefen natürlich.«

»Natürlich«, echote Niki. Paolo hätte sie heute Nachmittag ja auch erschießen können. Das hätte jeder verstanden – eine Fremde im Zimmer!

Marco parkte das Auto direkt vor dem Treppenaufgang. Sie stiegen aus, und er zog ein dickes Schlüsselbund heraus und begann dann, die zahlreichen Sicherheitsschlösser an der Eingangstür aufzuschließen und einen Code in ein Zahlenfeld einzugeben.

»Wie soll denn da jemand reinkommen?«, fragte ihn Niki, die skeptisch neben ihm stand.

»Ja, ist auch der totale Blödsinn. Eigentlich könnte man sie genauso gut offen lassen, aber die Versicherung hat Auflagen gemacht, und die hat meine Mutter eben erfüllt.«

Niki dachte an ihre Wohnung zu Hause. Sie hatten ein einziges Schloss, alt dazu, und keine Angst vor Einbrechern. Aber vielleicht waren sie ja auch ein bisschen zu arglos.

»So, bitte!« Marco hielt ihr die schwere Tür auf und ließ sie hinter sich achtlos zufallen.

»Und wenn jetzt jemand kommt?«, wollte Niki wissen und drehte sich nach der Tür um. »Ist sie wenigstens richtig zu?«

Aber Marco hatte sie im Arm und zog sie mit sich fort. »Es wird bald hell. Da kommt höchstens das Personal aus den Federn gekrochen.« Er küsste sie im Gehen. »Die kommen genau daher, wo wir jetzt hingehen.«

»In ihre Betten?«, fragte Niki scherzhaft.

»Nein, in die Federn!«

Sie liefen durch die Halle, die in Niki unterschiedlichste Gefühle hervorrief. Mal fand sie diese großzügige Architektur wundervoll, dann wieder die totale Verschwendung. Mal erschienen ihr die kunstvollen Marmorböden und Fresken atemberaubend und dann wieder eiskalt. Eiskalt wie die Besitzerin. Der Flur mit seinen modernen Gemälden, der zu ihrem Gang führte, war dagegen richtig heimelig. Sie warf einen Blick zum Büro, aber die Tür war geschlossen.

Marco öffnete ihr die Durchgangstür zu seinem Flur und deutete dabei kurz auf die erste Tür rechts. »Da lag sie«, sagte er im Vorbeigehen. »Hinter dem Bett!«

Niki blieb stehen. Ihr Herz setzte aus, dann raste es los. »In der Bibliothek?«, stieß sie hervor. »Da, wo Paolo schläft?«

»Was hast du denn?« Marco stand vor seiner Tür. »Paolo war zu dem Zeitpunkt gar nicht da. Josefina hatte es als Gästezimmer.«

Jetzt hatte die Tote auch noch einen Namen, es wurde immer schlimmer. »Josefina«, sagte Niki langsam und lauschte dem Klang nach. »Wie alt war sie denn?«

Marco überlegte kurz und öffnete dabei die Tür zu seinem eigenen Zimmer. »Etwa so alt wie du«, sagte er dann. »Spielt das eine Rolle?«

Niki holte tief Luft. »Ich weiß nicht«, antwortete sie gedehnt. »Es ist nur ein so furchtbarer Gedanke!«

»Der Gedanke? Nein, der ist nicht furchtbar. Für *sie* und uns alle war es furchtbar!« erklärte Marco mit Nachdruck. »Und dabei war es nur das Pech, zur falschen Zeit am falschen Ort zu sein!«

Niki war sicher, höchstens eine Stunde geschlafen zu haben, als es ziemlich fordernd an ihre Tür klopfte.

»Pronto?«, sagte Marco im Halbschlaf, und Niki zog die Decke hoch. Es fehlte gerade noch, dass die Signora plötzlich im Zimmer stehen würde.

Die Tür wurde einen Spaltbreit geöffnet, und eine verhaltene Stimme sagte etwas auf Italienisch. Von allem verstand Niki nur »Signora Isabella«. Ja, klar, dachte sie. Marcos Mutter hatte ja auch einen Vornamen, für sie war sie bisher immer nur *die Signora*. Marco grunzte etwas neben ihr, das nicht besonders freundlich klang, richtete sich aber doch auf.

»Und? Was will deine Mutter von dir?«, wollte Niki wissen, aber Marco runzelte nur die Stirn.

»Ich habe es auch nicht richtig verstanden«, sinnierte er. »Irgendeine Aufregung wegen irgendwas. Jedenfalls wünscht sie meine Anwesenheit. Und da sich das sicherlich auf Italienisch abspielen wird, kannst du getrost im Bett bleiben und weiterschlummern. Ich werde dir anschließend Bericht erstatten!«

Er gähnte noch einmal herzhaft und schlug seine Decke zurück. »So schade«, sagte er und schaute an sich hinunter.

»Das kriegst du nachher auch wieder hin«, beruhigte ihn Niki.

»Mit deiner Hilfe sicherlich.«

Er war kaum angezogen und aus dem Zimmer, da sprang

auch Niki aus dem Bett. So eine günstige Gelegenheit würde nie wieder kommen. Jetzt oder nie. Sie zog die Schublade auf und nahm den Brief heraus. Es war ein längliches Kuvert aus edlem champagnerfarbenen Büttenpapier. Oben links prangte ein kunstvoll verschlungenes Wappen, adressiert war das Schreiben mit einer weiblich-fließenden Schrift an Marco. Füller, dachte Niki. Die überlässt nichts dem Zufall. Auf der Rückseite stand nur *Alessia*. Ebenfalls mehr gemalt als geschrieben. Sehr hübsch, dachte Niki spöttisch, aber es brachte sie keinen Schritt weiter. Der Brief war zu. Niki überprüfte die Gummierung. Gut geklebt, stellte sie fest, zu gut geklebt. Vielleicht mit einer extrem scharfen, dünnen Klinge? Einem Rasiermesser? Niki lief schnell ins Badezimmer. Aber Marcos Rasierapparat hatte Scherköpfe. Sie zog einige Schubladen am Waschtisch auf, aber auch da fand sie nichts Geeignetes. Wasserdampf, fiel ihr ein. Über Wasserdampf löst sich die Gummierung. Aber wahrscheinlich auch die Tinte, dachte Niki. Was geht es dich überhaupt an, was in diesem blöden Brief steht?, dachte Niki plötzlich. Sie hielt ihn trotzdem gegen das Licht der Spiegellampe, aber es nützte nichts. Der Brief gab sein Geheimnis nicht preis.

Lass ihn doch einfach verschwinden, flüsterte ihr eine innere Stimme zu. Dann ist er eben weg. Wird kein so großer Verlust sein. Marco wird es nicht einmal bemerken.

Aber glaubte sie das wirklich? Also legte sie ihn an seinen Platz zurück und krabbelte zurück ins Bett. Schade, dachte sie und war wenig später schon wieder eingeschlafen.

Erst der Hunger weckte sie. Niki hatte keine Ahnung, wie spät es war, sie spürte nur, dass ihr Magen knurrte. Und nachdem sie ihre Augen endlich richtig aufbekommen hatte, entdeckte sie, dass Marco wieder neben ihr lag. Man sah von dem ganzen Kerl nur einige braune Locken hervorschauen, so hatte er sich in die Decke eingewickelt. Niki richtete sich auf ihrem Ellenbogen auf und schaute sich im Zimmer um. Eine Uhr war nirgends zu sehen, sie angelte nach ihrem Handy. Kurz vor eins. Schon wieder! Mussten sie da nicht gleich zum Mittagessen erscheinen – oder gab es heute nichts? Marco brummelte bei den ersten Weckversuchen, aber schließlich schälte er sich unter seiner Decke hervor.

»Hab ich was verpasst?«, fragte er spontan, was Niki zum Lachen brachte.

»Ja, eine Vergewaltigung, und die zweite wäre jetzt gleich erfolgt, wenn du nicht aufgewacht wärst!«

»Ach«, sagte er und gähnte herzhaft. »Und ich habe geglaubt, es sei ein Traum.«

Niki schüttelte nur lächelnd den Kopf, da fuhr er herum, packte sie an den Oberarmen und zog sie mit einem Ruck auf sich. Sie kreischte und wehrte sich lachend, aber er ließ nicht los, sondern küsste sie, und schließlich strampelten sie beide das Leintuch zur Seite, das noch immer zwischen ihnen lag.

Natürlich kamen sie zu spät zum Mittagessen, das Dessert war schon aufgetragen. Isabella sagte sehr prononciert und in sehr gutem Englisch, dass sie von ihren Gästen mehr Höflichkeit erwarte. Niki blieb stocksteif hinter ihrem Stuhl stehen, und diesmal retteten sie auch nicht die Männer, die gezielt an ihr vorbeisahen.

»Ich bitte um Entschuldigung«, sagte sie, drehte sich wieder und ging zur Tür hinaus.

Sie hörte, wie Marco etwas scharf auf Italienisch sagte, aber genauso eine scharfe Antwort bekam, dann kam er hinter ihr her. »Sei doch kein Frosch«, sagte er. »Sie achtet sehr auf die Tischzeiten, aber ich habe ihr erklärt, dass es meine Schuld war!«

»War's ja nicht«, sagte Niki und versuchte, ihr Zittern vor ihm zu verbergen. »Aber es ist ja wohl auch so, dass man nicht so mit seinen Gästen umgeht. Wenn sie schon meine Gastgeberin ist.« Sie warf ihm einen schrägen Blick zu. »Eigentlich dachte ich ja, du seist das!«

»Das ist hier nicht so der Punkt. Das Haus gehört der Familie.« Er stand vor ihr, und Niki erschien er plötzlich nicht mehr wie der Mann, den sie kurz zuvor noch leidenschaftlich geliebt hatte, sondern wie ein kleiner Junge in kurzen Hosen. Seine Mutter war der Boss, und ihr Wort galt. Niki wusste nicht, wie sie reagieren sollte.

»Können wir uns für die letzten Tage ein kleines Hotel in Mailand nehmen? Oder sonstwo? Oder in der Wohnung deines Onkels wohnen?«, fragte sie und war den Tränen nahe. Es hätte doch alles so schön sein können. Und da kam diese Xanthippe und machte alles kaputt!

»Wir fahren erst mal zu Sergio und essen was«, sagte Marco und legte seinen Arm um sie. »Dann sieht die Welt schon wieder anders aus.«

»Wo war eigentlich Friederike?«, wollte Niki wissen, während sie zu seinem Zimmer zurückgingen, um Jacken, Geld und Autoschlüssel zu holen.

»Ach«, Marco stöhnte auf, »Paolo hatte gestern ein Déjàvu, oder frag mich, wie man so etwas nennt, jedenfalls sah er plötzlich Josefina an der Stelle liegen, wo er sie damals tot aufgefunden hatte! Und er wollte, dass meine Mutter die Carabinieri alarmiert. Stell dir vor! So ein Unsinn! Aber er behauptet es steif und fest. Die gleiche Lage, die gleiche Stellung – alles!«

Niki bemühte sich, mit ihm Schritt zu halten und kein unbedachtes Wort zu sagen. »Warum ist das denn nie aufgeklärt worden?«, fragte sie vorsichtig.

»Ich weiß nicht, die hintere Verandatür war aufgebrochen worden, der Hund und Josefina ...«, Marco machte eine Gedankenpause, »... und zu mehr kam der Einbrecher wohl nicht!«

»Aber was wollte er ausgerechnet in der Bibliothek?«

»Das war uns auch ein Rätsel. Es stehen sehr alte Bände drin, aber ein gewöhnlicher Einbrecher und Bücher? Eher unwahrscheinlich. Vielleicht hat er auf der Suche nach Beute in sämtliche Zimmer hineingeschaut?«

»Und was hat er schlussendlich mitgenommen?«, wollte sie wissen, aber Marco zuckte die Achseln.

»Nichts«, sagte er. »Oder zumindest nichts, was uns aufgefallen wäre!«

»Ein Mord für nichts«, überlegte Niki. »Schrecklich. Oder nicht?«

Sie sah zu, wie Marco seine Lammfelljacke auf Schlüssel und Geldbeutel abklopfte und ihr schließlich ihren neuen Mantel hinhielt. Dabei fiel ihr Blick auf die Schublade des Sideboards. Sie stand einen Spaltbreit offen. Es gab keinen Zweifel – jemand hatte sie in der Zwischenzeit geöffnet. Sollte es Marco gewesen sein, während sie schlief, dann würde das Briefkuvert jetzt offen sein.

Gab es einen Grund, Marco vorauszuschicken? Es fiel ihr nichts ein, und sie wollte auch nicht schon wieder Leiche spielen.

Sergio hatte eine kleine Osteria im nächsten Ort, und es war ihm anzusehen, dass er sich über Marcos Erscheinen wunderte.

»Oh«, scherzte er. »Welche Ehre! Oder wollen Sie nur schauen, ob ich die richtige Pastasorte verwende?«

Er lachte, und die Gäste, die an den etwa zehn Tischen

saßen, lachten mit. »Wenn es die falsche ist, bezahlen wir nicht«, erklärte Marco ernsthaft, was mit erneutem Gelächter quittiert wurde.

Ein kleiner Tisch am Fenster war noch frei, über den jetzt Sergio geschäftig mit seinem Küchentuch wedelte. Brotkrumen flogen in alle Richtungen, Sergio holte zwei dicke Wassergläser und zwei Weingläser, erklärte das heutige Angebot und schaute Marco dann erwartungsvoll an.

»Ossobuco mit Polenta oder Polenta mit Ossobuco. Du hast die Wahl«, übersetzte Marco.

»Stimmt nicht«, widersprach Niki. »Da ist noch was anderes!«

»So kleine Piepmätze wirst du nicht essen wollen«, Marco grinste entschuldigend, »sind seine Spezialität, aber ich weiß nicht, wie sie auf Englisch heißen!«

»Schon gut«, sagte Niki und schluckte trocken. »Und einfach Spaghetti mit einer Sauce?«

»Das wird hier sowieso vorweg gegessen, ist also nicht erwähnenswert.«

Niki kapitulierte: »Dann eben Ossobuco!«

Sie stießen mit einem trockenen Landwein an, der ihr gut schmeckte, obwohl er sehr trocken, fast schon hölzern war. Hauptsache Alkohol, dachte sie. Vielleicht sollte ich mich einfach betrinken, dann sieht man alles entspannter.

»Und Friederike?«, fragte sie. »Du hast gesagt, sie sei wegen Paolo abgereist? Wieso das denn?«

Marco setzte sein Glas ab. »Nun, nach Paolos Geschichte wurde ihr alles zu viel. Da kam alles wieder hoch – und wahrscheinlich hält sie ihn jetzt für einen hirnlosen Säufer!«

Niki sah ihn vor sich, mit dem Glas in der einen und der Whiskyflasche in der anderen Hand. Aber gut, ein Whisky machte ja noch lange keinen Säufer.

»Und wieso nimmt sie das so mit? Es kann ihr doch eigentlich egal sein, was Paolo sieht oder nicht sieht?«

»Leider nicht!«

»Und wieso nicht?«

»Weil Josefina ihre Tochter war!«

Den Nachmittag verbrachten sie mehr oder weniger im Auto. Niki hatte überhaupt keine Lust, in den Palazzo zurückzukehren. Schon der Gedanke daran gruselte sie. Und Isabella wollte sie auch nicht sehen. Nie mehr. Was war ihre Mutter doch für ein Mensch im Vergleich zu dieser aufgeblasenen Schnepfe. Sie hatte direkt Sehnsucht nach Julia. Und auf so einen Leisetreter von Mann konnte man auch gut verzichten. Der traute sich ja keinen Ton zu sagen. Und Paolo? Was spielte der eigentlich für eine Rolle? Der wurde doch immer nur heruntergeputzt. Wieso ließ er sich das gefallen? Alle tanzten nach Isabellas Pfeife. Einschließlich ihres jugendlichen Helden Marco. Sie schaute zu ihm hinüber, aber er spürte ihren Blick nicht, denn er war offensichtlich hin und weg von seinem Auto.

Niki merkte, dass sie gegen ihre aufkommende schlechte Laune kämpfte. Hey, sagte sie sich und schaute auf die weite Landschaft, die schnell vorbeizog, du bist hier, weil du verliebt bist! Ja, du bist total verliebt! Und du hast keinen Grund für schlechte Laune! Du bist in Italien, fährst mit deinem Liebsten durch die Gegend und hast keinen Grund für schlechte Laune! Merk dir das! Alles ist gut!

Marco wollte ihr Verona zeigen. Das fand sie okay, denn seinen ersten Vorschlag, mit ihr zum Firmensitz zu fahren, hatte sie rundweg abgelehnt. »Nein, danke«, hatte sie im Brustton der Überzeugung gesagt. »Das ist bestimmt eine ganz beeindruckende Fabrik mit unendlich vielen Nudelsorten und alles hochmodern und sicherlich auch architektonisch gelungen, aber …« Sie hatte nach Worten gesucht, denn sie wollte Marco nicht beleidigen. Aber sie wollte keinen von der Familie sehen, obwohl ihr Paolo fast leid tat. Da hatte er sie auf dem Fußboden seines Zimmers überrascht und galt jetzt dafür als Spinner. Gerecht war das nicht. Andererseits: Was war schon gerecht? Dass Josefina sterben musste, nur weil sie so einem Idioten in die Quere gekommen war, der in dem Haus gar nichts zu suchen hatte? Und der Hund gleich mit?

Bis Verona sollten es um die hundertsiebzig Kilometer sein, hatte Marco gesagt. Gut, das war weit genug weg, fand sie. Und lieber fror sie in einem alten Amphitheater als in Isabellas Nähe. Aber Marco sah das offensichtlich nicht so, er war fröhlich und drehte die Musik auf und sang lauthals mit.

Als sie ausstiegen, empfing sie ein eisiger Wind, der durch die Gassen zog. Das Amphitheater, die Arena di Verona, wie ihr Marco gleich erklärte, sah zwar gewaltig aus, aber die vielen Restaurants in der Nachbarschaft gefielen ihr besser. Sie knüpfte ihren neuen Ledermantel bis oben zu und hängte sich bei Marco ein. Er war ganz in seinem Element und schien die schneidende Kälte überhaupt nicht zu spüren.

»Wir müssen natürlich zum Balkon der Julia«, erklärte er, »und uns dort in der Wand verewigen. Das machen alle Liebenden!«

Niki war von der Idee hingerissen. Romeo und Julia, das war genau das, was sie immer wollte. Eine tiefe, gewaltige Liebe. Nur das Ende behagte ihr nicht. Aber das mit den verfeindeten Eltern könnte schon hinkommen, zumindest aus Isabellas Sicht. Sie würde sich trotzdem nicht umbringen. Aber das war ja auch Shakespeares Idee gewesen und nicht ihre.

Marco führte sie zielsicher in einen malerischen Hinterhof und zeigte ihr den Balkon. Sie kritzelte ihr »Niki & Marco« mit Lippenstift an die Wand und kreiste es mit einem Herzen ein. Dann stellte sie sich andächtig neben Marco unter den Balkon. »Man kann es förmlich spüren«, sagte sie und empfand es auch so. Die Liebe, die Intrigen, die Lösung, das Drama, der Tod. Alles schlummerte hier, und alles konnte sie so gut nachempfinden. Das Leben war widersprüchlich. Alles stellte sich einem in den Weg, wenn man ganz einfach nur lieben wollte. Sie drückte sich noch etwas fester an Marco und empfand es als schön, wie er jetzt seinen Arm um ihre Schultern legte und sie ganz eng an sich zog. Sein Mund suchte ihr Ohr, und seine Locken kitzelten sie.

»Bringst du mich um, wenn ich dir jetzt was verrate?«, fragte er.

»Romeo hat sich selbst umgebracht!«

»Aber doch nur, weil er glaubte, Julia sei schon tot! Du erfreust dich ja bester Gesundheit!«

Da hatte er recht.

»Warum sollte ich dich also umbringen?«, wollte sie wissen und dachte an Josefina. Kam jetzt ein Geständnis? Ein Liebesgeständnis? Hatte sie vielleicht Selbstmord begangen, weil er ihre Liebe nicht erwiderte? Hatte er ihr aus Toronto eine Beichte geschickt? Seine wirklich große Liebe hieße Niki, nicht Josefina?

Quatsch, dachte sie. Völliger Blödsinn. Du bist Niki, die Realistin, und nicht Julia, die Romantikerin.

»Also?«, fragte sie betont forsch.

»Den Balkon der Julia hat es nie gegeben. Weil aber ganz Verona von den ständigen Touristenfragen genervt war, hat man diesen hier gebaut!«

»Nein!« Niki schlug ihn.

Marco lachte und hielt ihr Handgelenk fest. »Macht doch nichts! Wir sind jedenfalls verewigt.« Er deutete auf ihr Herz, das zwischen all den anderen Herzen fast unterging.

»Und wie viele Liebesbekenntnisse gibt es hier schon von dir?«, wollte sie wissen und versuchte, ihre Hände frei zu bekommen.

»Hunderte?«, fragte er spitzbübisch und wich lachend aus, weil sie nun nach ihm trat. »Nein, nein!« Er zog sie an sich, ohne ihre Handgelenke loszulassen. »Wir sind hier, weil ich nur mit dir hier sein möchte, *mia stella*!«

»Mia was?«

»Mein Stern!«

Sie waren in keiner Disco, und trotzdem kamen sie recht spät nach Hause. Niki war froh darüber. Sie wartete am Eingang, bis Marco alle Schlösser aufgesperrt und den Code eingegeben hatte, dann ging sie mit ihm eng umschlungen ins Haus.

Unglaublich eigentlich, dachte sie, diese Pracht, und alles nur mit Nudeln. So einfach, so profan. Es waren oft die simplen Dinge, dachte sie. Das muss ich mir merken. Jede italienische Mama konnte Pasta machen. Aber nicht jede Mama verdiente damit Geld. Darüber muss ich mir Gedanken machen. Nicht der hochtrabende Beruf ist es, sondern die Idee. Was nützt dir der Professorentitel, wenn du Albrecht heißen kannst und mit billigen Lebensmitteln Milliarden verdienst! Über den Gedanken musste sie lachen, und Marco rieb seine Nase in ihren Haaren.

»Was gibt es so Lustiges?«, wollte er wissen und hielt ihr die Zwischentür in den Flur auf.

»Ich schmiede Pläne für meine berufliche Zukunft!«

»Hat das mit Pasta zu tun?«

»Eher mit Nischen. Gut nachdenken, keine Titelakrobatik, sondern lieber Geld verdienen!«

»Also doch Nudeln!«, sagte er, und sie lachten beide.

Niki wachte mit einem Ruck auf. Als hätte sie die Stufe auf einer Treppe verfehlt, so waren ihre Beinmuskeln plötzlich zusammengezuckt und hatten sie schlagartig aus ihrem Traum in die Wirklichkeit befördert. War es ein einsetzender Wadenkrampf? Niki spannte ihre Beine leicht an. Aber da war nichts. Ihr Herz klopfte, und sie hatte ein mulmiges Gefühl im Bauch. Sie warf einen Blick auf Marco, von dem mal wieder nur die Locken zu sehen waren, und schaute dann nach ihrem Handy. 7.45 Uhr. Das war unverschämt früh.

Draußen dämmerte es, und erste Sonnenstrahlen kamen hervor, es hatte fast etwas von einer Theaterkulisse. Niki schob sich das Kissen fester unter den Kopf und sah dem Naturschauspiel zu. Der Himmel färbte sich glutrot und tauchte die ganze Landschaft in ein intensives Licht, das sich mit jeder Minute veränderte. Jeder Hügel, jeder Baum, jeder Zweig – alles schien allein durch die Kraft der Farben in Bewegung, veränderte sich von Rostrot zu einem winterlichen Immergrün mit leichtem Graufilm. Und das Rot am Himmel machte einem Blau Platz, das sich nach und nach in Grau verwandelte. Ein furioser Auftakt war im Alltag stecken geblieben. Niki seufzte und glitt unter ihre Decke zurück. Es war doch immer das Gleiche. Da wurden große Erwartungen an den Himmel gemalt, dann fehlte der Antrieb, und alles versank im Einheitsgrau.

Als sie zum zweiten Mal an diesem Morgen erwachte, war Marcos Seite des Bettes leer: die Decke zusammengeknüllt, das Laken noch warm. Niki schaute zur Badezimmertür, doch die war geschlossen. Wo war er hin? Sie angelte nach ihrem Handy. Zehn Uhr, das war im Vergleich zu den letzten Tagen noch früh. Und sie war noch müde. Sie wollte sich gerade wieder zusammenrollen, als ihr der Brief einfiel. Sollte sie es wagen? Sie hatte den Gedanken noch nicht richtig zu Ende gedacht, da war sie schon aus dem Bett. Vorsichtshalber schaute sie schnell ins Bad, aber es war nichts zu hören. Kein plätscherndes Wasser, kein einlaufendes Bad, alles still.

Niki ging barfüßig zum Sideboard. War die Schublade nicht gestern noch einen Spaltbreit offen gestanden? Jetzt war sie zu. Was war das hier nur für ein verdammtes Haus! Sie zog an dem Knauf, die Schublade glitt heraus, und vor ihr lag das Kuvert. Es war recht rabiat geöffnet worden, das war gut zu sehen. Niki nahm es schnell heraus und stieß die Schublade wieder zu, dann ging sie zur Zimmertür und öffnete sie ein wenig. So würde sie seine Schritte und die Zwischentür hören können.

Mit zitternden Fingern nahm sie den Brief heraus. Er duftete nach einem schweren Parfum. Opium! Mein Gott, schon wieder wie im Film – gleich würde ihr sicher noch eine getrocknete Rose vor die Füße fallen!

Der Brief war handgeschrieben, in schönen, kurzen Sätzen, Zeile für Zeile, schwungvoll und trotzdem akribisch, nur war er auf Italienisch, und Niki konnte ihn nicht lesen.

Doch, halt, da unten, das war Englisch. *»I will never forget your kisses and your promises, and I trust your love and your oath! We will stay together forever and a day, and it will begin tomorrow! Your true love, Alessia.«*

Morgen? Da war sie ja noch da! Was war denn das für eine bodenlose Scheiße! Sie schaute auf das Datum. Der Brief war tatsächlich aktuell. Wie konnte Alessia so etwas schreiben, das war ja mehr als infam. *Ich werde niemals deine Küsse und Versprechungen vergessen?* Welche Küsse?!? Welche Versprechungen?!? *Und ich vertraue deiner Liebe und deinen Schwüren?* Das war ja doch wohl der Hammer! *Und wir werden ein Leben lang zusammen sein? Und das beginnt morgen??* Morgen??? War die noch bei Trost? Und Marco?

Sie hörte seine Schritte kommen und baute sich wütend neben der Tür auf. Das musste er ihr jetzt erklären, denn das war kein Spaß mehr. Prinzessin Hochadel war keine Option, sondern bereits ein Versprechen. Kein Wunder, dass seine Mutter sauer auf sie war. Sie kam nicht als neue Liebe, sondern sie kam schlicht in die Quere! Es war unfassbar!

Die Tür ging langsam auf, und Marco kam mit zwei Kaffeetassen herein. »Oh«, sagte er und lächelte strahlend. »Schon munter?«

»Und wie!«, fauchte sie und hätte ihm am liebsten die Tassen aus der Hand geschlagen, begnügte sich aber damit, ihm mit dem Brief vor dem Gesicht herumzuwedeln. »Kannst du mir erklären, wie das Spiel hier heißt?«

»Wie, was meinst du? Ich verstehe nicht!« Seine Miene verdunkelte sich, und er stellte die beiden Tassen ab. Dann sah er sie an. »Kannst *du* mir erklären, was du mit diesem Brief machst? Er ist nicht an dich gerichtet!«

»Ja! Aber an dich! Und wenn ich ihn nicht gelesen hätte, würde ich weiterhin wie ein dummes Schaf neben dir herlaufen und an deine Liebe … oder, na, sagen wir mal … an deine Gefühle glauben! Deine Mutter hat völlig recht! Ich bin hier absolut fehl am Platz!«

»Nein! Bist du nicht!«

Sie standen sich wie zwei Kampfhähne gegenüber, und Niki war so aufgebracht, dass sie kaum die richtigen englischen Wörter fand. Am liebsten hätte sie Marco auf Deutsch beschimpft, und noch lieber hätte sie ihn gewürgt – auch wenn sie noch immer pudelnackt war und er angezogen.

»Und wieso nicht?«, fragte sie und hatte Mühe, ihn nicht anzuschreien. Wer schreit, hat Unrecht, sagte sie sich und stellte erschrocken fest, dass es ein Spruch ihrer Mutter war, und sie verwarf ihn wieder. Mütter hatten für heute ausgedient.

»Weil es anders ist, als es aussieht!«

»Ach, ist ja hoch interessant. Sie schreibt also von deinen Liebesschwüren, und dabei sind es die von Paolo, oder wie?« Sie stutzte. »Und überhaupt, hat Josefina vielleicht auch zu diesem Heiratszirkus gehört? Sie war immerhin auch adelig. Wollte Alessia freie Bahn haben und hat sie umgebracht? Und wie viele gibt es da noch? Mit wie vielen warst du unter Julias Balkon?« Jetzt war sie doch fast so weit, ihm an die Gurgel zu gehen. So eine Enttäuschung! Ihre Hoffnung, ihre Freude, ihre Liebe, ihre Sehnsucht, ihre Zärtlichkeit, ihre Gedanken, ihre Gefühle – es war bodenlos!

»Sei nicht albern! Ich kann dir das erklären!«

»Da bin ich aber sehr gespannt!«

»Wollen wir uns nicht setzen?«

Er zeigte aufs Bett.

»Nein!« Sie sah an sich hinunter und ging ins Badezimmer, um sich einen Bademantel zu holen.

»Jetzt kannst du dich setzen«, sagte sie und zeigte auf die beiden Sessel, die unter einem der Fenster standen. Marco stellte einen kleinen, runden Tisch dazu und stellte die zwei Tassen darauf. Niki sah ihm dabei zu, wurde aber das Gefühl nicht los, dass er dies nicht zum ersten Mal tat. Wie heute Morgen nach dem ersten Erwachen. Sie kam sich wie auf einer Bühne vor. »So, dann bitte«, sagte Niki und setzte sich. Dabei stand für sie schon fest, dass sie heute abreisen würde.

Von dem Geld ihrer Mutter hatte sie noch genügend übrig, um sich im Notfall auch ein Taxi bis zum Flughafen leisten zu können.

»Alessia versteigt sich da in etwas, zu dem sie keine Grundlage und keinesfalls ein Recht hat«, begann er, und Niki sah ihm an, dass er selbst spürte, wie lahm das klang.

»Aha«, sagte sie knapp. »Fräulein Hochadel versteigt sich also zu etwas, weil die Mama das so will. Oder doch der Sohn?«

Marco schaute sie nur an. Sollte Niki ihn anziehend oder nur bedauernswert finden. War er eine eigenständige Persönlichkeit oder nicht? Sie wusste es nicht mehr.

»Bist du die Marionette deiner Eltern, oder was?«, fragte sie, kaum dass sie ihren Gedanken zu Ende gedacht hatte.

»Alessia ist ein labiler Mensch«, sagte er langsam, und es hörte sich an, als glaubte er sich selbst nicht. »Ich kann sie nicht mit irgendwelchen Dingen konfrontieren, das würde sie umbringen.«

»Irgendwelche Dinge?« Niki schaute ihn fassungslos an. »Irgendwelche Dinge!?! Meinst du mich damit? Das ist ja wohl …« Dann überlegte sie kurz. »Okay. Ihr habt also ein Verhältnis«, sagte sie so ruhig, dass es ihr selbst seltsam vorkam. »Und sie weiß nichts von deiner deutschen Affäre in Kanada.«

Plötzlich kam sie sich alt vor. Uralt. Als hätte sie alles erfahren, was man auf dieser Welt wissen muss. Sie strich sich ihr kinnlanges Haar hinters Ohr. Und zu dieser Handbewegung fiel ihr schlagartig ein, dass Frauen nach einem Desaster mit Männern als Erstes ihre Frisuren änderten. Das würde sie nicht tun. Oder doch – sie würde ihre Haare wachsen lassen. Sie würde zur Femme fatale mutieren, ihre Schottenröcke und karierten Hosen ablegen. Sie wollte einfach mal

»Scheiße« schreien können. Sie hatte immer anders sein wollen als andere, wollte herausstechen aus der Masse, nun war sie unversehens doch zur Masse geworden, denn in Marcos Palazzo war Mama Isabella die Wächterin und begutachtete die Damen. Wer nicht gefiel, wurde ausgemustert, bis nur noch die Königin übrig blieb, die Königin im Bienenstock. Sie gehörte offenbar zu den Arbeiterinnen. Es war unglaublich.

»Ich gehe«, sagte Niki, und die Tränen stiegen in ihr auf. Sie kapitulierte, sie gab auf. Sie wollte nicht wie Josefina unter dem Bett enden, und sie würde auch keine Del-Conte-Nudeln mehr essen, davon war sie für immer geheilt.

Zehn Stunden später landete Niki in Frankfurt, und ihre Mutter holte sie ab. »Mein Gott, Mutti, was bin ich froh, dich zu sehen«, sagte sie und fiel ihrer Mutter in die Arme. »Ich habe gar nicht gewusst, dass du so toll bist! Jetzt weiß ich es, du bist die tollste Mutter der Welt!«

Ihre Mutter lächelte, hin und her gerissen zwischen Rührung und Zweifel. Ganz offensichtlich wusste sie nicht so recht, wie sie reagieren sollte, aber Niki war das egal. Sie war nicht mehr der kantige Teenager, der jede Berührung mit der Mutter scheute, sie war jetzt erwachsen und konnte ihrer Mutter ihre Gefühle offen zeigen – aber vielleicht musste sie ihr das noch erklären.

»Lass uns erst einmal ein schönes Glas Wein trinken«, sagte Julia und nahm ihre Tochter in den Arm. »Und außerdem habe ich zu Hause etwas für uns beide gerichtet!«

»Hoffentlich nichts Italienisches?«, fragte Niki und zog eine Augenbraue hoch.

»So schlimm?«, entgegnete ihre Mutter.

»Noch schlimmer!«

Es war anders als bei ihrer Heimkehr aus Toronto. Was ihr damals negativ aufgestoßen war, machte ihr Herz jetzt leichter. Der Makel des Verwohnten war plötzlich die pure Gemütlichkeit. Klein und beschaulich, so schön und behaglich. Sie warf ihre Reisetasche auf ihr Bett und schaute sich um. Hier konnte sie tun und lassen, was sie wollte. Hier gab es keine Rüge und keine Zurückweisung, hier fühlte sie sich wohl.

Und trotzdem hatte sie ein komisches Gefühl im Bauch. Aber das würde sie jetzt erst mal ignorieren.

Niki ging ins Wohnzimmer. Der lange Tisch war schön gedeckt und mit kleinen goldenen Kerzenleuchtern und musizierenden Goldengeln weihnachtlich dekoriert. In der Mitte stand eine weiße Suppenschüssel, aus der es verheißungsvoll dampfte. Nikis Suppenschüssel mit den Löwenpfoten und dem Löwenkopf am Deckel. Die hatte sie als Kind so sehr geliebt, dass sie bei jedem Essen auf dem Tisch stehen musste.

»Das ist lieb«, sagte sie und zeigte auf die Schüssel, während ihre Mutter mit einer Flasche Rotwein an den Tisch kam. »Wie früher!«

»Schön, dass du dich erinnerst!«

Niki grinste und setzte sich. »Was gibt es denn?«

»Das Lieblingsessen aus deiner Kindheit!«

»Oh!« Niki zog die Schüssel mit einem Ruck zu sich heran. »Kässpätzle! Wow! Mit ganz viel Käse und gerösteten Zwiebeln! Das ist wirklich spitze! Ich werde nachher platzen, das weiß ich jetzt schon.«

»Dann trinken wir einen Enzian.«

Niki musste lachen. »Der schmeckt grässlich!«

Und dann erzählte sie. Nicht alles, aber doch fast alles. Manche Details ließ sie aus, das ging Mütter auch nichts an. Aber die Geschichte mit dem Brief, die war ihr wichtig. Man las zwar nicht in fremden Briefen, aber hätte sie es nicht getan – sie würde sich noch immer von seiner Mutter demütigen lassen und auf seine Liebe hoffen.

»Was hat er denn zu deiner Wut gesagt?«, wollte Julia wissen.

»Er war beleidigt. Ich glaube, er hat es überhaupt nicht verstanden. Er war nur sauer, dass ich in seiner Schublade herumgeschnüffelt habe – aber gut, andere haben das ja wohl auch. Mal war die Schublade einen Spaltbreit offen, dann wieder ganz zu – wenn du mich fragst, stimmt in diesem Haus einiges nicht!«

Julia überlegte. »Aber zum Flughafen hat er dich schon noch gefahren – oder war es wieder dieser Chauffeur?« So ganz konnte sie es sich offensichtlich nicht vorstellen. Mit Chauffeur in einem Rolls-Royce. Ihre Tochter. Das war natürlich was. Welcher Mutter gefiel die Vorstellung nicht?

»Beides, der Chauffeur hat mich gefahren. Er hat behauptet, dass man mit dem Rolls-Royce überall parken könne, das sei am Mailänder Flughafen ein großer Vorteil. Niemand schickt einen weg. Mit dem Alfa sei das viel komplizierter.«

»Na«, sagte Julia und trank einen Schluck. »In Frankfurt geht das auch ohne Rolls-Royce.«

Niki musste lachen und musterte ihre Mutter. Sie war so natürlich, sie selbst in ihrer Ausstrahlung und in ihrem Aussehen. Und sie hatte weder Geld noch Zeit für ständige Schönheitspflege und teure Mittelchen und sah trotzdem unglaublich attraktiv aus. Auch jetzt wieder: Die Augen ihrer Mutter blitzten vor Vergnügen, und ihre Zähne waren beim Lachen blütenweiß. Und wie sie lachen konnte. Es war die reinste Erholung!

»Und wie war der Abschied?«, wollte Julia weiter wissen.

»Nun, er hat die halbe Zeit sowieso nicht mit mir gesprochen, es war alles ziemlich unangenehm. Am Flughafen gab er mir dann rechts und links einen Kuss, den dreifachen für gute Bekannte, du weißt schon, und sagte, dass dies alles sehr, sehr schade sei. Und dass es ihn sehr traurig machen würde.«

»Aha. Sehr traurig. Aber geredet hat er nicht darüber? Auch nicht über diese … Alessia? Ich meine, er hätte ja eine Aussprache in Aussicht stellen können – oder so etwas.«

Niki schüttelte den Kopf und griff nach dem Weinglas. »Ich glaube, ich betrinke mich heute einfach. Dann geht er mir vielleicht aus dem Kopf!«

»Immerhin hast du von deinem Ausflug einen sehr schönen Mantel mitgebracht«, versuchte Julia sie aufzumuntern. »In den nächsten Tagen soll es schneien, es soll weiße Weihnachten geben, dann wirst du in deinem Mantel glänzen.«

Niki nahm einen tiefen Schluck. »Den hat mir Marco geschenkt«, erklärte sie und verzog das Gesicht.

»Und du hast ihn nicht zurückgegeben?« Julia schaute sie erstaunt an.

»Ich betrachte ihn als Schmerzensgeld!«

Der Brief kam genau zehn Tage vor Weihnachten. Niki hatte ihrer Mutter im Restaurant geholfen, hatte die Einkäufe für sie erledigt, Rundschreiben an die Gäste verfasst und die tägliche Speisekarte geschrieben. Sie fragte sich, wie ihre Mutter das sonst allein bewältigen konnte. Sie sagte zwar immer, es sei alles eine Frage der Organisation, aber Niki war klar, dass sich auch der bestorganisierte Mensch nicht zweiteilen kann. Julia arbeitete eindeutig zu viel.

Und dann steckte er zwischen der Tageszeitung, fast so wie bei ersten Mal. Er kam von Marco, das sah sie gleich.

Niki war aufgeregt, und doch war es anders. Beim ersten Mal fieberte sie noch, wäre am liebsten sofort losgeflogen und hätte sich in der nächsten Sekunde in seine Arme geworfen. Jetzt war das Gefühl ein anderes. Freude und Erwartung, aber auch Angst. Vielleicht würde er ihr nun erklären, dass er Alessia heiraten würde und sie ihn mit ihren Einwänden auf den richtigen Pfad gebracht hatte? Möglicherweise würde er sie zu seiner prunkvollen Hochzeit einladen? Dann konnte sie mit Friederike im Privatjet hinfliegen. Niki grinste, obwohl es ihr eigentlich nicht nach Lachen zumute war.

Auf dem Weg nach oben in die Wohnung riss sie ihn auf. Sie hatte sich die Tageszeitung unter den Arm geklemmt und blieb auf dem zweiten Treppenabsatz stehen.

Liebe Niki, las sie. Also nix *tesorina* oder *mia piccola fiamma*. Einfach nur Niki. Nun, gut. *Es ist höllisch, die eine zu lieben, der anderen aber nicht wehtun zu wollen.* Aha. Mir hat er wehgetan. Kein Zweifel, wen er liebte. *Ich weiß, dass Dein Aufenthalt nicht gerade einfach für Dich war, dabei hatte ich es mir so schön und unkompliziert vorgestellt.* »Nicht gerade einfach« war höllisch untertrieben. Und wie hatte er sich das bei diesen Vorzeichen unkompliziert vorgestellt? Wie naiv musste er sein? *Trotzdem möchte ich Dich wiedersehen. Wir hatten eine so schöne Zeit, haben den gleichen Humor, können so wunderbar miteinander lachen und reden und passen doch auch in der Sauna gut zusammen.* Niki holte tief Luft. In der Sauna. Na, klasse. Dafür war die Prinzessin möglicherweise zu vornehm. Außerhalb des Himmelbetts ging da nichts. *Gibt es nicht noch eine Chance?* Die gab's, wenn er sein Fräulein Hochwohlgeboren aus dem Himmelbett warf. Und aus seinem Leben!

Am liebsten hätte sie ihm das gleich als SMS oder E-Mail geschickt. Aber das wäre dann wohl wirklich stillos, schließlich hatte er auch einen Postboten bemüht.

Niki lief die restlichen Treppen hoch und schloss auf. Sie kam gerade rechtzeitig, um das Telefon noch abzunehmen, das sie schon vom Flur aus hatte läuten hören.

»Hallo?«, sagte sie und wiederholte noch einmal: »Hallo, wer ist denn dran?« Aber als niemand etwas sagte und sie nur ein entferntes Atmen zu hören glaubte, legte sie wieder auf. Das hatten wir doch schon einmal, fiel ihr ein. Erlaubte sich da jemand einen üblen Scherz? War es Zufall?

Sie wollte nicht weiter darüber nachdenken, sondern setzte sich an den Schreibtisch ihrer Mutter, auf dem ihr angefangener Brief immer noch lag. Den hatte sie ganz vergessen. Sie zog ihn noch einmal an sich. *Mein lieber Marco,* stand da. *Die Tage sind ziemlich lang. Und ich habe viel Zeit, über uns nachzudenken. Ich vermisse Dich!*

Die Tage waren immer noch lang, und sie konnte immer noch viel nachdenken, aber mit dem Vermissen war das so eine Sache. Sie vermisste keinen, der mit ihr ein doppeltes Spiel spielte. Das würde sie ihm jetzt unmissverständlich klarmachen.

Niki suchte ein neues Blatt Papier, nahm einen Füller und fing an.

Lieber Marco,

ich kann nicht die zweite Frau an Deiner Seite sein, das lassen meine Gefühle nicht zu. Wenn ich einen Mann liebe, möchte ich ihn nicht teilen müssen. Umgekehrt würdest Du das wohl auch nicht wollen. Ob ein Italiener überhaupt wusste, wovon sie da sprach? *Oder würde Dir die Vorstellung behagen, dass es da noch einen Franz oder Fritz geben könnte?* Wie kam sie bloß auf solche Namen? *Solange Du also nicht weißt, wie Du Dich in Zukunft verhalten willst, hat das mit uns beiden keinen Sinn. Vielleicht lässt Du Dir das durch den Kopf gehen – Zeit dazu hast du ja, wie ich weiß …* das sollte ein kleiner Seitenhieb auf seinen Müßiggang sein, aber auch da war sie sich nicht sicher, ob er den verstand. Er hatte Zeit, das war für ihn normal, und er hatte das Geld, um Zeit zu haben.

Ihre Mutter hatte weder das eine noch das andere, aber das war jetzt ja nicht die Frage. Die Frage war, ob sie ein Weihnachtsgeschenk dazulegen sollte. Es war der 14. Dezember, wer weiß, wie lange die Post brauchen würde. Und dann noch zu dem Palazzo hinter den sieben Pappeln.

Niki stand auf und holte sich ein Glas Wasser. Darüber musste sie jetzt erst einmal nachdenken. Etwas zu kaufen war einfallslos. Es musste irgendwas Persönliches sein, etwas, das ihn zeit seines Lebens begleiten konnte und ihn an sie erinnerte.

Sie lief in der Wohnung auf und ab. Alles, was ihr einfiel, war unspektakulär. Eine Zeichnung. Ein Foto. Ein Gedicht. Eine Locke. Hatte sie denn keine andere Idee? Eine CD mit Aufnahmen? Toll wäre jetzt, wenn sie singen könnte. Zur Gitarre »Ne me quitte pas« von Jacques Brel. Konnte sie aber nicht. Und was hieß schon »Verlass mich nicht«, schließlich hatte sie ihn verlassen und nicht er sie. Gab es ein Lied »Wirf sie raus«? Das könnte sie doch jetzt komponieren. »Wirf sie raus«, trällerte sie vor sich ihn, »zwei ist eine zu viel im Haus, also wirf sie raus!« Sie stockte, dann sang sie weiter: »Ganz ohne Wut, doch mit Mut – wirf sie raus, das ist gut!« Niki blieb am Fenster stehen. Es machte ihr Spaß: »Eine ›von‹ brauchst du nicht, was du brauchst, das bin ich!« Sie nickte entschlossen. »Drum wirf sie raus und aus die Maus!«

Das Telefon klingelte wieder. Diesmal war es ihre Mutter. Niki schilderte ihr kurz den Fall und die Frage nach einem geeigneten Weihnachtsgeschenk. Ihre Mutter war die Kreative, Niki rechnete lieber. »Hm, für einen Mann, der glaubt, dass er zwei Frauen nebeneinander haben könnte …?«

»Na, das ist doch nichts Besonderes«, warf Niki sofort ein. »Das hat doch Vati schon vorgemacht!«

»Dem habe ich dann aber auch nichts mehr geschenkt!«

Ja, da hatte sie recht. Sollte sie es lassen?

»Nein, mach nur. Es muss nur eine gewisse Symbolik haben. Du musst dir was dabei denken.«

»Das versuche ich ja die ganze Zeit. Mir fällt nur nichts ein!«

»Mir aber!«

Zwei Tage später brachte Niki ein zugegebenermaßen unglaublich kitschiges Ding auf die Post. Sie hatte es Anne am Telefon geschildert, und die wollte vor Lachen auseinanderbrechen. »Fotografier das bloß, ich sag's dir!«

Niki hatte sich in einem Spezialgeschäft ein Lebkuchenherz mit roter Zuckergussgirlande und einem eingescannten Foto machen lassen: Niki und Marco lachend Kopf an Kopf, darüber der Spruch: »Mehr Platz ist nicht!«

Das war süß, aber deutlich. Und es war individuell. Ob er es unter den Christbaum legen würde? Das wäre ihr größter Triumph. Sie hätte ihm wahnsinnig gern beim Auspacken zugesehen. Zumal sie sich mit dem Einpacken besonders viel Mühe gegeben hatte – Lage um Lage dickes Papier und stabile Kartons und dann das edelste Weihnachtspapier, das sie in ganz Wiesbaden hatte auftreiben können. Es war fast genauso teuer wie das Herz, aber dafür war der Kontrast gelungen. Es war perfekt.

Es kam keine Reaktion, dafür einen Tag vor Weihnachten ein riesiges Paket, das zwar an die Wohnung adressiert war, vom Postboten aber gleich ins Restaurant gebracht wurde. »Ich kann's nicht allein hochschleppen«, sagte er, »und in den Flur stellen kann ich es auch nicht. Ich denke, zu zweit schaffen Sie es.« Er warf Julia einen Blick zu. »Aus Italien! So groß!«

»Ja«, nickte Julia, »ziemlich groß«, und drückte ihm fünf Euro in die Hand.

»Da ist ein Gokart drin«, sagte Julia zu Niki am Telefon.

»Mami! Ein Gokart ist was für Zehnjährige!«

»Es hat aber die Form und das Gewicht. Oder ein Kinderwagen!«

»Du spinnst!«

»Ein Computer mit allem Drum und Dran oder ein Fernseher. Das ginge auch noch. Wäre auch nicht schlecht!«

»Mami, jetzt hör aber auf. Ich komm rüber und schau selbst!«

»Jedenfalls muss es hier raus, es blockiert mir den ganzen Eingang!«

Mit Angelo schleppte Niki das Paket die vier Stockwerke zu ihrer Wohnung hoch. Er hatte es mit dem Renault-Kastenwagen des Restaurants hergefahren und war sichtlich stolz auf die Großzügigkeit seines Landsmannes. Denn wenn der schon ein so großes Paket schickte, dann wollte er auch entsprechendes Engagement zeigen. »Na«, sagte er zu Niki. »Das sind eben noch richtige Kerle, die wissen, wie man eine Freude macht!«

Na ja, dachte Niki, es ist eher eine etwas große Wiedergutmachung, sagte aber nichts. Sie hätte auch nicht mehr viel Luft zum Sprechen gehabt, denn die Wiedergutmachung stellte sich als reichlich widerspenstig heraus. Der Karton war glatt und rutschte ihr ständig aus den Fingern, und sie musste auf der Treppe fast in die Knie, während Angelo die Last nach oben stemmen musste. Als sie das Paket endlich vor der Haustür absetzen konnten, rieb sich Niki die roten Handflächen und lud Angelo auf ein Glas in die Wohnung ein.

»Gut«, nickte Angelo und fuhr sich mit dem Handrücken kurz über die Stirn. »Aber zuerst kommt das Paket unter den Christbaum!«

Er war neugieriger als sie selbst, stellte Niki fest. Und ganz beseelt von der Idee, dass sie sich ausgerechnet in einen Italiener verliebt hatte. Dabei glänzten seine Augen, und er war so charmant, dass Niki ihn zum ersten Mal als Mann und nicht als Koch sah. Er war Mitte dreißig, hatte seine schwarzen Haare mit Gel nach hinten gestrichen und sah eigentlich recht forsch aus. Trotzdem war er nicht der Mann, in den sie sich hätte verlieben können. Obwohl: Ein Koch im Haus wäre ganz praktisch gewesen … Aber er war einfach nicht ihr Typ, stellte sie fest und trank ihr Glas aus. Er nahm es als Zeichen, um aufzustehen und sich zu verabschieden. »Vielen, vielen Dank«, sagte Niki und war etwas befangen. Sollte sie ihm vielleicht Geld geben? Er schien es zu spüren und lächelte.

»Schon okay, das hab ich gern getan. Aber eine Bitte hätte ich«, sagte er.

»Ja, klar!«, erwiderte Niki schnell.

»Erzählst du mir später, was drin war?«

»Was tippst du denn?«

»Ein Mini-Ferrari mit Elektromotor!«

Niki lachte. »Ja, klar, um in der Wohnung Rennen zu fahren! Gut, ich verspreche es dir. Du bist nach Mutti der zweite Mensch, der es erfahren wird!«

Weihnachten war immer etwas seltsam. Sie sprachen nicht darüber, aber es war eben doch ein Familienfest, und sie waren im klassischen Sinn keine Familie mehr. Wie nie sonst im Jahr drängte sich der Gedanke an den Vater auf. Niki sah ihn mit seiner neuen kleinen Tochter vor dem Christbaum sitzen und ein Spiel spielen. Es tat ihr weh, weil er das mit ihr auch immer gemacht hatte: Päckchen auspacken und dann gleich losspielen. Sie hatte ihn geliebt und tiefes Vertrauen in ihn gehabt. Und das wird diesem Mädchen nun auch so gehen. Wer weiß, was noch kam.

Niki seufzte und versuchte, das traurige Gefühl abzuschütteln. Sie musste damit klarkommen, ihre Mutter hatte es auch verarbeiten müssen. Niki schob eine CD mit karibischen Weihnachtsliedern ein. Die waren nicht ganz so getragen und hoben ihre Stimmung, und dann begann sie, lautstark mitträllernd, den Tisch zu decken. Sie würde ihrer Mutter einen Wellnesstag schenken. Mutter und Tochter gemeinsam in der Therme und anschließend fein essen gehen. Das war schön, und außerdem empfand sie es auch als einen Akt des Erwachsenwerdens. Vor zwei Jahren wäre sie mit ihrer Mutter nirgendwohin gefahren, das war ihr immer peinlich gewesen. Jetzt freute sie sich darauf.

Während sie die bauchigen Weingläser holte, ging ihr Blick über das große Paket. Sie war wirklich gespannt. An Angelos Version glaubte sie nicht, aber aufregend war es schon. Neben Marcos Paket lagen kleine Geschenke ihrer Freundinnen und dann das Geschenk ihres Vaters, von dem sie wusste, dass es seine neue Frau ausgesucht hatte. Und daneben ein buntes Päckchen, das Geschenk für ihre Mutter. Sie hatte eine Badelandschaft mit kleinen Figürchen nachgestellt, damit es bei dem Gutschein auch etwas zum Auspacken und Anschauen gab.

Es war alles in Ordnung, sagte sie sich und hörte in sich hinein. Da war ein leichtes Kribbeln, das sie nicht analysieren konnte. War es Freude? War es Angst? Angst vor Enttäuschung? Sie war sich selbst nicht sicher und beschloss, es erst einmal zu ignorieren. Es war Weihnachten, sie feierte mit ihrer Mutter, und sie beide würden es genießen, basta!

Julia kam kurz darauf mit einer Kiste voller Lebensmittel, und Niki ging ihr entgegen, um ihr zu helfen.

»Okay«, sagte Julia mit erhitztem Gesicht und zog ihren Daunenmantel aus. »Jetzt geht es an unsere Kochorgie! Die Ente lag die Nacht über im Salzwasser, sie wird rundum knusprig braun werden!« Sie grinste und kam Niki wie ein junges Mädchen vor. »Soll ich dir verraten, was es gibt?«

»Jedenfalls mal Ente«, tippte Niki und begann, die Lebensmittel auszupacken.

»Ja, pass auf. Gefüllte Ente in Rotweinsauce mit Rosenkohl und Karoffelklößchen. Und zum Nachtisch Bratapfel mit Marzipanfüllung! Was sagst du?«

»Lecker! Kann ich dir helfen?«

»Ich bitte darum! Vor allem brauchen wir fürs Küchenpersonal zwei Gläser Prosecco!«

Das eigentlich Schöne war das gemeinsame Kochen. Während Julia die Füllung machte, heiße Milch über Brotwürfel goss, Birnen, Zwiebeln und Rosinen dazugab und kräftig mit Pfeffer, Salz, Majoran und Beifuß würzte, bearbeitete Niki die Äpfel und die Marzipanrohmasse. Die beiden stießen mehrfach an, sprachen übers Leben, vor allem über Marco und zum Schluss auch über Nikis Vater, aber jetzt tat es nicht mehr weh. Es tat ihr gut, wie ihre Mutter damit umging. Das Vergangene war gut gewesen, dann hatte es einen Crash gegeben, und nach jedem Crash begann eine neue Ära. So sah sie es und kniff auch Niki kurz in die Wange. »Denk einfach mit Liebe daran zurück«, sagte sie, »aber trauere nicht, weil es nicht mehr so ist wie damals. Es war schön, aber es ist Vergangenheit. Bewahr es in deinem Herzen!«

Es rührte Niki kurz an, dann trank sie einen Schluck und nickte entschlossen. Sie war wirklich alt genug, um es nüchtern zu sehen. Auch an Weihnachten.

»Und?«, wollte Julia wissen, »bescheren wir vor oder nach dem Essen?«

»Vorher«, antwortete Niki wie aus der Pistole geschossen. Sie war viel zu neugierig, um noch lange warten zu können.

Julia schaute auf die Uhr. »Okay, die Ente braucht im Backofen etwa anderthalb Stunden, dann die Sauce. Wir bescheren jetzt, solange sie im Backofen ist. Wir dürfen nur nicht vergessen, sie zu wenden und zu begießen. Wäre schade!«

»Vergessen wir schon nicht«, lächelte Niki. »Sind doch Profis!«

Unter dem Weihnachtsbaum lag ein neues Päckchen. »Hat das Christkind eben noch gebracht«, schmunzelte Julia, und Niki zündete voller Vorfreude die Kerzen an. Dann legte sie eine andere Weihnachtslieder-CD ein, sang kräftig mit und machte Julias Geschenk als Erstes auf. Es war eine neue Handtasche, genau die, die sie in einem Geschäft in Wiesbaden gesehen und so traumhaft gefunden und die sie bei jedem Spaziergang immer wieder sehnsüchtig betrachtet hatte, ohne darauf zu hoffen, sie jemals zu besitzen.

»Oh, Mami!« sagte sie und fiel ihrer Mutter spontan um den Hals. »Das ist cool. Und eine grandiose Überraschung! Das hat dir Anne verraten!«

»Stimmt!« Julia lächelte. »Aber ich kann dich gut verstehen – die gefällt mir ja auch. Und so ein Designerstück ist nun eben mal was Besonderes!«

»Sie ist phantastisch!«

Julia freute sich über den Wellnesstag, und dann war sofort Marcos Paket dran. Es stand, seitdem Niki es mit Angelo heraufgeschleppt hatte, noch immer an derselben Stelle.

Beide schauten es an und wechselten einen Blick.

»Ich gehe die Ente noch einmal wenden«, erklärte Julia und stand auf.

»Ich fang nicht an, bevor du nicht da bist!«, sagte Niki entschlossen.

»Schenk vielleicht schon mal den Rotwein ein.« Julia nickte ihr zu und verschwand in der Küche.

Niki füllte die beiden Gläser, aber sie spürte, wie sich alle ihre Körperhärchen aufzurichten begannen. Sie fror plötzlich. Ihre Mutter kam zurück, und Niki strich sich über die Oberarme.

»Es ist völlig daneben«, sagte sie, »aber ich bin aufgeregt. Ich habe regelrecht Angst vorm Aufmachen!«

»Quatsch, das ist die Vorfreude!« Julia reichte ihr eine Schere und ein scharfes Messer. »Die kannst du hiermit gleich befriedigen!«

Niki zog kurz eine Augenbraue hoch, dann nahm sie mit der großen Schere das Paket in Angriff. Sie kappte eine mehrfach verknotete Schnur und fuhr mit der scharfen Scherenspitze den doppelt mit Paketfolie verklebten Paketdeckel entlang. Dasselbe rechts und links, und dann war das Paket zum Aufklappen bereit. Niki schaute ihre Mutter an und holte tief Atem. Jetzt war sie wirklich gespannt.

Sie klappte die Paketdeckel auf und schaute auf ein Meer von rotem Plastik.

»Und?«, fragte ihre Mutter vom Tisch her.

»Nudeln!«, sagte Niki ungläubig. »Lauter Nudeln!«

»Ach, Quatsch! Das glaub ich nicht!« Julia kniete sich neben ihre Tochter auf den Boden. Aber tatsächlich, eine Reihe *Del-Conte*-Spaghetti lag ordentlich geschichtet vor ihnen. »Aber da ist noch was anderes drin«, erklärte Julia bestimmt und fuhr mit der Hand zwischen die Nudelpackungen.

»Ja«, sagte Niki tonlos. »Mafaldine, Penne rigate, Cannelloni, Conchiglie rigate, Fusilli und Pipe rigate. Das ganze Programm.«

»Nein!« Julia zog die Hand zurück.

»Doch!« Niki nickte. »Ein Care-Paket!«

Sie starrten beide das Paket an.

»Wir schütten es aus. Das kann nicht sein!«

Sie packten es und drehten es um. Der Christbaum wurde von einer gigantischen Menge Pasta umspült. Die glatten Nudelverpackungen rutschten dahin und dorthin, überschwemmten alles.

»So«, sagte Julia betont zuversichtlich, »jetzt stoßen wir erst einmal in aller Ruhe an, und dann suchen wir. Irgendwo dazwischen«, und sie machte eine allumfassende Handbewegung, »liegt ein hübsch verziertes kleines Päckchen, da bin ich mir sicher!«

Sie waren gerade damit beschäftigt, die schmalen und breiten Pastapakete umzuschichten, als aus der Küche ein Klingelton kam.

»O Gott, die Ente!« Julia sprang auf. »Die habe ich ganz vergessen!«

Als sie wieder zurückkam, saß Niki niedergeschlagen zwischen den *Del-Conte*-Produkten. »Und? Ist sie verbrannt?«, wollte sie teilnahmslos wissen.

»Vielleicht ein bisschen trockener als vorgesehen.« Julia versuchte fröhlich zu bleiben. Aber den beiden war der Appetit vergangen. Julia griff nach ihrem Weinglas und überdachte die Situation.

»Er hat es raffinierter angestellt«, erklärte sie und stellte das Glas mit einem Ruck ab. »Natürlich! Die Nudeln sind das Beiwerk! Er hat sein Geschenk in eine der Verpackungen geschmuggelt. Irgendwann, wenn du Spaghetti oder Fusilli kochst, wirst du darauf stoßen!«

»Wenn ich das hier alles essen soll, bin ich fett wie eine Weihnachtsente!«

»Du isst es nicht, wir suchen!« Julia reichte ihr die Schere und nahm selbst das Messer. »Er hat sich etwas dabei gedacht«, sagte sie laut. Denn so blöd kann keiner sein, fügte sie im Stillen an.

Sie durchsuchten jede einzelne Packung. Irgendwann türmten sich auf der einen Seite die leeren Plastikpackungen, und auf der andern lagen Tausende von Pastaprodukten in jeder erdenklichen Form und Größe kreuz und quer durcheinander. Ein richtiger Berg. Nur gefunden hatten sie nichts.

In der Zwischenzeit waren die Kerzen abgebrannt und das Wachs heruntergetropft.

Julia wühlte sich aus den Nudeln heraus. »Okay«, sagte sie, »da hat der junge Mann was missverstanden. Hast du ihm erzählt, dass es uns so schlecht geht?«

»Nein, im Gegenteil. Er weiß, dass du ein italienisches Restaurant führst.«

»Dann war das also die Liebesgabe an mich. Die Schwiegermutter-Beißhemmung oder so was. Und dein Geschenk kommt noch!«

Niki saß zwischen dünnen Spaghettistäbchen, gedrehten Fusilli und goldgelben Hörnchen und strich mit beiden Händen über den Pastahaufen. Dann griff sie plötzlich zu und schmetterte eine Handvoll in die nächste Ecke. Dort prasselte alles an die Wand und blieb liegen.

»Entschuldige«, sagte sie zu ihrer Mutter, stand auf und strich sich die Nudeln ab, die wie magnetisch an ihr klebten.

Niki ließ sich auf ihren Stuhl sinken. »Und ich hab mich so gefreut«, sagte sie.

Julia biss sich auf die Lippen, setzte sich ihr gegenüber an den Tisch und nahm Nikis Hand.

»Wir können jetzt in Trauer versinken oder über den Nudelhaufen lachen. Dann verschwindet das Gespenst!«

»Es ist aber kein Gespenst. Es ist Marcos Weihnachtsgeschenk.«

Sie hatte es kaum ausgesprochen, da klingelte das Telefon.

Niki sprang auf: »Er hat den Irrtum bemerkt.« Sie nahm ab und knallte den Hörer gleich wieder auf die Station.

»Ständig!«, sagte sie dazu. »Passiert dir das auch ständig, dass es läutet und keiner dran ist? Nur jemand ganz entfernt atmet?«

Julia war eben aufgestanden, um die Ente zu servieren. »Was?«, fragte sie erstaunt und drehte sich nach Niki um. »Nein. Aber das ist ja seltsam!« Mit einem nachdenklichen Gesicht ging sie in die Küche, drehte sich aber noch einmal kurz um. »Ruf Anne an«, riet sie. »Das wird dir guttun!«

»Anne hat Dienst«, gab Niki zurück. Und außerdem hatte sie Annes Geschenk noch nicht ausgepackt. Das kommt davon, dachte sie, wenn man den Freund über die Freundin stellt. Hätte ich Annes Geschenk zuerst ausgepackt, hätte ich mich noch richtig gefreut. Jetzt ist sie nur noch die Trösterin. Sie schaute auf den Nudelberg, der die restlichen Geschenke unter sich begraben hatte und auf den die wenigen noch brennenden Kerzen heruntertropften.

»Ich komm zu dir«, rief sie in die Küche. »Wir lassen uns den Abend nicht verderben!«

Als das Telefon noch einmal klingelte, ging sie nicht mehr hin.

Nikis Vater hatte ihr ein Wochenende auf Sylt geschenkt. Wattwandern im Sturm, Einkehren im Dorfkrug, Übernachtung im Golfhotel, shoppen und reden. Nur er und sie, Ausflug mit seiner großen Tochter. Und es war von beiden unterschrieben, von ihm *und* seiner neuen Frau. Niki wollte es zuerst nicht glauben.

»Das mache ich nicht«, sagte sie, da waren sie und Julia schon beim Dessert angekommen. »Ich war dreizehn, heute bin ich zwanzig. Es sind sieben Jahre, Mama, was soll ich mit ihm reden – ich kenne ihn doch gar nicht mehr!«

»Na ja, nicht mehr kennen ist ja wohl ein bisschen übertrieben.«

»Das ist nicht übertrieben. Seitdem er in Hamburg wohnt, habe ich ihn doch kaum noch gesehen. Und Eva-Marie ist ja auch schon fünf!«

»Es wird dich ablenken.«

»Vielleicht hast du recht.«

Julia steckte sich den letzten Bissen in den Mund und zwinkerte ihr zu. »Die Bratäpfel sind dir gelungen. Sehr lecker!«

»Wenigstens das!«

Niki wischte sich den Mund ab, dann mussten sie beide lachen.

»Nicht zu fassen«, sagte Niki kichernd und deutete auf den Christbaum, der wie in Schnee versunken dastand. »Hast du so was schon mal gesehen?«

Ihre Mutter schüttelte den Kopf. »Ich frag mich nur, was wir damit anfangen.«

»Wir stopfen alles in den Karton zurück und transportieren es ins Restaurant. Die nächsten Tage gibt es Pasta-Potpourri zum Weihnachtspreis!«

Am 27. Dezember stand Niki erneut am Frankfurter Flughafen. Sie hatte ihren neuen Wintermantel an und eine dicke Daunenjacke im Gepäck. Sie würde sich Sylt erobern und ihrem Vater erzählen, was er alles angerichtet hatte. Aber vielleicht hatte er es in der Zwischenzeit ja selbst kapiert, und die Reise war der Versuch, die Dinge wieder ins Lot zu bringen?

Lass es auf dich zukommen, sagte Niki sich, schlimmer als mit der Signora kann es nicht kommen.

Wenige Stunden später stieg Marco am Frankfurter Flughafen in ein Taxi und gab dem Fahrer Nikis Adresse an. Er hatte mehrfach versucht, sie über Handy zu erreichen, war aber immer wieder abgewiesen worden. Jetzt wollte er es genau wissen.

Deutschland empfing ihn mit Graupelschauer, es war dunkel und ungemütlich. Er schaute schweigsam hinaus, während das Taxi durch die Dunkelheit fuhr. Noch einmal versuchte er, Niki zu erreichen, aber wieder landete er bei der Ansage, er möge sich später noch einmal melden, der Teilnehmer sei im Moment nicht erreichbar. Diesen Satz konnte er inzwischen schon auf Deutsch mitsprechen.

Der Taxifahrer vergewisserte sich noch einmal, ob er die Straße richtig verstanden hatte. Ja, Marco hatte nur diese eine Adresse. Wenn niemand da war, würde er sich ein Hotel suchen müssen. Das würde kein Problem sein, beruhigte ihn der Fahrer, um diese Jahreszeit gäbe es jede Menge freie Hotelbetten.

»I hope this won't be necessary«, sagte Marco inbrünstig.

Der Fahrer warf ihm einen kurzen Blick durch den Rückspiegel zu und sagte nichts mehr. Vor dem schönen, großen Altbau hielt das Taxi.

»Please wait«, bat ihn Marco, denn das Schlimmste wäre gewesen, hier in dieser unbelebten Straße mit Gepäck vor einer geschlossenen Tür zu stehen. Marco suchte und fand *Halbach* ganz oben am Klingelbrett. *J. u. N. Halbach* stand da. Blieb nur zu hoffen, dass J. ihre Mutter war. Oder ihre Freundin.

Er holte tief Luft und klingelte. Die nassen Flocken, mehr Regen als Schnee, hüllten ihn ein und setzten sich auf den

Kragen seiner Lammfelljacke. Es tat sich nichts. Er klingelte noch einmal, diesmal länger.

Innen wurde eine Lampe eingeschaltet, und durch die kleinen bunten Glasfenster der schweren Tür konnte er erkennen, dass jemand auf den Ausgang zukam. Sein Herz schlug schneller. Eine ältere Frau öffnete, und Marco war sich im ersten Moment nicht sicher, ob das nicht Nikis Mutter war. Wie wenig er doch von ihr wusste. Aber nein, sie führte einen kleinen Hund an der Leine. Der Kleine kläffte ihn an, und Marco wich einen Schritt zurück.

»Zu wem wollen Sie denn?«, fragte die Frau unter einem grauen Wollhut hervor und musterte erst Marco, dann das Taxi, das wartend am Gehsteig stand.

Marco verstand sie zwar nicht, gab aber trotzdem »Mrs. Halbach« zur Antwort.

»Aha, ein Amerikaner«, sagte die Frau und zog ihren Hund zurück, der noch immer kläffte. »Da ist niemand da«, sagte sie schließlich. »Nobody!«

Marco ließ die Schultern fallen. Das war der absolut schlimmste Fall! Was nun?

»Aber sie hat an Italy Restaurant«, klärte die Frau ihn auf und wies nebenbei ihr aufgeregtes Hündchen zurecht, das aber nicht auf sie hörte. *»Pane e vino«*, sagte sie und versuchte es Englisch auszusprechen, aber Marco verstand es nicht. Dann wies sie auf ihren Hund. »Er denkt, er muss mich beschützen.« Sie lächelte, und ihre zu gleichmäßigen Zähne waren zu sehen. »Wachhund! Bodydog!«

»Great bodyguard«, bestätigte Marco und schaute in das faltige Gesicht, das im Schatten ihres Hutes lag. Allenfalls die Oma, dachte er. »Which restaurant, please?«, fragte er nach, und die Frau wiederholte noch einmal langsam: »Peiin and waino!«

»Peiin and waino«, sagte er ratlos und hoffte, dass der Taxifahrer etwas damit anfangen konnte. Aber wäre es nicht vielleicht geschickter –? Das Licht im Flur des Hauses ging aus, und sie standen im Dunkeln. »Could you please?«, bat er, und die Frau ging neben ihm bis zum Taxi. Dort sagte sie laut und deutlich: »Zum *Pane e vino*, dort arbeitet die Frau Halbach. Aber das ist ein Amerikaner, der versteht das nicht!«

»Pane e vino«, wiederholte Marco erleichtert und fuhr sich über die nassen Haare. »Madonna!«

Zwei Tische waren besetzt, und Marco blieb kurz stehen, bevor er sich für einen kleinen Tisch am Fenster entschied. Es war ein nettes, freundliches Restaurant. Ziemlich klar und puristisch. Trotzdem nicht kalt, sondern mit kleinen Dekorationsstücken eingerichtet. Er zog seine nasse Jacke aus, hängte sie über die Stuhllehne und stellte seine kleine Reisetasche unter den Tisch. Dann setzte er sich. Ob nun gleich Niki aus der Küche kommen würde? Was würde sie sagen, wenn sie ihn hier sah?

Seit Weihnachten hatte er überhaupt nichts mehr verstanden. Dass sie auf seinen Brief nicht reagiert hatte, gut das war das eine. Aber auf sein Geschenk? Wenigstens ein Anruf, eine Zeile, irgendwas? Oder sollte ihre Sprachlosigkeit die Strafe für die Geschichte mit Alessia sein? Aber sie hatte ihn ja nicht einmal angehört. Wenigstens eine SMS hätte sie schicken können.

Julia balancierte zwei Teller Pasta aus der Küche herein und sah ihren neuen Gast sitzen. Schade, nur einer. Sie hatte die leise Türglocke gehört und auf vier gehofft. Besser noch acht. Jetzt, zwischen den Weihnachtsfeiertagen und Silvester, herrschte Flaute, dabei kamen im Januar die ganzen Versicherungsrechnungen, und sie brauchte Geld. Aber besser ein einziger Gast als gar keiner. Sie lächelte und brachte ihm die Tageskarte.

»Und was können Sie empfehlen?«, fragte Marco, der sich nicht sicher war, wen er vor sich hatte, auf Englisch. War das nun Nikis Mutter oder nicht? Er suchte nach Ähnlichkeiten, fand auf Anhieb aber keine. Und war die hier mit ihrem blonden Pferdeschwanz nicht zu jung für eine zwanzigjährige Tochter?

»Alles!«, sagte Julia und lachte. »Wir machen alles frisch. Und das Weihnachts-Potpourri können Sie mit verschiedenen Saucen haben. Mit Ricotta und Zimt beispielsweise oder sizilianisch oder mit Auberginen und Kapern oder mit Pfifferlingen und Speck oder mit Pecorino, einem pikanten italienischen Hartkäse, und Pfeffersauce.«

Marco lächelte und lehnte sich etwas zurück. »Ich weiß, was ein Pecorino ist«, sagte er auf Italienisch.

Julia nickte und antwortete auf Englisch: »Ja, hört sich so an. Weiß aber nicht jeder!«

»Und wie ist sizilianisch? Mit Bleikugeln?«, fuhr er auf Englisch fort.

Sie nickte ernsthaft. »Ich habe einen sizilianischen Koch, damit ist nicht zu spaßen!«

»Hauptsache, er kann kochen.«

»Das kann er!«

»Dann nehme ich die scharfen Bleikugeln und eine gute Flasche Rotwein. Vielleicht hier aus der Gegend?«

Niki war inzwischen mit ihrem Vater im *Dorfkrug* in Kampen. Sie hatten sich im Hotel getroffen, und nun saßen sie nebeneinander am Tresen und versuchten bei einem Aperitif ihre Befangenheit abzulegen. Er sah immer noch gut aus, dachte sie und rechnete nach, wie alt er jetzt eigentlich war. Siebenundvierzig. In drei Jahren schon fünfzig. Das war eigentlich unvorstellbar. Sie hatte sich einen Kir Royal bestellt, er hatte Lust auf ein Pils.

»Auf meine Große«, sagte er, als die Getränke kamen und sie anstießen. »Ich bin stolz auf dich!«

Da hast du nicht viel dazu beigetragen, lag ihr auf der Zunge, aber Niki schluckte es herunter. Sie war nicht hierher geflogen, um mit ihm zu streiten. Sie wollte auch nicht verbittert wirken. Er war ein Mann, Marco war ein Mann. Und irgendwie waren Männer einfach anders.

»Ja, danke«, sagte sie. Und dann: »Warum eigentlich?«

Er schaute hoch, und seine Augen hielten sie fest. Sie waren immer noch so strahlend graublau, aber feine Fältchen hatten sich in die Winkel gegraben. »Dass du so gelungen bist. Entschuldige diese sachliche Betrachtung, aber du siehst gut aus, wirst studieren, du hast alles richtig gemacht. Und das freut mich!«

»Hast du denn alles richtig gemacht?« Verdammt. Genau das hatte sie zumindest für den Anfang vermeiden wollen.

Er spielte mit seinem Glas. »Natürlich nicht«, sagte er zu ihrer Überraschung. »Ich weiß schon, dass ich riesige Dummheiten gemacht habe, als du klein warst.«

Niki sah sich wieder mit dem Mädchen vor dem Fernseher sitzen und nickte bloß. »Aber du hast mir auch wunderschöne Drachen gebaut«, sagte sie und lächelte versonnen. »Ich habe kürzlich wieder daran gedacht. Ich glaube fast, das sind meine schönsten Kindheitserinnerungen – mit dir Drachen steigen zu lassen.«

»Tatsächlich?«

An seinem erstaunten Blick konnte sie sehen, dass er das schon vergessen hatte. Sie war kurz betroffen, dann hakte sie nach. »Baust du für Eva-Marie keine Drachen?«

Er schüttelte langsam den Kopf. »Ich glaube, ich habe das einfach vergessen!« Er nahm einen tiefen Schluck und schaute sie an. »Verdammt! Ich habe das tatsächlich vergessen. Ich habe mit Eva-Marie kein einziges Mal einen Drachen steigen lassen.«

Ob sie wollte oder nicht, Niki spürte, wie sich ihr Gesicht zu einem zufriedenen Grinsen verzog. Er hatte es vergessen. So blieb es ihr gemeinsames Erlebnis. Ihr eigenes, gemeinsames Erlebnis, das keine Dritten duldete.

»Versprichst du mir was?«, fragte sie.

»Und was?«, wollte Michael wissen.

»Belässt du es dabei?«

Er überlegte und schaute an ihr vorbei in den Raum. Dann blieb sein Blick wieder an ihr hängen. »Nein«, sagte er, und ein Lächeln zog sich über seinen Mund. »Ich habe mir gerade überlegt, ob wir nicht auf Sylt einen Drachen kaufen könnten. Ich würde ihn morgen wahnsinnig gern mit dir steigen lassen!«

»Am Strand?« Nikis spürte ihr Herz schlagen.

»Klar! Der ist schließlich lang genug!«

Marco hatte die sizilianische Weihnachts-Potpourri-Pasta gegessen, eine halbe Flasche Wein getrunken und sich anschließend noch ein Dessert bestellt. In der Zwischenzeit waren die anderen Gäste gegangen, und es war kurz vor zehn. Draußen waren die Graupelschauer in dicken Schneefall übergegangen. Er sah zu, wie die Welt im Schein der Straßenlampe unter dem Schnee versank, wie die Autos immer langsamer fuhren und die Menschen mit hochgestellten Krägen am Fenster vorbeihasteten. Er wusste noch überhaupt nichts. Hatte keine Ahnung, wo Niki war, und trotzdem fühlte er sich wohl. Ganz erklären konnte er sich das auch nicht. Als

Julia die bestellte *Panna cotta mit Karamelsauce* servierte, schaute er sie direkt an. »Darf ich Sie etwas fragen?«

»Aber bitte.«

»Kennen Sie Niki Halbach?«

»Aber natürlich!« Julias Stimme klang erstaunt. »Sie ist meine Tochter.«

Er zögerte den Bruchteil einer Sekunde. »Ich bin Marco.«

»Marco!« Sie schaute ihn an, und dann setzte sie sich ihm gegenüber auf den Stuhl. »Das ist jetzt aber nicht wahr. Oder doch?«

»Doch!«

Sie schauten sich an. »Und wieso sind Sie hier?«

»Weil ich dringend mit Niki reden muss! Wo ist sie denn?«

Julia zögerte. »Warum haben Sie das in den vergangenen Wochen nicht getan?«

»Weil ich sie nie erreicht habe!«

»Wundert Sie das?«

Marco starrte sie an, sagte aber nichts. Er griff nach seinem Glas, aber es war leer. Automatisch füllte Julia nach.

»Ich verstehe nicht«, erklärte er schließlich.

»Ja, wirklich …« Sie wies auf seine Flasche. »Darf ich? Die Flasche geht auf mich!«

»Aber nein, Sie sind selbstverständlich mein Gast!«

Julia winkte ab, holte sich ein Glas und rief kurz in die Küche, dass nun alles paletti sei, Angelos Kochkünste würden nicht mehr gebraucht. Sie schließe den Laden für heute. Dann kam sie zurück und setzte sich wieder.

»Also«, Julia schaute ihn kopfschüttelnd an, während er ihr Glas füllte, »zunächst mal herzlich willkommen!« Sie stießen an, und der Schluck Rotwein tat Julia jetzt gut. Das war doch einfach nicht zu fassen. Da tauchte er hier auf, und sie hatte ihn sogar noch attraktiv gefunden, hatte sich so ihre Gedanken gemacht. Du lieber Himmel. Der Freund ihrer Tochter!

»Ich verstehe trotzdem nicht«, wiederholte Marco. »Was war so falsch? Hat sie es Ihnen erzählt?«

»Da brauchte sie nichts zu erzählen«, erklärte Julia. »Ich war dabei, wie sie Ihr Weihnachtsgeschenk ausgepackt hat. So enttäuscht habe ich meine Tochter überhaupt noch nie gesehen!«

»Enttäuscht?« Ihm stieg die Röte ins Gesicht. »Was war denn an meinem Geschenk auszusetzen?«

»Also, ich bitte Sie«, begann Julia und spürte, wie die ganze Entrüstung dieser Nacht wieder in ihr aufstieg. »Ein Paket Nudeln aus der eigenen Firma. Einfallsloser geht es wohl nicht! Niki hatte tagelang dieses Paket bewacht wie eine Henne ihr Ei, und als es endlich so weit war, wusste ich kaum noch, was ich sagen sollte. Sie war völlig geknickt … todtraurig!«

»Ein Paket Nudeln? Wie kommen Sie denn auf ein Paket Nudeln?«

»Dann eben Pasta. Spaghetti! Fusilli! Penne rigate, Cannelloni – ist doch egal, welche Sorten es waren! Es war eben völlig daneben, zwei Zeilen von Ihnen hätten Sie mehr gefreut!«

Marcos Gesichtsfarbe veränderte sich wieder. Jetzt wurde er bleich. Julia beobachtete ihn, ohne etwas zu sagen.

»Hat Niki mir zu Weihnachten ein Geschenk geschickt, wissen Sie das zufällig?«

»Zufällig?« Julia schnaubte. »Das war die größte Aufregung in diesem Jahr. Und schließlich hat sie eine tolle Kreation auf den Weg gebracht – tun Sie doch nicht so, als ob Sie davon nichts wüssten!«

Marco legte seine Hände nebeneinander auf den Tisch und betrachtete sie. Julia auch. Er hatte schöne, gepflegte Fingernägel, stellte sie fest. Überhaupt die ganze Hand war ansprechend. Ich sollte über so was nicht nachdenken, rief sie sich zur Ordnung und schaute in sein Gesicht.

Er hob den Blick. »Ich bring sie um!«, sagte er schließlich. Laut und deutlich. Auf Italienisch, aber es war leicht zu verstehen. Um keinen Zweifel aufkommen zu lassen, wiederholte er es noch einmal auf Englisch.

»Wen? Niki etwa?«

»Meine Mutter!«

Julia sagte nichts, sondern nahm noch einen Schluck. Seine Mutter. Das war ein Ding. Man brachte seine Mutter nicht um. Aber von Niki hatte sie genug über die Signora erfahren, um sich eine solche Tat vorstellen zu können.

»Und warum?«, wollte sie trotzdem wissen.

»Weil sie mein Geschenk ausgetauscht und Nikis Geschenk unterschlagen hat. Sie hat den zweifachen Tod verdient!«

»Na, na!« Julia löste ihr Haargummi und strich ihre Haare mit allen zehn Fingern nach hinten. Nach langen Stunden zupfte und zog der Pferdeschwanz an der Kopfhaut und bescherte ihr Kopfschmerzen. Die wollte sie jetzt nicht haben. Sie wollte nachdenken.

»Wenn ich es richtig verstanden habe, hat ihre Mutter dieses Pasta-Care-Paket geschickt?«

»Es wird ihr eine diebische Freude bereitet haben!«

»Das kann ich mir vorstellen!«

Sie schauten sich an. »Das passt jetzt zwar nicht zum Thema«, sagte Marco. »Aber Niki hat eine verdammt gut aussehende Mutter, das muss ich sagen.«

»Danke!« Julia lächelte leicht. »Und Niki einen charmanten Freund!«

Sie sagten einen Moment lang nichts.

»Und wo ist Niki?«, wollte Marco wissen.

»Mit ihrem Vater auf Sylt. Der erste Vater-Tochter-Ausflug seit der Scheidung vor sieben Jahren.«

»Auch das noch«, sagte Marco und verzog das Gesicht.

»Ja«, nickte Julia. »Da kommt nun alles auf einmal!«

»Ich bin gespannt, was Niki mir geschickt hat.«

»Das soll sie Ihnen lieber selber erzählen.«

Sie schwiegen wieder.

»Gibt es irgendeine Möglichkeit, Niki auf Sylt zu erreichen?«, wollte Marco wissen.

»Wenn sie nicht an ihr Handy geht, nicht.«

»Aber wenn sie Ihre Handynummer als Absender sieht?«

»Das ist viel verlangt, wissen Sie, ich würde sie in einen Konflikt stürzen.« Julia rückte ihr Glas über den Tisch. »Wenn ich es allerdings nicht tue, kann es sein, dass sie sauer auf mich ist«, überlegte sie. »Wenn ich es tue, verderbe ich ihr vielleicht die Chance, mit ihrem Vater Frieden zu schließen. So oder so könnte es falsch sein.«

»Oder richtig!«

»Wollen Sie jetzt nach Sylt fliegen und sich neben den Vater stellen?«

»Ist er groß und stark?«

Wider Willen musste Julia lachen.

»Ich denke, wir reden morgen darüber. Wo schlafen Sie denn?«

Marco zuckte die Schultern. »Ich suche mir ein Hotel. Der Taxifahrer meinte, es sei zwischen den Jahren kein Problem.«

Julia schaute auf die Uhr. »Zwischen den Jahren nicht, aber vielleicht um die Uhrzeit.«

Sie war fast versucht, ihn in Julias Zimmer schlafen zu lassen. Aber dann war ihr das doch zu heikel. Und vielleicht würde Niki allergisch darauf reagieren. »Eine Kreditkarte haben Sie dabei?«, wollte sie wissen.

Marco nickte.

»Dann buche ich für Sie im *Nassauer Hof.* Sie können ja dann morgen zum zweiten Frühstück zu uns kommen. Die Adresse haben Sie ja, nehme ich an.«

»Da war ich zuerst. Eine ältere Dame hat mich zum *Pane e vino* geschickt!«

»Die mit einem kleinen Hund? Frau Petscheut. Na, das wird für sie wahrscheinlich Gesprächsstoff für die nächsten Wochen liefern!«

In der Lounge des Hotels prasselte ein Kaminfeuer, und Michael lud seine Tochter noch auf einen Drink ein. Sie suchten nach einem Platz nahe beim Feuer, und Niki entdeckte zwei freie Sessel an einem viereckigen Holztisch.

»Wonach wäre es dir denn?«, fragte ihr Vater.

Niki überlegte. »Nach einem Früchtecocktail«, sagte sie schließlich. »Schön fruchtig, ohne Alkohol.«

Für sich selbst bestellte Michael einen schottischen Single Malt, einen *Laphroaig.*

Niki ließ den Blick durch den Raum wandern, es herrschten gedämpfte Farbtöne vor, die Einrichtung war modern. Ein schönes Hotel, das musste sie zugeben, ihr Vater hatte bei seiner Wahl Geschmack bewiesen.

Sie lächelte und spürte, wie sie sich zunehmend entspannte. Vielleicht waren diese Vater-Tochter-Tage ja doch keine so schlechte Idee gewesen. »Wie bist du eigentlich auf diese Idee gekommen?«, wollte Niki wissen.

Ihr Vater schaute sie über den Tisch hinweg an und zog sich den Aschenbecher heran. »Rauchst du eigentlich auch?«, fragte er beiläufig und zog eine Schachtel heraus.

Niki schüttelte den Kopf. »Aber rauch ruhig«, sagte sie, »mich stört es nicht. Und zum Whisky passt es ja.«

Michael nickte, zündete sich eine Zigarette an und lehnte sich zurück. »Die erste am Abend ist einfach genial!«

»Und die erste nach dem Frühstück«, spöttelte Niki.

»Na gut.« Er grinste, und sie musste wieder feststellen, dass er einfach gut aussah. Sein Tagesbart lag wie ein Schatten auf seinem Gesicht und passte gut zu den kurz geschnittenen Haaren, die über den Ohren einen leichten Graustich hatten. Die grauen Schläfen der älteren Herren, dachte Niki und drehte sich nach dem Kellner um, der eben die Getränke servierte. Michael atmete den Duft seines Whiskys ein und hielt ihr dann das Glas zum Anstoßen hin.

»Das enthebt dich aber nicht der Antwort«, sagte Niki und stieß an.

»Soll auch nicht. Ich möchte diese neue Situation ja auch genießen!« Er nahm einen Schluck und senkte die Stimme, als er das Glas abstellte. »Die Leute beobachten uns. Bestimmt denken sie, dass ich mir eine hübsche Junge geangelt habe.«

Niki stutzte, dann folgte sie seinem Blick. An der Bar saßen zwei ältere Ehepaare, die zu ihnen herüberschauten. Niki lächelte ihnen freundlich zu und zog an ihrem Strohhalm. Die Frauen, Niki schätzte sie um die sechzig, begannen sofort miteinander zu reden, die Herren schauten in eine andere Richtung.

»Na«, sagte Niki. »Das müssten die doch auch sehen, das sind doch immerhin fünfundzwanzig Jahre Unterschied!«

Michael grinste. »Ich fühle mich jedenfalls geehrt«, sagte er.

»Und wie bist du jetzt also auf die Idee gekommen?«, nahm Niki den Faden wieder auf.

»Eigentlich war es Bettina«, gestand Michael.

»Donnerwetter! Deine Frau?!?«

Er zuckte die Schulter. »Ich hab schlecht geschlafen, ständig Dinge vergessen, war unkonzentriert. Bettina meinte, es läge an unserem Verhältnis.«

Niki hielt die Luft an. »Und woran liegt es wirklich?«

Er sagte nichts, sondern schaute in sein Glas.

»An einem neuen Verhältnis?«, fragte Niki ins Blaue hinein.

Michael schaute auf und ihr direkt in die Augen. »Es war schon ein Fehler gewesen, mich von euch zu trennen. Ich weiß nicht, was mich da geritten hat. Und jetzt auch wieder. Irgendwas muss in mir …«

»Papa! Eva-Marie ist fünf, das kannst du ihr nicht antun! Und überhaupt, was ist denn so schlimm an eurer Ehe, dass es nicht mehr klappen soll?«

Mein Gott, dachte sie, was mache ich hier gerade? Versuche die Ehe meines Vaters zu retten, die unsere Familie zerstört hat?

»Außerdem kannst du gar nicht alle finanzieren!«, sagte sie. »Du hast ja bei uns schon Schwierigkeiten. Mutti macht ja eigentlich alles allein!«

Er schwieg und drehte sein Glas.

»Werde erwachsen!«, hörte Niki sich sagen. Welche Rolle nahm sie denn da gerade ein? »Es wird mit jeder Frau das Gleiche sein. Du suchst etwas, das du in keiner finden wirst. Such es zuerst mal in dir. Komm dir selbst auf die Schliche!«

Er schaute sie an. »Es ist nicht so leicht, sich selbst auf die Schliche zu kommen. Oder kennst du dich so genau?«

Niki dachte nach. Kannte sie sich? Wie war das mit Marco? Ist sie nicht selbst schon manchmal von ihren eigenen Reaktionen überrascht worden?

»Also bist du gar nicht wegen mir hier«, stellte sie nüchtern fest, und es gab ihr einen Stich, »sondern weil Bettina dich geschickt hat.« Sie atmete tief durch. »Das tut weh!«

Michael wehrte ab. »Oh, nein«, sagte er. »Es war zwar Bettinas Vorschlag, aber ich habe schon lange darüber nachgedacht. Ich wusste nur nicht, wie ich es anpacken sollte. Wie Bettina darauf reagieren würde!«

Niki schüttelte langsam den Kopf. »Warum bist du nur so entsetzlich feige? Hättest du sie halt gefragt. Oder mich! Oder Mutti! Hättest vielleicht auch mal Mutti etwas früher über deine seltsamen Neigungen aufklären können.« Sie spürte, dass sie gleich die Kontrolle verlieren und ihn entweder anschreien oder in Tränen ausbrechen würde. Aber sie wollte über diese Dinge sprechen. Er war ihr Vater. Er sollte ihr Vorbild sein, und stattdessen fragte er sie, was er tun sollte. Er holte sich Rat bei seiner eigenen Tochter, wie erbärmlich!

Niki atmete noch einmal tief durch und versuchte, wieder ins seelische Gleichgewicht zu kommen.

»Du lässt dich jedenfalls nicht scheiden!«, sagte sie bestimmt. »Du arbeitest an dir. Du schleppst Eva-Marie nicht zu einem gleichaltrigen Mädchen, damit du mit ihrer Mutter schlafen kannst. Und im Notfall gehst du zu einem Therapeuten, das ist immer noch besser, als ständig andere Leute, vorzugsweise Menschen, die dich lieben, ins Unglück zu stürzen!«

Er hatte noch immer sein Glas in beiden Händen und ließ sich nach hinten sinken.

Niki blieb unbewegt sitzen. »Weiß Bettina, dass du ein Verhältnis hast und an eine Trennung denkst?«

Er schüttelte den Kopf.

»Aber sie ahnt was«, fuhr Niki fort.

»Deshalb bin ich ja hier.«

»Um es mit mir abzuhandeln?« Niki zog die Augenbrauen hoch.

»Ich habe mich darauf gefreut!« Michael rutschte auf die Kante seines Sessels vor und sah sie beschwörend an. »Ich finde es wunderschön, mit dir hier zu sitzen und zu reden. Du weißt mehr über mich als manch anderer Mensch!«

Niki schwieg.

»Nicola, glaube mir – Bettina hat nur ausgesprochen, was ich mir seit langem gewünscht habe!«

Nicola, dachte Niki. So hat mich schon lange keiner mehr genannt. Michaels graublaue Augen hielten sie fest. »Niki, du tust mir gut! Ich freue mich, dass wir hier zusammen sind.«

Niki nickte. »Und morgen gehen wir Drachen steigen lassen!«

Marco kam gegen elf Uhr. Julia hatte ihre Post erledigt, E-Mails beantwortet, in einige Fachzeitschriften hineingeschaut, nebenher die Waschmaschine gefüllt, den Tisch gedeckt, die Wohnung aufgeräumt und die Blumen gegossen. Immer mal wieder schob sie sich ein Stück Croissant in den Mund, fand, dass es fürchterlich fettig schmeckte, konnte es aber trotzdem nicht lassen. Sie hatte ihre blonden Haare lässig hochgesteckt und einen schwarzen Hausanzug an, den sie sich mit Niki teilte. Er war praktisch, bequem und mit seiner sportlichen Note auch noch sexy.

Als es klingelte, schaute sie automatisch in den Spiegel und gönnte sich einen Klecks Augengel. Machte die Haut feiner und die Augen strahlender. Stand zumindest auf der Packung.

Marco brauchte nicht lange, um in den vierten Stock zu kommen, und als er oben war, stellte Julia mit Wohlgefallen fest, dass er kein bisschen aus der Puste war. Er hatte eine sportliche Figur, das war trotz seiner dicken Lammfelljacke zu sehen.

»Schön«, sagte sie und gab ihm die Hand. »Willkommen in Julias Zuhause!«

Marco lächelte und reichte ihr eine Tüte mit frischen Brötchen.

»Keine schlechte Idee«, lobte Julia. »Und wie sind Sie mit Ihrem Hotel zufrieden? Wie war die Nacht?«

»Das Hotel ist sehr gut, die Nacht war sehr langweilig.« Marco grinste und zog seine Jacke aus. Die Bewegung fächerte Julia einen feuchtkalten Geruch nach frischem Wind und Schnee zu. Sie sog den Duft ein. Julia liebte den Winter, diese Zeit der Ruhe, wo sich alles nach drinnen verzog, in der man Kerzen anzündete und Gemütlichkeit lebte. Sie war noch immer eine Romantikerin.

»Also«, sagte sie betont forsch, »dann auf an die Kaffeemaschine. Was hätten Sie denn gern? Milchkaffee? Cappuccino? Latte macchiato?«

»Ganz gern einen grünen Tee!« Als er Julias Gesichtsausdruck sah, musste er lachen. »Nein, nein. War ein Witz. Am liebsten einen schönen, schaumigen Milchkaffee!«

Julia nickte, und Marco folgte ihr in die Küche. Von hinten sah sie aus wie achtzehn, dachte er. Ihre Figur war wirklich unglaublich. Fast besser als die ihrer Tochter.

»So«, sagte Julia, hielt die Milch unter den heißen Dampfstrahl der Kaffeemaschine und füllte Marcos Tasse. »Jetzt, wo Sie schon mal hier sind, müssen wir auch was unternehmen. Was wollen Sie denn sehen? Wiesbaden? Frankfurt? Eher ein Museum oder in der Goethestraße shoppen?«

Marco zuckte die Achseln. »Darf ich ehrlich sein?«, fragte er und nahm seine Tasse entgegen.

»Ich bitte darum!«, antwortete Julia und machte sich ebenfalls einen Milchkaffee.

»Lieber die Umgebung. Shoppen können wir in Mailand auch ganz gut, Museen machen mich nicht besonders an, aber ich würde gern eine deutsche Landschaft sehen.«

»Also eine Spazierfahrt.«

Julia musterte ihn. Er trug ein graublaues Hemd mit feinen weißen Streifen zur Jeans. Der Gürtel war teuer, die Schuhe auch. Und die Uhr! Ein Blick genügte, um zu sehen, dass dieser Junge aus gutem Hause kam. Niki musste blind gewesen sein. Sie dachte an ihren alten Renault-Kastenwagen. Fing zwar mit R an wie Rolls-Royce, aber das war auch alles. Ob er mit ihr im Kastenwagen durch den Rheingau schüsseln wollte?

»Dabei denken Sie sicherlich an ein gemütliches Auto und nicht unbedingt an eine …« Sie wusste kein englisches Wort dafür und sagte es deshalb auf Deutsch: »… Rappelkiste?«

»Was ist denn eine Rappelkiste?«

Julia ging ihm mit ihrer Tasse zum langen Tisch voraus, den sie zuvor für ein Frühstück zu zweit eingedeckt hatte.

»Das ist ein Auto, das keinen Berg hinaufkommt und auf jeder Straße ächzt und stöhnt. Es ist alt, aber ich liebe es!«

»Ich glaube, das ist der Unterschied zwischen Männern und Frauen. Frauen lieben ihre alten Autos, Männer wollen ständig neue.«

»Wir lieben das Unvollkommene und die kleinen Marotten unserer alten Autos – und da können Männer nur froh sein, dass wir so gestrickt sind.«

Sie reichte ihm den Korb mit den frischen Brötchen, und Marco lachte. »Jetzt bin ich auf ihre ›Rappelkiste‹ aber wirklich gespannt«, sagte er. »Und Sie denken, jeder Mann hat Marotten?«

»Ich habe von liebenswerten kleinen Marotten alter Autos gesprochen.«

»Ich hatte das Gefühl, Sie meinen auch die Männer!«

Julia zuckte mit den Schultern, sagte aber weiter nichts. Marco reichte ihr die Butter und fühlte sich wohl. Es war so seltsam vertraut hier, so klein und gemütlich, alles hell und licht und irgendwie lebendig. Er konnte es sich selbst nicht erklären.

»Ihr Mann muss ein komischer Typ gewesen sein«, sagte er plötzlich.

Julia schaute erstaunt auf. »Wie kommen Sie denn jetzt darauf?«

»Dass er eine Frau wie Sie verlassen hat!«

Über Julias Gesicht zog ein feines Lächeln. Marco beobachtete, wie ihre Augen glänzten und die Lippen sich nach außen zogen. »Wer sagt Ihnen denn, dass er mich verlassen hat? Vielleicht habe ich ihn ja hinausgeworfen.«

»Dann hat er Ihnen einen Grund geliefert. Das ist in meinen Augen genauso blöd!«

»Ich glaube, ich muss Sie irgendwie ablenken«, sagte sie. »Und ich habe auch schon eine Idee. Was halten Sie von einer Weinprobe? Ich muss zu einem neuen Lieferanten, der ein hübsches Weingut im Rheingau hat. In Hochheim. Hübsches Städtchen mit idyllischer Kirche, wird Ihnen gefallen.«

»Und kommen wir mit Ihrer Rappelkiste dorthin?«

»Meine Rappelkiste kennt den Weg!«

Niki hatte kaum geschlafen. Es war ein wunderschönes Hotel, und sie fand ihr Zimmer genial, kuschelte sich immer wieder aufs Neue in die warme Daunendecke – doch die Gespenster blieben. Sie stand auf, trank Wasser, schaute auf die Uhr, es war halb vier. Sie legte sich wieder hin, rollte sich ein und schloss die Augen. Und da waren sie wieder, die Bilder, die sie nicht loswerden konnte. Ihr Vater, als sie noch klein war – nur, dass sich die Bilder zu verändern begannen. Ihr Vater bekam darauf sein heutiges Gesicht, der Vater von einst ging verloren, der Mann mit den leichten grauen Schläfen schob sich darüber. Julia holte tief Luft. Schon wieder hatte er ein Verhältnis. Er war immer auf der Flucht, er musste bindungsunfähig sein. Am liebsten hätte sie ihre Mutter angerufen und ihr erklärt, dass sie an der Trennung nicht schuld war. Keine Frau auf dieser Welt konnte ihrem Vater genügen, weil er gar nicht wusste, was er eigentlich suchte.

Sie dachte an Marco. Und sogleich fiel ihr Alessia ein. Aber man durfte die Menschen nicht miteinander vergleichen. Marco war wahrscheinlich durch die Wünsche seiner Eltern fremdbestimmt. Das war ihr Vater nicht. Sie warf sich auf die andere Seite. Und ihre Mutter? Hatte sie eigentlich jemals wieder einen Freund gehabt? Oder sich aus Rücksicht auf Niki alles verkniffen? Sie mußte die Kerle versteckt haben. In ihrem Zimmer, im Schrank. Niki hatte jedenfalls nie einen gesehen. Sie musste lachen, und über diesen Gedanken schlief sie endlich ein.

Als das Telefon ging, war es bereits nach zehn. Ihr Vater erkundigte sich, ob sie noch lebe. Oder keinen Appetit hätte. Er jedenfalls müsse jetzt frühstücken, zumal es sonst für das Büfett zu spät sei.

Niki war mit einem Satz aus dem Bett und am Fenster. Ach, sie liebte den Norden. Den würzigen Duft nach Salz, Wind und Meer – und hier, sie zog den Vorhang zur Seite, hatte sie tatsächlich einen Strandkorb vor ihrem Zimmer stehen. Das würde sie heute noch ausnutzen. Mit einem heißen Tee und einer Zeitschrift. Oder einem Buch. Sie gähnte, streckte sich und fuhr dann in Jeans und Pullover. Statt schnell zu duschen, würde sie heute lieber ein ausgiebiges Bad nehmen.

Das Leben konnte herrlich sein, wenn man es zu genießen wusste.

Michael empfing sie mit einem geheimnisvollen Lächeln vor ihrer Zimmertür. Er trug einen dicken blauen Rollkragenpullover mit Reißverschluss und sah überhaupt sehr unternehmungslustig aus.

»Draußen ist traumhafte Luft«, sagte er und nahm sie in den Arm. »Es tost und pfeift der Wind, sobald man aus dem Schutz der Häuser heraus ist. Und auf den Dünen steht der feine Sand in der Luft, so bläst es. Herrlich! Das Meer ist aufgewühlt, und die Möwen tanzen.« Er drückte sie fester. »Ich bin ganz hin und weg vor Freude!«

Niki kam es seltsam vor. Jahrelang hatte er sie nicht in den Arm genommen, und jetzt dieser Überschwang an Gefühlen, aber sie beschwor sich, nicht schon wieder alles zu sehr zu bewerten. Er freut sich. Basta. Ich freue mich ja auch. Frauen hinterfragen, Männer nicht. Er tut nichts weiter, als sich zu freuen.

»Ich freue mich auch!«, sagte sie, und Arm in Arm gingen sie zum Frühstücksraum. Niki war erleichtert, denn sie waren die Einzigen, und sie wollte nicht schon wieder schräge Blicke einfangen. Sie konnte sich ja kaum ein Schild mit dem Hinweis »Das ist mein Vater!« vor die Brust halten.

Auf einem der Tische standen eine Thermoskanne mit Kaffee und eine Käse-Wurst-Platte. Nachdem sie sich gesetzt hatten, griff Michael auf den Nebenstuhl und legte ein sehr langes in Geschenkpapier gewickeltes Etwas auf den Tisch. Erwartungsvoll schaute er sie an, während die Bedienung kam und sie nach ihren Wünschen fragte. Niki bestellte zwei

Spiegeleier mit Käse, Speck, Schnittlauch und Zwiebeln, und Michael nahm ein Omelett.

»Ich ahne es«, sagte Niki und wickelte das Geschenk aus, und ein festes, buntes, um einige Stäbe gewickeltes Tuch kam zum Vorschein. »Da warst du heute aber früh auf den Beinen«, stellte sie anerkennend fest.

»Ich habe von List bis Rantum alle verrückt gemacht«, erklärte Michael stolz, »aber schließlich ist es geglückt!«

»Und das probieren wir nachher gleich aus?«, fragte Niki und fühlte sich mit einem Mal so aufgeregt wie ein kleines Kind. Die Vorfreude pulsierte heftig durch ihre Adern, und es wurde ihr von Kopf bis Fuß heiß.

»Und ob«, sagte Michael, und plötzlich hatte er wieder das Gesicht von früher.

Als das idyllisch auf einem Plateau gelegene Hochheim in Sicht kam, schaute Julia zu Marco hinüber, der es sich auf dem Beifahrersitz gemütlich gemacht hatte und die Aura eines kutschenerprobten Weltmannes verströmte.

»Good Hock keeps off the doc!«, sagte sie.

»Bitte was?«, fragte Marco nach. »Was ist Hock?«

»Es war wohl ein Ausspruch von Königin Viktoria, die den Hochheimer Wein liebte«, erklärte Julia. »Mit Hock meinte sie den Hochheimer Wein. Heute fassen die Engländer unter Hock den gesamten Rheinwein zusammen. Sie wissen es nicht besser. Ist ja auch schon lang her.«

»Und warum war Königin Viktoria hier am Main?«

»Sie hat einen deutschen Mann geheiratet, Prinz Albert, und deshalb wusste sie, was gut schmeckt.«

»Da bin ich aber gespannt«, sagte Marco und ließ seinen Blick über die Weinberge schweifen. »Scheint denn hier überhaupt mal die Sonne?«

Julia musste lachen. Im Moment sah es wirklich nicht danach aus, dicke, schwere Schneewolken ballten sich über Hochheim zusammen.

»Das macht nichts«, sagte sie. »Da, wo wir hinwollen, gibt es einen gemütlichen kleinen Weinkeller. Da kann draußen die Welt untergehen, das kriegt man dort nicht mit!«

»Mit Ihnen in einem Weinkeller, während draußen die Welt untergeht. Ich kann mir nicht helfen, irgendwie hört sich das romantisch an!«

Julia warf ihm einen forschenden Blick zu. »Und für Männer, denen es zu wohl wird, fließt da unten der Main mit Väterchen Rhein zusammen. Jede Menge frisches, kaltes Wasser!«

»Schon recht«, wehrte Marco ab und klopfte neben der Krückstockschaltung auf die Armaturen des Autos. »Die dreißig Minuten von Wiesbaden bis hier hat er nun doch ganz gut durchgehalten! Für einen quasi Oldtimer beachtlich. Und dass die Stoßdämpfer total hinüber sind, stört nicht wirklich. Selbst ein klappernder Auspuff hat was Reizvolles. Dafür heizt er ordentlich. Und haben die Reifen eigentlich noch Profil?« Marco deutete nach oben in die Wolken. »Hier im Schnee herumzurutschen macht sicherlich Laune – wie früher auf dem Schlitten.«

»Der *R4* ist wartungsfrei«, erklärte Julia im Brustton der Überzeugung. »So wurde er seit 1961 beworben, und das gilt dann doch wohl bis heute.«

Falls sich das mit Marco je wieder einrenken würde, musste sie mit ihm hierher kommen, dachte Niki. Es war einfach unbeschreiblich! Sie hatte ihre dicke Daunenjacke bis unters Kinn zugeschnürt, eine warme Mütze auf dem Kopf und rannte in gefütterten Gummistiefeln den Strand entlang.

Weit über ihr hing der gelbe Drachen mit dem roten Gesicht, knatterte im Wind, tanzte Pirouetten, ließ seinen langen Schweif wedeln, drohte im Sturzflug abzustürzen, fing sich in der nächsten Böe und stieg wieder auf. Es war einfach phantastisch und passte zu dem grauen, stürmischen Wintertag. Ein gelber Fleck am Himmel, ein fröhliches Gesicht, das mit ihr um die Wette lachte.

Niki fühlte sich unglaublich leicht und beschwingt und winkte Michael ausgelassen zu, der sich windgeschützt zwischen zwei Ausläufer einer Düne gesetzt hatte. Er beobachtete Niki und sinnierte über sein ganzes Leben. Glück kann so einfach sein, dachte er. Was suchte man auf dieser Welt? Das Glück. Die meisten suchten es in der Liebe. Wenn man heiratete, musste auch das Glück kommen. Oder spätestens mit den Kindern. Oder dann mit dem neuen Haus. Oder dem besseren Job, dem Aufstieg, der gewonnenen Macht. Aber da folgte nur die Leere. Du sitzt auf deinem Thron und bist mächtig und doch leer. Du kämpfst mit allen Mitteln, um mächtig zu bleiben. Du willst nicht abstürzen. Also klebst du an deiner Position. Was aber hat deine Position mit Glück zu tun? Das zieht an dir und deinem Leben vorbei.

Michael schaute dem Drachen nach. Alles war vergänglich, nur der Augenblick zählte. Aber die Augenblicke reihten sich auf einer unendlichen Perlenschnur in die Vergangenheit. Aber Vergangenheit ist kein Glück, ebenso wenig wie die Zukunft. Die Zukunft führt dich zu deinem Ende. Schritt für Schritt, jeden Tag. Und wenn du nur für das Morgen lebst, bist du deinem Tod umso näher. Nur die Gegenwart ist Glück.

Du lebst das Hier. Nur das Hier.

Michael stand auf, klopfte sich den Sand von der Hose und lief zu Niki.

»Du bist meine Gegenwart«, sagte er, »und ich liebe dich!«

Niki schaute ihn verblüfft an, und für einen Moment drohte der Drachen abzustürzen.

»Ich finde es wunderbar, dass ich dich als Tochter habe«, fügte er hinzu. »Auch wenn ich dich jetzt erst entdeckt habe.«

Im Weinkeller von Günther Rembs gingen die Uhren anders. Julia und Marco saßen an einem kleinen Tisch inmitten von hölzernen Weinfässern, die den kostbaren Riesling bargen, und hatten langstielige Gläser mit Rieslingsekt als Willkommensgruß vor sich stehen. Julia fühlte sich hier immer sofort wohl. Es war jedesmal wie Heimkommen, ein wohliges Gefühl in der Bauchgegend, so als ob es kein Draußen, kein Morgen, keine Rechnungen und kein Finanzamt gäbe. Paradies pur. Sie war ein Gegenwartsmensch. Sie liebte den Augenblick, denn den konnte einem keiner nehmen. Die Zukunft schon.

Günther Rembs erhob sein Glas. »Schön, dass Sie da sind, Julia – und dann auch noch mit einem Gast aus Italien, das ehrt mich besonders. Ich bin gespannt, was Sie zu dem hier sagen.«

Sie stießen an, und Julia ließ den Sekt auf der Zunge prickeln. Sie nahm einen zweiten Schluck, wiegte den Kopf, trank noch einmal und lächelte. »Fruchtig, spritzig, angenehme Säure. Sehr gut!«, urteilte sie und sah Marco auffordernd an.

Der nahm einen Schluck und nickte. »Tatsächlich!«, sagte er. »Mir schmeckt er auch! Ist das aus eigener Herstellung?«, wollte er auf Englisch vom Winzer wissen.

»Yes, sure, everything here!«, antwortete Günther, und der Schalk blitzte aus seinen Augen. »Wir machen alles selbst! Vor allem natürlich den Riesling, dafür ist der Rheingau ja berühmt! Um die vorletzte Jahrhundertwende kamen von hier die teuersten Weine der Welt. Bekannt für ihre Eleganz und Rasse und deshalb natürlich besonders bei Hofe beliebt.«

»Ach?« Marco blickte auf. »Und wieso hat sich das geändert?«

»Das alte Spiel.« Günther zuckte die Achseln.

»Das alte Spiel?« Marco schaute ihn ratlos an. »Haben sie sich am Hof totgesoffen?« Er grinste.

»Es waren eher die Kriege. Die Kriege des 20. Jahrhunderts haben uns zurückgeworfen – aber wir sind wieder auf dem Weg nach oben!« Jetzt grinste Günther auch.

Julia schaute von einem zum anderen. »Aha, Brüderschaft«, sagte sie. »Schön. Darauf müssen wir anstoßen!«

Eine Stunde später stand Günther auf, um in seiner Küche eine kleine Käseplatte zu richten, und Marco wechselte die Kerze auf dem Tisch aus, die heruntergebrannt war. Julia lehnte sich in ihrem Stuhl zurück, betrachtete den kleinen Raum mit den vielen Weinfässern vor den dunklen Steinwänden, musterte die gewölbte, tiefe Decke und den Fußboden aus behauenen Steinquadern. Hinter ihr stand eine mächtige Säule, vor ihr der schwere viereckige Tisch mit der groben dunklen Holzplatte. Es roch unverwechselbar nach den alten Eichenholzfässern, nach Wein und ein bisschen nach feuchtem Moder. Aber vielleicht war das auch nur Einbildung, weil man tief unter der Erde saß und nur eine breite Steintreppe hinauf ans Licht führte.

Aber es war urgemütlich.

»Eigentlich sollte man hier im Ort übernachten«, sagte Marco und hob sein Rotweinglas. »Kleines Hotel, schönes Abendessen, Blick auf den Fluss und den Mond. Das wäre doch was!«

Zu ihrem Entsetzen spürte Julia, dass es wirklich was wäre. Heb dir das lieber für Niki auf, dachte sie, sagte es aber nicht.

»Wieso wäre das was?«, fragte sie, aber Marco prostete ihr nur zu. Julia stieß mit ihm an und stand auf. »Ich komme gleich wieder!«

Oben, im Haus, hörte sie Günther rumoren. Sie kannte seine kleine Küche, die neben der eigentlichen Probierstube war. Im Keller saßen nur seine besten Kunden oder seine Freunde, für die normalen Kunden oder Gäste, die auf ihrer Einkaufstour eben mal einen »Rembs« probieren wollten, gab es eine geräumige Stube im Erdgeschoss.

»Kann ich helfen?«, fragte sie und schaute ihm von der Schwelle aus zu, wie er knuspriges Bauernbrot aufschnitt. Neben ihm stand bereits eine große Platte mit rohem Schinken, Speck und Käse.

»Nein danke, ich glaube, ich hab gleich alles.«

»Es ist einfach immer wieder schön hier«, sagte Julia. »Nicht nur Ihr Wein ist besonders, auch die ganze Atmosphäre!«

»Ja.« Günther Rembs legte die Brotscheiben in einen Korb. »Wird nur langsam alles ein bisschen eng. Ich würde gern meine exzellenten Weinlagen behalten, hätte aber trotzdem gern ein repräsentativeres Gebäude …«

»Ein Schlösschen?« Julia klaute ein Stück Speck von der Platte. »Ja, das würde gut zu Ihren Weinen passen. Ein Schlossgewölbe für Ihre Weinfässer, mit riesigem offenen Kamin und einem zehn Meter langen Holztisch.« Sie warf Günther einen kurzen, prüfenden Blick zu. Klar, er war auch älter geworden, war jetzt Ende vierzig, wie sie selbst auch bald. Er hatte Familie und wollte sicherlich in seinem Leben weiterkommen. Er war erfolgreich, aber er war noch nicht am

Ziel, suchte eine neue Perspektive. »Ja, das könnte ich mir gut vorstellen«, bestätigte sie noch einmal.

Günther Rembs schaute sie an, schwieg und nahm sich auch ein Stück Speck. »Sie werden lachen«, sagte er nach einer Pause, »aber wir kennen uns jetzt lange genug, und ich weiß, dass Sie Dinge für sich behalten können.« Er hielt inne, kaute und fuhr sich dann mit der Hand durch seine honigfarbenen Haare. Julia wartete. »Es gibt ganz in der Nachbarschaft ein kleines Schloss, das hoch verschuldet ist«, begann er. »Das wäre mein Traum! Geradezu perfekt.«

»Aha.« Julia überlegte. »Und wo ist das Problem? Zu teuer? Ich meine, Sie bekommen doch sicherlich jeden Kredit, den Sie für so ein Vorhaben brauchen?«

Günther schüttelte lächelnd den Kopf. »Nicht jeden«, sagte er, »aber für dieses Vorhaben würde es reichen.« Er steckte sich ein Stück Käse in den Mund. »Nein, die Besitzerin, Friederike Freifrau von Finkenstein, kann zwar kaum noch ihren Bäcker bezahlen, hat aber noch ein heißes Eisen im Feuer. Ihre Tochter heiratet einen der reichsten Erben Italiens, also wird Geld fließen, das scheint sicher zu sein. Zumindest sehen es die Banken so. Und es liegt ja auch auf der Hand. Welcher reiche Italiener lässt sich eine solche Mitgift entgehen, selbst wenn er sie auslösen muss!«

Julia lachte. »Ich dachte immer, die Eltern der Braut sind für die Mitgift verantwortlich.«

Günther Rembs nahm die Platte, nachdem sich auch Julia noch schnell ein Stück Käse in den Mund gesteckt hatte, und ging damit zur Treppe in den Weinkeller. »Bei diesen Dimensionen spielt so etwas wahrscheinlich keine Rolle. Adel zu Geld und Geld zu Adel, sagt man doch. Bringen Sie den Brotkorb mit?«

»Ja, der hängt bei uns halt ein bisschen höher.« Julia nahm

den Korb und folgte Günther Rembs die breite Steintreppe hinunter zu Marco, der sich gerade die Aufschriften der einzelnen Weinfässer anschaute.

Das *Sansibar* musste sein. Da hatte Niki immer so viel von diesem Restaurant gehört, und nun sah es aus wie eine sich hinter der Düne duckende Bretterbude. Aber es war der Abschlussabend, morgen ging der Flug zurück, und Michael wollte mit seiner großen Tochter noch einmal so richtig Gas geben.

Niki war etwas verfroren, weil sie sich für diesen Abend ein Kleid ausgesucht hatte und der Weg vom Parkplatz dann doch länger ausfiel, als Michael beschrieben hatte. Sie behielt ihren Mantel an und rieb sich die Arme warm.

»Steife Brise, nicht wahr?«, versuchte Niki es auf Norddeutsch, was Michael zum Lachen brachte.

»Du bekommst gleich einen Grog, dann wird es besser!«

Und dann wollte er plötzlich Sachen von ihr wissen, die sie bisher noch nicht angeschnitten hatten. Ob sie einen Freund habe, ob Mutti wieder liiert sei, ob sie wirtschaftlich klar kämen und was sie werden wolle.

»Irgendwie hört es sich an, als ob du an uns interessiert wärst«, sagte Niki, als die Vorspeise kam und ihr Mantel längst auf dem Nebenstuhl lag.

Michael zuckte die Schultern. »Ich würde gern drei Leben gleichzeitig leben!«

»Ja, klar«, sagte Niki. »Damit du genau sehen kannst, wie sich was entwickelt, und im Notfall schnell wechseln kannst. Wer möchte das nicht. Geht aber nicht. Und du hast dich entschieden!«

»Manchmal denke ich, es war falsch!«

»Und ich sage dir jetzt was, Papa!« Dieses Wort sagte sie

zum ersten Mal, und er ließ seine volle Gabel über dem Teller schweben. »Du bleibst bei Bettina und Eva-Marie, und wir werden uns öfter sehen. Die Idee kam von Bettina, das finde ich schon grandios genug. Und Mutti möchte dich nicht zurück, da bin ich sicher. Also werden Mutti und Bettina auch kein Problem miteinander haben. Den ganzen anderen Unsinn schlägst du dir besser aus dem Kopf!«

Er ließ seine Gabel mit Hummersalat im Mund verschwinden, wischte ihn mit der Serviette ab, kaute andächtig und nickte dann. »Du bist ja ziemlich streng.«

»Nein, ich treffe Entscheidungen. Das habe ich von Mutti!«

Michael lächelte und trank einen Schluck von dem offenen Weißwein, den er bestellt hatte. »Ich glaube, damit könnte ich leben.«

Marco fuhr den Kastenwagen die steile Straße hinunter. Es war glatt und der Wagen eiskalt. Julia hielt ihren dicken Mantel zu und versuchte, die feine Eisschicht, die sich an der Innenseite der Scheibe gebildet hatte, abzukratzen. »Ich kann auch aus dem Seitenfenster schauen«, erklärte Marco schließlich, denn die Windschutzscheibe fror sofort wieder zu, und das Heizgebläse zeigte kaum Wirkung.

»Er kann nicht warm werden, wenn wir bergab fahren«, erklärte Julia, die den Kratzer weggelegt hatte und nun zum Auftauen ihre Handfläche gegen die Scheibe presste.

»Ich kann deshalb aber nicht bergauf fahren«, erklärte Marco. »Wir sind doch schon oben!«

»Nein, wir sind schon fast unten«, widersprach Julia. »Man kann es nur nicht sehen!«

»Wenn wir im Himmel landen, beziehen wir dann eine eigene Wolke?«, wollte Marco wissen und machte einen leichten Bremsversuch, dem der Wagen einseitig folgte. Der *R4* geriet ins Rutschen. Die Flaschen klirrten in ihren Kartons.

»Huch!«, entfuhr es Julia. »Was machen Sie da! Auf eisglatter Fahrbahn soll man nicht bremsen.«

Marco sagte nichts, bekam den Wagen jedoch wieder unter Kontrolle und fuhr langsam weiter bergab. »Gut, dass es so spät ist«, erklärte er, und vor seinem Mund stand sein heller Atem, »und außer uns niemand mehr unterwegs ist. Wir hätten im Ort übernachten sollen, ich habe es ja gleich gesagt!«

»Ich dachte auf Wolke sieben.«

Er schaute schnell zu ihr hinüber und lächelte herausfordernd.

Unglaublich, dachte Julia, der Flirtfaktor muss Italienern angeboren sein. Ein Deutscher würde sich jetzt auf die Straße konzentrieren.

»Wo schaltet man hier eigentlich die Differenzialsperre ein?«, wollte er wissen.

»Die was?«

Er lachte herzhaft. »Oder den Allrad!«

»Der hat zwar vier Räder, aber kein Allrad. Das wissen Sie doch ganz genau!«

Der Wagen schlingerte erneut, und Julia sah den Straßengraben bedrohlich nahe kommen. Vielleicht wäre sie doch besser selber gefahren. Hatte Niki nicht erzählt, die Familie hat einen Chauffeur? Wie konnte sie nur so blöd sein.

»Immerhin hat ein *R4* auf der Rallye Paris–Dakar den zweiten Platz gemacht. Und zwar *mit* Allrad!«

Julia staunte. »Und wann soll das gewesen sein?«

»Bevor ich auf der Welt war … 1979!«

»Sie waren demnach nicht dabei.« Auf Julias Seitenhieb reagierte er nicht, und Julia schwächte ihn auch sofort ab: »Aber Sie wissen es trotzdem. Autofan?«

»Im Ferrari-Land? Welche Frage. Aber die Wahrheit ist: Ich habe eine Wette verloren. Ich habe es nämlich auch nicht geglaubt!«

Julia nickte und schaute an ihm vorbei hinaus. Endlich! Die Straße führte auf die Ebene, und gleich würden sie auf die große Landstraße einbiegen können. Endlich wurden auch die Scheiben frei, und Julia begann sich zu entspannen. Sie tätschelte liebevoll das Armaturenbrett. »Ja, ja, das ist das Geheimnis der wahren Großen. Mehr sein als scheinen!«

Marco warf ihr einen Blick zu. »Ja, genau. Und wenn wir schon beim *Sein* sind, wann wird Niki morgen denn da sein?«

Niki sah ihn stehen, wollte es aber erst nicht glauben. Die Menschentraube vor ihr bewegte sich durch die Ausgangstür, und überall in der Ankunftshalle standen Menschen mit Vorfreude auf den Gesichtern. Sie hatte beim Hinausgehen den Blick über die Menge schweifen lassen, aber ihre Mutter nicht ausfindig gemacht. Und da stand er. In seiner Lammfelljacke und mit einer roten Rose in der Hand. Niki lief auf Marco zu. Er breitete einfach die Arme aus. Niki ließ sich hineinfallen, und sie drehten sich eng umschlungen um die eigene Achse.

»Wo kommst du denn her?«, fragte sie schließlich und fasste es noch immer nicht. »Was machst du in Frankfurt?«

»Ich wollte mein Nudelpaket wieder abholen«, sagte er und grinste. »Oder wenigstens deiner Mutter beim Essen helfen!«

»Meiner Mutter – was?«

Er bückte sich nach ihrem Gepäck und schob sie zum Ausgang. Vor der Tür stand im Halteverbot der Kastenwagen.

»Der Chauffeur hat heute Ausgang, ich fahre«, sagte er und warf ihr Gepäck auf die Ladefläche.

»Das ist doch unser Auto!«

»Ja, klar. Ich habe es auch nicht geklaut … ich darf dich damit abholen, das ist alles!«

Niki sagte nichts, sondern setzte sich auf den Beifahrersitz. Marco stieg ein und startete den Wagen. »Brumm, brumm«, sagte er dazu und schaltete geübt mit dem Krückstock. »Jetzt geht es ab!«

Niki schüttelte den Kopf. »Sei mir nicht böse, aber ich kapiere überhaupt nichts. Du bist da, holst mich mit dem Wagen meiner Mutter ab – bist du bei uns eingezogen?«

Er lachte. »Nein, natürlich nicht. Es war Julias Idee, sie dachte, du freust dich. Ein Stück Familiengeschichte auf vier Rädern.«

»Julia«, wiederholte Niki leise. »Ist ja interessant!«

Niki wollte nicht vor Marco über ihre Gefühle sprechen. Sie erzählte ihrer Mutter nur knapp von ihrem Ausflug mit ihrem Vater und verriet auch nichts über dessen neueste Liebesambitionen. Julia ging es ähnlich. Nach Nikis doch eher zurückhaltender Begrüßung hatte sie beschlossen, die Weinprobe und die abschließende Heimfahrt besser ganz unter den Tisch fallen zu lassen. Offensichtlich war ihre Tochter da etwas sensibel.

Es war Mittag, und sie saßen am langen Esstisch zu Hause, Julia hatte einen Wintersalat mit warmem Knoblauchbaguette gerichtet, wies aber während des Essens mehrfach darauf hin, dass sie gleich verschwinden müsse, Angelo habe schon angerufen, das Restaurant fülle sich, und die junge Aushilfe sei bereits überfordert.

»Kein Problem, Mama, wir kommen schon allein zurecht«, erklärte Niki und fühlte sich seltsam steif und hölzern. Was für eine blöde Floskel, natürlich kamen sie allein zurecht. Aber woher kam ihre Befangenheit? Als Julia sich mit einem kurzen Lächeln verabschiedete, wusste Niki nicht, wie sie reagieren sollte. Noch vor zwei Wochen hätte sie Marco sofort in ihr Zimmer und ins Bett gezogen. Aber jetzt waren da seltsame Empfindungen im Weg. Sie schaute ihn an und versuchte, sich selbst auf die Spur zu kommen. Marco lächelte ihr nur unergründlich zu. Wo war der Funke, der früher beim kleinsten Blickkontakt übergesprungen war?

»Gefällt dir meine Mutter?«, fragte sie spontan.

»Si!«, antwortete er überzeugt. »Eine sehr wache und intelligente Frau. Sie hat ihr Leben im Griff!«

Was sollte sie damit anfangen? Sie hat ihr Leben im Griff?

»Und das imponiert dir?« Niki setzte sich ihm gegenüber an den Tisch.

»Ja, natürlich«, sagte er. »Frauen in diesem Alter sind entweder die Geschöpfe ihrer Männer oder sehr eigenständig. Sie ist sehr eigenständig.«

So, dachte Niki. Und was war seine Mutter? Die war bestimmt nicht das Geschöpf ihres Mannes und hing trotzdem an seinem Geldbeutel.

»So wie deine Mutter?«, fragte sie.

»Meine Mutter?« Jetzt musste Marco lächeln. »Meine Mutter ist der Boss! Meine Mutter hat das Geld! Sie ist eigenständig, weil ihr Vater ihr die Fabrik vererbt hat.«

Niki sagte nichts. Sie staunte. Das Geld kam also von seiner Mutter.

»Und dein Vater?«

»Ist als Geschäftsführer bei ihr angestellt.«

»Ah!« Niki schob ihren leeren Teller von sich.

»Und dein Onkel?«

»Geduldet.« Marco zuckte die Achseln. »Man könnte auch sagen ausgehalten.«

Deshalb behandelte ihn Isabella so biestig, dachte Niki. In ihren Augen ist der Bruder ihres Mannes nichts wert.

»Und dein Großvater hatte nur diese einzige Tochter? Man denkt immer, in Italien gebe es weiß Gott wie viele Kinder!«

»Es gab noch einen Sohn, Muttis großen Bruder. Mein Großvater hat ihn totgefahren.«

Es kam so nebenbei, dass Niki zuerst nicht schaltete. Dann schaute sie ihn entsetzt an. »Totgefahren?«

Marco runzelte kurz die Stirn, so als müsse er sich auf ein längst vergessenes Thema zurückbesinnen: »Alessandro kam mit dem Motorrad frühmorgens nach Hause, Opa fuhr mit dem Mercedes gerade hinaus, in der Kurve vor dem großen Tor haben sie sich getroffen. Alessandro war neunzehn.«

Niki holte tief Atem. »Den eigenen Sohn getötet?«

»Alessandro war zu schnell und schnitt die Kurve. Opa auch.«

Sie waren beide still.

Niki stand auf. »Ich brauche einen Kaffee!«

Marco stand ebenfalls auf. »Ich mach uns einen!«

Er kannte die Kaffeemaschine. Irgendwie behagte Niki das Ganze nicht. Es war, als ob sie die Fremde hier wäre und nicht er.

Sie hörte das Zischen der Dampfdüse und das Mahlen der Kaffeebohnen, das Prusten und Schnauben, als der Kaffee in die Tassen floss. Niki versuchte ihre Gefühle zu deuten, sie fühlte eine taube Gleichgültigkeit, als ob sie das alles hier nichts anginge und sie auf etwas anderes warten würde.

Marco servierte ihr einen perfekten Cappuccino und hauchte ihr dabei einen Kuss auf die Stirn. »So, mia bellissima, bist du jetzt geschockt?«

Niki schüttelte den Kopf. »Wie hat deine Oma das verkraftet?«

»Gar nicht. Sie hat sich ein Jahr später umgebracht.«

Jetzt stellten sich Niki die Haare auf.

»Und deine Mutter?«

»War in einem Internat!« So, als ob sich damit alles erklären würde. Er hatte sich wieder gesetzt und zuckte mit den Schultern.

»Es war natürlich tragisch«, sagte er. »Aber vieles im Leben ist tragisch!«

Niki nickte und dachte an ihren Vater. Damals, als er sie und ihre Mutter verlassen hatte, war für sie auch die Welt untergegangen.

»Kein Wunder«, kam ihr plötzlich die Erkenntnis, »dass deine Mutter dich in Seide packen und jeden Schritt bestimmen will.«

»Ach, so schlimm ist es gar nicht«, meinte er, und Niki musste über seinen Milchschaumbart lächeln, der ihn plötzlich so unschuldig wirken ließ. »Sie macht sich ein bisschen über meine Zukunft Gedanken, möchte, dass ich die Firma übernehme, und versorgt mich unter einer Bedingung mit einem monatlichen Honorar, mit dem ich gut leben kann.«

»Bedingung?« Niki wurde hellhörig. »Dass du Alessia heiratest?«

»Nonsens.« Er lachte. »Nein, ich darf nicht Motorrad fahren.«

Das konnte Niki verstehen. Trotzdem klang dieses »Ich darf nicht« aus dem Mund eines Vierundzwanzigjährigen ziemlich unmännlich. Er war eben doch ein Mamasöhnchen. *Ich darf nicht.* Jeder Revoluzzer würde genau das tun. Und jeder Jugendliche begehrte auf und setzte sich über die elterlichen Verbote hinweg. Gegenargumente mussten gefunden werden, konträre Meinungen vertreten, Kritik geäußert – all das begleitete den Weg zum Erwachsenwerden. *Ich darf nicht* dagegen war die Äußerung eines kleinen Jungen.

»Und? Hast du es je getan?«, wollte sie von ihm wissen.

Er schüttelte den Kopf.

Er wird Alessia heiraten, dachte Niki. Selbst wenn er das jetzt noch nicht weiß.

Am nächsten Morgen reiste Marco ab. Niki hatte versucht, ihm Wiesbaden zu zeigen, und nach der Sightseeingtour, wie sie es nannte, hatten sie den Abend in verschiedenen kleinen Bistros und Bars verbracht, aber irgendwie wollte sich das alte Gefühl zwischen ihnen nicht mehr einstellen. Niki spürte der Schwerelosigkeit nach, dieser berauschenden Gewissheit, dass man den anderen unglaublich begehrt und selbst begehrt wird. Jetzt aber war sie sich unsicher, und entsprechend verlief die Nacht. Er hatte ihr den Irrtum mit dem Pastapaket erklärt. Gerade das passte ins Bild und legte sich wie ein dunkles Tuch über ihr Gemüt. Seine Mutter schickte ihr über die Firma ein Werbepaket und ließ sein Geschenk, das er bequemerweise ins Postausgangskörbchen gelegt hatte – wie dumm konnte ein Mann sein? – verschwinden. Hätte er es selbst gepackt und wäre zur Post gegangen, wäre das jedenfalls nicht passiert. Und überhaupt – dass Isabella sich über ihr Lebkuchenherz schräg gelacht hat, stand fest. Was würde er seiner Mutter jetzt sagen? Immerhin war das ja ein unglaublicher Vertrauensbruch. Unterschlagung nannte man so etwas, das war sogar strafbar.

»Ich werde ihr sagen, du hättest dich wahnsinnig gefreut!«

»Was?? Über die Nudeln?« Sie saßen im *Spital*, und Niki schrie es fast. Ein paar Köpfe drehten sich nach ihr um. Das war ihr egal.

»Nein, über das hier!« Marco grinste und legte ein in rotes Lackpapier eingeschlagenes kleines Päckchen auf den Tisch.

Sie schaute darauf. Über dem breiten Geschenkband trug es einen kleinen goldenen Aufkleber mit einer Wiesbadener Adresse. Die kannte sie. Niki schaute auf. *Tipp von meiner Mutter?*, lag ihr auf der Zunge, aber sie verkniff es sich. Er versuchte ja gerade, etwas gutzumachen. Da wollte sie nicht zickig sein.

Es waren tatsächlich die Ohrstecker mit den geschliffenen Diamanten, die sie beim Weihnachtsshopping mit ihrer Mutter gesehen hatte und die sie beide, welch seltene Einigkeit in Modedingen, hinreißend schön gefunden hatten.

»Wow!«, sagte Niki, weil sie sich an den Preis erinnerte, und schaute auf. »Das ist ein Wahnsinn.«

Marco strahlte über das ganze Gesicht. »Gefallen sie dir?«, wollte er wissen, aber da lag sie ihm schon in den Armen.

Gefallen war gar kein Ausdruck. »Sie sind himmlisch!«

Niki beugte sich vor und küsste ihn. »Vielen, vielen Dank«, sagte sie, und dabei gingen ihre Gedanken zurück, und sie sah sich mit ihrer Mutter vor wenigen Tagen in der Dämmerung und bei leichtem Schneetreiben vor dem Schaufenster in der Innenstadt stehen. Ihre Mutter, die genauso begehrlich schaute, hatte den Wert der Stecker schon umgerechnet. »Sechzehn Kisten Chianti Classico«, sagte sie. »Oder eine neue Espressomaschine fürs Restaurant. Zwei Monatsmieten oder einen neuen Aushangkasten für die Speisekarte.« Julia hatte achselzuckend geseufzt und ihr ein etwas gequältes Lächeln geschenkt. »Na, gut. Müssen die Ohren halt warten!«

Und jetzt lagen die Brillantohrstecker für etwas über 2000 Euro vor ihr.

»Du bist verrückt!«

Er lachte. »Nein, bin ich nicht. Aber nachdem ich jetzt weiß, welche Mühe du dir mit meinem Geschenk gegeben hast, wollte ich nicht zurückstehen.« Sie fuhr ihm durch seine dichten braunen Haare. Da war ja schon ein kleiner Unterschied zwischen einem Lebkuchenherz und einem Paar Brillantohrstecker – aber wenn er es so sah? Er griff nach ihrer Hand und küsste sie. »Und sie sind sogar noch schöner als die, die ich in Mailand gekauft habe!«, freute er sich. *Und die jetzt deine Mutter trägt*, vollendete Niki den Satz im Stillen, aber dann dachte sie, dass er für sein Weihnachtsgeschenk auf diese Weise das Doppelte ausgegeben hatte. Das war ihm wirklich hoch anzurechnen, selbst wenn er ein gutes »Honorar« bezog, wie er es ausgedrückt hatte.

Trotzdem war die Nacht nicht wie vorher.

Sie traute sich kaum, den Gedanken zuzulassen, aber insgeheim fragte sie sich, ob er nicht vielleicht doch mehr auf ältere Frauen stand. War er nicht auch in Toronto ihrer »Ersatzmutter« Heidi gegenüber auffallend zuvorkommend gewesen?

Niki beobachtete genau, wie Marco sich am Morgen von Julia verabschiedete, und kam sich dabei ziemlich albern vor. Trotzdem. Sie waren lange genug allein gewesen. Und ihre Mutter war höllisch attraktiv, das musste sie selbst als Tochter zugeben. Sie versuchte, den Gedanken abzuschütteln, aber er begleitete sie bis zum Flughafen.

Kaum aber war Marco weg, tat ihr Verhalten ihr wieder leid. So ein Blödsinn, dachte sie, du siehst Gespenster. Sie setzte sich in ihr Lieblingsbistro und rief Anne an. Aber dann brachte sie den Grund ihrer leichten Bauchschmerzen doch nicht zur Sprache. Wer hatte schon gern die eigene Mutter als Konkurrentin? Und es gab ja auch keinen einzigen Anhaltspunkt. Wahrscheinlich war sie durch das Geständnis ihres Vaters zu empfindlich geworden und unterstellte schon dem kleinsten Lächeln eine Absicht.

Gut gelaunt und mit sich selbst im Reinen, fuhr sie nach Hause. Ihre Mutter stand mit dem Bügelbrett und einem Korb voller Wäsche im Wohnzimmer und schaute nebenbei ein Video.

»So, das ging ja glatt«, rief sie und bearbeitete mit der Spitze des Bügeleisens und viel Sprühstärke die Rüschen ihrer neuen weißen Bluse. Die hatte sie sich in einem Anfall von Romantik gekauft, aber nach der ersten Wäsche erkannt, dass sie zwar günstig gewesen war, aber schrecklich mühsam zu bügeln.

»Kriegst du's hin?«, fragte Niki und schaute ihr über die Schulter.

»Das ist ein ausgemachtes Mistteil«, erklärte Julia und sprühte noch einmal. »Nein, ich meine Marco. Er hat eine SMS geschrieben, dass alles okay sei, es war ein ruhiger Flug, und er ist gut gelandet. Er bedankt sich für alles!« Julia warf Niki einen Blick zu. »Da hast du aber mal einen richtig Netten erwischt. Und dann sieht er auch noch gut aus!«

»Ja«, erwiderte Niki einsilbig. »Soll ich weiterbügeln? Musst du nicht los?«

Julia schüttelte den Kopf. »Nein, für einen Kaffee reicht es noch. Dein Vater hat übrigens angerufen. Er fand die Tage mit dir sehr schön und würde uns gern mal besuchen.«

Ihr Vater war ihr im Moment herzlich egal. Niki zog ihr Handy heraus und kontrollierte das Display: Kein Eingang.

»Was passiert eigentlich Silvester?«, wollte ihre Mutter wissen und hängte die Bluse über einen Bügel. »Ist ja schon morgen!«

»Ja«, seufzte Niki und legte ihr Handy weg. »Das frage ich mich auch.«

»Habt ihr nicht darüber gesprochen??«

»Mutti, soll ich mir das wirklich anhören? Ballnacht mit Frag-mich-nicht-wem und dem ganzen Gedöns?«

»Und Alessia?«

»Keine Ahnung. Er hat es nicht angesprochen, und ich wollte mir unseren einzigen Abend nicht verderben.«

»Und wie geht es dann weiter?«

Niki zuckte die Achseln.

»Aber wenn du so richtig in ihn verliebt bist, musst du doch wissen wollen, ob das Ganze einen Sinn macht?«

»Es macht keinen Sinn!«, sagte Niki entschlossen.

»Das wollen wir erst mal sehen!«

Am Abend fuhr Niki ins Restaurant, um ihrer Mutter beim Service zu helfen. Sie hatte kaum ihren Mantel verstaut, als Julia ihr einen Internet-Ausdruck in die Hand drückte. Die italienische Klatschpresse wies auf einen großen Silvesterball im Fünf-Sterne-Grandhotel in Mailand hin, und bei den zahlreichen illustren Gästen aus Film und Fernsehen, Politik und Wirtschaft fehlte auch der Name Del Conte nicht. Julia hatte ihn gelb gemarkert.

Niki schaute auf den Ausdruck. »Italienisch. Kannst du das lesen?«

Julia schüttelte den Kopf. »Ich denke, man kapiert es auch so. Und im Notfall kann Angelo es übersetzen.«

»Das lass mal lieber.« Bei Angelo hatte sie sowieso das Gefühl, dass er ihr in letzter Zeit gern mal eine Spur zu nahe kam. »Und jetzt? Was soll ich damit?« Sie streckte ihrer Mutter das Blatt wieder hin.

»Hinfahren? Anschauen, was da läuft?«

Niki ließ ihren Arm sinken. »Hinfahren? Wie denn? Nach Mailand? Ich komme doch überhaupt nicht in dieses Hotel rein!«

»Irrtum! Die haben noch Zimmer frei, und zwar sogar in der niedrigsten Kategorie – wenn man das so nennen kann … die teuren Zimmer und die Suiten sind sämtlich ausgebucht.«

»Im Küchenmädchenzimmer.«

»Wäre doch egal!«

Niki legte das Blatt auf einen Tisch und verschränkte die Arme. »Mama, was willst du mir damit sagen?«

»Flieg hin. Mach dir ein Bild!«

»Ich! In ein Fünf-Sterne-Grandhotel!«

»Ja, ich habe mit deinem Vater geredet, er beteiligt sich. Wir machen halbe-halbe!«

Im Gegensatz zum ersten Flug stand Niki diesmal ganz allein in der Mailänder Ankunftshalle. Ihre Mutter hatte sich als Organisationstalent erwiesen, selbst der Flug war noch bezahlbar gewesen – wenn auch mit einem kleinen Umweg über München.

Am liebsten hätte sie Anne mitgenommen, aber Anne war selbst im Silvesterstress. »Großeinsatz!«, hatte sie ihr erklärt und toi, toi, toi gewünscht.

Jetzt schaute Niki sich um. Praktisch wäre es natürlich, mit einem Bus bis direkt vors Hotel fahren zu können – aber das Liniennetz im Schaukasten der »Information« war ihr einfach zu kompliziert. Sie verstand es nicht, und wer wusste schon, wo sie da landen würde. Niki nahm ein Taxi. Der junge Fahrer warf ihr durch den Rückspiegel einen prüfenden Blick zu, als sie das Grandhotel angab. Bestimmt rätselt er jetzt, welche Berühmtheit ich sein könnte, dachte Niki und streckte sich ein bisschen. Man wirkte, wenn man aufrecht saß, gleich wichtiger.

Vor dem Hotel war ein roter Teppich ausgerollt worden, der links und rechts von mobilen Absperrungen und ausfahrbaren Lichtmasten flankiert wurde. Niki stieg mit einem seltsamen Gefühl aus. Irgendwie hatte sie das Gefühl, völlig falsch am Platz zu sein. Andererseits beflügelte sie aber die Aussicht, einmal in ihrem Leben über einen roten Teppich schreiten zu können. Ein Page kam Niki entgegen, um ihr den Koffer abzunehmen. Diesmal war sie vorsichtig gewesen und hatte den teuren Koffer ihrer Mutter mitgenommen. Mit ihrer lädierten schwarzen Reisetasche konnte sie sich hier wirklich nicht sehen lassen.

Sie hatte Marcos Ledermantel an und genoss den Moment. Es war schon cool, hinter einem Pagen herzutraben, der sie als ganz normalen Gast seines Fünf-Sterne-Hotels begrüßt und nicht als ungebetenen Fremdkörper abgespeist hatte. Ganz anders als Marcos Mutter.

An der Rezeption war sie schon weniger wert, denn an der Wahl ihres Zimmers zeigte sich, dass sie nicht zur ersten Kategorie der heutigen Gäste gehörte. Kein Star, höchstens ein Sternchen. Sie wurde mit freundlicher Geschäftigkeit behandelt, aber nicht mit der strahlenden Aufmerksamkeit, die gleich darauf einem jungen Mann neben ihr zuteil wurde. Da eilten gleich drei Mitarbeiter herbei, um ihn lautstark zu begrüßen und nach sämtlichen Wünschen zu befragen. Niki schaute hinüber, erkannte ihn aber nicht. Italienischer Schlagersänger? Moderator einer Show? Rennfahrer? Sie hatte keine Ahnung, er war aber auch nicht ihr Typ. Viel zu gebügelt, blasiert und lackiert. Was war Marco dagegen für ein Naturbursche, frisch und sexy.

Niki verbat sich den Gedanken sofort und lief einem weiteren Pagen nach, der ihr das Zimmer zeigen sollte. Die Teppiche waren tief, die Wände hoch, und das Ganze erinnerte sie an Marcos Zuhause. Der Aufzug war prächtig, und im vierten Stock liefen sie endlose Gänge entlang. Es entging Niki nicht, dass die Teppiche immer abgetretener und die Wände schäbiger wurden. Jetzt war es plötzlich nicht mehr das strahlende Grandhotel, sondern eher ein Altersheim. Als der Page ihr Zimmer aufschloss, zerplatzte jede Illusion.

»Das?!«, entfuhr es Niki, und das Fragezeichen auf ihrem Gesicht ließ den Pagen kurz verharren.

Er stand da, den Koffer in der Hand, und schaute sie an. »Gefällt es Ihnen nicht?«, fragte er besorgt auf Englisch.

»Gefällt es Ihnen?«, gab sie zurück.

»Sorry«, war seine Antwort, und es war klar, dass er nicht offen antworten konnte. Es war ein Zimmer, das bei den letzten Renovierungen wohl immer wieder übersehen worden war. Altbeiger Lack an den Wänden, ein Bett mit hohem Fuß- und Kopfteil im selben Farbton, ein etwas klappriger Schrank mit Rosetten, der Teppichboden von undefinierbarer Farbe, und der kleine Lüster an der Decke hing schräg in seiner Fassung. Die Vorhänge waren zugezogen, und es roch, als wäre das Zimmer über Jahrzehnte nicht belegt gewesen.

»Das ist nicht Ihr Ernst«, sagte Niki und schauderte, als sie das Bett mit den hoch gewölbten Decken betrachtete. Billionen von Milben würden sich mit ihr auf der Matratze tummeln, dessen war sie sich sicher.

»Ich glaube, wir sind durch das heutige Fest ziemlich ausgebucht«, sagte der Page entschuldigend, »aber wenn Sie wollen, erkundige ich mich nach einem anderen Zimmer.«

Im Geiste hörte Niki die Rechenmaschine rattern und war sich sicher, dass jedes andere Zimmer ihr Budget sprengen würde.

»Nein«, sagte sie abwehrend, »ich glaube, ich bleibe dabei. Es ist ja nur für eine Nacht!«

Sie kramte in ihrer Tasche nach einem Trinkgeld, fünf Euro hatte sie sich vorgenommen, aber er lehnte lächelnd ab.

»Genießen Sie einfach Ihren Abend«, sagte er, und sie fühlte sich als Aschenputtel enttarnt.

Offiziell war der Einlauf der Prominenten auf neunzehn Uhr festgesetzt worden, und Niki hatte an einer der dicken Marmorsäulen hinter dem Eingang Position bezogen. Hier mussten alle vorbei, und sie konnte sich mit einem kleinen Schritt außer Sichtweite bringen. Sie hatte sich einen Aperitif besorgt und fand, dass sie in dem kleinen Schwarzen, das ihre Mutter ihr geliehen hatte, recht erotisch aussah. Es fehlten nur die Zigarettenspitze und die lange Perlenkette, aber dafür war keine Zeit mehr gewesen. Außerdem wollte sie ja auch nicht auffallen, sondern nur irgendwie mitlaufen.

Nach einer halben Stunde fingen ihre Füße an wehzutun. Draußen ständig Blitzlichtgewitter, die Kameraleute fingen Gäste ab, kleine Fragen, Interviews, Scherze, aber weit und breit weder Isabella noch Claudio und schon gar nicht Marco.

Und wenn sie abgesagt hatten? Wenn die Zeitungsmeldung eine Ente war? Nikis Stimmung sank auf den Nullpunkt, aber dann kamen sie doch.

Isabella in großer Robe, sicherlich war sie den ganzen Tag mit ihrem Aussehen beschäftigt gewesen, und dies war wirklich gelungen, das musste Niki zugeben. Im Licht der Fernsehkameras konnte Niki sie genau betrachten, vor allem weil Isabella stehen geblieben war, sich dorthin drehte, hierhin lächelte und nur langsam näher kam. Ihr Abendkleid bestand aus unendlich vielen winzigen schwarzen Perlen auf hellem Grund, war unendlich tief dekolletiert und fiel ab der schmalen Taille in bauschigen Falten auf den Boden, wo es in einer Art kurzer Schleppe endete. Ihre Haare waren kunstvoll aufgesteckt und ebenfalls mit schwarzen Perlen verziert. Um ihren gebräunten Hals schmiegte sich eine glitzernde Kette mit einer großen schwarzen Perle.

Die schwarze Witwe, dachte Niki automatisch und fragte sich gleich darauf, wie sie auf eine solche Idee kam. Aber bei all dem Glanz hatte dieser Auftritt etwas Morbides, Bedrohliches. Oder empfand nur sie das so?

Nach den Kameras stürzten sich jetzt die Fotografen auf Isabella. Niki bewunderte ihr Dekolleté, das einen festen, wohlgerundeten Busen frei gab und dessen Stoff erst wieder knapp oberhalb des Bauchnabels zusammenfand. Sie musste das Kleid auf dem Busen festgeklebt haben, dachte Niki, sonst war das schlichtweg nicht möglich. Kein Ausschnitt der Welt hielt so akkurat den Abstand zur Brustwarze.

Niki war so fasziniert, dass ihr alles andere fast entging. An Isabellas Seite war Claudio, der im Smoking stattlich und elegant aussah, an der Seite seiner aufsehenerregenden Frau aber unbemerkt blieb. Hinter ihm kam eine junge Frau in einem champagnerfarbenen Ballkleid, die gegen Isabella geradezu langweilig wirkte, gefolgt von einem gediegenen Ehepaar, das brav fotografiert, aber längst nicht so hofiert wurde wie die Del Contes.

Niki starrte ihnen nach. Isabella hatte es drauf. Ob Niki wollte oder nicht, das musste sie zugeben. Dagegen war selbst sie nur eine kleine Landpomeranze. Aber wenn dieses farblose Champagnerkleidmädchen Alessia sein sollte, dann musste sie sich nicht verstecken. Die toppte sie allemal. Die Frage war nur – wo blieb Marco?

Niki besaß keine Eintrittskarte für den großen Ballsaal und hielt sich deshalb im Vorsaal auf. Sie hatte es sich in den Kopf gesetzt, allem auf den Grund zu gehen, und sie würde es in dieser Nacht tun.

Niki war zwei Stunden und zwei Martinis weiter, als das Mädchen im champagnerfarbenen Ballkleid in Richtung Toiletten strebte. Niki machte sich sofort an die Verfolgung. Das Mädchen ging sehr aufrecht, sicher war sie in den Ballettunterricht geprügelt worden. Das gehörte schließlich dazu. Sie hatte lange dunkle Haare, die sie irgendwie im Kaiserin-Sisi-Look trug: in sanften Wellen und mit kleinen weißen Perlen geschmückt. Es war wie ein Kontrastprogramm zu Isabellas Outfit – aber auch das konnte Niki nachvollziehen. Bei Marcos Mutter ging man sofort in Opposition, wieso also nicht auch bei deren Perlen? Das Mädchen hatte eine schlanke Taille, aber Niki glaubte, dass sie unter dem Ballkleid einen dicken Hintern hatte. Und überhaupt wusste sie noch immer nicht, ob das auch wirklich *die auserwählte Alessia* war.

Niki positionierte sich an einem der zahlreichen Waschtische, um sie sich einmal in aller Ruhe von vorn ansehen zu können. Aber sie wartete ewig und fragte sich schon, ob Alessia wohl durch ein Fenster entwischt war, als sie kam und sich ihr gegenüber an einen Waschtisch stellte. Sie war nicht die klassische römische Schönheit mit bronzefarbener Haut, hohen Wangenknochen, gerader, starker Nase und dunklen Augen. Ihre Gesichtszüge waren eher weich, sie sah noch unfertig aus, eine zu schlaffe Wangenpartie, und auch das kleine Kinn floss ohne große Kontur zum Hals hin ab.

Typisch adelige Inzucht, konstatierte Niki und sagte, ohne weiter darüber nachzudenken, in forschem Ton: »Hi Alessia, nice to meet you! How are you? Haven't you brought Marco?«

Das Mädchen fuhr zusammen und fixierte sie im Spiegel.

Niki nickte ihr freundlich zu, erhielt aber keine Antwort.

Mit einem kurzen Rauschen ihres weiten Rockes drehte das Mädchen sich um. »And who are you?«

Darüber hatte Niki noch nicht nachgedacht. Aber es war klar, dass sie ihren Namen nicht nennen durfte, sonst war sie bei Marco für alle Zeiten unten durch.

»Julia«, sagte sie.

»Julia?« Das Mädchen runzelte die Stirn.

Sie war kein Mädchen mehr, erkannte Niki. Ihr Kindergesicht machte sie nur so jung. Sie war jedenfalls über zwanzig. Eher Mitte zwanzig.

»Aber Sie sind doch Alessia?«, schoss Niki schnell dagegen. Bloß keine Zeit zum Nachdenken lassen.

Zwei Frauen kamen schnatternd aus dem Toilettenraum und stellten sich zwischen sie. In diesem Moment ging die Eingangstür auf, und Isabella schwebte herein. Niki gefror das Blut. Sie drehte sich schnell weg und verfolgte Isabellas Auftritt mit gesenktem Kopf im Spiegel.

Alles an ihr war perfekt, sie sah aus wie eine lebende Schaufensterpuppe. Und selbst aus der Nähe sah man ihr die fünfundvierzig Jahre nicht an. Sie war bei Alessia kurz stehen geblieben, hatte ein paar Worte mit ihr gewechselt, nebenbei ihr Aussehen im Spiegel kontrolliert und war dann, nachdem Alessia hinausgegangen war, in dem Toilettenraum verschwunden.

Niki musste Alessia noch erwischen, bevor sie den Ballsaal erreichte, und lief ihr nach. Aber es war zu spät. Sie konnte das champagnerfarbene Kleid zwischen all den Menschen im Foyer nicht mehr ausmachen.

Verflucht, dachte sie. Aber vielleicht kam Marco einfach später, kurz vor Mitternacht, zum großen Halali? Oder vielleicht war er gekommen, während sie im Waschraum war?

In den Ballsaal käme sie ohne Einladung nicht hinein, aber der Saal hatte oben eine schmale Galerie. Die war vom ersten Stock aus zugänglich. Niki schaute sich noch einmal um, dann lief sie die mit einem roten Läufer ausgelegte breite Treppe nach oben. Und was, wenn er gar nicht kam, fragte sie sich, wenn er ganz woanders feierte? Mit jungen Leuten in irgendeiner angesagten Bar? Sie versuchte, sich zu erinnern, aber sie waren an so vielen verschiedenen Plätzen gewesen, dass sie nicht mehr alle Bars parat hatte. Und überhaupt, dachte sie weiter, wenn er sie wegen seiner Familie bei dem großen Ball nicht dabeihaben konnte oder wollte, war das noch zu verstehen. Bei einer Privatparty aber hätte es das endgültige Aus bedeutet.

Auf der Galerie drängelten sich unzählige Schaulustige. Irgendwie kam sich Niki seltsam vor: unten die Reichen, oben die Armen. Und ab und zu warf man den Bedürftigen einen Brocken zu.

Quatsch. Niki schüttelte den Gedanken ab. Alle wollten es doch so. Wenn es keine Voyeure gab, gab es auch keinen Grund, sich zu produzieren. Würde Isabella in einem so aufwendigen Teil herumlaufen, wenn es kein Mensch sehen könnte? Eher nicht. Also sind doch wohl die Schaulustigen der Grund fürs Schaulaufen.

Niki beschloss, darauf keine weiteren Gedanken zu verschwenden, und drängelte sich nach vorn ans Geländer. Unten leuchtete der Saal mit seinen weiß gedeckten Tafeln und den festlich gekleideten Menschen. Emsiges Personal lief umher. Hohe Spiegel, gewaltige Gemälde und prunkvolle Lüster zierten Decken und Wände. An der Kopfseite nahm gerade eine Kapelle auf einer geschmückten Bühne Platz, und eine auf Hochglanz polierte Fläche lud zum Tanzen ein. Schön. Niki wäre gern dabei gewesen.

Sie ließ ihren Blick schweifen. Es waren unendlich viele Menschen im Saal. Es mussten zwischen siebenhundert und tausend sein, unfassbar. Wie sollte sie da die Del Contes finden? Es war ein schier unglaublicher Zufall, dass sie sich draußen überhaupt begegnet waren. Aber hier drinnen kam sie nur mit einem System weiter. Sie sortierte Tischreihe für Tischreihe, schön von vorn nach hinten. Ein Opernglas wäre jetzt gut gewesen. Die Köpfe ganz vorn an der Bühne waren zum Erkennen schon zu klein. Sie musste ihre Stellung auf der Galerie verändern, sonst wurde das nichts. Als sie sich umdrehte, stieß sie mit jemandem zusammen, der tatsächlich ein kleines Fernglas in der Hand hielt. Niki rang kurz mit sich und ihrer Schüchternheit, dann fragte sie doch, ob sie es einmal borgen dürfte. Sie erntete ein verständnisvolles Lächeln zu einem freundlichen Satz und hatte gleich darauf das Glas in der Hand. Welche Erleichterung! Und jetzt sah sie es auch: Ganz vorn saßen die Del Contes, war ja eigentlich auch klar, und ihnen gegenüber die junge Frau mit ihren Eltern. Der Platz neben dem Mädchen allerdings war leer. War das Marcos Platz? Und wenn ja, wo blieb er dann? Sie ließ ihren Blick noch ein bisschen schweifen, gab das Glas dann aber mit einem herzlichen »Mille grazie« zurück.

Das war jetzt die zentrale Frage. *Wo war er?*

Sie kontrollierte den Nachrichteneingang ihres Handys. Nichts. Dann schaute sie auf die Uhr. Noch dreißig Minuten. Unten wurde das Dessert abgeräumt, und die ersten Gäste begannen zu tanzen. Um Mitternacht würden sie alle hinausgehen, das war klar: das Feuerwerk bewundern, sich selbst sehen lassen, mit Champagner aufs neue Jahr anstoßen.

Und ich bin allein, dachte sie kurz, aber irgendwie betrübte sie das nicht. Sie war nur aufgeregt. Würde er in diesem wichtigen Moment da sein? Der Kuss um Mitternacht war zumindest so viel wie ein Versprechen fürs neue Jahr.

Und wenn er nicht kam? Dann könnte sie vielleicht ein Taxi nehmen und zur Villa fahren. Nein, konnte sie nicht, sie hatte nur noch 50 Euro, die würde sie für die Fahrt zum Flughafen brauchen.

Da fiel ihr der Chauffeur ein. Der saß doch sicherlich hier irgendwo in der Nähe gelangweilt in seinem Rolls-Royce. Er wußte natürlich, wo Marco steckte. Ob sie ihn einfach aufspüren sollte? Konnte doch nicht so schwierig sein. Aber erfuhr es dann nicht auch die ganze Familie? Das war zu befürchten. Niki wollte sich einen guten Platz draußen sichern. Sie würde Mama Del Conte nicht aus den Augen lassen, denn zu der musste er als guter italienischer Sohn auf jeden Fall hin.

Sie holte sich ihren Mantel, den sie vorsorglich an der Garderobe deponiert hatte, und schritt über den roten Teppich hinaus. Was für ein geiles Gefühl, zumal schon einige Menschen an der Absperrung standen und sie neugierig ansahen. Niki tat, als sei das ihr tägliches Geschäft, lächelte freundlich und reihte sich dann ganz am Schluss auf der rechten Seite ein. So, von hier aus hatte sie jeden im Blick, der herauskam. Sie kramte ihr Handy heraus und schaute auf die Uhr. Noch zehn Minuten. Wenn sie überhaupt draußen feierten, mussten die ersten bald kommen. Sie schrieb eine liebe Kurznachricht an ihre Mutter und versendete sie auch gleich in der Gewissheit, dass ihre Mutter schon verstehen würde, wenn sie nicht lange telefonieren wollte. Dann schrieb sie auch Anne eine liebe Botschaft und nach kurzem Zögern ihrem Vater und Bettina. Marco nicht. Da wollte sie abwarten, was sich tat, und vor allem, was er tat.

Die ersten Leuchtraketen stiegen auf und erleuchteten den Himmel in allen Farben, fröhliche Menschen strömten lautstark herbei, Sektflaschen und Gläser in der Hand, und dann begannen feierlich die Kirchenglocken zu tönen. Jetzt kamen auch die ersten Gäste aus dem Hotel, jeder hatte ein gefülltes Champagnerglas in der Hand, und alle strebten an ihr vorbei auf den weiträumigen Platz. Es waren tatsächlich Hunderte. Niki musste sich richtig konzentrieren. Aber wenn es nach den Plätzen im Saal ging, mussten die Del Contes eigentlich die Letzten sein, die vor die Tür traten. Als die großen, tiefen Glocken einsetzten und wuchtig über die Stadt dröhnten, erschienen Isabella und Claudio mit den drei anderen in der Tür. Marco war nirgends zu sehen. Überall hörte Niki nun ein lautes »Happy New Year, Darling« und »Buon capo d'anno«, Menschen umarmten sich leidenschaftlich und freundschaftlich. Sie schaute zu Del Contes. Isabella und Claudio küssten sich gerade rechts und links auf die Wangen und flüsterten sich etwas zu. Das war schon ein seltsames Paar. Mit den beiden anderen stießen sie höflich an, nur die Kleine erntete von Isabella ein Wangenküsschen. Von Marco noch immer keine Spur. Draußen auf dem Platz tobte das Leben, und als das neue Jahr schon fünf Minuten alt war, verschwanden die Del Contes wieder nach drinnen. Niki bahnte sich ebenfalls einen Weg ins Hotel zurück. Einige Leute riefen ihr ein »Buon anno!« zu, und sie antwortete artig, aber sie hatte kalte Füße und wollte auch die Del Contes nicht aus den Augen verlieren.

Die Tür zum Ballsaal stand jetzt weit offen, die Kontrolleure waren verschwunden. Niki ging einfach hinein. Der große Raum hatte sich geleert, aber vielleicht waren auch noch nicht alle zurückgekommen. An einigen Tischen wurde kräftig gefeiert, andere waren in einem unglaublichen Zustand. Die pure Verwüstung, dachte Niki, und das bei der sogenannten besseren Gesellschaft. Sie zog den Mantel aus und blieb im vorderen Drittel des Saales an einem Tisch stehen, der ordentlich zurückgelassen worden war. Kurzerhand setzte sie sich auf einen Stuhl. Ein paar angebrochene Weinflaschen und halb volle Gläser standen noch da, aber es gab nur wenige Rotweinflecken und keine Essensreste auf dem weißen Tischtuch.

Niki wollte nachdenken. Und außerdem konnte sie von hier aus die tanzenden Paare sehen und das Gefühl von Luxus in sich aufnehmen.

Sie zog ihr Handy heraus und schrieb Marco eine Kurznachricht. »Happy new year, where ever you are.« *Glückliches Neues Jahr, wo immer du auch sein magst.*

Als sie wieder aufblickte, bot ihr gerade ein junger Kellner ein frisches Weinglas an und deutete auf die Rotweinflasche. Nikis abwehrende Handbewegung quittierte er mit einem Lächeln. Er ging, und Niki lehnte sich zurück. Wenig später war er mit einem Glas Champagner wieder da. »Happy New Year«, sagte er und stellte es direkt vor ihr auf den Tisch.

»Happy New Year«, gab Niki tonlos zurück, aber dann musste sie lachen. Sie prostete ihm zu. »Auf das Leben! Vielen Dank!« Das war der einzige italienische Satz, den sie konnte.

Der junge Kellner wiederholte ihn, schenkte ihr ein Augenzwinkern und zog sich dann mit einer leichten Verbeugung zurück.

Die Welt war schön! Das einzige, was störte, war, dass sie noch immer nichts von Marco gehört hatte. Das war seltsam. Sie hatten gestern noch telefoniert, aber natürlich hatte sie ihm nichts von ihren Plänen erzählt. Sie schaute auf ihr Handy. Nichts. Nicht mal eine Antwort auf ihre Neujahrsbotschaft.

Sie wusste wirklich nicht, was sie davon halten sollte. Aber vielleicht machte sie sich ja auch zu viele Gedanken. Weiblich halt, sagte sie sich, Frauen müssen immer denken!

Sie beschloss, sofort damit aufzuhören, und schaute sich um. Isabella und Claudio Del Conte saßen noch an ihrem Tisch – wann würde sie endlich aufstehen und in ihrem sexy Outfit einen heißen Schlangentanz aufs Parkett legen? Vorn, neben der Bühne, war eine Bar aufgebaut worden, die dicht belagert war. Kurz entschlossen stand Niki auf, nahm ihr Glas und ging nach vorn. Wo sie schon mal da war, wollte sie sich auch amüsieren, schließlich war es ihr erstes Silvester in Mailand.

An der Bar standen lauter junge Frauen und Männer, die Spaß am Leben, keine Sorgen und reichlich Geld hatten. Niki hatte sich vorsichtig genähert, war aber gleich fröhlich aufgenommen worden. Vielleicht hatte sie den einen oder anderen ja bereits mit Marco kennengelernt, erinnerte sich aber nicht mehr daran. Und die anderen offensichtlich auch nicht. Sie feierten die Nacht, und Niki hatte ständig ein frisches Glas in der Hand, ohne zu wissen, woher es kam und wer es für sie bezahlte.

Als die Musik wechselte, forderte einer der Jungs sie zum Tanzen auf. Er war schlaksig und groß, hatte für ihren Geschmack einen zu großen, weichen Mund, aber Niki wollte ja nicht küssen, sondern nur tanzen. Aus dem Augenwinkel sah sie, dass Isabella und Claudio sich ebenfalls erhoben. Sie tanzten nicht weit von ihr entfernt, aber das erste leichte Kribbeln verlor sich schnell. Isabella war mit sich und ihrem Kleid beschäftigt, sie durfte sich augenscheinlich nicht zu schnell bewegen, wenn sie ihren Busen unter Kontrolle halten wollte, und Claudio sah über alle Köpfe hinweg in die Ferne. Niki wurde ruhiger. Und überhaupt – sollte er sie ansprechen, war sie eben eine Doppelgängerin. Eine Kanadierin aus Toronto, nein, Toronto war schlecht, eine Amerikanerin aus Washington, die einen Kurzurlaub in Italien macht. Sightseeing, Kultur und Mode. Na, bitte!

»Die Frau hat ein tolles Kleid an«, sagte sie zu ihrem Tanzpartner, den sie ein bisschen von sich ablenken wollte. Er kam ihr mit seinen dicken Lippen zu nah an ihr Ohr.

Er schaute sofort hin. »Isabella Del Conte«, sagte er und nickte wohlwollend. »Ja, sie kann es tragen!«

»Kennst du sie?«

Er musste lachen. »Ganz Italien kennt sie. Schließlich ist sie eine der meistfotografierten Frauen. Jede Zeitung, jede Modezeitschrift, jedes Vip-Magazin und jede Fernsehkamera sind hinter ihr her. Sie ist ein ziemlicher Knaller.«

Das hörte Niki nicht besonders gern. Obwohl es natürlich stimmte. Rein optisch war Isabella ein ziemlicher Knaller. Aber in anderer Beziehung auch – wenn auch keiner positiven.

»Ja, das stimmt wohl«, sagte Niki. »Hat sie denn Familie?«

Ihr Tanzpartner kam mit den Lippen wieder etwas näher, was sie unwillig registrierte. »Den begehrtesten Mann von ganz Italien. Er war ein grandioser Fünfkämpfer und holte bei der Olympiade sogar die Bronzemedaille. Ganz Italien schmachtete seinen Körper an – Isabella bekam ihn.« Er schaute zu dem tanzenden Paar hinüber. »Er sieht immer noch gut aus!«

Niki folgte seinem Blick und nickte. »Ja, stimmt!« Und jetzt wusste sie auch, was ihr an Claudio so gut gefallen hatte. Es war sein Blick. Er hatte den offenen Blick eines Sportlers. Das tat gut. Wie kam er bloß mit diesem ganzen Schauspielerhaushalt zurecht?

»Keine Kinder?«, fragte sie weiter.

Das war ja grandios! Endlich hatte sie jemanden, den sie ausfragen konnte.

Er zupfte mit seinen Lippen an ihrem Ohrläppchen. »Sie haben einen Sohn. Marco. Den begehrtesten Mann von ganz Italien.«

»Wiederholst du dich da nicht?«

»Wieso?«

»Das hast du doch auch eben von Claudio behauptet!«

»Ja, gut. Claudio war vor seiner Hochzeit begehrt. Marco ist es heute. Er ist schließlich einer der reichsten Junggesellen.« Er strahlte sie an. »Aber das ist ja wohl jetzt nicht das Thema. Oder?«

Niki schüttelte entschlossen den Kopf. »Nein, natürlich nicht!«, sagte sie. »Viel interessanter sind ja die Leichen, die solche Familien im Keller haben! Sicher auch in Italien, oder?«

Er spitzte kurz die Lippen.

»Die Signora spielt natürlich auch politisch eine Rolle. Sie hat maßgebliche Politiker unterstützt. Und sich damit Feinde geschaffen …« Er schenkte Niki einen dramatischen Blick. »Es heißt, dass ein Attentat auf sie verübt wurde. In ihrem eigenen Haus. Es habe aber die Falsche erwischt.« Er stutzte wieder und suchte ihre Augen. »Ein junges Mädchen. Eine Freundin von Marco.«

Und obwohl Niki sofort etliche Gedanken durch den Kopf schossen, hallte dieses »eine Freundin von Marco« bei ihr nach.

Eine Freundin von Marco, na bravo! Bei wie vielen Freundinnen würde er wohl heute Silvester feiern?

»Wo ist dieser Marco denn, wenn seine Eltern heute hier sind?« Sie versuchte, ihrer Stimme den Ton völliger Unschuld zu geben, aber es fiel ihr schwer. »Sind Italiener nicht totale Familienmenschen?«, setzte sie noch hinzu.

Ihr Tanzpartner lächelte schräg. »Nachdem Contessa Alessia mit ihren Eltern hier war und sogar mit den Del Contes an einem Tisch saß, wird das morgen in Italien sicherlich das herausragende Thema der Klatschpresse sein.«

»Ach?« Niki schaute an ihm hoch. »Was hat diese Contessa mit Marco zu schaffen?«

»Es ist das höchstgehandelte Paar seit langem.« Er grinste. »Ich weiß nicht, wie viele Wetten auf sie laufen, aber wenn du mich fragst, hält Isabella die höchste.«

»Auf ihren eigenen Sohn?«

»Sie ist Geschäftsfrau. Und außerdem: einmal Zocker, immer Zocker!«

Den folgenden Kuss konnte sie nicht ganz verhindern, doch ihr war klar, dass er eine Belohnung verdient hatte.

Einmal Zocker, immer Zocker? Waren Bridgespieler auch Zocker? Sie wußte einfach zu wenig über dieses Spiel, aber Spielleidenschaft hatte sicherlich viele Auswüchse.

Die Anspannung ließ nach, und Niki wurde müde. Sie stand mit ihrem Tänzer, der sich als Giorgio zu erkennen gegeben hatte, wieder an der Bar, aber als sie sah, dass auch die Del Contes gingen, spürte sie die Müdigkeit mit Macht.

»Sorry«, sagt sie, »ich bin müde und muss ins Bett!«

»Darf ich dich begleiten?«

»Danke. Aber ich schlafe hier im Hotel, nicht nötig!«

Giorgio zeigte sich wenig erfreut, aber das war ihr egal. Sie fragte auch nicht nach der Rechnung. Heute zeigte sie sich einfach mal von der wenig emanzipierten Seite und hoffte, dass ihre Getränke im Eintrittsgeld der Silvestergäste enthalten waren.

Auf dem Weg zu ihrem Zimmer holte sie ihren Mantel und zückte dann ihr Handy. Noch immer nichts. Das ärgerte sie.

»Du bist der Skandal der italienischen Klatschpresse«, schrieb sie, löschte es aber sofort wieder. Was für ein Blödsinn. Wollte sie ihn in Alessias Hände treiben? Und was hieß schon der begehrteste Junggeselle Italiens. Für sie war er Marco aus ihrem Sprachkurs in Toronto. Diese Zeit war so unbeschwert gewesen, so schön, so träumerisch – und jetzt hatte sie diesen ganzen Konkurrenzkram am Hals. Ein bisschen Geld war ja schön, aber solche Kämpfe standen nicht dafür. Das war ihr entschieden einen touch too much.

Sie öffnete ihre Zimmertür und schrak unwillkürlich zurück. Nun hatte sie doch extra beide Flügelfenster aufgerissen, und trotzdem schlug ihr eine dampfige, übelriechende Wärme entgegen. Sie schaltete das Licht an und blieb kurz stehen. Beim Blick auf das altmodische Bett mit den aufgetürmten Daunendecken grauste ihr, aber sie war müde, und es war sicher sauber und frisch bezogen, schließlich handelte es sich um eine hochnoble Unterkunft. Schäm dich, sagte sie sich, Millionen andere wären froh, so schlafen zu können! Aber die bezahlen auch keine 150 Euro dafür, sagte ihre innere Stimme, die sie sofort durch lautes Gähnen zum Schweigen brachte. Sie weihte das Zimmer ein, indem sie ihre Riemchenschuhe auszog und sie in eine Zimmerecke pfefferte und dazu laut »O sole mio« sang. Mehr fiel ihr nicht mehr ein, und nachdem sie auch ihr Kleid samt Unterwäsche auf eine abgewetzte Kopie eines Louis-quatorze-Sessels befördert hatte, versank sie Minuten später in den unglaublich weichen Federn des gescholtenen Bettes.

Zurück in Frankfurt, hatte Niki richtig gute Laune. Sie löste den Parkschein für den Renault und fuhr vom Flughafen beschwingt nach Wiesbaden. Überall waren noch die Nachwehen der Silvesternacht zu sehen, und sie genoss es, aus Italien von einer rauschenden Nacht heimzukehren. Mailand. Das war doch was anderes als Wiesbaden. Sie grinste über ihre eigenen Gedanken und hoffte, dass bei ihrer Mutter alles gut gelaufen war.

Julia hatte zu Silvester nur Stammgäste im Restaurant, da gab es eigentlich keinen Grund zur Sorge. Die waren froh, wenn alles klappte und Punkt zwölf der Prosecco kam.

Niki gähnte. Es war ein gemein früher Flug gewesen, aber nur deshalb war er billig gewesen. So kam sie jetzt in den Genuss eines gemütlichen Frühstücks mit ihrer Mutter. Sie hatte am Flughafen frische Brötchen gekauft, die verführerisch vom Beifahrersitz herüber dufteten.

Zwischendurch dachte sie an Marco. Vielleicht hatte die italienische Klatschpresse ihn irgendwo in einer Bar aufgespürt, dann würde sie es im Internet lesen können, aber da sie kein Italienisch konnte, wären da höchstens Fotos aufschlussreich gewesen. Und die wollte sie nicht sehen.

Marco, das war wohl doch ein zu ferner Traum.

Aber immerhin hatte er sie nicht an Alessia verraten. Diesen Wunsch hatte er seiner Mutter vermasselt. Dafür liebte sie ihn, egal, was er heute Nacht getrieben haben mochte.

Mit diesem Gefühl stellte sie den Renault vor ihrem Haus ab und lud ihr Gepäck aus. Auf dem Gehsteig lagen Böllerreste, und an der Haustür standen einige leere Sektflaschen. Niki genoss es, das Haus einmal nicht im Zustand penibler Sauberkeit zu sehen. Es hatte etwas Befreiendes. Aber vielleicht lag es auch nur an ihrem Zustand. Sie war einfach beschwingt und auch ein bisschen anarchisch. Heute durfte ihr kein deutscher Hausmeister begegnen, das spürte sie. Sie war auf dem Revoluzzertrip. Ein neues Jahr bedeutete ja auch immer einen neuen Anfang. Das wollte sie nutzen. Und so war es ja auch, denn in wenigen Monaten würde ihr Studium beginnen und sie der Unabhängigkeit ein Stück näher kommen.

Sie öffnete die Haustür und lief die Treppen hoch. Im ganzen Haus roch es nach frischem Kaffee – möglicherweise bildete sie es sich aber auch ein –, egal, es steigerte ihre Vorfreude. Auf dem Weg in den vierten Stock wurde sie langsamer, es war ihr ordentlich warm geworden. Schwer atmend stellte sie den Koffer vor ihrer Haustür ab, suchte in ihrer Tasche den Schlüssel und trat dann mit der Brötchentüte in die Wohnung.

»Überraschung!«, rief sie und bekam ein »Überraschung!« zurück.

»Mama?«

»Ja, hier in der Küche! Komm!«

Warum hatte es immer gleich so etwas Heimeliges, wenn die Mutter in der Küche war? Sofort dachte man an gutes Essen, an etwas, das mit Liebe zubereitet worden war. Kochen war ein Akt der Liebe, dachte Niki und bog um die Ecke. Dort blieb sie stehen. An der Kaffeemaschine stand Marco. Niki fasste sich an den Kopf, weil sie im ersten Moment ihren Augen nicht traute. Sie starrte ihn an, und dann merkte sie, dass sie wie angewurzelt dastand und die Brötchentüte krampfhaft festhielt.

»Meine Süße«, sagte er und machte einige Schritte auf Niki zu, um sie zur Begrüßung in den Arm zu nehmen.

Niki wich zurück. Sie sah nur Marco neben ihrer Mutter stehen, beide mit noch nassen Haaren vom Duschen, beide mit vergnügten Mienen und beide völlig entspannt.

»Niki«, sagte ihre Mutter, und das gab ihr den Rest. Sie drehte auf dem Absatz um und stürzte aus der Wohnung.

Im Laufen hörte sie Schritte hinter sich, aber das war ihr egal. Sie wollte fort, nur fort. Unten schloss sie hastig den

Wagen auf, und bis Marco die Beifahrertür erreicht hatte, hatte sie schon gestartet und gab Gas. Im Rückspiegel sah sie Marco und ihre Mutter wild winkend auf dem Gehsteig stehen, beide in T-Shirt, Jeans und ohne Schuhe.

Niki spürte, wie ihre Tränen zu fließen begannen, und bald fing sie so an zu zittern, dass sie rechts ranfahren musste. Was war das?, fragte sie sich und rieb sich die Oberarme. Ihre Mutter schickte sie nach Mailand, damit sie sich mit Marco vergnügen konnte? Die ganze Silvesternacht hindurch? Und sie war hineingeplatzt in diese Idylle, war eindeutig zu früh gekommen?

Niki nahm ihr Handy und wählte die Nummer ihres Vaters.

Kaum war er dran, brach sie in Tränen aus, es schüttelte sie förmlich, und sie bekam kein einziges Wort heraus.

»Niki«, hörte sie ihn besorgt. »Was ist denn passiert? Um Gottes Willen, sag was!«

»Es ist so widerlich«, brachte sie nur heraus. »So unglaublich! So ekelhaft!« Sie fand keine Worte.

»Niki! Ist was mir dir? Oder mit Mami?«

»Sie schläft mit Marco. Sie nimmt mir meinen Freund weg!«

Es war kurz still.

»Das glaub ich nicht«, sagte Michael dann in beruhigendem Ton. »Da musst du was falsch verstanden haben!« Er überlegte kurz. »Wo steckst du denn?«

»Im Auto. Ich bin abgehauen. Ich stehe an irgendeiner Straße.« Sie schaute sich mit tränenfeuchten Augen um. »Ist ja auch egal! Was hat das mit dem Problem zu tun?«

»Niki! Julia mit deinem Marco! Überleg doch mal, das ist doch einfach idiotisch! Ich kann mir das nicht vorstellen«, erklärte Michael. »Wie alt ist er denn?«

»Marco ist vierundzwanzig!« Niki schluchzte noch immer. »Und ich war doch extra in Mailand, um –«

»Ja, das weiß ich doch!« Er klang entschieden. »Aber trotzdem, Niki! Julia ist noch nie auf jüngere Männer gestanden! Zwanzig Jahre Unterschied!«

»Neunzehn!«

»Auch neunzehn sind viel!«

»Deine Bettina ist doch auch viel jünger als du!«

»Das ist was anderes!«

»Das träumst aber nur du, dass das was anderes ist. Das ist genau das Gleiche! Sie hat seit Jahren keinen Freund gehabt!« Sie schluchzte wieder und fuhr sich mit dem Handrücken unter der Nase entlang. »Dafür hat sie jetzt meinen!«

Es blieb kurz still.

»Hast du mit den beiden gesprochen?«, wollte Michael wissen, und an seinem sachlichen Ton hörte Niki, dass er die Möglichkeit nun zumindest erwog.

»Nein!« Niki überlegte. Sie spürte schon wieder die Tränen aufsteigen. »Aber ich hab von ihnen nichts gehört, nicht einmal eine SMS um Mitternacht! Nichts! Weder von Marco noch von Mama! Die haben mich einfach vergessen.« Niki kramte in ihrer Handtasche nach einem Taschentuch. »Die hatten mit sich selbst zu tun.« Sie schniefte und sagte dann entschlossen: »Ich komm zu euch! Von Wiesbaden nach Hamburg sind es vierhundert Kilometer, das schaffe ich schon!«

»Mit dieser Rumpelkarre?«

»Oder ich setze mich in den Zug!«

Es war wieder still.

»Oder störe ich euch?«, setzte Niki zaghaft hinzu und fühlte sich jetzt wirklich wie ein ausgestoßenes Kind.

»Du störst mich nie, Niki!«

Aber Niki war schon misstrauisch geworden. Sie glaubte ihm nicht.

»Lass mich zuerst einmal mit deiner Mutter reden, bevor du was überstürzt.«

»Was sollte ich da überstürzen?« Sie nahm ihr Handy vom Ohr und schaute aufs Display. »Keine SMS, nichts!«

»Du telefonierst ja die ganze Zeit mit mir.«

»Aber eine Kurznachricht gibt das Handy trotzdem an. Die sind froh, dass ich wieder weg bin.«

»Bitte, Niki.« Es klang beschwörend. »Beruhige dich, und ich rufe Julia an. Bleib einfach sitzen, ich melde mich gleich wieder.«

Niki machte den Mantel zu. Es war kalt geworden im Auto, und draußen sah es auch nicht mehr freundlich aus. Eine graue Wolkendecke hatte sich über Wiesbaden gelegt. Es erinnerte Niki an den Sturm in Toronto, und dieser Gedanke machte sie nur noch trauriger. Was war inzwischen alles passiert! Wie viel Hoffnung hatte sie schon begraben müssen! Und jetzt das.

Würde sie ihrer Mutter jemals wieder in die Augen blicken können?

Nein, sie wollte sie nie mehr im Leben sehen!

Niki startete den Wagen. Zum Herumsitzen war es einfach zu kalt. Aber stehen bleiben konnte sie mit laufendem Motor auch nicht, da würde sie sicherlich gleich Ärger mit den nächsten Passanten bekommen. Sie beschloss, ein paar Straßen im Karree zu fahren.

Es dauerte eine Weile, und sie wurde immer ungeduldiger. Was war jetzt? Hatte sich ihr Vater auch auf die andere Seite geschlagen?

Die Straße war glatt, und sie spürte es, wenn sie bremste, aber es war ihr egal. Rechts und links standen geparkte Autos, doch es herrschte kaum Verkehr – hier in den Wohnvierteln schliefen noch alle. Niki fuhr hochtourig, um den Wagen wieder aufzuheizen, die eine Hand am Steuer, die andere am Handy. Warum meldete er sich nicht, verdammt! Und überhaupt, es war alles eine verdammte Scheiße. Sie schickten sie weg, allesamt. Nach Mailand, phh! Dabei war Marco hier. Sie fühlte sich überall überflüssig.

Ihre Gedanken rasten, und als die alte Frau plötzlich vor ihr über die Straße lief, sah Niki sie zwar, reagierte aber zu spät. Sie bremste und riss das Lenkrad herum, aber der Renault geriet ins Schleudern, das Hinterteil schoss nach vorn, und sie spürte den dumpfen Aufprall mehr, als dass sie ihn hörte.

»Lieber Gott, lass es nicht wahr sein«, sagte Niki, als der Wagen endlich stand. Dann stieg sie aus. Die Frau lag auf der Straße, und Niki blieb das Herz stehen. Du musst ihr helfen, schoss es ihr durch den Kopf, aber ihre Erste-Hilfe-Kenntnisse hatte sie komplett vergessen. Wenn die alte Frau jetzt ohnmächtig war? Auf die rechte Seite legen, oder wie? Das Knie anwinkeln und den Kopf nach hinten. Aber nicht zu weit. In den Mundraum schauen, damit sie nicht an ihrer Zunge erstickte. Beatmen. Oh, Mama, Scheiße!

Und in diesem Augenblick klingelte ihr Handy. Sie ließ es klingeln und stieg aus.

Die Frau lag in einem grauen Wintermantel auf der grauen Straße, und im ersten Moment verschmolzen ihre Konturen mit dem Asphalt. Niki ging erst zögerlich, dann lief sie und kniete sich neben der reglosen Gestalt nieder.

»Hallo«, sagte sie und rüttelte die alte Dame leicht an der Schulter. »Hören Sie mich?«

Die Frau hatte grau melierte Dauerwellenhaare, und Niki wunderte sich, was man alles registrierte, obwohl es völlig irrelevant war. »Hallo«, wiederholte sie, »hallo, hören Sie mich?«

Niki zückte ihr Handy. Ob Eins-eins-null auf dem Handy auch galt, und wenn ja, wie hieß die Straße, in der sie war?

Die Frau bewegte sich, und Niki steckte ihr Handy weg. Sie beugte sich über die alte Dame und legte ihr die Hand auf die Stirn. »Hören Sie mich?«, fragte sie noch einmal und schaute sich dabei verzweifelt um. Wie hieß diese verdammte Straße, und warum kam hier nicht ein einziger Passant?

»Ja«, sagte die Frau und drehte sich langsam um. Sie sahen sich an, und ihre Blicke blieben aneinander hängen. Nikis Erinnerung begann zu arbeiten, und auch die alte Dame schaute sie forschend an. Dann richtete sie sich langsam auf. Niki stützte ihren Rücken und bot ihr die Hand zum Aufstehen.

»Lassen Sie mich noch einen Moment sitzen«, sagte sie. »Es ist zwar nicht besonders bequem«, und sie rang sich ein Lächeln ab, »aber zum Stehen bin ich noch zu wackelig.«

»Ich fahre Sie sofort ins Krankenhaus«, sagte Niki. »Es tut mir so leid. Ich war so in Gedanken … ich habe … ach, was soll's, ich war einfach –«

»Lassen Sie nur«, sagte die alte Dame, und in dem Moment erkannte Niki, wen sie da vor sich hatte.

»Toronto!«, sagte sie, ohne weiter darüber nachzudenken. »Toronto! Ihr Flieger aus Frankfurt kam zu spät, und Ihr Enkel konnte kein Deutsch!«

Die Frau schaute sie wieder an, und es war gut zu sehen, wie sie in ihrem Gedächtnis forschte.

»Das Mädchen aus dem Hotel!«

Niki nickte und musste lachen, obwohl es ihr überhaupt nicht nach Lachen war. Aber auch die Dame lächelte, und jetzt fiel Niki ihr Name wieder ein.

»Barbara Halm«, sagte sie.

»Sie haben ein gutes Gedächtnis«, meinte die Frau und reichte Niki die Hand. »Jetzt können Sie mir vielleicht vorsichtig aufhelfen. Ich muss erst mal testen, ob alle meine Knochen noch an den richtigen Stelle sitzen!«

Niki konnte es nicht glauben. War das ein Wink des Schicksals? Und wenn ja, welcher? Sie half ihrer kanadischen Bekanntschaft langsam auf und war glücklich, als sie, an den Kastenwagen gelehnt, auf eigenen Beinen stehen konnte.

»Gut!«, sagte Barbara Halm und lächelte sie an. »Also mein guter Engel aus Toronto. Eine bessere Gelegenheit für ein Wiedersehen ist Ihnen nicht eingefallen?«

Niki musste lachen. Es klang hysterisch, aber das wusste sie selbst.

»Entschuldigung, Frau Halm, aber ich bin völlig von der Rolle! Ich fühle mich so wie Sie damals nach Ihrer Ankunft in Kanada. Völlig hilflos. Ich weiß nicht, was ich tun soll.«

»Da kann ich Ihnen helfen: Als erstes fahren Sie mich jetzt ins Krankenhaus zur Kontrolle, und dann erzählen Sie mir, was Sie so durcheinandergebracht hat, dass Sie mich unbedingt anfahren mussten.«

Niki fuhr direkt bis vor die Notaufnahme. Dort wurde ihr gesagt, dass sie im Wagen warten sollten, die Patientin würde abgeholt. Niki warf einen kurzen Blick nach rechts, ja, Frau Halm saß noch aufrecht in ihrem Sitz. Ihre Horrorvorstellung war, dass sie zusammensacken könnte, aber sie hielt sich wacker. Wenig später kam ein Pfleger mit einem Rollstuhl und half Barbara Halm hinein. Niki stieg aus dem Wagen und wollte mit, aber sie musste den *R4* aus der Einfahrt fahren und auf den Parkplatz stellen.

»Ich bin gleich wieder da«, sagte sie und fühlte sich wie eine Mutter mit ihrem Kind. Blödsinn, dachte sie, Barbara

Halm braucht sicherlich keine tröstende Hand. Trotzdem tat ihr die Begegnung irgendwie gut, auch wenn sie noch immer besorgt war. Was war, wenn sie durch den Aufprall innere Verletzungen davongetragen hatte? Sie hatten keine Polizei gerufen. Wer würde den Schaden bezahlen? Muttis Autoversicherung? Oder ihre private Haftpflicht? Sie hatte keine Ahnung.

Am Krankenhauseingang erkundigte sie sich nach der Notaufnahme und lief anschließend durch endlos lange weiße Gänge. Es war still, und ihre Schritte hallten im Gang. Und zum ersten Mal seit dem Aufprall hatte sie Zeit, an ihre eigene Situation zu denken. An ihren Vater, der sie zurückrufen wollte, und an Marco und ihre Mutter. Doch sie spürte keine Gefühle. Es war ihr nicht gleichgültig, aber es war im Augenblick auch nicht mehr wichtig. Sie sah das Leuchtschild »Notaufnahme«. Endlich war sie da. Aber auch dort war alles wie ausgestorben. Sie lief weiter und fand das Wartezimmer, aber es war leer. Verdammt! Die nächste Möglichkeit war das Schwesternzimmer. Gab es so etwas noch? Weiter hinten im Flur sah sie kleine Signallichter an zwei Türen, das eine zeigte grün, das andere rot.

Niki lief zu der Tür mit dem roten Licht und klopfte. Sie klopfte noch einmal, und die Tür wurde einen Spaltbreit geöffnet. Eine Schwester schaute sie unwillig an.

»Ich suche Barbara Halm«, flüsterte Niki.

Die Schwester nickte. »Sie wird eben untersucht. Warten Sie bitte einen Moment!«

Die Tür wurde geschlossen, und Niki ging zum Wartezimmer zurück und holte sich einen Stuhl. Damit setzte sie sich vor das Behandlungszimmer.

Was war, wenn sie innere Verletzungen entdeckten, überlegte sie, aber dann spürte sie, wie ihre Gedanken abschweiften. Warum war ihr von allen Einwohnern Wiesbadens gerade diese Frau vors Auto gelaufen?

Sie versuchte, sich zu erinnern, die Situation genau abzurufen, aber es gelang nicht. Da war der Knall und dann die Frau auf der Straße. Und irgendwie war ihr, als ob sie die Frau schon vorher gesehen hätte, vor dem Unfall. Oder bildete sie es sich nachträglich nur ein? Knall vorher, Knall nachher, Frau im grauen oder beigen Mantel, lag sie da schon, oder lief sie noch?

Niki rutschte auf ihrem Stuhl hin und her und starrte die weiße Wand an. Auf ihre Erinnerung war kein Verlass, das war mal sicher.

Und plötzlich fiel ihr Paolo ein. Dem war es ähnlich gegangen. Er hatte sie tot daliegen sehen. Es glaubte ihm aber niemand.

Josefina lag ja vorher auch schon tot da.

Wie war das? Marco meinte, es war ein Einbruch. Sorry, Hund tot, Frau tot. Giorgio sprach von politischem Mord. Isabella war gemeint, Josefina hat's getroffen. Oder gab es noch eine andere Möglichkeit? Sie hatte in ihrem ersten Übereifer gemeint, dass Alessia Josefina als Nebenbuhlerin umgebracht haben könnte. Aber kam Josefina überhaupt als Braut für Marco in Betracht? Aus Isabellas Sicht? War eine Josefina von Finkenstein einer Contessa Alessia ebenbürtig? Selbst wenn Isabella immer noch glaubte, dass ihre Bridgefreundin Friederike reich war und mit dem Privatjet kam, wäre Josefina deshalb ihre erste Wahl?

Niki starrte blicklos auf die weiße Wand. Das war eigentlich kaum zu glauben. Eine Josefina von Finkenstein war kein Hochadel und in Italien völlig unbekannt. Warum hielt Friederike Isabellas Glauben an den Privatjet dann aufrecht?

Was war das nur für eine komische Familie!

Die Tür ging auf, und das rote Licht wechselte auf Grün. Niki stand auf. Ein junger Arzt trat heraus und bat Niki herein. Sie spürte ihren Herzschlag.

»Frau Halm ist so weit in Ordnung«, erklärte er ihr leise. »Sie wird durch den Aufprall gegen den Wagen und den Sturz Blutergüsse bekommen, außerdem hat sie eine Prellung am Ellbogen, mit dem sie den Sturz abgefangen hat, aber das lässt sich mit häuslicher Pflege und Ruhe kurieren. Ansonsten wünsche ich Ihnen und Ihrer Großmutter viel Glück!«

Damit schob er die Tür auf, und Niki sah Barbara Halm auf der Untersuchungsliege sitzen. Sie lächelte ihr zu.

»Meiner was?«, fragte sie, aber die Frage ging im Gespräch zwischen Krankenschwester und Arzt unter und war auch gar nicht mehr wichtig.

»Wir dürfen wieder«, rief ihr Barbara Halm zu, und Niki war gottfroh. Prellungen, blaue Flecken, das war wirklich glimpflich abgelaufen. Sie war glücklicherweise in ihrem Tran ungewöhnlich langsam gefahren. Wahrscheinlich eher geschlichen. Gott sei Dank!

Sie bot Barbara den Arm, und nachdem sie ihre Schuhe angezogen und den Mantel übergelegt hatte, gingen sie hinaus.

»Bin ich froh!«, sagte Niki. »Sie glauben ja nicht, wie!«

»Ich auch«, erklärte Barbara und lächelte ihr zu. »Es war der erste Autounfall in meinem Leben.«

Niki musste lachen. »Und das ausgerechnet am 1. Januar. Und ausgerechnet ich.«

»Habe ich damals nicht gesagt, man sieht sich immer zweimal?«

Niki fuhr Barbara Halm mach Hause. »Wie war es eigentlich bei ihrer Tochter?«, wollte sie auf der Fahrt wissen.

»Schön! Sie hat einen netten Mann geheiratet und lebt ziemlich abgeschieden auf dem Land. Adrettes kanadisches Einfamilienhaus.« Sie verharrte. »Ich weiß nicht, warum die Deutschen als bieder gelten. Wenn man sich das dort anschaut, glaubt man, dass die Spießigkeit an sich in amerikanischen oder kanadischen Vorstädten erfunden wurde. Mich hat das irgendwie deprimiert!«

Niki dachte an Heidi und Eric und nickte.

»Meine Tochter ist hoch qualifiziert, hütet aber Haus und Kind. Nichts gegen Hausfrauen, die haben einen schweren Job. Aber die Chefs meines Schwiegersohns könnten eine Berufstätigkeit seiner Frau nicht verstehen.« Sie schaute Niki an. »Nicht verstehen! Das ist der Hammer. Sie hat einen besseren Abschluss als er!«

Niki steuerte und nickte.

»Und wofür hat sie diese Abschlüsse gemacht? Sich quergelegt, Tag und Nacht, um gute Noten zu bekommen, um noch besser zu werden, um den besten Abschluss und damit die beste Zukunft zu bekommen?« Barbara Halm schnaubte. »Es macht mich wahnsinnig!«

»Kann ich mir vorstellen!« Niki warf Barbara Halm einen Blick zu. »Wie alt ist Ihre Tochter denn?«

»Sechsunddreißig! Sie stand kurz vor ihrer Promotion, als sie diesen Menschen kennenlernte. Und war noch schneller schwanger – obwohl, das wäre ja auch kein Problem gewesen, wenn sie nicht diesem amerikanischen Wahn von einer heilen Familie verfallen wäre.«

»Amerikanisch?« Jetzt lachte Niki. »Ja, auch Italiener haben eine besondere Vorstellung von heiler Familie.« Sie röhrte einmal kurz mit ihrer Krückstockschaltung vom dritten in den zweiten Gang, dann schaute sie zu Barbara Halm hinüber.

»Italiener?« Barbara stutzte. »Stimmt, sie waren ja verliebt. Etwa in einen Italiener?«

»Etwa in einen Italiener, genau!«, sagte Niki. »Das trifft es.«

»Hier links«, zeigte ihr Barbara Halm den Weg. »Und dann langsam. Ich wohne da oben – in diesem Altbau zum Park raus.«

Niki parkte am menschenleeren Gehsteig. »Gut, ich bringe sie hinauf. Und dann besorge ich die Salbe, die Sie nehmen sollen. Irgendeine Apotheke ...«

»Ach, sparen Sie sich das«, unterbrach sie Barbara Halm, »Mobilat habe ich in meiner Hausapotheke. Und dann kenne ich auch noch so ein paar alte Hausmittelchen, meine geliebte Kyttasalbe, und die beste aller Physiotherapeutinnen wohnt direkt unter mir, Karin Krüger, sie war Vizeweltmeisterin im Judo und kuriert mir seit Jahren jedes Wehwehchen, also machen Sie sich um mich keine Gedanken!«

»Ja, dann –« Niki schaute sie etwas ratlos an.

»Ich würde mich trotzdem freuen, wenn Sie mit nach oben kämen.«

Niki war froh über dieses Angebot. Warum auch immer, aber es durchströmte sie ein warmes Gefühl, und sie fühlte sich irgendwie aufgehoben.

»Klar, gern!«

Barbaras Altbauwohnung war ein Traum. So hatte sich Niki Wohnen immer vorgestellt. Große, offene Räume mit Stuckdecken, alles hell und warm, die Einrichtung, das Licht, die Bilder, der Parkettboden.

»Schön!«, sagte Niki. Und unwillkürlich fragte sie: »Was waren Sie denn von Beruf?«

Barbara lächelte und zeigte auf die Sitzgruppe, die beige und weich eine ganze Zimmerecke einnahm. »Nehmen Sie

Platz, ich brühe uns einen Tee auf.« Sie schaute auf ihre Armbanduhr. »Obwohl – ein Mittagessen wäre angebrachter.«

Niki blieb stehen und nickte. »Stimmt. Wir könnten was zaubern – ich habe auch Hunger.«

»Oder wir rufen beim Italiener an und lassen was kommen.«

Niki überlegte. »Wir können aber ebenso schnell selbst was kochen!«

Mit einer Schüssel voll Spaghetti mit Tomatensauce saßen sie wenig später am Tisch, und jede hatte schon einen Teller gegessen, als Barbara innehielt.

»Wohnen Sie hier in der Nähe?«, wollte sie wissen.

Niki schüttelte den Kopf. »Ich bin ziellos herumgefahren, weil ich mich geärgert habe!«

Geärgert. Wie sie das bereits herunterspielte. Ärgern war gar kein Ausdruck, sie war stinksauer und höllisch enttäuscht gewesen. »Untergangsstimmung« hätte das Ganze besser getroffen.

»Geärgert?«, fragte denn auch Barbara und zog die Augenbrauen hoch. »Fährt man deshalb ziellos durch die Gegend?«

»Na ja«, begann Niki und versuchte, das Geschehene in wenigen Sätzen zu schildern, aber es wurde immer komplizierter.

Barbara strich ihre grauen Haare zurück und hörte ihr ohne ein weiteres Wort zu. »Ich denke, das ist ein Missverständnis, und glaube, dass mit Ihrem Handy was nicht stimmt!«

»Wie? Mit meinem Handy?« Niki zog es aus der Tasche. »Warum denn nicht?«

»Weil es nicht sein kann, dass Sie an Silvester keine einzige Nachricht bekommen haben sollen. Sogar ich habe welche erhalten!«

Niki schaute erst Barbara, dann ihr Handy an. »Aber –« Sie überlegte. Stimmt. Mit Anne hatte sie telefoniert. Nicht gesimst.

»Ich schreibe Ihnen mal eine Kurznachricht, dann werden wir sehen.«

Barbara stand auf, und Niki beobachtete sie. Sie trug eine graue Flanellhose und einen dunkelblauen Pullover über einer weißen Bluse und bewegte sich erstaunlich behände. Sicherlich hatte sie Schmerzen, aber sie ließ sich nichts anmerken.

»So!« Barbara Halm kam mit einem topaktuellen Teil zurück.

»Das ist Ihr Handy?«

Barbara lachte: »Ja. Ich mag diese technischen Spielereien!« Sie setzte sich wieder hin. »Verraten Sie mir Ihre Handynummer?«

Sie schrieb: »Test, test«, und sie warteten beide gespannt.

Nichts rührte sich.

Dann rief Barbara an, ohne Probleme.

»Was ist denn das?«, wollte Niki wissen. »Jetzt schreibe ich Ihnen einen Test.« Auch der kam nicht an.

Barbara lehnte sich zurück, und Niki bekam einen roten Kopf. Ihr wurde heiß und kalt. Lag es am Ende gar nicht an Marco, sondern an ihrem Handy? Oder an ihrem Provider?

Sie drehte noch eine Gabel Spaghetti auf, aber sie hatte keinen Hunger mehr.

»Vielleicht rufen Sie jetzt am besten mal Ihre Mutter an«, schlug Barbara vor.

Niki legte die Gabel auf den Teller und nahm noch einmal ihr Handy. »Anruf in Abwesenheit«, sagte sie tonlos. »Das Ding hat wirklich eine Macke. Warum hören wir das nicht?« Sie rief das Protokoll auf. »Fünfmal. Alle von meinem Vater!«

»Dann rufen Sie ihn jetzt vielleicht an?«

Niki zögerte. Dann drückte sie die Rückruftaste.

Er war atemlos und lauter als sonst. »Niki. Wo steckst du bloß? Wir haben schon das Schlimmste befürchtet!«

Irgendwie tat das gut. Sie hatten gemeinsam das Schlimmste befürchtet, das war ein bisschen wie früher.

»Ich hatte einen Autounfall«, sagte sie und wurde sofort von Michael unterbrochen: »Bist du verletzt? Bist du im Krankenhaus? Was ist passiert?«

So hatte sie ihn noch nie gehört. Er war völlig außer sich.

»Ich hab eine ältere Dame angefahren. Mit ihr war ich im Krankenhaus. Mir ist nichts passiert.«

»Gott sei Dank!«, sagte er und gleich darauf: »Und diese Frau? Schlimm? Geht's ihr gut?«

»Ich sitze hier bei ihr. Einige Prellungen. Schlimm genug, aber nicht so schlimm, wie ich befürchtet habe!« Sie warf Barbara, die gerade Wasser nachschenkte, einen Blick zu.

»Also«, jetzt hörte er sich schon etwas entspannter an, »dann ruf deine Mutter an. Ich habe mit ihr geredet. Sie und Marco sind außer sich vor Sorge. Du hast alles missverstanden!«

Da war sich Niki zwar noch nicht so sicher, aber vielleicht hatte sie tatsächlich zu impulsiv reagiert. Sie hatte noch das Bild von Marco im Rückspiegel vor sich, wie er sie aufhalten wollte. Aber auch das traute Bild der beiden in der Küche hatte sich ihr sehr deutlich eingeprägt.

»Ich werde sie anrufen. Sag du ihnen schon mal, dass ich lebe und dass es mir gut geht. Ich glaube«, sie biss sich auf die Lippe, »ich brauch noch einen Moment Zeit!«

Eine Stunde später stand sie mit ihrem Wagen wieder vor ihrem Haus. Sie kam sich komisch vor und schaute an der

Hausfassade hoch. Vielleicht standen sie dort oben am Fenster und wussten nun auch nicht so recht, wie sie ihr begegnen sollten. Niki schaute noch einmal auf ihr Handy. Nichts. Kein Eingang. Wenn das Handy an der Misere schuld war, würde sie es nachher aus dem Fenster werfen. Sie blieb noch sitzen. Jetzt hatte sie auch Angst, Angst vor einer Situation, mit der sie nicht würde umgehen können.

Dann raffte sie sich endlich auf, schloss den *R4* ab und ging auf die Haustür zu. Die Sektflaschen standen noch genauso da, das war irgendwie tröstlich. Es hatte sich nichts verändert, vielleicht konnte sie einfach so tun, als ob nichts gewesen wäre … Einfach nahtlos anknüpfen: Hallo, ich bin da, Überraschung!

Niki schlich die Treppen nach oben. Jetzt roch es nicht mehr nach frischem Kaffee, die Luft kam ihr abgestanden vor. Und sie sah auch wieder, wie es nach oben hin immer verwohnter wurde. Hatte sie das nicht schon einmal so empfunden? Doch, nach ihrer Rückkehr aus Toronto. Wieso fiel ihr das gerade jetzt wieder auf?

Vor der Haustür blieb sie stehen. Sie hielt den Haustürschlüssel in der Hand, zögerte aber, ihn ins Schloss zu stecken. Sie war sich nicht sicher, was sie überhaupt fühlte. Scham, einfach davongelaufen zu sein? Ärger über diese Konfrontation in der Küche? Oder doch nur Angst vor irgendwelchen Eröffnungen, die sie nicht hören wollte?

Sie schaute auf den Spion in der Tür und hätte ihn nun gern in die andere Richtung benutzen wollen. Was mochte da drin vor sich gehen? Während sie noch schaute, ging die Tür langsam auf. Es war fast wie in einem Film, wie von Geisterhand glitt die Tür völlig gleichmäßig auf, und Niki starrte einfach nur.

Marco stand vor ihr. Noch immer in dem T-Shirt, den

Jeans und barfüßig. Nur seine Haare waren inzwischen getrocknet.

»Niki!«, sagte er. Er sah irgendwie traurig aus, über seinen Augen, die so schön grün blitzen konnten, lag ein Schatten. »Mia stella!« Dann nahm er sie in die Arme.

Niki blieb stocksteif, spürte aber, wie sich ihr Körper entkrampfte, wie sie immer leichter wurde, wie irgendetwas in ihr nachgab. Sie standen ganz still, und schließlich legte sie ihren Kopf an seine Schulter.

»Marco!«, sagte sie leise.

Er drückte sie nur und küsste sie schließlich auf die Stirn.

»Ich bin wegen dir gekommen«, sagte er leise. »Nur wegen dir. Ich wollte dich überraschen. Aber ich kam erst kurz vor Mitternacht, und da war alles zu spät! Was sollte ich tun? Einen Hubschrauber chartern?«

Niki musste lachen.

»Warum nicht?« Das wäre es gewesen. Auf dem großen Platz, zwischen all den Menschen, vor dem roten Teppich: Marco, wie er aus dem Hubschrauber steigt und sie vor aller Augen in die Arme nimmt. Unter den Augen seiner Mutter. Und vor allem unter denen von Alessia.

Dann wäre sie zu ihm in den Hubschrauber gestiegen, und sie wären einfach davongeflogen!

»Das hättest du ruhig tun können«, sagte sie und spürte, wie ihre Zuversicht zurückkehrte. Und ihre gute Laune. Und überhaupt!

Sie küsste ihn. Und er küsste sie. Nicht drängend wie sonst, sondern zart, behutsam. Liebevoll.

Es tat ihr gut. So unendlich gut!

Sie standen minutenlang, hatten die Köpfe aneinandergelegt und hielten sich fest umschlungen.

»Ich habe dich vermisst«, sagte er.

»Ich dich auch.«

»Keine einzige SMS von dir«, sagte er.

»Von dir auch nicht!«

Er hielt sie ein bisschen von sich weg.

»Das ist nicht wahr. Ich habe dich damit überschüttet!«

Sie lächelte. »Ich kann es dir erklären!« Sie schaute an Marco vorbei. »Wo ist Mutti?«

»Sie war einem Herzschlag nah! Was hast du dir eigentlich dabei gedacht?«

»Keine Vorhaltungen, bitte! Ich will nur wissen, wo sie ist.«

»Sie wartet drinnen.« Marco deutete mit dem Daumen über seine Schulter.

Niki schaute ihm in die Augen. Der grünliche Schimmer auf der Iris war zurückgekehrt. Auch seine Gesichtsfarbe hatte wieder den gesunden alten Ton. Er sah genauso aus, wie sie sich ihren Freund immer vorgestellt hatte.

Ihre Mutter stand mit einer Tasse Tee am Fenster. Als Niki eintrat, stellte sie die Tasse auf dem Fenstersims ab und kam auf sie zu. »Niki?«, fragte sie unsicher.

»Sorry, ich war blöd«, sagte Niki und ging ihr entgegen. Sie sahen sich kurz in die Augen und nahmen sich dann in die Arme.

»Habt ihr die Brötchen noch?«, fragte Niki. Es war mehr eine Übersprungsbemerkung, denn sie hatte nach den Spaghetti keinen Hunger mehr, aber sie wollte irgendwie den Bann brechen.

»Gute Idee!«, sagte Julia. »Nach der ganzen Aufregung tut uns jetzt ein langes, schönes Frühstück gut. Ich bin gespannt zu hören, wie es in Mailand war!«

»Ich mache Kaffee!«, erklärte Marco, was Niki schon wieder aufstieß. Lass das, sagte sie sich. Er fühlt sich hier wohl, also sei dankbar. Wenn er hier Kaffee macht, hat das gar nichts zu bedeuten. Er liebt dich, und damit gut!

Sie frühstückten ausgiebig, und Julia setzte alles daran, dass von Pancakes bis Spiegeleiern mit Speck alles auf den Tisch kam. Sie war ständig in Bewegung, bruzzelte in der Küche, lief hin und her und servierte neue Überraschungen, obwohl Niki und Marco schon längst protestierten.

»Mama, lass es! Ich kann einfach nicht mehr!«, stöhnte Niki schließlich und hielt sich beide Hände auf den Bauch.

»Ich auch nicht«, stimmte ihr Marco zu.

»Gut, dann gehe ich jetzt!«

Es war Neujahr, und das *Pane e vino* war geschlossen. Julia hatte dort nichts zu tun und sich für diesen Tag auch sicherlich nichts vorgenommen, das war Niki klar. Möglicherweise hatte sie sich überlegt, mit ihr abends essen zu gehen, aber nun wollte sie den beiden Gelegenheit zur Aussprache geben. Und dafür verzog sie sich aus ihrer eigenen Wohnung. Niki rechnete ihr das hoch an.

»Und was willst du tun?«, fragte sie noch, weil ihr der Rückzug ihrer eigenen Mutter doch etwas seltsam vorkam.

»Ich treffe mich mit Doris. Wollte ich schon lang mal wieder – nur, sie hat nie Zeit, und wenn sie Zeit hat, habe ich keine!«

Niki lächelte ihr zu. Doris war ihre beste Freundin, die beiden kannten sich seit der Schulzeit. Sie hoffte für ihre Mutter, dass Doris wirklich nichts anderes vorhatte.

»Du kannst aber doch auch bleiben«, warf Marco ein. »Die Wohnung ist für uns alle groß genug. Ich denke, Niki und ich legen uns erst mal hin …«

Niki warf ihm einen Blick zu. Warum, verdammt, hatte er, wenn er mit ihrer Mutter sprach, so einen anderen Ton? Sie wusste es nicht, aber es war unbestritten. Ihre Mutter spielte die betont Lockere, und er gab den bemühten Gentleman.

Aber Julia winkte ab. »Macht euch einen schönen Abend. Der Kühlschrank ist voll, falls ihr was kochen wollt. Ich nehme mir heute meinen freien Tag.« Sie lächelte schelmisch.

Niki wollte zunächst eigentlich keinen »schönen Abend«. Sie wollte aufarbeiten, was schiefgegangen war. Der Gedanke, mit Marco ins Bett zu gehen, ohne Klarheit zu haben, behagte ihr nicht. Marco zeigte ihr seine gesendeten Kurznachrichten. Tatsächlich, er hatte welche geschickt. Sie zeigte ihre. Sie waren nicht bei ihm angekommen. Gut, das war bei Barbara Halm eigentlich schon klar geworden, aber jetzt konnte sie nachlesen, was für zärtliche Botschaften ihr Marco geschickt hatte – und welche verzweifelten, als es auf Mitternacht zugegangen war. *Ich habe mich so sehr auf Dich gefreut, und nun sagt mir Deine Mutter, dass Du in Mailand bist. Welche Tragödie! Ich wollte mit Dir ins Neue Jahr hineinfeiern. Nur mit Dir!* Und wenig später: *Warum meldest Du Dich nicht? Was ist los? Ti amo!* Und um Punkt Mitternacht: *Ich bin traurig. Küsse Dich trotzdem u trinke mit Julia ein Glas auf Dich!*

Niki erzählte ihm von Mailand: Wie sie mit bangen Gefühlen auf ihn gewartet hatte, wie sie auf der Galerie seine Familie mit dem Opernglas ausspähte, wie sie Alessia in der Toilette begegnet war, wie sie sich gefreut hatte, als Marco um Mitternacht immer noch nicht da war, aber gleichzeitig mit der Befürchtung kämpfte, dass er sich nun völlig umorientiert habe und in irgendeiner Bar feiere, und wie die Zweifel kamen und mit jedem Blick auf das Handy wuchsen. Bis zu der Überraschung in der Küche schließlich, die sie völlig umgeworfen hatte.

»Was hast du dir denn vorgestellt? Ich hätte mit deiner Mutter was angefangen?« Er grinste schräg.

»Sie ist eine sehr attraktive Frau!«

»Unbestritten.«

»Und du wärst nicht der erste jüngere Mann, der sich in eine ältere verliebt.«

Er lächelte, stand von seinem Stuhl auf und nahm sie in die Arme. »Was du dir so alles zusammenreimst!«

»Und du flirtest gern mit älteren Frauen. Mit Heidi in Toronto hast du das auch getan!«

»Ja, weil von denen keine Gefahr droht.«

»Da kann man sich mal ganz schnell täuschen.« Sie erwiderte seinen Kuss und schaltete alle weiteren Gedanken aus. Es war einfach nur schön, ihm nahe zu sein, ihn wieder zu spüren. Sie streichelte seinen Körper, und er war ihr vertraut, sie erkundeten sich mit der Vorfreude, das wiederzufinden, was sie bereits kannten. Es war kein Sturm wie damals unter der Dusche im Palazzo, das feurige Glühen, das sie durchzuckt hatte, dafür hatte ihr Körper aber auch die Zurückhaltung der letzten Nacht vor Silvester aufgegeben. Sie fand sich in sich selbst wieder und damit auch in ihm, und sie konnte ihn ganz ohne störende Gedanken genießen.

Sie lagen inmitten ihrer Kleider auf dem Parkettfußboden, liebkosten sich mit Mund und Zunge, bevor Marco endlich in sie eindrang. Wieder dachte sie, dass er für sie perfekt geformt war. Der ganze Kerl war wie für sie gemacht, wenn nur nicht dieser ganze Background gewesen wäre. Warum konnte er nicht aus einer Handwerkerfamilie in der Umgebung stammen? Handfeste Leute, die mit beiden Beinen auf dem Boden standen, die sich über ihren Besuch freuten und sie am Sonntag mit selbstgebackenem Kuchen bewirteten?

Sie spürte ihren Orgasmus kommen, und der heiße Vorbote löschte die Gedanken aus.

Sie badeten und liebten sich, kochten und schlemmten im

Bett, sie waren übermütig und ausgelassen wie kleine Kinder. Zwischendurch schickte Niki ihrer Mutter von Marcos Handy ein Dankeschön, denn sie belegten tatsächlich die ganze Wohnung mit Beschlag. Es war selbstlos von ihr, dachte Niki, und sie schrieb auch gleich noch ihrem Vater, dass alles wunderbar in Ordnung sei. Heile Welt. Nun müsse er mit seiner neuen Familie auch mal zu Besuch kommen. Das neue Jahr sollte ein gutes Jahr für alle werden!

Am nächsten Morgen hatte Julia schon den Frühstückstisch gedeckt, war aber selbst schon gegangen. An einer Blumenvase lehnte eine kleine Notiz: *»Bin im Geschäft, ist viel zu tun – auch Büro –, hab Euch den Wagen dagelassen. Vielleicht macht Ihr einen kleinen Ausflug?«* Niki las den Zettel laut vor, dann schaute sie sich nach Marco um, der mit nassen Haaren und nur im Slip im Türrahmen stand.

»Ja, deine Mutter ist klasse!« Er grinste. »Ich mache Kaffee.«

Sie sah ihm nach, wie er in die Küche ging. Sein eng anliegender schwarzer Slip betonte seinen wohlgeformten Po und die muskulösen Oberschenkel. Er war tatsächlich was fürs Auge.

Flüchtig drängte sich Niki das gestrige Bild von ihrer Mutter und Marco in der Küche auf. Sie ging hinter ihm her.

»Was hat eigentlich deine Mutter zu deiner Abwesenheit in der Silvesternacht gesagt? War das nicht ungehörig?«

»Sie enterbt mich!«

»Was?!?« Niki blieb stehen. Ihr erster Gedanke war: Wie wunderbar! Jetzt habe ich ihn für mich!

Marco grinste lausbubenhaft. »Keine Sorge. Das tut sie natürlich nicht. Sie hat ja nur mich, und all ihre Hoffnungen ruhen auf mir. Sie will mich nur gefügig machen.«

»Und was hast du ihr gesagt?«

»Dass ich Pizzabäcker werde und in ein kleines italienisches Restaurant in Wiesbaden einheiraten werde. Mehr bräuchte ich nicht zum Leben.«

Niki prustete vor Lachen. Sie sah Isabella direkt vor sich. Die schöne, einflussreiche Isabella im Interview. *»Mein Sohn?«* Niki glaubte sogar, bei einer solchen Frage Isabellas Mimik sehen zu können. *»Ist Unternehmer in Deutschland. Eine Filiale. Wir vergrößern uns …«*

Sie erzählte es Marco, und er lachte mit.

»Im Grunde brauche ich gar nicht zu arbeiten«, sagte er dann. »Meine Mutter ist jung genug, um die Firma bis zu meinem Rentenalter zu führen. Italienische Mamas geben das Zepter sowieso nicht aus der Hand. Wie die englische Königin wird sie noch mit achtzig auf dem Chefsessel sitzen.«

Der Gedanke behagte Niki nicht. »Wer bezahlt, hat das Sagen«, sagte sie.

»Das ist sicherlich ein deutsches Sprichwort«, konterte Marco und gab ihr einen Nasenstüber. »In Italien haben die Mütter auch das Sagen, ohne zu bezahlen.« Er lachte herzlich. »Mach dir keine Gedanken. Das Leben ist auch mit Müttern schön!«

Während des Frühstücks überlegten sie, welchen Ausflug sie am Nachmittag machen könnten.

»Auf alle Fälle will ich noch bei der Frau vorbei, die ich angefahren habe. Ein paar Blumen bringen und sehen, wie es ihr geht. Und« – Niki schaute Marco zärtlich an – »sie hat mein Desaster ja am Rande mitbekommen. Sicherlich möchte sie gern wissen, wie es ausgegangen ist.«

»Desaster?« Er warf ihr über den Rand seiner Kaffeetasse einen Blick zu. »Meinst du mich?«

Niki zuckte die Achseln. »Oder mich.«

Barbara Halm freute sich über Nikis telefonische Nachfrage und lud die beiden sofort zu sich ein.

»Wir wollen aber nur kurz vorbeikommen«, erklärte Niki und zwinkerte Marco zu.

Sie waren schon an der Wohnungstür, als das Telefon klingelte.

»Vielleicht noch mal Frau Halm?«, mutmaßte Niki und ging zum Telefon. Sie nahm ab, rief ein fröhliches »Hallo, Frau Halm?«, hörte aber nur schweres Atmen und warf den Hörer angewidert zurück auf die Gabel.

»Das macht mir Angst«, sagte sie zu Marco im Hinausgehen.

Barbara Halm stand in einem hellen Hosenanzug in der Tür und begrüßte sie herzlich.

»Schön, dass bei Ihnen wieder alles in Ordnung ist«, erklärte sie und gab Niki und Marco die Hand.

Niki reichte ihr die Blumen, die sie mit einiger Mühe besorgt hatten.

Barbara lächelte. »Die sind ja schön, besten Dank! Setzen Sie sich doch bitte!« Sie zeigte auf den Tisch, den sie liebevoll zum Kaffee gedeckt hatte. »Ich hole nur schnell eine Vase für die Blumen!«

Sie verschwand, und Marco schaute sich um. »Coole Wohnung«, flüsterte er. »Traut man einer so alten Dame gar nicht zu.«

Niki nickte und fühlte fast so etwas wie Besitzerstolz. Er ging quer durch den großen Raum, betrachtete die schöne Stuckdecke, schaute zu einem der großen Fenster hinaus und schlenderte dann zu der gegenüberliegenden Seite, wo über einem rot lackierten modernen Sideboard einige Fotos in Silberrahmen hingen.

Marco beugte sich vor, drehte sich aber sofort um, als er Barbara hereinkommen hörte. »Entschuldigen Sie«, sagte er auf Englisch, »aber ich bin neugierig!«

Barbara lächelte, schaute aber verständnislos zu Niki. Niki fiel ein, dass sie ja kein Englisch verstand. Bevor sie jedoch übersetzen konnte, war Barbara schon auf Marco zugetreten und sagte ohne jede Anstrengung: »Lei puo parlare italiano con me. Inglese non posso.«

Marco warf Niki einen Blick zu und wiederholte seine Entschuldigung noch einmal auf Italienisch. Sofort begannen sie ein angeregtes Gespräch.

Niki gesellte sich zu ihnen. Jetzt wird es wirklich Zeit, dass ich Italienisch lerne, dachte sie. Kann ja nicht so schwer sein.

Barbara wandte sich ihr zu. »Ich habe Ihrem Freund erklärt, dass es da keine Geheimnisse gibt«, sagte sie lächelnd. »Es ist einfach nur Familie. Und ein paar Erinnerungen an mein Leben.«

»Woher können Sie so gut Italienisch?«, wollte Niki wissen.

Barbara zuckte mit den Schultern. »Ich habe dort gelebt. Nach dem Krieg habe ich in Rom als Fremdenführerin gearbeitet.« Sie lächelte versonnen. »Und anschließend in einem kleinen Weingut im Tessin. Ich habe festgestellt, dass ich die Kultur der Weine der der Steine vorziehe!« Sie hatte ein fröhliches Blitzen in den Augen und übersetzte sofort für Marco, der laut lachte.

»Geht mir auch so«, sagte er auf Englisch.

»Gut, dann darf ich ein paar Weingläser zu den Kaffeetassen stellen?«, meinte Barbara Halm sofort.

Marco schaute Niki an. »Vielleicht Wein statt Kaffee? Wir kommen gerade vom Frühstück und haben reichlich Kaffee getrunken!«

»Jetzt schon Wein?«, fragte Niki etwas unsicher.

»Nur einen kleinen Schluck zum Anstoßen«, beruhigte sie Barbara Halm. »Nur für den Gaumen. Einen leichten, feinen Riesling.« Sie machte eine Handbewegung. »Es gibt hier so viele gute Weingüter, das ist der Grund, weshalb ich die Gegend so liebe.«

Niki machte eine zustimmende Kopfbewegung.

Es war Barbara anzusehen, wie sehr sie sich freute. Sie ging zu dem reich verzierten antiken Schrank, der eine schmale Zimmerseite einnahm, und öffnete ihn. »War früher ein Wäscheschrank«, sagte sie. »Von meiner Großmutter. Ich habe ihn umfunktioniert!« Er war voller Gläser, Karaffen und Weinbestecke. Soviel Niki sehen konnte, nur vom Feinsten.

»Das ist ja eine phantastische Sammlung!«, sagte sie. »Das wäre etwas für meine Mutter. Ich glaube, sie würde direkt in den Schrank hineinkriechen – sie liebt schöne Gläser.«

Barbara nickte. »Kann ich gut verstehen, es ist so ein bisschen mein Hobby. Ein guter Wein ist zu schade für ein schlechtes Glas.« Sie lächelte und griff zielsicher nach drei klassischen schlanken Weingläsern. »Das sind die richtigen für einen feinen, leichten Riesling.«

Niki nahm ihr die Gläser ab. »Was machen denn die Prellungen?« wollte sie wissen. »Haben Sie große Schmerzen?«

Barbara schüttelte den Kopf. »Es geht, und immerhin habe ich Sie auf diese Weise wiedergetroffen, das entschädigt für die Schmerzen.«

Aber es ist auch so ein bisschen eine Verpflichtung, dachte Niki. Wenn auch keine unangenehme, sie hatte so etwas Mütterliches, Liebes, anders als ihre Mutter, die ihr manchmal eher wie eine ältere Freundin vorkam.

Niki setzte sich zu Marco, der sich schon einen Platz auf der großen Sitzecke gesucht hatte.

Niki platzierte die Gläser und gab ihm einen Kuss. »Macht dir das jetzt nichts aus?«, fragte sie. Schließlich war Barbara eine alte Frau, und er hatte sicherlich an einen anderen Ausflug gedacht.

»Nein.« Er schien eher verwundert. »Ist doch sehr amüsant. Und sie spricht wirklich perfekt Italienisch!«

Es dauerte eine Weile, dann kam Barbara mit einem großen Tablett zurück. Sie stellte es auf den Tisch und bat Niki, aufzudecken. Niki verteilte die Dessertteller und stellte die Platte mit Käse, die kleinen Gewürzgurken und Partytomaten in die Mitte.

»Lecker!«, sagte Marco, und deutete auf einige Käsesorten. »Sie hat einen guten Geschmack.«

Barbara kam mit dem Wein aus der Küche.

Niki musste gleich lachen. »Den haben wir im Restaurant auch. Muttis Lieblingswinzer!«

»Tatsächlich?«, staunte Barbara und hielt Niki die Flasche hin.

»Ja, natürlich, der Riesling von Günther Rembs. Ist ja witzig! Kennen Sie ihn?«

Marco betrachtete die Flasche, sagte aber nichts.

»Ja, ich bin gern bei ihm«, sagte Barbara, öffnete die Flasche und schnüffelte kurz am Korken, bevor sie sich einen kleinen Probierschluck einschenkte.

Dann ließ sie sich auf einem Stuhl nieder und hob das Glas zum Anstoßen.

»Schöne Idee«, sagte Niki. »Und ausgerechnet der Günther! Als ob es keine anderen Winzer gäbe!« Sie schmunzelte.

»Es gibt schon auch andere sehr gute.« Barbara nahm einen Schluck. »Das erscheint mir eher ein Zufall. Greift bitte zu!«

Obwohl das Frühstück noch nicht lang her war, schmeckte der Käse so köstlich, dass sie die halbe Platte leerputzten.

»Vielleicht sollten wir nachher einen Ausflug in den Rheingau machen«, sagte Niki. »Ich zeige dir ein paar Weingüter, wir laufen ein bisschen, und abends gehen wir irgendwo am Rhein schön essen!«

»Ich würde gern ein wirklich großes Weingut sehen«, sagte Marco. »So ein bisschen zum Vergleich mit Italien.«

»Nun«, Barbara zuckte mit den Schultern, »in Italien gibt es doch auch kleine, feine Weingüter. Es kommt nicht auf die Größe an.«

»Schon richtig!« Marco nickte. »Trotzdem fände ich ein richtig großes Weingut interessant! Gibt es hier so etwas?«

Niki lachte. »Na, dann brauchen wir jedenfalls nicht zu Günther zu gehen, sein Keller ist eher klein. Schon fast zu klein für seine Bekanntheit!«

Barbara steckte sich eine Gewürzgurke in den Mund. »Er ist an einem wunderbaren Objekt dran, aber da gibt es wohl noch ein paar Hindernisse. Ein Schloss ganz in seiner Nähe, das er möglicherweise kaufen kann.«

»Ist ja spannend!« Niki beugte sich vor. »Was gibt es denn dort für ein Schloss?«

»Schloss Finkenstein. Ist nicht so bekannt, weil es in Privatbesitz ist und der Öffentlichkeit nicht zugänglich.«

»Schloss Finkenstein?«, wiederholte Marco auf Deutsch und schaute Niki bedeutungsvoll an. »Von Friederike?«

Niki zuckte die Achseln. »Wissen Sie, wie die Besitzerin heißt?«

»Jedenfalls von Finkenstein. Den Vornamen weiß ich nicht. Freifrau von Finkenstein, ja, so hat es Günther erzählt, als ich letztens bei ihm Wein gekauft habe!«

Marco runzelte die Stirn. »Weshalb sollte Friederike ihr Schloss verkaufen? Da gibt es doch gar keinen Grund. Oder?«

Die letzte Frage war an Barbara gerichtet, aber Barbara winkte ab. »Ich kann es nicht sagen. Günther hat es auch nur kurz angerissen. Es wäre sein Traum, hat er gesagt, aber es steht noch völlig in den Sternen.«

»Das ist seltsam!« Marco dachte nach, dann legte er Niki die Hand aufs Knie. »Wenn es nicht weit weg ist, sollten wir hinfahren!«

Während Marco den kleinen Kastenwagen fuhr, zog Niki die Landkarte heraus und suchte das Schloss. Die Straßen waren zwar frei, aber es graupelte und war feuchtkalt. »Eklig«, sagte Niki und drehte die Heizung voll auf. »Wir fahren jetzt erst mal Richtung Hochheim. Dann müssen wir suchen. In Hochheim hat der Winzer sein Weingut, von dem wir vorher gesprochen haben.«

Marco nickte nur.

»Vielleicht hat sie einfach kein Geld mehr«, mutmaßte Niki. »Schließlich saß sie auf dem Flug neben mir in der Holzklasse, ich habe es dir ja erzählt.«

Marco schüttelte den Kopf, konzentrierte sich dabei aber weiter auf die rutschige Landstraße. »Dann wüsste meine Mutter das. Immerhin war Josefina in ihrer engeren« – jetzt warf er Niki doch einen Blick zu – »Auswahl. Und adelige Bridgefreundin hin oder her, eine bankrotte Braut kommt für meine Mutter nicht in Frage!« Er grinste schräg. »Glücklicherweise habt ihr ja ein gut gehendes Pastaunternehmen!«

»Idiot!«, sagte Niki und boxte ihn. »Was wollen wir denn machen, wenn wir dort sind? Klingeln, hallo, hier sind wir?«

»Warum nicht? Schließlich ist sie bei uns ja auch oft genug zu Gast. Drehen wir den Spieß halt mal um!«

Ganz wohl war Niki bei dem Gedanken nicht. Irgendwas hatte Friederike von Finkenstein an sich, das ihr nicht gefiel. Aber gut, einmal in einem Schloss zu sein war auch nicht ohne.

Sie ließen die Abzweigung nach Hochheim links liegen und fuhren einige Kilometer weiter, bevor Niki bei einer schmalen Straße meinte, dass sie hier abbiegen müssten. »Die ist nur als winzige gelbe Linie eingezeichnet«, erklärte sie Marco und hielt ihm die Karte unter die Nase.

»Mag ja sein«, sagte er. »Aber ich kann jetzt nicht schauen, sonst landen wir im Graben. Fahren wir halt einfach rein!«

Das Sträßchen war gerade breit genug für ein Fahrzeug. Der *R4* schlängelte sich am Rande eines Weinbergs nach oben. Wohin genau, war durch die trübe Sicht nicht zu erkennen.

»Vielleicht ist es auch einfach nur ein Landwirtschaftsweg für Winzer«, meinte Marco.

Niki schwieg. Ihrem Gefühl nach lagen sie richtig. Es wurde steiler, und die letzten Reben hatten sie schon einige Zeit hinter sich gelassen, als es plötzlich wieder flach wurde.

»Ein Plateau«, erklärte Marco. »Es ist höllisch glatt. Die paar Höhenmeter machen sich bemerkbar!«

Niki schaute hinaus. Zu den trüben Wetterverhältnissen kam jetzt auch noch die einsetzende Dämmerung. Der Wind pfiff stärker, eine feine Schneeschicht tanzte vor ihren Scheinwerfern auf und ab und strich neben ihnen über die Felder.

»Sieht gespenstisch aus!«, sagte Niki und fuhr sich über die Arme.

»Ja«, sagte Marco und schaltete das Fernlicht ein, was aber nichts brachte. »Was ist, wenn der Weg jetzt aufhört? Beim *Rasthaus Hotzenplotz*, oder wie hieß dieser deutsche Räuber, den sie aufgehängt haben?«

»Quatsch!« Niki lachte. »Der *Räuber Hotzenplotz* ist eine Kindergeschichte. Den gibt's nicht! Du meinst den Schinderhannes, der lebte aber im Hunsrück.« Sie schaute hinaus und überlegte für einen Augenblick, ob sie ihre Tür verriegeln sollte, denn hier oben zwischen den vereisten Feldern war es tatsächlich einsam. »Und außerdem wurde er geköpft. Nicht gehängt. Und zwar in Mainz.«

»Mainz? Das ist doch gar nicht so weit?«

»Nein, nicht wirklich.« Niki schaute zu ihm hinüber. »Der Hunsrück auch nicht. Für die heutige Zeit nicht. Damals wohl schon.«

Sie schwiegen eine Weile.

»Deine Karte kann nicht stimmen«, sagte Marco schließlich.

Niki schaltete die Innenbeleuchtung an und zog die Karte hervor.

»Lass stecken«, sagte Marco, und Niki blickte auf.

Der schmale Weg mündete in eine breite Landstraße. Marco hielt.

»Das darf nicht wahr sein!«, sagte Niki.

»Du warst romantisch gestimmt«, erklärte Marco und lächelte. »Du wolltest mit mir ganz allein sein. Auf einem schmalen Pfad fernab jeder Zivilisation.«

»Genau!«, stimmte Niki zu. »Und jetzt haben wir die Chance verpasst.«

Er zeigte mit dem Daumen nach hinten. »Ich kann umdrehen …«

Niki schüttelte energisch den Kopf. »Wir finden eine andere Gelegenheit.«

»Im Schloss.«

»Wenn wir es finden!«, meinte Niki pessimistisch.

Sie küssten sich, dann fragte Marco. »Rechts oder links?«

»Links!« Irgendwie hatte Niki das Gefühl, dass die Welt zur Linken etwas heller aussah. Vielleicht gab es dort ja ein paar Häuser oder zumindest ein Ortsschild, das ihnen sagte, wo sie waren.

»Dann also links«, sagte Marco und gab Gas. »Gutes Auto«, sagte er noch dazu, denn der Renault zog mit seinen schmalen Reifen mühelos über den eisigen Asphalt.

Bald kamen sie tatsächlich durch ein Dorf, und am Ortsausgang machte Niki eine Entdeckung: Da stand ein Fahrradwegweiser mit dem Hinweis: »Schloss Finkenstein, 0,6 km«.

»Müssen wir jetzt auf dem Radweg fahren?«, wollte Marco wissen, aber Niki war für eine Antwort viel zu aufgeregt. Sie stellte sich ein riesiges Graf-Dracula-Gemäuer vor und schwankte zwischen Furcht und Neugier. Marco war die Abenteuerlust dagegen deutlich anzumerken. Er beschleunigte und lachte über einen kleinen Ausbruchsversuch der Hinterreifen in einer Kurve.

»Mach langsam«, entschlüpfte es Niki, denn eines wollte sie sicherlich nicht: Hier im Graben landen und in der Kälte auf Hilfe warten müssen.

Hinter der nächsten Biegung sahen sie es dann: Das Schloss lag etwas zurückversetzt, doch das große Eisentor stand direkt an der Straße. Marco hielt davor, und sie spähten durch die Frontscheibe hinaus. Aber das Schloss war eher ein Schlösschen, es lag an einem Abhang. Man hatte also sicherlich eine gute Sicht auf den Rheingau. Die Mauern und die zwei schlanken Türmchen waren hell getüncht, alle Fensterläden trugen ein Wappen. Es sah selbst im Dunkeln hübsch und einladend aus.

»Da kann ich mir schon vorstellen, dass Günther scharf drauf ist«, sagte Niki. »Das perfekte Weingut. Sicherlich auch mit tollen Gewölbekellern!«

»Na, na«, sagte Marco. »Noch besitzt Friederike es.« Er machte den Wagen aus. »Wollen mal sehen!«

Niki schlüpfte in ihre Jacke und stieg aus. Der Wind zerrte sofort an ihrer Kleidung, und die Kälte stieg ihr die Beine hoch. Trotz gefütterter Hose und dicken Winterstiefeln fror sie. »So ein scheußliches Wetter aber auch!«

Marco suchte nach einer Klingel. Als er keine fand, drückte er einfach gegen das Tor. Es öffnete sich lautlos.

»Wir können doch nicht einfach …«, begann Niki, aber Marco winkte ab.

»Schau«, sagte er und wies zum Schloss. »In den vorderen Räumen ist Licht. Sie werden sich über Besuch freuen!«

»Willst du nicht lieber vorher anrufen?« Niki hatte so ihre Zweifel.

»Dann ist es ja keine Überraschung mehr.« Er grinste und nahm sie in den Arm. »Keine Angst!«

Der Kies knirschte unter ihren Füßen, und Niki fühlte sich wie ein Eindringling. Sie liefen durch die kurze Allee auf das Haus zu und blieben vor der Haustür stehen, einem schweren zweiflügeligen Holztor.

»Aha«, sagte Marco. »Finito. Da werden wir ohne Schlüssel nicht hineinkommen.« Versuchsweise drückte er die Klinke der in das Tor eingelassenen Tür. Nichts. »Dann klingeln!« Er trat einige Meter zurück, um einen Überblick zu bekommen. »Oder einen Kieselstein ans Fenster werfen.«

»Bist du verrückt? Wenn die den Hund rauslassen?«

»Sie hat einen Dackel. Hast du vor dem Angst?«

»Auch Dackel haben Zähne.«

»Ja, aber die Beißerchen kommen höchstens bis zur Wade.«

»Ist ja sehr tröstlich!«

»Komm, jetzt sind wir hier, jetzt wollen wir auch rein!« Er küsste sie auf die Stirn.

»Du sprichst wie ein Einbrecher.«

»Ich fühle mich auch so.«

Sie schauten nach einer Klingel, fanden in der Dunkelheit aber keine. Nur einen Knopf, den er zwar drückte, der aber nichts bewirkte.

»Vielleicht gibt es eine Glocke?«, fragte Niki, die eine Glocke ohnehin passender gefunden hätte als eine profane Klingel.

»Irgendwo muss es ja auch einen Schalter fürs Außenlicht geben!«

Marco nahm einen Kieselstein und ging mit Niki an der Hausmauer entlang, bis sie unter einem erleuchteten Fenster standen. Es war im zweiten Stock, und man konnte an der hohen Stuckdecke einen sehr schönen Lüster sehen.

»Sieht doch sehr einladend aus!«, meinte Marco anerkennend.

»Wäre das Josefinas Mitgift gewesen?«, fragte Niki, wollte es aber eigentlich gar nicht wissen.

»Irgendwann wohl schon«, grinste er. »Hätte aber die Hochzeit mit Josefina und Friederikes Tod vorausgesetzt. Und zumindest Ersteres wird nicht eintreten!«

Er hob den Arm, zielte und warf. Ein helles »Plong« zeigte an, dass er getroffen hatte.

»Gut!«, lobte Niki. »Und das Fenster ist auch noch heil.«

Eine Gestalt näherte sich dem Fenster, und Marco hob bereits den Arm, um auf sich aufmerksam zu machen, blieb dann aber regungslos stehen.

»Was ist?«, fragte Niki erschrocken.

»Erkennst du den Mann nicht?«, flüsterte Marco. Die Gestalt war schlecht zu sehen, weil das Licht von hinten kam. Dass es ein Mann war, war klar. Im nächsten Moment aber drehte sich die Gestalt weg, und Niki sah ihr Profil, das nun von dem Deckenleuchter angestrahlt wurde.

»Paolo!«, sagte sie erstaunt. »Was macht denn der da?«

»Das frage ich mich in diesem Moment auch!« Marco stand noch immer wie angewachsen. »Paolo bei Friederike … ist mir da all die Jahre was entgangen?«

Sie schauten sich an.

»Gut, dass wir so im Dunkeln stehen«, sagte Niki. »Oder willst du noch mal werfen?«

Marco schüttelte langsam den Kopf. »Nein, will ich nicht!«

Er zog sich einige Schritte hinter einen Busch zurück und nahm sein Handy heraus. Gleich darauf sprach er Italienisch, wünschte seinem Onkel ein gutes neues Jahr und fragte beiläufig, wo er Silvester verbracht habe, ob es schön gewesen sei und wo er denn jetzt stecke. Dann warf er Niki einen vielsagenden Blick zu.

»Ciao, Paolo, a presto e una buona serata!«

Marco steckte sein Handy weg und schüttelte ungläubig den Kopf. »Er behauptet, er sei in Rom bei Freunden.« Er schaute Niki an. »Aber er war es doch oben im Fenster, oder? Hat er einen Doppelgänger? Oder war das eine Sinnestäuschung?« Er starrte wieder zum Fenster hinauf. »Es war doch Paolo!«

»Würde ich bestätigen!«, bekräftigte Niki.

Marco bohrte die Hände tief in seine Lammfelljacke. »Was treibt er da? Was hat das zu bedeuten?«

Sie liefen zurück zum Wagen und setzten sich hinein, aber Marco konnte noch immer nicht den Blick von dem Schloss abwenden.

»Sollen wir jetzt die ganze Nacht so sitzen bleiben?«, wollte Niki wissen, die nun wirklich fror.

»Am liebsten ja!«, erwiderte Marco. »Noch lieber würde ich mich allerdings in das Haus schleichen und hören, was die da aushecken. Wenn ich nur wüsste, wie!«

»Wir bräuchten eine dritte Person. Irgendjemand, der unter einem Vorwand hineinkommt.«

Marco schaute sie an. »Nicht schlecht! Aber dann müssten die beiden vor dieser dritten Person unbefangen reden können, sonst erfahren wir ja auch nichts!«

Nikis Atem stand wie eine weiße Fahne vor ihrem Gesicht, und um das zu unterstreichen, pustete sie gleich noch eine weiße Atemwolke dazu. »Wenn es so kalt ist, kann ich nicht denken.«

»Schalte einfach deine Sitzheizung an!«

»Sehr witzig!«

Marco überlegte. »Einfach hineingehen und stellen bringt nichts. Wenn die wirklich irgendein Spielchen spielen, das sie vor mir oder meiner Familie verheimlichen wollen, dann werden sie die Strategie blitzschnell ändern.«

»Aber um was sollte es da gehen?«

»Das ist ja genau der Punkt. Ich weiß es nicht.«

»Dann mach wenigstens das Auto an!«

»Die Deutschen werden mich als Umweltschänder verhaften!«

»Und sonst wegen Beihilfe zum Erfrierungstod!« Niki klapperte mit den Zähnen. »Und wenn sie sich einfach nur verliebt haben und in Ruhe flittern wollen?«

Marco zog die Stirn kraus und startete den Wagen. »Meine Familie verliebt sich nicht so einfach. Da gibt es tausend Dinge zu beachten!«

»Paolo ist aber der Bruder von Claudio und anders drauf als die anderen bei euch. Er ist ein Künstler, genauso wie Claudio Sportler war. Er wird sich an dieses Liebesklimbim nicht halten.«

»Du bist aber gut informiert …« Marco warf ihr einen schnellen Blick zu.

»Was man bei einem Tanz in der Silvesternacht eben so erfährt.«

»Ach. Und wer war der Glückliche?«

»Keine Ahnung! Ein Mailänder namens Giorgio mit zu dicken Lippen!«

»Und die wolltest du unbedingt küssen?«

Niki schüttelte den Kopf. »Auch noch eifersüchtig! Dabei bist du doch der Gigolo. Josefina, Alessia, weiß der Teufel, wer sonst noch alles!«

Marco knetete seine Hände. »Ich bin nicht eifersüchtig, ich will's nur wissen, das ist ein Unterschied.«

»Legst du bei dir selbst auch so hohe Maßstäbe an?«

»Wie meinst du das?«

»Sagst du mir auch alles, was ich wissen muss?«

Marco zuckte mit den Schultern. »Niki, da gibt es nichts, was du nicht wüsstest!«

»Na gut.« Niki rieb ihre kalten Knie. »Und jetzt?«

»Keine Ahnung!«

Irgendwann sahen sie ein, dass im Augenblick nichts auszurichten war, und fuhren zurück. Über die Landstraße kamen sie in kürzester Zeit nach Wiesbaden.

»Ist ja nicht zu fassen!« Marco schüttelte den Kopf. »Wer kam denn auf die Idee mit diesem Schleichweg?«

Niki schwieg und schaute auf die Uhr. »Sechs. Sollen wir ins *Pane e vino* gehen, eine Kleinigkeit essen?« Sie klopfte sich leicht auf den Bauch. »Ich könnte was vertragen!«

Marco nickte. »Ich auch. Gute Idee!«

Das Restaurant war noch leer, Angelo steckte kurz seinen Kopf aus der Küche heraus, zog sich aber gleich wieder zurück.

Niki folgte ihm. »Hi, Angelo, ein gutes neues Jahr möchte ich dir noch wünschen!«

Angelo stand vor dem Herd und drehte sich nach ihr um. »Das wünsche ich dir auch!« Eine seiner schwarzen Locken fiel ihm in die Stirn, und er strich sie zurück.

»Kein Gel heute?«, fragte Niki freundlich.

»Ich dachte, ich verändere mal meinen Typ!«

»Ja, klar. Du warst beim Friseur. Deine Haare sind kürzer – sieht gut aus!«

Angelo nickte. »Deine Mutter müsste gleich kommen«, sagte er. »Aber ich kann euch ja schon mal ein paar Bruschette richten, wenn du möchtest!«

»Und wie! Du bist ein Schatz!«

Angelo zögerte.

Niki machte einen Schritt Richtung Küchentür, blieb aber noch einmal stehen. »Ist noch was?«, wollte sie wissen.

»Ich wundere mich nur, dass du nach diesem Pastapaket noch mit ihm zusammen bist!« Er strich sich die Locke wieder nach hinten. »Aber es geht mich ja auch nichts an!«

»Es war ein Versehen, Angelo. Seine Mutter hat da mitgemischt.«

»Ach!« Er zeigte ein leichtes Grinsen. »Mit einer italienischen Mama sollte man sich nicht anlegen. Die geben ihre Söhne erst frei, wenn sie tot sind!«

»Wer – der Sohn oder die Mama?«

»In dieser Reihenfolge …«

»Na, prima!« Niki verzog das Gesicht. »Das wird ja heiter!«

Julia kam dazu, als Niki den großen Teller mit den Bruschette gerade auf den Tisch stellte.

»Hast du noch Zeit?«, fragte Niki. »Möchtest du auch eine?«

Julia schaute auf ihre Armbanduhr. »Reserviert ist erst ab sieben Uhr. So gesehen …«

Sie holte sich einen Teller, ein Wasserglas und setzte sich neben Niki. »Wie war euer Tag?«

Niki schaute Marco an. Sollte sie das alles erzählen? Es war schließlich seine Familie, aber Marco nickte ihr zu. Niki begann bei ihrem Besuch bei Barbara Halm und der Geschichte, dass sie früher in einem Tessiner Weingut gearbeitet hatte.

Julia fiel ihr sofort ins Wort: »Weißt du denn, in welchem? Ich war doch kürzlich erst im Tessin.«

»Ja, Mama, aber das wäre doch ein ziemlicher Zufall. Du kannst sie ja mal selbst danach fragen. Nein, aber rat mal, was sie uns aufgetischt hat.« Sie lächelte vielsagend. »Na? Du kommst nicht drauf!«

Julia startete einige Versuche und machte schließlich eine hilflose Geste. »Ich gebe auf! Hilf mir!«

Als Niki es freudestrahlend verriet, warf sie Marco einen schnellen Blick zu.

»Ausgerechnet Günther Rembs«, sagte sie. »Das ist ja ein Ding!«

»Und nicht nur das«, fuhr Niki aufgeregt fort. »Sie wusste, dass Günther an einem Schloss interessiert ist. Als Weingut. Stell dir vor!«

»Ja«, nickte Julia, »das hat er mir bei meinem letzten Besuch allerdings auch erzählt. Die Besitzerin ist pleite, hat aber noch ein heißes Eisen im Feuer. Ihre Tochter soll einen der reichsten Junggesellen Italiens heiraten – damit wäre der Laden wieder flott!«

Marco ließ das Glas, das er gerade in der Hand hielt, langsam sinken, und Niki starrte ihre Mutter an. »Was sagst du da?«

Julia schaute von einem zum anderen. »So hat er es mir erzählt. Wieso – was ist denn?«

Marco und Niki tauschten einen Blick.

»Habe ich das richtig verstanden?«, fragte Marco, der seinen Englischkenntnissen nicht mehr trauen wollte.

Julia nickte. »Ja, Günther Rembs sagte, wenn die Hochzeit zustande kommen würde, hätte er schlechte Karten. Die Banken gingen allerdings von der Eheschließung aus, sie hielten trotz erheblicher Darlehen noch still.«

Am Tisch herrschte Stille. Schließlich erklärte Niki mit sehr leiser Stimme: »Sie spricht von Josefina und dir!«

»Das ist mir bewusst!«, erwiderte Marco.

Wieder war es ruhig.

»Könntet ihr mich bitte mal aufklären?« Julia hielt ihr Wasserglas fest umschlossen. »Wer ist Josefina? Und was hat das mit dir zu tun?«

Marco schüttelte den Kopf, dann begann er zu sprechen: »Dieses Schloss gehört Friederike von Finkenstein, Freifrau von Finkenstein. Sie ist eine alte Freundin meiner Mutter. Friederike war tatsächlich an einer Ehe zwischen mir und ihrer Tochter interessiert. Meine Mutter übrigens weniger.« Er warf Niki einen Blick zu. »Nun ist diese Ehe nicht mehr möglich!«

»Aha!« Julia nickte. »Wegen Niki, nehme ich an!«

»Auch natürlich wegen Niki«, bestätigte Marco. »Aber vor allem, weil Josefina tot ist. Erschossen in unserer Villa von einem Einbrecher!«

»Das ist ja ungeheuerlich!«, entrüstete sich Julia. »Ihre Tochter wurde erschossen, was ja entsetzlich genug ist, und sie spielt den Banken eine baldige Hochzeit vor. Was bezweckt sie damit?«

Marco holte tief Luft. »Es geht noch weiter. Wir wollten Friederike überraschen und wurden selbst überrascht. Mein Onkel ist dort, gibt aber vor, in Rom zu sein!«

»Komisch«, sagte Julia.

»Ja, sehr komisch!«

»Und was hat der Onkel bei eurem Anblick gesagt?«

»Nichts, er hat uns nämlich nicht gesehen!« Marco schilderte ihr, was sie in dem Park erlebt hatten.

»Und jetzt würdet ihr gern mehr wissen!« Julia verschränkte die Arme.

»Klar!«, sagte Marco. »Ich würde zu gern wissen, was die Heimlichkeit zu bedeuten hat!«

»Große Liebe?«, tippte Julia. »Soll's geben!«

»Friederike ist nicht Paolos Typ.«

Angelo kam an den Tisch. »Hättet ihr Lust auf Spaghetti con vongole? Und wie wäre es mit einem Salat dazu? Und Rotwein?«

Julia sprang auf. »Du bist ein Schatz! Aber dein Platz ist in der Küche, marsch, marsch!«

Angelo grinste, wischte sich die Hände an seiner Schürze ab und rührte sich nicht von der Stelle. »Es hat auch schon Wirte gegeben, die ihre besten Kunden geworden sind!«

Julia drohte ihm mit dem Zeigefinger. »Und Spitzenköche, die sich plötzlich in einer Würstchenbude wiedergefunden haben!«

»Schon gut!« Er winkte ab. »Also Vongole?«

Niki und Marco nickten.

»Gut, aber nur zweimal«, sagte Julia. »Ich muss auch noch einiges vorbereiten!«

Sie schaute Angelo nach und wandte sich wieder an Marco.

»Und was hast du jetzt vor?«, wollte sie von ihm wissen.

»Ich würde liebend gern ins Schloss hineinkommen. Weiß aber nicht wie! Die Hausmauern sind hoch, das Tor ist zu. Vielleicht mit einem Nachschlüssel?«

»Marco!« Niki glaubte sich verhört zu haben. »Du kannst doch nicht einfach … das ist doch Einbruch! Wenn sie dich erwischen, wie willst du das erklären?«

Julia holte rasch eine Flasche Rotwein und drei Gläser. »Nur etwas Leichtes«, sagte sie, als sie Marcos Blick auf das Etikett bemerkte.

Er winkte ab. »Ich versuche nur gerade, auf eine Idee zu kommen!«

Julia schenkte ein. »Ich habe vielleicht eine«, meinte sie dann.

»Ach ja?« Zwei Augenpaare hingen an ihr.

Ja!« Julia ließ sich Zeit, hob das Glas und wartete, bis alle miteinander angestoßen und einen Schluck gekostet hatten.

»Jetzt mach es nicht so spannend!«, protestierte Niki.

»Ich muss ja erst mal selbst drüber nachdenken!«, wandte ihre Mutter ein.

»Dann denk schnell!«

Marco nahm noch einen Schluck und wartete ab.

»Günther Rembs. Der einzige Mensch, der das Schloss kennen muss, ist Günther Rembs. Wenn er über einen Kauf nachdenkt, muss er es schon besichtigt haben. Vielleicht sogar mehrfach. Und möglicherweise hat er auch Pläne!«

Marco schenkte ihr ein Lächeln. »Bravo!«, sagte er. »Das ist gut!«

»Ich ruf ihn an.« Julia verschwand und kehrte wenig später mit Tellern und Besteck zurück.

»Die Spaghetti brauchen natürlich noch ein bißchen«, sagte sie, »Aber wenn ihr euch gestärkt habt, könnt ihr aufbrechen.« Sie schaute Marco an. »Günther kennt eine kleine Tür, die von außen in den ehemaligen Vorratskeller führt. Und von dort aus kommt man ins Haus. Er findet die neue Entwicklung auch ziemlich spannend.«

»Aha«, sagte Niki. »So gesehen hätte Günther an Josefinas Tod größtes Interesse gehabt! Dann hat er vielleicht auch Pläne von eurem Palazzo in Italien?«

Es war kurz vor acht, als sie den Wagen vor Günther Rembs' kleinem Weingut abstellten. Er öffnete sofort und führte sie in seine Küche. »Na, das hört sich doch nach richtigem Abenteuer an! Soll ich die Polizei alarmieren, wenn ihr länger als fünf Stunden nicht wiederkommt?«

Niki schüttelte den Kopf. »Bitte keine Horrorszenarien. Mir ist so schon mulmig genug.« Sie deutete auf Marco. »Das ist Marco, mein Freund!« Es klang etwas Besitzerstolz mit, und Günther nickte ihm zu.

»Schön, freut mich! Also sind Sie der besagte Junggeselle, der das Schloss retten sollte? Hat ja was, dass ausgerechnet Sie in meiner Stube landen!«, sagte Günther Rembs mit einem etwas süffisanten Lächeln.

Kannten die beiden sich, fragte sich Niki. Aber das war ja ausgeschlossen, woher denn?

»Ich werde Friederike deshalb aber nicht umbringen«, scherzte Marco. »Ich will nur lauschen. Das Schlösschen hat doch sicherlich auch noch diese versteckten schmalen Dienstbotengänge?«

Günther nickte lächelnd. »Ja! Passt auf, dass ihr über keine Skelette stolpert, ist sicherlich seit Jahren nicht gelüftet worden. Braucht ja kein Mensch mehr!«

»Brrr!« Niki schüttelte sich. »Wollen Sie nicht mit, und ich bleibe hier und hüte die Weine?«

»Würde ich liebend gern, habe aber gerade eine Degustation laufen – und alle warten auf mich! Da kann ich mir leider so ein kleines Intermezzo nicht leisten!«

Sie parkten den Wagen etwas abseits auf einem kleinen Feldweg. Es war stockdunkel, und der kalte Wind pfiff über das Plateau. Niki stieg aus und zog den Reißverschluss ihrer Daunenjacke bis unters Kinn. Sie hatte sich wärmer angezogen und kam sich in ihren dunkeln Sachen wie ein professioneller Dieb vor. Fehlte nur noch die Wollmütze mit den Augenschlitzen. Marco hatte tatsächlich eine dunkle Mütze auf und den Lammfellkragen seiner Jacke hochgeschlagen, sodass er nicht mehr so sehr leuchtete.

Niki schüttelte den Kopf. »Nicht zu fassen! Das ist illegal, was wir hier machen!«

»Nur ein kleiner Besuch«, spöttelte Marco, schloss den Wagen ab und nahm Niki bei der Hand.

Jetzt war es irgendwie anders, fand Niki. Das offene Eisentor und die kleine Allee zum Schloss waren vorhin schon seltsam gewesen, aber nun war ihr direkt unheimlich. Sie gingen langsam auf das Schloss zu, das sich hinter den Bäumen duckte, aber schließlich hell und zierlich vor ihnen lag.

»Ist wirklich hübsch«, flüsterte Niki.

Marco nickte und grinste. »Hast du ja gehört – eigentlich ist es meine Mitgift!«

Sie kniff ihn, was durch die dicke Jacke wenig Wirkung zeigte. Allein hätte sie auf dem Absatz kehrt gemacht. Fehlten nur noch der Vollmond zwischen den fliehenden Wolken und der Schrei eines Käuzchens.

»Gruselig«, sagte sie.

»Wir sind gleich drin, dann wird es besser!«

Niki sagte nichts, sondern folgte ihm, als er seitlich abbog und auf der Wiese um die hohe Schlossmauer herumging. Sie kamen an der Stelle vorbei, von der er den kleinen Stein geworfen hatte. Die Zimmer über ihnen waren noch immer erleuchtet, es hatte sich nichts verändert.

»Gut so«, murmelte Marco.

Er tastete sich an der Wand entlang und stieß schließlich einen leisen Pfiff aus. »Hier ist es«, flüsterte er und befühlte die schmale, raue Holztür, bevor er langsam die Klinke herunterdrückte.

Er hatte es kaum zu hoffen gewagt, aber die Tür gab tatsächlich nach, quietschte etwas in den Angeln und ruckte unwillig, aber sie ließ sich öffnen. Marco drehte sich mit einem triumphierenden Grinsen zu Niki um, bevor sie in der absoluten Finsternis des Kellers verschwanden.

»Vorsicht!«, sagte er und tastete mit einem Fuß voran. »Hier sind Stufen!«

Ein dumpfer, erdiger Geruch nach Fäulnis und abgestandener Luft schlug ihnen entgegen. Niki schauderte. »Riecht nach Leichen«, raunte sie.

»Leichengeruch ist süßlich«, gab Marco zurück. »Sagt man wenigstens. Halt dich an mir fest.«

Sie griff nach seiner Schulter. Wenn er jetzt ins Bodenlose stürzte, würde sie mit ihm gerissen. Vielleicht war das ja auch kein alter Vorratsraum, sondern der Zugang zum Brunnenschacht?

Marco hatte eine kleine *Maglite* bei sich, und deren heller Lichtkegel huschte über die Wände. In den Fugen der grob behauenen Quadersteine wuchs dunkles Moos. Der Raum hatte einen kerkerähnlichen Charakter, und als der Lichtstrahl auf einer vermoderten schwarzen Masse in einer Ecke hängenblieb, schauderte es Niki.

»Kartoffeln«, sagte Marco, »lecker!«, und schnalzte leise mit der Zunge.

Für Niki war das alles nur ekelhaft, und während sie versuchte, möglichst flach zu atmen, um den Geruch besser ertragen zu können, wies sie Marco auf eine schmale Holztür hin, die an der Seitenwand in die Mauer eingelassen war. Marco nickte und ging ihr über den festen Lehmboden voraus. Die Tür klemmte, gab aber schließlich nach, und Marco schlüpfte durch den Spalt hindurch. Niki folgte ihm hastig und voller Panik, sie könne ihn verlieren und allein im Dunkeln zurückbleiben.

Sie standen in einem tunnelartigen Gang, der noch einige Türen mehr aufwies. Marco leuchtete umher und zeigte dann auf die schmale Steintreppe, die vor ihnen aus der Finsternis wuchs.

»An die Treppe schließt sich laut Plan der Dienstbotengang an!«

Niki beschlich der leise Verdacht, dass Marco diese ganze Aktion höllischen Spaß bereitete. Er, der behütete Spross einer berühmten italienischen Familie, kroch in einem stockfinsteren Dienstbotengang herum.

Sie schlichen die unbehauene Steintreppe hinauf und standen erneut vor einer Tür. Diesmal vor einer massiven Stahltür.

»Na, bravo«, sagte Niki. Jetzt war Zeit zum Umkehren, diese Aussicht gefiel ihr.

»Keine Panik!« Marco drückte langsam die Türklinke herunter, und auch diese Tür gab nach.

Verflucht, dachte Niki, war in diesem Haus gar nichts abgeschlossen? Da konnte ja jeder hereinspazieren.

Marco schob die Tür zentimeterweise auf und hielt inne, als schwaches Licht zu ihm drang. Schließlich war der Spalt groß genug, um hinausschauen zu können. Marco gab Niki ein Zeichen und hielt ihr die Tür auf.

Niki ging an ihm vorbei, und sie standen in einer kleinen Halle, die von einigen Wandleuchten erhellt wurde.

Marco zeigte auf eine große Tür direkt neben ihnen. »Die

ehemalige Küche«, flüsterte er. »Von hier aus gehen die versteckten Gänge ab!«

Auch diese Tür war unverschlossen. Jetzt sind wir mittendrin, dachte Niki, jetzt gibt es kein Zurück mehr. Hoffentlich geht das gut! Die Küche war tatsächlich noch vollständig ausgestattet, wenn auch offensichtlich seit Ewigkeiten nicht mehr benutzt. Schade, dachte Niki, denn der große eiserne Schlossherd mit dem gemauerten Abzug, der offene Kamin auf der gegenüberliegenden Seite, die vielen Utensilien und der große Holztisch zum Anrichten oder wahrscheinlich auch zum Mittagessen für die Dienerschaft, das alles gefiel ihr ausgesprochen gut. Kein Wunder, dass Günther Rembs hier zuschlagen wollte – daraus ließ sich was machen. Sie dachte an ihre Mutter. Das gäbe ein kleines, feines Schlosshotel. Mit Kochkursangebot in der Schlossküche. Und edlen Weinen im Keller.

»Kommst du?«, fragte Marco.

Sie war unbewusst stehen geblieben, um sich alles genau anzuschauen.

»Das ist cool«, sagte sie.

»Ja, ganz niedlich«, meinte Marco, der die Tür offenhielt, die in einen Dienstbotengang führte.

»Und woher willst du wissen, welches Zimmer es ist?«, fragte Niki und rührte sich nicht von der Stelle.

»Hat Rembs alles auf seinem Plan. Und ich jetzt im Kopf!«

Kann man nur hoffen, dass Männer tatsächlich ein besseres räumliches Vorstellungsvermögen haben, dachte sie. Ihre Stärke war das jedenfalls nicht. Sie würde sicherlich sonst wo landen. Ob es auch eine Geheimtür zum Schlafzimmer gab?, fragte sie sich sofort – für den jungen Diener, wenn der alte Herr Graf in den Schlaf gefallen war? Sie lächelte, denn der

Gedanke gefiel ihr. Setzte natürlich voraus, dass die Gemahlin attraktiv war. Ihre Mutter fiel ihr ein, und das Lächeln erstarb.

»Was ist denn jetzt?«, fragte Marco, weil sie noch immer unbeweglich auf ihrem Platz stand. »Es ist völlig harmlos. Kann nichts passieren!«

»Und wenn sie auf uns schießen? Schließlich sind wir Einbrecher.«

»Sie werden uns weder sehen noch hören. Wie denn auch.«

»Und wenn wir auch nichts hören, stehen wir dumm auf dem Gang herum!«

Er lächelte. »Es kommt auf einen Versuch an.«

»Schon recht.« Niki seufzte. »Gehen wir.«

Der Gang war schmal und niedrig, und Niki fragte sich, wie hier zwei Personen mit Tabletts aneinander vorbeikommen sollten. Links durchbrachen Fenster die Außenmauer, rechts gingen in regelmäßigen Abständen Türen ab. Marco hatte seine Taschenlampe ausgeschaltet, weil er von außen nicht gesehen werden wollte, und durch die Fenster fiel etwas Licht herein, wenn der Mond auch nicht zu sehen war.

Marco flüsterte leise vor sich hin, und Niki überlegte, ob er wohl betete oder nur die Zimmertüren zählte. Sie entschied sich für Letzteres, denn obwohl er seinen eigenen Angaben nach streng gläubig war, hatte er in ihrer Gegenwart noch nie gebetet oder nach einer Kirche verlangt. Vielleicht gehörte dieser religiöse Anspruch auch einfach dazu. Mama Isabella kannte den Papst bestimmt persönlich.

Marco blieb unvermittelt stehen, und Niki wäre fast aufgelaufen. Sie hatte völlig den Überblick verloren, wo sie eigentlich war.

»Psst«, machte Marco.

Augenblicklich stach ihr der dumpfe Staubgeruch in die Nase, und sie kämpfte mit einem Niesanfall. Marco machte eine ungeduldige Handbewegung, aber der Nieser kam trotzdem, und Niki konnte ihn nur dämpfen, indem sie ihre Nase in Marcos Jacke drückte. Dann standen sie unbeweglich und lauschten. Es waren tatsächlich Stimmen zu hören. Eine weibliche und eine männliche. Friederike und Paolo, sie mussten in der Nähe sein. Niki befürchtete, ihr lauter Herzschlag könne sie verraten, und sie hörte ihr eigenes Blut in den Ohren rauschen. War es die Angst oder die Aufregung? Sie konnte es nicht sagen.

Sie standen beide ganz dicht an der Tür und versuchten, etwas von der Unterhaltung zu verstehen. Aber sie hörten nur ein Stimmengewirr.

»Verstehst du was?«, fragte Marco sie. »Frauen haben bessere Ohren!«

Woher er diese Weisheit hatte, wusste sie zwar nicht, aber sie konzentrierte sich ganz auf die beiden Stimmen. Die Frauenstimme wurde lauter.

»Friederike scheint sich über irgendetwas aufzuregen«, sagte Niki.

»Ja, das krieg ich auch mit. Aber worüber?«

Niki presste ihr Ohr an die Tür, dann schüttelte sie den Kopf. »Da kann ich dir nicht helfen, sie sprechen Italienisch!«

»Madre mia!« Marco verzog das Gesicht, dann hielt er ebenfalls sein Ohr an die Tür.

Auf der anderen Seite wurde immer erregter gesprochen, und Niki schwor sich zum wiederholten Male, dass sie jetzt endlich einen Italienischkurs belegen würde. Es war wirklich nervig, nichts zu verstehen.

»Was sagen sie denn?«, fragte sie Marco, aber der machte

nur »psst!«. Dabei starrte er konzentriert und immer ärgerlicher vor sich hin, dass Niki lieber schwieg.

»Sie will …«, sagte er dann plötzlich und drehte sich blitzschnell zu Niki um. »Nein, das glaub ich nicht!«

Ein Poltern ließ sie die Luft anhalten, und im nächsten Moment war es drinnen still. Dann setzte ein aufgeregtes Kläffen ein.

»Die Taschenlampe!«, sagte Marco. »Scheiße!«

Sie kullerte Niki vor die Füße und blieb dort liegen. Nikis Herz pumpte so gewaltig, dass sie tief Luft holen musste. Marco legte seine Hand auf ihren Arm und versuchte sie nach hinten wegzuziehen, aber es war schon zu spät. Ein Kratzen vor ihnen an der Tür zeigte, dass der Dackel sie bemerkt hatte.

»Ist da jemand?«, fragte Friederikes Stimme, und sie war durch die dünne Tür so nah, dass Niki erschrocken zurücktrat. Das darauf folgende »Such, Ludwig, such!« hörte sich zwar etwas albern an, aber Ludwig schien begriffen zu haben; er kratzte und verbellte die Tür.

»Paolo, bring die Pistole. Sie liegt in der Schreibtischschublade!« Ganz offensichtlich tat er nicht sofort, wie gewünscht, sodass sie den Satz auf Italienisch wiederholte.

Niki stieß Marco entsetzt den Ellbogen in die Seite. Jetzt war sie diejenige, die Marco wegzerrte, aber schon wurde die Tür aufgerissen, und sie standen im Licht des erleuchteten Zimmers.

Friederike erschrak vor den beiden Gestalten, fasste sich aber gleich wieder. »So, dann kommt mal raus da!« In ihrer Hand hielt sie tatsächlich eine Pistole, und Ludwig schien auch willens, ihnen an die Hosenbeine zu springen.

Marco zog sich die Mütze vom Kopf und trat als Erster heraus, gefolgt von Niki.

»Du?«, fragte Friederike erstaunt, ohne aber die Waffe sinken zu lassen.

»Die Haustür war abgeschlossen, und eine Klingel konnten wir nirgends entdecken«, sagte Marco so ruhig, dass ihm Niki einen Blick zuwarf. Er war tatsächlich völlig entspannt. Das gab es doch nicht!

»Dann habt ihr heute diesen Stein geworfen?«, wollte Paolo von hinten wissen.

»Ja. Aber ihr habt uns ja nicht aufgemacht. Ich dachte, ihr hättet gegen einen Überraschungsbesuch sicherlich nichts einzuwenden.«

»Ich glaube eher, ihr seid ein bisschen zu neugierig!«, sagte Friederike und warf Niki einen forschenden Blick zu.

»Na, ein bisschen ungewöhnlich finde ich es schon, Paolo hier zu sehen«, gab Marco zu.

»Und da wolltest du mal hören, was er hier so macht«, sagte Friederike, und ihr Tonfall gefiel Niki ganz und gar nicht. Es war eine Spur zu freundlich. Falsch. Bedrohlich. Zudem hielt sie noch immer die Pistole auf sie gerichtet.

»Willst du die nicht mal runternehmen?«, fragte Marco wie auf Zuruf.

»Willst du uns nicht erst mal sagen, was du hier willst?«, antwortete Friederike im gleichen seltsamen Tonfall.

Niki betrachtete sie. Was sie wohl vorhatte? Es sah unwirklich aus – die schmale Lady in ihrem Kostüm im Chanel-Look, wenn es nicht sogar Chanel war, mit der Waffe in der Hand.

»Ist das die Pistole, mit der Josefina erschossen wurde?«, fragte Marco, statt eine konkrete Antwort zu geben. Und er sprach Englisch, damit Niki es auch verstand.

»Glaubst du, ich erschieße meine eigene Tochter? Bist du noch bei Trost?«

»Aber du könnest jemanden erschießen?«

»Durchaus!«

Paolo stand auf. Bisher hatte er, ein Whiskyglas in der Hand, in einem Ledersessel gesessen, als ob ihn das alles nichts anginge. Er stellte das Glas jetzt auf einem kleinen Beistelltisch ab und kam näher. Ludwig warf ihm nur einen kurzen Blick zu, behielt aber ansonsten die Eindringlinge im Auge.

»Was soll der Unsinn?«, fragte Paolo, und Niki fand, dass er mit seinem langen, welligen Haar und dem dichten grauen Bart tatsächlich wie ein Seemann aussah. Nie und nimmer waren Friederike und er ein Liebespaar.

»Wen meinst du?«, fragte Friederike.

»Nun, du bedrohst meinen Neffen mit einer Waffe.«

»Dein Neffe ist hier eingebrochen. Das ist eine Straftat. Ich könnte ihn erschießen, und es wäre Notwehr!«, fuhr Friederike ungerührt fort.

»Quatsch, Notwehr! Ich rühre mich ja überhaupt nicht von der Stelle«, meinte Marco sachlich.

»Die Frage ist nicht, wie es war, sondern was man daraus macht, nicht wahr, Paolo?« Friederike drehte ihren kleinen, spitzen Kopf in seine Richtung, behielt aber weiterhin Marco im Auge.

»Was soll das jetzt?«

»Du warst doch im Haus, als dieser mysteriöse Einbrecher kam. Stand er so vor meiner Tochter? Oder warst es am Ende doch du, weil du haben wolltest, was sie dir nicht gab?«

»Das ist doch ausgemachter Blödsinn!«

»Ich weiß, dass du im Haus warst. Josefina hatte mir am Abend noch eine Kurznachricht geschickt und erwähnt, dass du dich mit deiner Whiskyflasche eingeschlossen hättest.« Sie funkelte Paolo an.

Marco überlegte einen Augenblick lang, zwei Schritte auf sie zu zu machen und ihr die Waffe aus der Hand zu schlagen, verwarf den Gedanken dann aber wieder. Sie konnte schneller schießen als er gehen.

»Ich habe Josefina gegenüber nie irgendwelche Absichten gehegt«, sagte Paolo. »Das war Isabella! Sie wollte doch unbedingt eine Heirat.«

»Ist doch Quatsch!«, entgegnete Marco unwirsch. »Meine Mutter wollte nie eine Hochzeit mit Josefina. Meine Mutter war immer auf eine Ehe mit Alessia aus.«

»Ist sie ja heute noch«, warf Niki von hinten ein.

»Ja, stimmt!« Marco drehte sich kurz zu ihr um und nickte grimmig.

Friederike stand noch immer mit vorgehaltener Waffe, bewegte sich keinen Millimeter.

»Wer wollte denn unbedingt, dass ich Josefina heirate?«, wollte Marco wissen und verschränkte die Arme. »Das, liebe Friederike, warst doch du! Und inzwischen weiß ich auch, warum: Du hast kein Geld mehr, erzählst hier deinen Banken die Geschichte von der bevorstehenden Hochzeit und hältst sie dir damit vom Hals.«

Friederike sagte nichts und bewegte sich immer noch nicht vom Fleck.

Paolo horchte auf. »Wie – du erzählst von einer bevorstehenden Hochzeit? Tickst du noch richtig?«

»Dummes Geschwätz!« Friederike runzelte ärgerlich die Stirn.

»Du setzt also noch immer auf Josefina. Sieh doch mal den Tatsachen ins Auge!« Paolo kam noch einen Schritt näher.

»Bleib stehen, wo du bist!«, schnauzte Friederike ihn an. »Und Alessia hin und her – Marco hätte Josefina geheiratet. Sie war jung, schön und adelig. Gebildet und gut erzogen.«

Marco grinste und ließ sich nicht darauf ein.

»Anders als dieses … Wesen dort!« Sie wies in Nikis Richtung, ohne sie dabei anzusehen.

»Na, hören Sie mal«, sagte Niki und stieß Marco in die Seite. »Was ist denn das für eine unverschämte Kuh!«

Marco verzog den Mund. »Weißt du, Friederike, ich sag dir jetzt mal was. Es ist ja recht gemütlich bei dir und auch ziemlich amüsant, aber am liebsten hätte ich es, wenn du uns jetzt gehen ließest und jemand anderen erschießt!«

Paolo war zum Beistelltisch gegangen und hatte sein Glas geholt. Er nahm einen tiefen Schluck und kam dann wieder näher. »Das hatte sie auch vor«, erklärte er. »Jetzt ist es mir klar! Lockt mich unter einem Vorwand hierher, sagt, ich müsse meinen Besuch geheim halten, weil es um die Familie ginge, und hält ihre Pistole in Reichweite. Sie hätte mich hier niedergeknallt und im Keller verrotten lassen!«

Niki schauderte.

»Gut, dass ihr gekommen seid. Danke!« Er stand hinter Friederike, und Niki sah nur, wie sich seine Hand hob und das schwere Whiskyglas auf deren Hinterkopf donnerte.

Friederike sank lautlos in sich zusammen. Ludwig kam angeschossen und sprang kläffend um sie herum.

»Und jetzt?«, fragte Paolo. »Werfen wir sie durch das Fenster in den Burggraben?«

»Es gibt hier keinen Burggraben!«, sagte Marco und hob die Pistole auf.

»Tatsächlich echt! Ich habe gedacht, es sei eine Spielzeugpistole!« Er betrachtete sie. »Und geladen. Ich glaub, ich muss mich setzen.« Marco ging zum nächsten Sessel und ließ sich hineinsinken.

Paolo füllte Whisky nach, und Niki stand noch immer regungslos in der offenen Tür.

»Es zieht!«, tadelte Paolo. »Kannst du die Tür nicht endlich schließen?«

Niki fühlte sich wie in Trance. Sie schloss die Tür und ging um die bewusstlose Friederike herum. Der Rock war etwas nach oben gerutscht und entblößte ihre Beine. Ein Schuh hing von der Ferse, gepflegte schwarze Lackschuhe mit einem winzigen Goldrand am Absatz. Niki registrierte jedes Detail und blieb an Friederikes Kopf stehen, wo sich auch Ludwig hechelnd niedergelassen hatte.

»Ist sie tot?«, fragte Niki besorgt.

»Dann wäre sie zu früh gestorben!«, erklärte Paolo gleichmütig.

»Warum?«, wollte Marco wissen.

Paolo kraulte sich den Bart. Es war ihm anzusehen, dass er nicht so richtig wusste, ob er den Grund verraten sollte. Er nahm noch einen Schluck.

»Nun, sie wollte mir das Schloss vermachen.«

Niki prustete los. »Was? Das Schloss vermachen? Es ist doch hoch verschuldet!«

»Woher soll ich das denn wissen?« Paolo schaute sie aus wässrigen Augen an. »Es klang plausibel!«

»Wie das denn?« Marcos Stimme war scharf geworden und ließ Niki aufhorchen.

»Nun, ist doch plausibel! Sie hat keine Erben. Soll sie das Schloss vergammeln lassen oder der Gemeinde schenken? Also warum nicht mir?«

»Und warum ausgerechnet dir?« Marco hatte sich aufrecht hingesetzt. »Und was soll es da als Gegenleistung geben?«

Paolo trank sein Glas aus und ging, ohne eine Antwort zu geben, zu dem Beistelltisch zurück, auf dem die Flasche stand.

Niki kniete neben Friederike, nahm ihre rechte Hand und

fühlte den Puls. Sie spürte nichts und versuchte, an dem dünnen Handgelenk die richtige Stelle zu finden. Dabei musste sie an Barbara Halm denken und griff über Friederike hinweg nach der anderen Hand. Die Linke lag dem Herzen näher, also war der Blutdruck dort vielleicht besser zu ertasten. Oder möglicherweise direkt an der Halsschlagader.

Während sie noch überlegte, schoss Friederikes knochige kleine Hand mit einemmal hoch, griff Nikis Unterarm und riss sie neben sich auf den Boden. Niki fiel um, der Dackel stürzte sich auf sie, und Friederike hockte schräg über ihr, die Haare wirr ins Gesicht hängend.

»So, du kleine Schlampe«, zischte sie. »Das wirst du mir noch büßen!«

Marco war aufgesprungen und zog Friederike von Niki weg.

»Platz, Ludwig, Platz!«, schrie Niki, was Ludwig verdutzt befolgte, und drehte sich zu Friederike um: »Was, bitte, soll ich büßen?«, rief sie außer sich. »Dass Marco Ihre Tochter nicht wollte? Das war doch wohl seine Entscheidung!«

»Hexe!«, zischte Friederike, die von Marco an den schmalen Schultern festgehalten wurde. Sie starrte Niki feindselig an.

Marco schüttelte sie leicht. »Also, bitte, Friederike«, begann er, »jetzt komm wieder zu dir! Ich hätte Josefina so oder so nicht genommen. Weil ich nicht in sie verliebt war. Sie war hübsch und gebildet und adelig, alles richtig, aber ich war nicht in sie verliebt. Verstehst du? Das hat überhaupt nichts mit Niki zu tun«, er warf Niki einen Blick zu, »zumal ich Niki ja auch viel später kennengelernt habe! Da war Josefina schon tot. Bring das bitte nicht durcheinander!«

»Hexe!«, wiederholte Friederike.

Marco schüttelte den Kopf. »Ich glaube, wir gehen jetzt besser. Das ist mir hier zu mühsam.«

Paolo kam mit einem halb vollen Glas zurück und stellte sich neben Friederike.

»Hilf ihr doch mal einer von euch auf«, sagte Niki.

»Na, gut!« Marco bot ihr die Hand.

Friederike nahm sie, richtete sich wortlos auf, strich sich den Rock glatt und fuhr mit beiden Händen durch die Haare.

Paolo und Niki beobachteten sie, und selbst der Dackel verfolgte jede ihrer Bewegungen mit großen Augen.

»Also, jetzt noch einmal«, begann Paolo. »Du wolltest mich umbringen, weil dein Leben nicht so gelaufen ist, wie du gedacht hast. Da müsste ja jeder zweite zum Mörder werden!«

Frederike sagte nichts, sondern rief Ludwig zu sich und schritt hoheitsvoll mit ihrem Hund durch den Raum bis zu einer großen Flügeltür. Dort blieb sie kurz stehen und blickte zurück. »Dann gute Nacht!«, sagte sie, öffnete die Tür und verschwand.

Alle drei schauten ihr nach.

»Was soll das jetzt?«, fragte Niki. »Kommt sie mit einem Flammenwerfer wieder? Oder lässt Giftgas einströmen? Wir sollten jedenfalls schleunigst verschwinden!«

»Ach was«, sagte Marco. »Die ist doch völlig harmlos. Ein bisschen Theater. Wollte früher Schauspielerin werden, sagte meine Mutter, nicht ernst zu nehmen.«

Paolo und Niki schauten sich an.

»Ich weiß, wie man hier rauskommt«, sagte Paolo. »Und zwar durch die Vordertür!«

»Und ich weiß, wie man von hier wegkommt«, fügte Niki hinzu. »Wir haben einen Wagen.«

»Seid ihr sicher?«, fragte Marco in die Runde. »Die hat noch einen zweiten Akt auf Lager, wollen wir den wirklich versäumen?«

»Sie beobachtet uns«, stellte Niki fest, als sie endlich auf der Pappelallee standen. »Ich spüre ihre Blicke in meinem Rücken!«

»Solange es keine Kugeln sind«, sagte Paolo, aber auf dieser Seite waren alle Fenster dunkel, nur die kleine Laterne über dem Eingang zeigte ein flackerndes Licht.

»Sie wird schon schlafen«, sagte Paolo.

»Sie wird uns die Reifen plattgestochen haben«, erklärte Niki. »Zweiter Akt eben. Und sie steht im Gebüsch. Mit einer Flinte!«

»Wie, im Gebüsch? Eben hast du noch gesagt, du spürst ihre Blicke in deinem Rücken. Was ist denn nun mit deiner weiblichen Intuition?«

»Kann so oder so sein!«

Paolo wechselte seinen Koffer von der einen Hand in die andere.

»Gut, dass du den noch nicht in dein Zimmer gebracht hattest«, sagte Niki. »Hat die Dinge vereinfacht!«

»Welches Zimmer?« Paolo schaute sie an, und sein Gesicht war trotz der Dunkelheit gut zu sehen. »Sie hat mir sicherlich überhaupt kein Zimmer gerichtet. Sie hat nicht damit gerechnet, dass ich noch eines brauchen würde!«

»Du glaubst doch nicht im Ernst, dass sie dich umbringen wollte?« Niki hielt sich den Kragen ihrer Daunenjacke zu. Es war klirrend kalt, und sie fror an den Fingern.

Paolo nickte grimmig. »Doch, das glaube ich sehr wohl!«

Marco warf ihm einen Blick zu. »Irgendwas stimmt da nicht! Gut, meine Mutter hat die infrage kommenden Bräute einbestellt und geprüft. Wie auch immer. Mich hat sie nicht gefragt, und ich habe sie machen lassen. Am Schluss mache ich ja doch, was ich will, soll sie doch prüfen. Und schauen, dann ist sie zufrieden, dachte ich mir, und habe dem hohen

Lied, dass es in unseren Kreisen höhere Ziele als Liebe gäbe, zugestimmt.«

»Klar!« Paolo lachte leise. »Das hat sie ja selbst vorgemacht! Mein Bruder war immerhin einer der begehrtesten Männer Italiens. Olympiateilnehmer, gut aussehend, bestechende Figur, intelligent, aus bester Familie. Das war damals ein gelungener Schachzug, lenkte die ganze Aufmerksamkeit des Landes auf die Nudeln! Eine bessere Öffentlichkeitsarbeit hätte es nicht geben können!«

»Psst!«, sagte Niki. »Da ist was!«

Sie waren fast an dem Eisentor angelangt, das zur Straße führte. Alle drei blieben stehen und lauschten. Tatsächlich. Auf dem Kies waren Schritte zu hören.

Niki zeigte auf die Pappel neben ihnen. »Sollten wir uns nicht verstecken?«, fragte sie leise, als sich eine schwarze menschliche Gestalt vor die Gitterstäbe des Tores schob. Niki erschrak zu Tode, und aus den Augenwinkeln sah sie, dass auch Marco zusammenzuckte. Unwillkürlich machten sich alle drei kleiner.

Die Gestalt blieb stehen. Gegen den dunklen Hintergrund war sie kaum auszumachen. War es Friederike? Hätten sie sie doch besser aus dem Fenster werfen sollen?

Jetzt hör aber auf, sagte sie sich, um Ruhe zu bewahren. Sie standen regungslos da – ebenso wie diese Figur vor ihnen. Wie im Wilden Westen, schoss es Niki durch den Kopf. Aber sie wollte jetzt Klarheit. Und im nächsten Moment hörte sie sich rufen: »Hallo! Wer sind Sie denn?«

Eine Taschenlampe flammte auf, und sie standen in grellem Licht.

»Polizei!«, hörten sie. »Was tun Sie da?«

»Leuchten Sie sich mal selbst an«, rief Niki zurück. »Das kann ja jeder behaupten!«

Tatsächlich. Der Lichtstrahl zeigte eine grüne Uniform. Und einen Schäferhund.

Für heute habe ich eigentlich genug von Hunden, dachte Niki, war aber trotzdem froh, dass die Polizei da war.

»Kommen Sie langsam näher, und weisen Sie sich aus!«

Jetzt strahlte die Lampe den Weg an und blendete nicht mehr.

»Wir waren bei Freifrau von Finkenstein zu Besuch«, erklärte Niki im Näherkommen. »Wo liegt das Problem?«

Der Beamte sagte nichts, sondern wartete ab. Und dann erkannte Niki, dass ein paar Schritte entfernt ein zweiter Polizist stand. Beide recht jung und beide sehr wachsam.

»Ihr Wagen steht dort vorn versteckt in einem Seitenweg. Das wurde uns gemeldet. Ein Besuch fährt normalerweise in den Schlosshof.«

Niki lachte befreit auf. »Mit diesem Auto? Würden Sie sich das trauen?«

Der eine Polizist zeigte ein Lächeln. »Gut, aber zeigen Sie mir trotzdem Ihre Papiere!«

Paolo und Marco zogen ihre Ausweise aus den Innentaschen ihrer Jacken.

Nur Niki schüttelte den Kopf. »Da müssen Sie leider mit zum Wagen!«, sagte sie und triumphierte im Stillen. Egal, wo du jetzt stehst, du altes Schrapnell mit deiner Flinte, du hast keine Chance. Wir haben jetzt Polizeischutz!

Sie fuhren direkt zu Nikis Wohnung. Julia informierten sie kurz per Handy, und Günther Rembs vertrösteten sie auf den nächsten Tag. Sie wollten jetzt einfach nur noch an einem Tisch sitzen, etwas trinken und dann schlafen gehen. Paolo könnte auf der Wohnzimmercouch schlafen, hatte Julia vorgeschlagen, und der war einverstanden gewesen. Er saß auf dem Boden des Kastenwagens und versuchte, es sich auf dem harten Blech des Fahrzeugs bequem zu machen. »Jede Couch ist mir lieber als dieses Schloss«, sagte er dabei mit finsterer Stimme.

Niki musste lachen und drehte sich nach ihm um. »Wir können ja Sitzsharing machen. Nach der Hälfte des Weges tauschen wir!«

»Kommt gar nicht in Frage!« Paolo hatte sich einen Weinkarton zurechtgerückt und lehnte daran. Niki warf einen Blick darauf. »Ein Riesling von Rembs«, sagte sie. »Typisch. Der mischt im Moment wohl überall mit!«

Die Wohnung war noch dunkel, und kaum hatte Niki aufgeschlossen und das Licht eingeschaltet, klingelte das Telefon. Marco war schon mit Paolo zum Wohnzimmer vorangegangen, während sie noch ihre dicken Winterstiefel auszog.

»Marco, geh bitte ran, das ist sicherlich Julia!«, rief sie und hörte, wie er sich meldete und dann auf Italienisch fluchte. Sie ging auf Socken ins Wohnzimmer und schaute ihn fragend an. »Was war denn?«, wollte sie wissen.

»Irgend so ein Wichser, sagte nichts, schnaufte nur wie ein krankes Walross!«

»Den kenne ich schon, der ruft manchmal hier an. Was hast du ihm gesagt?«

»Dass die Leitung überwacht wird und ich ihm die italienische Mafia auf den Hals hetze, ihm die Eier abschneiden und braten lasse!« Er zuckte mit den Schultern. »Mehr wollte er nicht wissen, er hat aufgelegt!«

Niki musste lachen. »Und warum hast du ihm das auf Italienisch erklärt?«

»Weil ich nicht auf Englisch fluchen kann! Ganz einfach! Und auf Deutsch schon dreimal nicht. Außerdem: können Deutsche überhaupt fluchen?«

Sie hatten gerade eine Flasche Rotwein, Wasser und Gläser auf den Tisch gestellt, als Julia die Haustür aufschloss. In ihrem Mantel hing noch die Kälte von draußen, als sie mit einem Korb voller Antipasti und einem Baguette hereinkam.

»Et voilà!«, sagte sie und hielt den Korb hoch. »Ich nehme an, eine Kleinigkeit tut uns jetzt gut!«

»Herrlich«, freute sich Marco, als er die dicke Salami sah. »Eine Frau zum Verlieben!«

Julia runzelte kurz die Stirn und ging in die Küche. Niki grinste Paolo an. »Liebe geht eben doch durch den Magen, da kannst du sagen, was du willst!«

Der schaute Julia hinterher. »Man braucht nicht immer nur den Magen dazu«, erklärte er, sprang auf und folgte ihr.

Zu zweit kamen sie zurück, Paolo hatte Julias Mantel über dem Arm, Julia trug ein Tablett mit Schüsseln und kleinen Platten. Das Baguette hatte sie sich unter den Arm geklemmt. »So«, sagte sie, stellte das Tablett ab und begann, alles auf dem Tisch zu verteilen. Dann ließ sie sich auf den nächsten Stuhl sinken. »Jetzt bin ich gespannt!«

»Tja!« Niki schaute Marco an. »Erzähl du!«

»Paolo hat sich schon vorgestellt?«, wollte Marco mit einem Seitenblick auf seinen Onkel wissen.

»Hat er«, bestätigte Julia. »Eben in der Küche!«

»Nun, gut.« Marco schilderte, was in den letzten Stunden vorgefallen war. Niki und Paolo fielen ihm immer wieder ins Wort.

Am Ende schüttelte Julia nur den Kopf. »Mit einer entsicherten Waffe! Ist denn das die Möglichkeit?!?« Sie schaute Niki an. »Was da hätte passieren können!«, sagte sie.

»Ist aber nichts passiert!« Niki zuckte die Schultern. »Ich weiß auch nicht, ob sie wirklich geschossen hätte.«

»Doch. Mich hätte sie erschossen, da bin ich ganz sicher«, warf Paolo ein und steckte sich ein Stück Salami in den Mund.

Niki betrachtete ihn. Er schien sich ganz wohlzufühlen, ganz so, als gehöre er hierher. Wie eine Familie, dachte sie, verbat sich den Gedanken aber sofort wieder.

»So«, sagte Marco, als sie eine Stunde später miteinander im Bett lagen, »jetzt sage ich dir mal, was mein feiner Onkel tatsächlich ausgeheckt hat!«

Niki hatte sich schon in seinen Arm gekuschelt, die Decke bis über die Schultern gezogen und sich auf einen friedlichen Schlummer eingestellt. »Was?«, fragte sie schläfrig. »Wovon sprichst du?«

»Nun, als wir hinter der Tür standen, sprachen die beiden ja recht erregt miteinander.«

Niki erinnerte sich. Und plötzlich sah sie auch Marcos verärgerten Gesichtsausdruck wieder vor sich. Oder eher fassungslosen? »Stimmt!«, sagte Niki. »Da war ja noch was.«

»Richtig!«

»Was denn?« Jetzt richtete Niki sich etwas auf.

»Es war nicht so, dass er zu Friederike fährt und Friederike ihn umbringt. Ist ja auch völlig absurd.« Er schüttelte den Kopf. »Dass er uns das ernsthaft weismachen wollte.« Marco holte Luft und fuhr mit seinem Zeigefinger auf Nikis Nasenrücken entlang. »Der Deal war, dass er meine Mutter umbringt und mit dem Erbe Friederikes Schloss kauft.«

»Quatsch!« Niki schüttelte den Kopf. »Wie soll er denn erben? Er ist ja nur ihr Schwager, nicht ihr Mann!«

»Und wenn er es im Auftrag ihres Mannes tut?«

»Deines Vaters?«

»So sieht's aus.«

Niki war erschüttert: »Das glaube ich nicht. Weshalb sollte dein Vater deine Mutter umbringen wollen?«

»Vielleicht empfindet er meine Mutter als zu herrisch?«

»Deine Mutter?« Sie musste grinsen. »Nie im Leben!«

»Ach, du!« Er wälzte sich herum und küsste sie schnell auf den Mund. »Vielleicht hat er eine Geliebte, und sie ist im Weg?«

»Dein Vater?« Niki griff ihm in die Locken.

»Wäre doch möglich«, sagte Marco.

»Nein, aber ernsthaft. Warum sollte Paolo Friederike einweihen? Wäre doch idiotisch, eine Mitwisserin zu haben!«

»Nun, Friederike weiß, dass er ein armer Schlucker ist. Woher sollte er also das Geld nehmen? Jedenfalls könnte sie damit ihr Gesicht wahren. Sie hat das Schloss eben einfach verkauft. An die Familie Del Conte. Es wurde nicht zwangsversteigert!«

»Hmm!« Niki schüttelte den Kopf. »Würde es doch so auch nicht. Schau Rembs an. Der würde es ganz normal kaufen, wenn auch mit Krediten.«

»Aber wenn die Banken involviert sind, geht das nicht mehr so leicht. Wer weiß, was los ist, wenn die Wahrheit ans Licht kommt!«

»Hat Paolo sie vielleicht sogar erpresst?« Niki verstellte ihre Stimme: *»Du verscherbelst mir dein Schloss, und ich erzähle dafür den Banken und der deutschen Presse nichts von deinen Lügengeschichten?«*

Marco kratzte sich am Ohr.

»Was hast du denn genau gehört?«, wollte Niki wissen. »Vielleicht interpretieren wir hier etwas, und am Schluss war es doch ganz anders?«

»Sie haben sich gestritten. Klar, haben wir ja gehört. Es ging eine Weile hin und her, und dann sagte Friederike laut und deutlich, knall Isabella doch einfach ab, dann steht dir nichts mehr im Weg! Und Paolo antwortete, genau das habe ich vor! Und dann sind wir reingeplatzt.«

Niki schwieg. Sie schaute auf Marco hinunter. »Also, ich weiß nicht. Auf mich wirkt das eher trotzig. Wie wenn meine Mutter zu mir sagen würde, dann iss eben drei Hamburger und werde nudelfett, und ich sage darauf, genau das habe ich vor!«

Marco zog sie zu sich herunter. »Ich bin mir nicht sicher. Alles ist reichlich seltsam. Vielleicht ist meine Familie etwas seltsam.« Er küsste sie. »Nur gut, dass bei euch alles im Lot ist!«

Im Lot?, dachte Niki, und ihr Vater fiel ihr wieder ein. Wenn du dich da mal nicht täuschst.

Als Niki aufwachte, hing Marco am Handy. Er saß in der Ecke des Zimmers auf einem Stuhl und sprach gedämpft auf Italienisch. Als sie »Mama« heraushörte, beschloss sie, einfach wegzuhören. Aber dann war sie doch zu neugierig und versuchte, den einen oder anderen Brocken aufzuschnappen. Zwischendurch lachte er leise, aber dann warf er einen Blick zu ihr, und Niki kniff schnell die Augen zu. So ganz schlecht scheint das Verhältnis zu seiner Mutter ja nicht zu sein, fand sie. Oder er spricht mit jemandem über seine Mutter. Es erschloss sich ihr nicht so ganz. Ein leises »Ciao« beendete das Gespräch, und gleich darauf schlüpfte er zu ihr ins Bett, und sie schlief wieder ein.

Das Klopfen hätte sie fast überhört. Es war wie in Italien im Palazzo: wach zu sein und wieder selig einzuschlafen, aber die männliche Stimme an der Tür weckte sie dann doch auf. Ihr Unterbewusstsein flüsterte ihr zu, dass da etwas nicht stimmen konnte, zumal Marco noch neben ihr lag. Dann fiel ihr der gestrige Abend ein, überhaupt hatte sie plötzlich wieder alles vor Augen: die keifende Friederike und ihr bellender Rauhaardackel, Paolo mit seinem Whiskyglas und die Polizisten vor dem Tor. Sie sah die Pistole wieder und spürte Friederikes festen Griff. Niki schüttelte sich. Irgendwie war ihr momentan alles etwas zu viel.

Marco drehte sich zu ihr um. »Guten Morgen, meine Schöne«, sagte er. »Was ist los?«

»Eine Männerstimme lädt zum Frühstück. Ich nehme mal an, es ist dein Onkel!«

Marco grinste. »Jetzt ist schon die halbe Familie hier. Mal sehen, wie das weitergeht.«

»Die anderen müssen sich eben die Couch teilen!«

Jetzt lachte Marco wirklich. »Ja, das stelle ich mir ziemlich spaßig vor: meine Mutter mit Claudio und Paolo auf der Couch.«

Er sprang aus dem Bett und fischte in seiner Reisetasche nach Unterwäsche. Dann hielt er ihr drei verschiedene Teile zur Auswahl hin: Slip, Pants und Boxershorts.

Niki deutete auf die weißen Pants und nickte. »Das könnte mir heute gefallen«, sagte sie.

»Und du bleibst am besten so, wie du bist«, entgegnete er.

Niki stand langsam auf und streckte sich. Die Aufregung der letzten Tage hatte sie abnehmen lassen, jedenfalls hatte sie die Kanada-Kilos wieder runter. Sie fühlte sich wohl in ihrer Haut und wäre tatsächlich am liebsten so zum Frühstück gegangen – wenn sie mit Marco allein gewesen wäre.

»Wir frühstücken jetzt und werden uns nachher Zeit für ein schönes Bad nehmen«, sagte Marco, als könnte er ihre Wünsche erraten.

Paolo hatte den Frühstückstisch gedeckt, Julia Brötchen geholt, und Marco stand in der Küche und brühte für jeden frischen Kaffee auf. Paolo war gut drauf. Ganz anders als im Palazzo lachte er viel, zeigte seine weißen Zähne hinter dem grauen Bart. Er trank viel Wasser und Kaffee und schien weiter keine Sehnsüchte zu haben.

Sonniges Morgenlicht fiel in die helle Wohnung, und Julia war ausgesprochen beschwingt. Ihr gefiel es auch, einmal wieder Menschen um sich zu haben. Paolo war nicht gerade ihr Typ, sie stand eher auf feingliedrige Männer, nicht so sehr auf bullige, aber er war fröhlich, hilfsbereit und charmant. Und seine unbekümmerte Art gefiel ihr. Er sprach unverdrossen Italienisch mit ihr und wechselte nur im äußersten Notfall ins Englische. Julia hatte das Gefühl, dass sie die Sprache auf diese Art rasch lernen könnte. Angelo war da schon viel zu deutsch. Er sprach kaum noch Italienisch. Sie sollte ihn vielleicht einmal darum bitten.

Nach dem Frühstück waren sie alle zu faul, sich großartig zu bewegen.

»Wir sollten eigentlich an die Sonne«, sagte Julia. »Es ist zu schön, um drinnen zu sitzen!«

Niki schaute zu Marco. »Eine Spazierfahrt?«

»Oh, nein, danke«, winkte er lachend ab. »Diese Spazierfahrten enden immer irgendwie seltsam!«

»Ein Kartenspiel?«, fragte Paolo. »Spielt ihr Bridge?«

»Bridge?« Julia schaute Niki an. »Ist das nicht was für alte Leute?«

»Eher was für Zocker«, sagte Niki grinsend. »So viel habe ich schon gelernt!«

»Richtig!« Marco nickte. »Aber auch für Strategen. Paar gegen Paar. Das ist spannend, denn man muss vorausdenken, die Schachzüge des anderen erkennen und übertreffen. Oder verhindern.« Er warf Niki einen Blick zu. »Bridge ist eine Leidenschaft!«

Sie lächelte ihm zu. »Noch eine!«, sagte sie. »Ich möchte eigentlich deine Einzige sein!«

»Kann auch zur Sucht werden«, fügte Paolo an und runzelte die Stirn. »Wie Frauen auch!«

»Aber töten kann sie nicht?«, fragte Julia betont locker. »Also nicht so wie Rauschgifte oder Alkohol?«

»Eine Sucht ist immer gefährlich«, erklärte Marco. »Egal welche.«

»Ah! Und deshalb wollt ihr jetzt spielen, weil ihr süchtig seid?«, wollte Julia wissen.

»Nein, mit Paolo als Partner hat man es sowieso schwer«, erklärte Marco und fixierte seinen Onkel. »Er spielt falsch!«

»Na«, Paolo runzelte die Stirn, »das ist eine böse Unterstellung, mein Lieber! Wenn ich spiele, nutze ich alle Möglichkeiten, das ist richtig. Legale Möglichkeiten!«

Niki schaute auf, weil ihr die Stimmung plötzlich nicht mehr gefiel.

»Na, na, na«, beschwichtigte Julia. »Ihr sprecht doch wohl nur über ein Spiel? Ich glaube, Schach ist auch für Denker gemacht, vielleicht wollt ihr eine Partie Schach spielen? Das hätte ich da!«

Paolo und Marco schauten sich kurz an, dann entspannte sich Marcos Gesicht, und er lachte. »Nein, vielen Dank«, wehrte er ab, »Schach für vier ist noch nicht erfunden worden, und wir wollen ja mit euch was machen. Wenn das *Pane e vino* heute Ruhetag hat, sollten wir vielleicht etwas ganz Besonderes unternehmen.«

»Gute Idee«, bestätigte Julia. »Und was?«

»Wir gehen in den Mailänder Dom, und Niki und ich lassen uns trauen!«

Niki und Julia schauten sich überrascht an.

»Spinnst du?«, fragte Niki. »Wir spazieren einfach so in den Dom und lassen uns trauen?«

»Nein, nicht einfach so. Trauzeugen brauchen wir auch. Ich schlage meine Mutter und Friederike vor!«

Niki schüttelte den Kopf. »Ihr seid heute irgendwie seltsam drauf. Erstens müsstest du mich fragen, ob ich dich überhaupt heiraten will. Zweitens würde deine Mutter sonst was tun. Und drittens spaziert man nicht einfach so zu einer Trauung in eine Kirche. Da muss man vorher zum Standesamt und was weiß ich noch alles.«

Julia schaute sie an. »Und viertens bist du viel zu jung!«

»Und fünftens liebe ich sie und möchte sie heiraten«, sagte Marco zu Julia.

»Und sechstens müsstest du das dann schon mir selbst sagen!« Niki verzog das Gesicht.

»Und wie willst du so schnell nach Mailand kommen?«, wollte Paolo wissen.

»Vielleicht mit dem Firmenjet?« Marco warf ihm einen unwilligen Blick zu. »Wozu steht das Ding denn rum?«

»Damit Claudio durch die Welt schaukeln kann«, konterte Paolo. »Und ich glaube nicht, dass er dich abholt.«

»Er ist mein Vater!«

»Deine Mutter wird es nicht zulassen!«

Marco kniff die Lippen zusammen.

»Will noch jemand einen Kaffee?«, fragte Julia und stand auf. Im selben Moment klingelte das Telefon.

»Wenn das schon wieder dieser Typ ist, lege ich ihn um!!«

»Seit wann gehst du denn über Leichen?« Paolo lächelte Marco süffisant zu.

Julia nahm den Hörer ab, aber es war Michael, der im Zuge der neuen Verhältnisse, und weil heute Ruhetag war, ein bisschen mit ihr plaudern wollte. »Das tut mir leid, Michael«, sagte sie, »ist aber ein schlechter Zeitpunkt. Niki will heute Nachmittag kirchlich in Mailand heiraten, da müssen wir noch ein paar Vorbereitungen treffen …« Sie lächelte, als sie den Hörer etwas vom Ohr weghielt. »Ist ja gut«, sagte sie schließlich, »war ein Scherz!«

»Ein Scherz?«, echote Marco. »Eigentlich nicht!«

»Vielleicht kann deine Mutter beim Papst eine Sondergenehmigung erwirken, dann fliegen wir direkt nach Rom«, warf Niki ein.

»Heißt das, du willst?«, fragte Marco ernsthaft.

»In Rom? Beim Papst? Heute noch?« Niki schaute ihn entschieden an. »Na klar!«

»Ja, ich werde es ihr sagen«, schloss Julia das Gespräch mit ihrem Exmann und wandte sich an ihre Tochter. »Du sollst nichts überstürzen, sagt dein Vater!«

»Danke für den heißen Tipp!« Niki grinste. »Vielleicht sollten wir statt in den Mailänder Dom ins Wiesbadener Schwimmbad gehen, das kühlt ab!«

Marco schaute sie an. »Wenn ein Bademeister Trauungen vornehmen kann, wäre das auch in Ordnung!«

Niki schüttelte den Kopf. »Bist du schwanger, oder warum hast du es plötzlich so eilig?«

»Wir könnten es zumindest schon mal an die italienische Presse geben«, schlug Paolo vor. »Ich sehe es direkt vor mir. *Schwangerschaft! Marco Del Conte muss heiraten!*«

Julia kam an den Tisch zurück. »Okay, dann hätten wir das jetzt also besprochen. Mag noch jemand einen Kaffee?«

Julia ging mit Paolo in die Stadt und machte eine kleine Sightseeingtour, während Niki das versäumte Bad mit Marco nachholte.

So schön es war, sie grübelte trotzdem nach. Was waren

das plötzlich für Töne? Sie entschied, dass es einfach eine Stimmung von Marco war. Und als Julia sie anrief, man könne sich zum kleinen Aperitif in *Käfer's Bistro* beim Kasino treffen, fanden das beide schön.

»Langsam gewöhne ich mich an dich«, meinte Marco, als sie gemeinsam die Wohnung verließen. Im Treppenhaus nahm er sie in die Arme. »Und du wirst lachen, irgendwie habe ich wirklich das Gefühl, dass wir schnell heiraten sollten. Wer weiß, was noch passiert!«

»Was soll noch groß passieren?«, wollte Niki wissen.

Als Niki und Marco eintrafen, saßen Julia und Paolo an der Bar in *Käfer's Bistro*, und Paolo hatte wohl kurz vor ihrem Eintreffen eine Flasche Champagner bestellt. Sie stand in einem silbernen Eiskübel, und der Ober stellte gerade vier Gläser dazu.

»Nobel!«, sagte Marco, und Niki dachte, dafür, dass Paolo kein Geld hat, legt er ganz schön los.

»Da seid ihr ja endlich«, begrüßte Paolo sie und gab dem Kellner ein Zeichen.

Julia lächelte ihnen zu, und Niki fand, dass sie wirklich blühend aussah. Offensichtlich taten ihr Paolos Aufmerksamkeiten gut.

»Champagner am helllichten Nachmittag«, rief Julia fröhlich, »ist das nicht herrlich?«

Niki betrachtete die Flasche, während der Kellner sie aus den klirrenden Eiswürfeln zog: *Taittinger, Comtes de Champagne*, 1990. Das musste was Besonderes sein. Sie warf ihrer Mutter einen Blick zu, und die zwinkerte ihr zu. Na ja, sie hatte ja recht. Wenn die Herren sie verwöhnen wollten, bitte, so war das eben eine großzügige Geste.

»Phantastisch«, sagte sie und gab Marco einen Kuss.

»Schau dir die Farbe an!« Paolo war ganz begeistert. »Goldgelb. Wie Öl! Perfetto!«

Sie stießen an, und Paolo deklamierte: »Auf die Völkerverständigung!«

»Sehr gut«, erklärte Marco, »wir sind schon dabei!«

Sie nahmen den ersten Schluck und nickten sich zu.

»Ein edles Tröpfchen«, lobte Julia. »So genussreiche Ruhetage habe ich selten!«

»Vielleicht sollten wir eine Del-Conte-Filiale in Wiesbaden gründen?«, schlug Paolo vor, und Marco nickte lachend. »Ich habe schon eine. Sie heißt *Pane e vino*!«

»Na, nicht so voreilig!« Niki knuffte ihn. »Aber ihr könnt Friederikes Schloss kaufen und mit Mutti und unserem Winzer ein Schlosshotel eröffnen. Das wäre doch was!«

»Für ein Hotel ist es vielleicht etwas zu klein«, gab Marco zu bedenken und fuhr mit seinem Zeigefinger nachdenklich über seine römische Nase. »Aber ein Weingut und Restaurant im Schloss wären doch auch nicht schlecht!«

»Mit zwei, drei exklusiven Gästezimmern«, fügte Julia an. »Ja, das wäre was!«

»Weingut Schloss Finkenstein«, sagte Niki. »Nicht schlecht! Aber würde Friederike an euch verkaufen, und würde Günther Rembs überhaupt mitspielen? Er hat uns den Wink gegeben, und wir schnappen es ihm vor der Nase weg? Der wäre doch sicher sauer!«

»Mit doppelten Kapital lässt sich mehr anfangen, und ein gut geführtes Restaurant wäre ihm doch sicher willkommen. Erhöht die Attraktivität!«

»Wer führt die Verhandlung?«, fragte Paolo in die Runde.

»Wer hat das Geld?«, wollte Julia wissen.

Marco und Paolo schauten sich an.

»Meine Mutter«, sagte Marco schließlich.

»Wir müssten sie reinlegen«, fuhr Paolo fort.

»Das dürfte schwierig sein.« Marco verzog das Gesicht. »Wir müssen eher aufpassen, dass sie nicht uns reinlegt!«

»Wieso sollte sie das tun?«, wollte Julia wissen.

»Das ist ihre Natur.«

Nun stand der Gedanke im Raum, und Julia dachte ernsthaft darüber nach. Sie war fünfundvierzig Jahre alt. Konnte sie allein das Kapital aufbringen? *Pane e vino* hatte sich gut angelassen; wären die Banken bei diesem Anfangserfolg für ein solches Abenteuer zu haben? Dass Marco und Paolo nur scherzten, war klar. Die wären ja auch verrückt, sich Arbeit zu kaufen. Beide lebten wie die Maden im Speck, ohne etwas zu tun.

Es blieb nicht bei der einen Flasche, es kam noch eine zweite dazu, und sie setzten sich an einen der weiß eingedeckten Tische um, denn in der Zwischenzeit hatten sie Appetit bekommen. Und als sie endlich nach Hause gingen, zahlte Marco eine Rechnung, bei der Niki schwindelig wurde. Paolo wollte dafür das Taxi spendieren, aber diesmal setzte sich Julia durch.

Sie kamen fröhlich unten an der Haustür an, und Julia gab ein gutes Trinkgeld; dann glitt ihr Blick an der Fassade nach oben. Es war ein wirklich schönes Haus, vor allem im Licht der Straßenlaternen, wenn man die kleinen Unzulänglichkeiten ignorierte.

»Habt ihr das Licht brennen lassen?«, fragte sie beiläufig, weil sie Niki immer wieder darauf aufmerksam machen musste.

»Nein.« Niki schaute nun ebenfalls nach oben. »Es war ja noch hell, als wir gingen.«

»Was ist denn?«, wollte Marco wissen, der schon einige Schritte voraus war und sich nach den Frauen umdrehte.

»Bei uns brennt Licht!«, erklärte Niki. »Vielleicht ist jemand in unserer Wohnung!«

»Es ist die Küche«, sagte Paolo. »Da haben wir doch den ganzen Vormittag verbracht, vielleicht haben wir nur vergessen, das Licht auszuschalten.«

»Aber der Morgen war sonnig, da brauchten wir kein Licht!«, warf Niki ein.

»Na, dann los!«, sagte Paolo. »Hast du die Knarre von Friederike noch?«

»Klar!« Marco nickte und klopfte auf die Innentasche seiner Lederjacke.

Ach, du gute Güte, dachte Niki. Aber sie war erleichtert, dass Marco und Paolo da waren. Mit ihrer Mutter allein wäre sie da jetzt nicht hinaufgegangen.

Julia schloss auf und spürte, wie ihre Hände zitterten. Was soll schon sein, sagte sie sich. Nichts. Irgendein dummes Versehen. Trotzdem war sie froh, dass Marco und Paolo vorausgingen.

Im dritten Stock verlangsamten Marco und Paolo ihre Schritte. Die letzten Treppenstufen gingen sie leise, schlichen fast. Niki fand es übertrieben, aber vielleicht spielten sie auch gerade eine Filmszene nach. Automatisch lief sie auf den Zehenspitzen, und auch ihre Mutter vermied jedes Geräusch.

Endlich waren sie oben.

Paolo hielt die Hand hoch, als würde er einen Reitertrupp anführen. Aber dann sahen Julia und Niki es auch. Ihre Eingangstür war nur angelehnt. Durch den Spalt drang Licht. Niki und Julia sahen sich an.

»Ich habe abgeschlossen«, sagte Niki. »Das weiß ich ganz genau!«

Marco zog die Waffe.

»Du lieber Himmel«, flüsterte Julia aufgeregt. »Lass das! Ich rufe die Polizei! Vielleicht ist ja noch jemand drin!«

Marco schob die Tür mit dem Fuß auf, während er in Deckung blieb. Er signalisierte ihnen, dass sie auch in Deckung bleiben sollten.

Niki stand wie erstarrt. Sie dachte nicht daran, sich jetzt wegzuducken. Sie glaubte es einfach nicht, dass Marco mit einer entsicherten Waffe den Helden spielen wollte. Und das Schlimme war, es sah nicht so aus, als hielte er zum ersten Mal eine Waffe in der Hand. Kurz dachte sie an Josefina, aber das war völlig idiotisch, und sie schob den Gedanken sofort wieder zur Seite.

Drinnen tat sich nichts.

Marco ging mit ausgestreckten Armen, die Pistole in beiden Händen, in die Wohnung. Es tat sich noch immer nichts. Als Paolo ihm folgte, fassten auch Niki und Julia Mut und gingen ihnen nach.

Niki schlug das Herz bis zum Hals. Das Türschloss war aufgebrochen worden. Waren die wenigen Wertsachen, die sie besaßen, gestohlen? Und die Wohnung verwüstet?

Hand in Hand mit ihrer Mutter lief Niki durch den Flur. Marco und Paolo standen schon am Küchentisch.

Dort lag ein Schlachtermesser auf einem mit großen, roten Buchstaben beschriebenen Plakat, das sie aber nicht lesen konnte. Es war auf Italienisch.

»Was hat das zu bedeuten?«, wollte Julia von Marco wissen.

»Hier steht: *Jedem Verräter droht der Tod!*«

»Verräter?« Niki sah Paolo an. »Versteht das hier jemand?«

Julia blickte sich misstrauisch um. »Schauen wir lieber noch durch die übrigen Räume, nicht dass er noch irgendwo mit einem zweiten Messer in einem Schrank sitzt. Ich rufe in der Zwischenzeit die Polizei!«

Marco schüttelte den Kopf. »Warte kurz damit. Wir sehen uns um, und dann besprechen wir, was zu tun ist!«

»Der Gedanke, dass hier einer mit dem Fleischermesser hereinspaziert ist, ist mir Grund genug. Was gibt es da noch zu besprechen?«

Niki zuckte mit den Schultern. »Es sieht doch wohl so aus, als ob das den beiden gilt und nicht uns!«

Marco und Paolo kehrten zurück, beide schüttelten den Kopf.

»Jedenfalls wurde nichts aufgebrochen«, erklärte Marco. »Ob sonst was fehlt, kann ich nicht beurteilen.«

»Ich würde mal behaupten, der Kerl ist nicht über die Küche hinausgekommen«, fügte Paolo an.

»Wollte er vielleicht auch gar nicht«, sagte Marco.

Niki hatte plötzlich den Eindruck, als grinsten sich die beiden kurz an. Nur für den Bruchteil einer Sekunde, einen Wimpernschlag lang. Sie trat einen Schritt zurück. »Wisst ihr vielleicht mehr, als ihr sagen wollt?«, fragte sie unwillkürlich, was ihr einen erstaunten Blick ihrer Mutter eintrug.

»Ich glaube, das ist so eine Kindergeschichte«, sagte Marco, »nichts Ernsthaftes.«

Julia schaute noch einmal auf das Plakat. »*Jedem Verräter droht der Tod!* Steht das wirklich da?«

Marco nickte.

»Gut, aber wenn es Niki und mich anginge, müsste doch die weibliche Form da stehen, oder nicht? Also wenn wirklich ein Mensch glaubt, Niki wegen eines italienischen Freundes angehen zu müssen, wäre es nicht nur saublöd, sondern auch noch grammatikalisch falsch! Oder gibt es im Italienischen keine weiblichen Formen?«

»Wir stehen auf weibliche Formen!« Paolo machte ein entzücktes Gesicht.

»Ich habe so das Gefühl, ihr nehmt das hier nicht ernst«, erwiderte Julia, »aber immerhin war es ein Einbruch, auch wenn nichts fehlen sollte ... was ich jetzt aber erst mal nachprüfen werde!« Gemeinsam mit Niki ging sie durch die Wohnung. Alles, selbst der Schmuck im Badezimmer, der achtlos auf das Regal neben das Waschbecken gelegt war, war noch da.

»Ist das nicht seltsam?«, fragte sich Julia laut. »Was wird denn hier gespielt?«

Niki zuckte die Achseln. »Wenn ich das wüsste, wären wir schlauer. Aber mir wäre es auch lieber, wenn die Polizei käme und das Messer und das Plakat mitnehmen würde.«

»Und deine Freunde auch gleich.«

»Mama!«

»Ist doch wahr!«

»Frau Petscheut jedenfalls würde sich freuen!«

Die Polizisten, ein Mann und eine Frau, kamen und sahen sich gründlich in der Wohnung um. Ärgerlich war für sie, dass alle kreuz und quer durch die Wohnung gelaufen waren und damit mögliche Spuren vernichtet hatten.

»Na ja, das haben wir wirklich nicht bedacht«, sagte Julia. »Wir haben nur darauf geachtet, ob der Kerl vielleicht noch hinter einer Tür steht.«

Die Polizistin nickte und fotografierte das aufgebrochene Schloss, während ihr Kollege das Schlachtermesser und das Plakat in eine durchsichtige Plastikhülle packte. »Schade«, sagte er, »Holzgriff. Das wird schwierig!«

Und dann setzten sie sich alle gemeinsam zur Beweisaufnahme an den Tisch. Die Polizisten nahmen zunächst einmal alle Personalien auf und ließen sich dann die Situation schildern.

Julia erzählte gerade, wie sie wegen der erleuchteten Zimmer mit böser Vorahnung die Treppe heraufgeschlichen waren, als das Telefon klingelte.

»Und das kommt noch dazu«, sagte Niki schnell. »Ständig wird hier angerufen, und der Typ am anderen Ende atmet nur laut, sagt aber nichts!«

»Aha!« Die Polizistin, jung und blond mit kräftigem Körperbau, sah Niki interessiert hinterher, wie sie zum Telefon ging. »Vielleicht kann man diese Anrufe zurückverfolgen?« Die Frage war an ihren Kollegen gerichtet, der zögerlich nickte.

Es wäre zu schön, wenn es jetzt dieser seltsame Mensch wäre, dachte Niki und nahm ab. Aber es war Barbara Halm, und Niki wehrte gleich ab. »Schön, dass Sie anrufen, Frau Halm, aber wir sind mitten in einer Besprechung. Darf ich Sie zurückrufen?«

Barbara Halm zögerte. Dann sagte sie: »Nur ganz kurz. In der Zwischenzeit habe ich mit Günther Rembs wegen einer neuen Weinbestellung telefoniert, und er hat mir erzählt, dass er das Schloss nun vielleicht doch kaufen könne, Friederikes Tochter habe ihn deshalb angerufen.«

»Friederikes Tochter?«, fragte Niki nach. »Wie viele Töchter hat sie denn?«

Barbara stutzte. »Keine Ahnung. Er sagte, Josefina von Finkenstein.«

»Josefina?«, wiederholte Niki langsam und lauschte dem Klang des Namens nach. »Josefina«, wiederholte sie dann energisch, »Josefina ist tot!« Sie sah, wie Marco aufhorchte und sie anschaute. »Wie kann Josefina ein Schloss verkaufen wollen, wenn sie tot ist?«

Nun schauten auch die beiden Polizisten.

»Tot?«, fragte Barbara. »Das verstehe ich jetzt nicht!«

»Nun, sie wurde doch im Palazzo der Familie Del Conte erschossen! Sie ist tot! Sie kann keine Schlösser mehr verkaufen!«

»Ein Mord?«, fragte die Polizistin.

Am anderen Ende der Leitung blieb es still. Dann sagte Barbara Halm nachdrücklich: »Er hat Josefina von Finkenstein gesagt! Sie führt die Verhandlungen für ihre Mutter. Das Schloss steht zum Verkauf!«

Niki wiederholte das Gesagte, ohne den Blick von Marco zu nehmen.

Julia seufzte. »Wenn ich nur Geld hätte!«

»Vielen Dank«, sagte Niki. »Sie haben uns sehr geholfen!« Und damit legte sie auf.

»Dann kann es kein Mord gewesen sein«, erklärte die Polizistin.

»Geht es hier um eine Familienangelegenheit?«, wollte der Polizist wissen und schaute Paolo an.

Paolo zuckte die Achseln, er verstand kein Wort, und Julia meinte: »Sie müssen schon Italienisch oder Englisch mit ihm reden, sonst versteht er Sie nicht.«

»Komisch, ich habe das Gefühl, er versteht mich ganz gut!«

Niki begleitete die Polizisten hinaus. Die Beamtin schaute sich noch einmal das aufgebrochene Türschloss an.

»Da war er ruckzuck drin«, sagte sie. »Nur gut, dass niemand zu Hause war.«

Niki griff nach ihrer Daunenjacke, die an der Garderobe hing. »Ich geh noch mit runter«, rief sie über die Schulter. »Muss kurz frische Luft schnappen!«

Die Polizisten waren schon einige Stufen vorausgegangen, aber Niki holte sie schnell ein. »Ihr Beruf ist bestimmt aufregend«, sagte sie zu der Polizistin, die die Plastiktüte mit dem Schlachtermesser trug.

»Ach«, sagte sie, »ich bin noch nicht so arg lang dabei, aber bisher ist es recht interessant, ja!« Sie schwenkte die Tüte. »Ist doch ein merkwürdiger Fall! Mal schauen, ob wir den lösen!«

»Wenn das überhaupt wirklich untersucht wird«, forschte Niki nach. »Ist ja schließlich niemand zu Schaden gekommen!«

»War das Glück oder Absicht?«, fragte der Polizist, der älter war.

»Hoffen wir mal auf Absicht«, sagte Niki. »Sonst würde ich in dieser Nacht noch ausziehen!«

Die junge Polizistin nickte und hielt die Haustür für ihren Kollegen und Niki auf. Hereinspaziert kam Frau Petscheut mit ihrem Hund.

»Oh!« Die Polizistin trat zur Seite. »Guten Abend!«

»Ist was passiert?«, wollte Frau Petscheut wissen, während der Hund unentschlossen auf die Uniformhosen schaute.

»Nein, nicht der Rede wert«, sagte Niki und lächelte nett.

»Ach so, ja dann!« Die alte Dame trat an ihr vorbei und zog ihren Hund hinter sich her, der jetzt wütend zu kläffen begann. »Schönen Abend«, rief sie noch, dann fiel die Tür hinter ihr zu.

Draußen war es sternenklar, und die Luft tat gut. Niki ging bis zum Polizeiwagen mit und verabschiedete die Beamten mit Handschlag. »Es war gut, dass sie gekommen sind«, sagte sie und wartete, bis beide im Wagen saßen.

»Sie werden von uns hören«, sagte der Mann und schlug die Beifahrertür zu.

Niki wartete auf dem Gehsteig, bis die Rücklichter verschwunden waren, dann ging sie ein paar Schritte und schob ihre Hände tief in die Taschen ihrer Daunenjacke. In der linken steckte noch ihr Handy, und in der rechten stießen ihre Finger auf etwas, das sich wie ein Ledermäppchen anfühlte. Der Autoschlüssel. Langsam drehte sie sich um. Dort hinten, unter der Straßenlaterne, stand der *R4*. Niki zog beide Hände wieder heraus und schaute auf ihre Uhr. Es war knapp zehn. Eigentlich noch früh am Abend.

Sie lief ein paar Schritte unentschlossen hin und her, dann ging sie auf den Wagen zu, setzte sich hinein und startete. Ohne weiter nachzudenken, fuhr sie aus Wiesbaden hinaus. Die Nacht war klar und die Straßen frei. Sie schaute nur vor sich auf den Weg, überlegte sich nichts, bog automatisch ab, gab automatisch Gas und hielt erst vor dem großen Eisentor. Dort stieg sie aus, öffnete es und rollte die kleine Allee entlang bis direkt vor das Schlosstor. Mit aufgeblendeten Scheinwerfern versuchte sie die Klingel zu finden und hatte Glück. Sie läutete Sturm.

Es dauerte eine Weile, aber schließlich hörte sie Schritte. Irgendjemand näherte sich schnell, der Kies knirschte auf der anderen Seite des Tores.

»Hallo?«, hörte sie. »Was soll denn das mitten in der Nacht?«

Sie hörte, wie ein Schlüssel in das alte Türschloss gesteckt und umgedreht wurde. Dann ein kurzes Zögern.

»Wer sind Sie? Was wollen Sie?«

»Niki!«, sagte Niki. »Und ich muss mit Ihnen reden!«

Es war kurz still, dann ging die Tür auf.

Vor ihr stand eine junge Frau mit schmalen, fast hageren Gesichtszügen in einem langen weißen Strickmantel.

»Sie sind kein Schlossgespenst?«, fragte Niki.

»Kein was?«, fragte die Frau verdutzt.

»Sind Sie Josefina?«

Niki bekam keine Antwort.

»Wenn Sie Josefina sind, dann müssten Sie eigentlich tot sein!«

»Was reden Sie da für einen Unsinn? Wer sind Sie überhaupt?«

»Niki«, wiederholte Niki, und es wurde ihr bewusst, dass die junge Frau im Scheinwerferlicht ihr Gesicht nicht erkennen konnte. »Niki Halbach!«

»Sagt mir nichts!«

»Die Freundin von Marco Del Conte!« Sie zögerte. »Oder sagen wir mal: eine Freundin!«

»Von Marco?« Der Gesichtsausdruck änderte sich, jetzt zeichnete sich eine Spur von Interesse auf ihrem Gesicht ab. »Was ist mit Marco?«

»Sie kennen ihn?«

»Ja, natürlich!« Die andere kniff die Augen zusammen. »Sind Sie allein?«

Niki nickte.

»Gut, dann machen Sie die Scheinwerfer aus, und kommen Sie rein.« Die junge Frau machte einen Schritt zur Seite. Als Niki an ihr vorbeiging, sagte sie leise: »Ich bin Josefina!«

Den Weg in den ersten Stock kannte sie schon. Trotzdem lief sie Josefina wie in Trance hinterher. Deren langer Mantel wehte um ihre Beine, und sie sah tatsächlich nicht aus wie von dieser Welt. Magersüchtig, dachte Niki, dann verwarf sie den Gedanken wieder. Vielleicht war sie ja auch krank. Tot war sie jedenfalls nicht.

Josefina führte sie in den Raum, in dem sie gestern auch schon gewesen waren. Die Lampen brannten, an einem Sessel lag ein aufgeschlagenes Buch, von Friederike und ihrem Dackel keine Spur.

»Setzen Sie sich«, sagte Josefina und zeigte auf den zweiten Sessel.

Zwischen ihnen stand der kleine Tisch, auf dem gestern noch die Whiskyflasche gestanden hatte. Unwillkürlich wanderte Nikis Blick zu der Stelle auf dem Teppich, an der Friederike gestürzt war. Ob sie den Schlag gut verkraftet hatte?

»So«, sagte Josefina. »Also eine Freundin von Marco. Und es geht Ihnen gut?«

Jetzt war es an Niki, erstaunt zu schauen. »Wie meinen Sie das?«

Josefinas Augen waren im Verhältnis zu ihrem Gesicht fast unwirklich groß. Sie lächelte. »Ist Ihnen noch nichts aufgefallen?«

Niki schluckte trocken. »Ich«, begann sie unsicher, »ich weiß nicht. Eigentlich nicht!« Dann korrigierte sie sich. »Vieles ist ein bisschen seltsam. Unerklärlich irgendwie.« Sie kratzte sich hinter dem Ohr. »Aber ich kann mir nicht erklären, warum!«

Josefina lächelte noch immer. »Ich hole uns mal einen Schluck Wasser. Passen Sie so lange auf mein Buch auf!«

Niki schaute irritiert nach dem Buch. Es lag aufgeschlagen auf der Sessellehne. Josefina stand auf und ging hinaus, während sich Niki den Titel anschaute. *»Mord und seine Hintergründe«*, las sie, und als sie kopfschüttelnd wieder aufschaute, stand Friederike vor ihr. Niki erschrak fast zu Tode.

»Noch so spät unterwegs?«, sagte Friederike und strich über ihren perfekt sitzenden Hausanzug.

»Tut mir leid, wenn ich Sie gestört habe«, sagte Niki unsicher und wollte aufstehen.

»Bleiben Sie sitzen«, wehrte Friederike mit einem schmalen Lächeln ab. Sie setzte sich in Josefinas Sessel, klappte das Buch zu und legte es neben sich auf den Teppich. »Josefina liest immer so seltsame Dinge.«

»Dafür, dass sie tot ist, eine ganz gute Leistung«, fügte Niki hinzu.

»Sie haben ein lockeres Mundwerk«, befand Friederike und legte den Kopf etwas schief.

Jetzt sah sie aus wie ein Geier, fand Niki. »Ihre Tochter hat mich eben gefragt, ob mir nichts aufgefallen wäre. Mir ist so viel aufgefallen, dass ich es gar nicht mehr alles zusammenkriege. Aber ganz massiv ist mir damals aufgefallen, dass Sie auf dem Flug nach Mailand neben mir gesessen sind.«

Friederike schürzte die Lippen, die sie mit einem zartrosa Stift frisch bemalt hatte. »Ach, ja?«, meinte sie, und in dem Moment kam Josefina mit einem Tablett zurück. Neben ihr stürmte der Dackel herein.

»Ludwig«, rief Friederike, und Niki wartete auf ein: »Fass, Ludwig, fass!«, aber sie sagte nur: »Schau, wir haben Besuch«, und Ludwig kam eifrig wedelnd zu ihr. Niki bückte sich zu ihm hinunter und hielt der Hundeschnauze ihren Handrücken hin.

Josefina stellte das Tablett mit einer Wasserkaraffe und drei Gläsern ab und zog sich einen weiteren Sessel heran.

»Ich muss mich noch einmal für meinen nächtlichen Überfall entschuldigen«, begann Niki.

»Es ist schon der zweite«, präzisierte Friederike.

»Ja, auch für den ersten«, fuhr Niki fort und nickte ihr zu. »Aber bis heute Abend war Josefina für mich eine Tote, die in Paolos Zimmer erschossen worden war. Und heute Abend höre ich plötzlich, dass Josefina das Schloss verkaufen will. Und das war mir eine Spur zu viel!«

»Die junge Dame ist eigensinnig«, sagte Friederike und fuhr sich ordnend durch ihre Haare.

»Noch nicht eigensinnig genug, sonst hätte sie den ganzen Affentanz nicht mitgemacht!«

»Diesen was?« Niki hielt die Luft an. »Was meinen Sie damit?«

Josefina schenkte ein und reichte ihr ein Glas. Niki trank es in einem Zug aus. Josefina füllte es ein weiteres Mal und sagte dann mit einem Blick zu ihrer Mutter: »Es gibt in dieser Familie eine Sucht. Eine Spielsucht. Eine Leidenschaft, die inzwischen über das Brett oder die Karten hinausgeht, obwohl es einst damit begann!«

»Wie bitte?«, fragte Niki und schaute Friederike an.

»Ja, meine Tochter hält uns für bösartig, aber wir sind es nicht. Wir tun keinem was zuleide!«

»Sie schlagen sich nur gegenseitig nieder«, stieß Niki hervor. »Oder gehörte das auch zu diesem Spiel?« Sie schaute Josefina an. »Entschuldigung, aber ich verstehe immer noch nicht ganz. Was für ein Spiel?«

Josefina nahm einen Schluck und hob dann Ludwig, der sehnsüchtig wedelnd vor ihr stand, zu sich auf den Schoß. Josefina zuckte die Achseln. »Nun, gut«, begann sie.

»Und was heißt überhaupt Familie?«, unterbrach Niki sie. »Von welcher Familie sprechen Sie denn?«

»Unsere Großmütter waren Schwestern. Isabella und ich sind miteinander verwandt!«, sagte Friederike.

»Ich dachte, Sie waren an der gleichen Uni?«

»Ja, das stimmt!« Friederike nickte. »Daher kennen wir die ganzen anderen Mädels!«

Den Begriff fand Niki für die feinen Societydamen, die sie an ihrem ersten Abend kennengelernt hatte, etwas seltsam, aber sie beschloss, diese Kleinigkeit zu ignorieren. »Und wieso waren Sie tot? Warum erzählt mir Marco so etwas?«

»Ich wusste ja bis gerade eben selbst nicht, dass ich tot bin«, sagte Josefina und schaute ihre Mutter missbilligend an. »Das ist mir auch neu!«

Friederike hob entschuldigend beide Hände. »Das tut mir auch leid! War auch nicht meine Idee, das hätte ich dir nie zugemutet. Ich hätte Alessia sterben lassen.«

»Aber das ging ja wohl nicht, weil sie natürlich auf den Ball gehen würde!«, sagte Josefina.

Niki schaute von einer zur anderen und schüttelte den Kopf. »Wie bitte?«, fragte sie.

»Es hätte ja auch eine völlig Fremde sein können. Warum ausgerechnet ich?«

»Frag Isabella! Sie brachte das plötzlich auf!«, meinte Friederike.

»Hat Marco dann wenigstens anständig um mich getrauert?«, wollte Josefina von Niki wissen.

»Getrauert?« Niki überlegte. »Er hat es mir erzählt. Auch dass der Hund erschossen wurde!«

»Das stimmt allerdings«, sagte Friederike und nickte mit dem Kopf. »Allerdings war das Isabellas eigener Jäger. Ein Versehen.«

»Hätte auch Claudio treffen können.« Josefina zuckte die Achseln.

»Jetzt hör aber auf!«, sagte Friederike und schaute sie strafend an.

»Eigentlich spielt Claudio ja gar nicht!«, erklärte Josefina.

»Und er ist ein Langweiler«, schloss Friederike und lehnte sich zurück.

Es war kurz still, nur Josefinas Hand streichelte mechanisch über den Rücken des Hundes.

»Ja, aber trotzdem«, begann Niki wieder. »Was hat das alles mit mir zu tun?«

»Mit Ihnen?« Friederike kicherte. »Sie waren die Roulettekugel. Sie haben den Spielverlauf bestimmt, verstehen Sie, ohne Sie hätte es dieses Spiel gar nicht gegeben!«

»Bitte was?«, fragte Niki, denn jetzt hatte sie das deutliche Gefühl, dass sich ihr die Haare aufstellten.

»Können Sie Bridge spielen?«, fragte Josefina in einem Ton, als müsse sie einem Analphabeten das Wort *Ball* buchstabieren.

»Nein, kann ich nicht!«, antwortete Niki knapp.

»Beim Bridge gibt es immer zwei Parteien, und es geht um Intuition, um Logik, aber auch um Vorausdenken. Mitrechnen. Punkte zählen.« Josefina wurde eifrig, und ihre hellen Wangen bekamen etwas Farbe.

Friederike betrachtete ihre Tochter wohlwollend.

»Gut«, sagte Niki. »Das alles habe ich schon mal gehört. Und was hat das mit mir zu tun?«

»Zwei Parteien«, sagte Friederike und betrachtete sie stirnrunzelnd. »Na?«, fügte sie hinzu, als müsste der Groschen bei Niki nun endlich fallen.

»Bridge?«, fragte Niki noch einmal in die Runde und versuchte, sich einen Reim darauf zu machen.

Es war still.

»Nun, gut«, begann Friederike. »Marco kam aus Toronto zurück und war verliebt.«

Niki nickte. So weit war ihr das bekannt. Sie war schließlich auch verliebt.

»Aber Isabella hatte andere Pläne!«

Auch das wusste Niki.

»Sie war sich sicher, dass sie ihre eigenen Pläne durchsetzen würde!«

»Und Marco hielt dagegen!«, fügte Josefina an.

Niki bewegte sich nicht mehr.

»Isabella setzte darauf, dass sie die kleine Deutsche relativ schnell vergraulen würde.« Friederikes damenhaftes Lächeln ging in ein schräges Grinsen über. »Und Isabella ist eine gute

Spielerin. Erfindungsreich. Leise. Hintergründig. Vorausschauend!«

»Und Marco spielte da mit?«, fragte Niki mit einer Stimme, die sie selbst nicht mehr kannte.

»Nicht mit! Dagegen! Er war ihr Gegenspieler! Der Fehler war eben nur …«, begann Friederike.

»… dass ich mich verliebt habe.«

Die männliche Stimme ließ alle hochschrecken. Marco stand an der Tapetentür und hinter ihm Paolo. Ludwig schoss kläffend los, und Friederike schüttelte den Kopf. »Diese blöde Tür lass ich morgen zumauern!«, erklärte sie verärgert.

»Schon zu spät, wir sind alle drin.« Marco kam langsam auf sie zu, und Niki wusste nicht, wie sie reagieren sollte. Sie versuchte, auf ihren Bauch zu hören, aber da war nichts. Ihr Gefühl ließ sie im Stich.

»Da komme ich ja gerade noch rechtzeitig«, sagte Marco und nickte Josefina zu. »Schön, dass es dich noch gibt. Ich habe so etwas fast vermutet!« Er warf Paolo einen Blick zu. »Du bist und bleibst bestechlich.«

»Gut, mit irgendwas musste sie reizen. Dass du darauf reingefallen bist, hat deiner Mutter sicherlich höllischen Spaß gemacht!« Paolo grinste.

»Sehr witzig!«, erklärte Marco. »Und dann wolltest du auch noch Friederike hilfreich zur Seite springen, was? Oder was sollte euer heimliches Treffen hier?«

»Wir hatten überlegt, das Ganze abzubrechen.«

»Ich glaube euch kein Wort!« Marco schüttelte den Kopf. »Dafür ist Paolo zu geldgeil. Du brichst nicht ab. Du verrätst vielleicht deinen Partner, aber du brichst nicht ab.«

Paolo ließ sich in seinen Sessel fallen. »Da täuschst du dich! Isabella und Friederike hatten eine gute Spielphase. Du hast zwar behindert, aber nicht gut genug! Jetzt haben die beiden weitaus mehr Stiche als wir, und ganz ehrlich, das Spiel war auch mit deiner morgendlichen Heiratsattacke nicht mehr zu retten.« Er schaute zu Niki. »Wir können noch nicht mal unseren Kontrakt halten, und wenn Niki dich jetzt rauswirft, ist sowieso game over!«

Niki sagte noch immer nichts.

Marco beugte sich zu ihr hinüber. »Tatsache ist, dass ich dich liebe. Egal, was die hier erzählen!«

»Was die hier erzählen?« Jetzt wachte Niki auf. »Was die hier erzählen, ist so ungeheuerlich, dass ich überhaupt nicht darüber nachdenken will. Wenn alles, was uns passiert ist, zu eurem Spiel gehörte, dann erklär mir doch einfach mal in zwei Sätzen, was ihr wolltet!«

Friederike zuckte die Achseln. »Nun, Isabellas Kontrakt waren zehn Stiche. Die hat sie auch ziemlich durchgezogen. Sie war sicher, dass Sie danach keine Lust mehr auf Marco Del Conte haben würden!«

»Aha«, sagte Niki. »Also auch das Schlachtermesser auf dem Tisch!«

Paolo lachte. »Typisch Isabella. Auf so einen Blödsinn musst du erst mal kommen!«

»Und die Anrufe!« Niki verzog das Gesicht. »Ich hatte schon Angelo im Verdacht!« Sie schaute Marco an. »Und der Brief von Alessia!«

»Der war allerdings echt«, sagte Marco. »Isabella hat ihn offensichtlich nur um eine englische Passage ergänzt, die mit dem übrigen Brief nichts zu tun hatte!«

Also hatten ihre Sinne sie nicht betrogen, also war zwischendurch wirklich jemand im Zimmer herumgeschlichen.

»Das war ein guter Stich«, sagte Paolo wohlwollend. »Muss man zugeben, auch wenn es die Gegenspieler waren.«

Niki schaute ihn an. Wo war eigentlich die Pistole? Ihr war es jetzt danach. Sie hätte jeden Einzelnen hier erschießen können!

»Und?«, fragte Niki Marco mit ruhiger Stimme. »Was war dein Ziel?«

»Dich gegen alle Attacken an meiner Seite zu halten. Herauszubekommen, was sie vorhat, abwehren, zurückschlagen!«

»Und Silvester?«

»Wäre für uns beide triumphal gewesen, wenn du nicht abgehauen wärst. So hat sie das natürlich für sich umgemünzt!«

Niki starrte ihn an. »Wie! Du meinst, sie wusste, dass ich da bin?«

»Glaubst du, du kannst in Mailand unter deinem Namen in einem Hotel absteigen, ohne dass sie das erfährt, wenn sie es erfahren will? Und Giorgio hat dir ja auch noch ein bisschen was vom Traumpaar Marco/Alessia ins Ohr geflüstert, und das barocke Zimmer hast du ihr auch zu verdanken!«

Niki stand auf.

»Wo willst du hin?«, wollte Marco wissen.

»Mir reicht's«, sagte Niki. »Sag deiner Mutter, dass sie gewonnen hat. Gratulation auch, Frau von Finkenstein, Sie sind ja ihre Mitspielerin, wie ich jetzt weiß.« Sie stand gefasst aus ihrem Sessel auf und wunderte sich über sich selbst. »Nur noch eine letzte Frage«, sagte Niki. »Welche Version stimmt denn jetzt: die mit dem Privatjet oder die mit dem Verkauf des Schlosses?«

Friederike lächelte ihr zu. »Beide. Früher hatte ich einen Jet, und heute verkaufe ich mein Schloss!« Sie schaute Josefina an. »Wir ziehen in ein sonniges Land!«

»Du willst doch jetzt nicht wirklich gehen?« Marco stand nun ebenfalls auf.

»Wenn ich denke, was du mir alles erzählt hast! Allein gestern Nacht die Behauptung über Friederike und Paolo.« Sie drehte sich zu Friederike um. »Sie haben angeblich Folgendes zu Paolo gesagt: ›Knall Isabella doch einfach ab, dann steht dir nichts mehr im Weg!‹ Und Paolo soll das bestätigt haben: ›Genau das habe ich vor!‹«

Paolo schaute Marco kopfschüttelnd an. »Du redest Unsinn, mein Lieber!«

»Und was hast du damit bezweckt?«, wollte Niki von Marco wissen.

»Ich wollte, dass du mir sagst, ich solle meine Familie zum Teufel jagen und mit dir abhauen. Oder bei dir bleiben. Oder was auch immer. Hauptsache weg von allem, was mit ihnen zusammenhängt!«

Niki schaute ihn an. »Und das soll ich dir jetzt glauben?« Sie verzog das Gesicht und suchte Paolos Blick. »Wie ist euer … Spielstand überhaupt?«

Paolo grinste. »Hoffnungsloser Rückstand. Marco war überhaupt nicht bei der Sache. Ich habe mir den völlig falschen Partner gesucht!«

»Mit verliebten Männern soll man halt nicht spielen«, sagte Josefina und lächelte Niki zu. »Solange ich diese Familie kenne, spielt sie. Alle Zocker durch und durch. Meine Mutter hat mein Erbe am Roulettetisch verspielt. Isabella hat damals hoch gewettet, dass sie Claudio kriegt. Und jetzt wettet ganz Italien auf eine Heirat zwischen Alessia und Marco. Ich bin sicher, dass Paolo schon die Außenseiterwette hält!«

»Und auf wen lautet die?«, wollte Niki wissen.

»Ich nehme mal an, auf Ihren Namen!«

Erst als Niki wieder in ihrem Wagen saß, kam das große Zittern. Sie bebte am ganzen Leib und konnte sich kaum noch halten. Sie schlug auf den Nebensitz ein, und dann kamen die Tränen. Marco hatte sie zu einem Spielball degradiert. Sie war so ohnmächtig, so rasend wütend und gleichzeitig so beschämt, dass sie sich kaum halten konnte. Jetzt wollte sie nur noch von hier fort, denn sie war sich nicht sicher, ob Marco ihr nicht doch folgen würde. Sie verriegelte die Innentüren und fuhr rückwärts durch die Allee zum Tor hinaus.

Aber wo sollte sie hin?

Sie wusste es selbst nicht. Wie oft war sie jetzt schon in diesem Zustand einfach losgefahren oder losgeflogen? Was stellte dieser Mensch mit ihr an? War sie überhaupt noch sie selbst?

Auf dem Weg kam sie an dem Wegweiser nach Hochheim vorbei. Ohne weiter darüber nachzudenken, bog sie ab. Irgendwie erschien ihr das Städtchen wie eine Rettungsinsel, und als sie bei Günther Rembs Licht sah, stellte sie den Wagen einfach ab und klingelte. Schneller als gedacht, ging die Tür auf, und er stand vor ihr.

»Aha«, sagte er und schien nicht einmal überrascht. »Niki Halbach. Deine Mutter ist schon da!«

»Meine Mutter?« Niki schaute ihn groß an. »Was will die denn hier?«

»Was willst *du*?«, fragte er im Gegenzug, und Niki spürte, wie sich ihre Augen mit Tränen füllten.

»Ich weiß auch nicht«, sagte sie leise.

»Komm erst mal rein!«

Schon der Geruch nach alten Weinfässern war tröstlich, das gedämpfte Licht, alles versprach Schutz, Geborgenheit.

Günther Rembs ging ihr voraus in die Küche, dort saß, vor einem Glas Wein, tatsächlich ihre Mutter.

»Da sieh an«, sagte Julia, stand auf und nahm Niki in den Arm.

»Treffpunkt Rembs«, sagte Günther und lächelte. »Ist doch ein gutes Zeichen!« Nachdem sie sich von Julia gelöst hatte, bot er Niki einen Stuhl an. »Auch einen Schluck Wein? Mein preisgekrönter Riesling«, er hielt die Flasche hoch, »über jeden Weltschmerz erhaben.«

»Das sagt sich so leicht«, schniefte Niki. »Trotzdem danke!«

Günther stellte ihr ein Glas hin, schenkte ein und setzte sich dann wieder.

»Nun sag schon«, wollte Niki wissen. »Wie kommst du hierher?«

»Indem ich auf halber Fahrt dem Taxifahrer ein anderes Ziel angegeben habe«, sagte sie. »Irgendwie widerstrebte mir diese Schlossaktion!«

»Das kann ich gut verstehen«, nickte Niki und stieß mit den beiden an.

»Außerdem war es die Gelegenheit, mit Günther auf das Du anzustoßen. Nachdem wir uns schon so lange kennen.«

»Und ich deine Tochter ja auch duze«, sagte Günther zu Niki.

»Na, gut«, sagte Niki. »Das stammt ja noch von früher!«

»Dann wollen wir es vielleicht bekräftigen?« Sie stießen aus Neue an.

»Und jetzt?«, wollte Julia wissen, »was war los?«

»Die sind alle nicht von dieser Welt«, sagte Niki und angelte sich ein Stück Bauernbrot aus dem Korb.

»Was heißt das?«, wollte Julia wissen.

»Nun«, Niki warf Günther einen Blick zu, »eigentlich kann man so etwas gar nicht erzählen, weil es so peinlich ist. Ich komme mir so benutzt vor!«

»So benutzt? Wieso denn das?«

»Es sind Spieler. Zocker. Alle miteinander.«

»Aha?« Julia schaute sie aufmerksam an. »Marco auch? Das wundert mich. Er wollte ja nicht einmal ins Kasino! Dabei war es heute Nachmittag doch nur einen Katzensprung entfernt!«

Niki zuckte die Achseln. »Es geht nicht um Baccara oder Roulette, zumindest in diesem Fall nicht.« Sie brach ab. Julia und Günther schauten sie an und warteten ab.

»Es ging um mich!«

»Um dich!« Julia schaute sie groß an. »Wie soll ich denn das verstehen?«

»Die beiden alten Bridgefreundinnen Isabella und Friederike spielten darum, mich loszuwerden, hatten einen Kontrakt mit zehn Stichen oder was, hab's nicht so recht kapiert – und Marco und Paolo haben dagegen gehalten.«

»Und der Sieger?«

»Kassiert! Ich nehme an, es geht um ordentliche Summen!« Niki nahm noch einen Schluck. »Deshalb wollte sich Paolo wohl heimlich auf Friederikes Seite schlagen. Marco und er lagen hinten. Ich denke, der Hinweis, wann der Einbruch günstig wäre, kam von ihm!«

»Dieser Einbruch kam von Isabella?«

Niki schaute sie an. »Es war ein genialer Stich!«

»Das melde ich der Polizei, dann haben sie ihren Stich. Die haben ja wohl nicht mehr alle!«

Günther schüttelte nur den Kopf. »Sachen gibt's«, sagte er. »Die Welt als Spielbrett.« Er schaut sie an. »Und du mittendrin! Das ist ja makaber!«

»Dekadent«, pflichtete Julia bei.

»Ich fühle mich wie tot«, sagte Niki. »Wie benutzt und ausgespuckt! Aber um mal was wirklich Interessantes zu erzählen: Was Barbara Halm da gesagt hat, stimmt. Friederike von Finkenstein will verkaufen!«

»Kann man dieses Schloss jetzt noch haben wollen?«, sinnierte Günther Rembs.

»Das Schloss kann doch nichts dafür. Es ist zauberhaft!« Niki bekam glänzende Augen. »Es gibt eine wunderschöne Schlossküche. Die könnte man so …«, sie schaute sich um, »… so wie diese hier einsetzen. Gemeinsam kochen, zusammensitzen mit den Gästen, Kochkurse mit Weinproben, das volle Programm. Im ersten Stock sind wunderschöne Räume mit Stuckdecken, und einige Gästezimmer könnte man sicherlich auch einrichten!«

Günther seufzte.

Niki schaute ihn groß an. »Was ist! Das hast du dir doch gewünscht?! Freust du dich nicht? Das ist doch *die* Chance!«

Er verzog das Gesicht. »Ich habe gerade mit deiner Mutter darüber gesprochen. Mir fehlt das Geld!«

»Ja, aber wozu gibt es Banken? Du und deine Frau, ihr kriegt das doch hin!«

»Vor kurzem noch, ja. Jetzt nicht mehr. Du bist nicht die Einzige, die hier traumatisiert ist, meine Liebe!«

»Ach? Was soll denn das jetzt heißen?«

»Meine Frau will sich scheiden lassen. Sie hat einen anderen. Ganz einfach!«

»Ganz einfach?« Niki runzelte die Stirn. »Ganz einfach so?«

»Ganz einfach so!«

»Ach, du je!« Niki ließ sich zurücksinken. »Das ist ja vielleicht ein Jahr. Gerade mal ein paar Stunden alt, und schon geht alles schief!«

Julia nickte. Es war kurz so still, dass sie das Holz der alten Fachwerkbalken arbeiten hörten.

»Das ist doch gar nicht so schlecht!« Niki schlug plötzlich mit der flachen Hand auf den Tisch. »Ihr beide schließt euch zusammen!« Sie schaute Julia an, und ihre Stimme überschlug sich fast. »Du machst das Schlossrestaurant und du den Weinberg. Gemeinsam kriegt ihr das hin! Und ich kümmere mich um den wirtschaftlichen Background, schließlich werde ich Wirtschaftswissenschaften studieren!«

»Alles schön«, sagte Julia und lächelte. »Wunderschöner Traum! Trotzdem müssen wir das Schloss irgendwie bezahlen. Günther muss seine Frau ausbezahlen. Und ich schwimme auch nicht gerade im Geld ...«

Niki fühlte sich plötzlich stark, sie spürte, wie etwas aus ihr raus wollte, etwas Kraftvolles.

»Da ist was«, sagte sie und kratzte sich hektisch hinter dem Ohr. »Ich hab da eine Idee. Irgendwas war da! Ich komm nur nicht drauf!«

Günther und Julia schauten sie gespannt an.

»Wir versetzen dich in Trance, dann kommt es vielleicht.«

Niki ließ sich wieder in den Stuhl zurücksinken. »Es ist weg«, sagte sie. »Irgendwie kann ich den Gedanken nicht festhalten.«

Julia und Günther beugten sich zu ihr über den Tisch.

»Trink noch was«, schlug Günther vor.

»Denk an was anderes«, sagte Julia.

»Ich rufe Barbara Halm an!«, sagte Niki entschlossen und zog ihr Handy aus der Jacke.

»Jetzt?«, fragte Julia und schaute auf ihre Uhr. »Es ist Mitternacht.«

»Es ist ein Notfall!«

»Und was soll sie tun?«, wollte Günther wissen.

»Mich auf andere Gedanken bringen. Sie kann das!«

Sie ließ zweimal durchläuten, bis auf der anderen Seite abgenommen wurde. Die Stimme klang trotz der späten Stunde nicht verärgert, sondern wach und frisch. »Halm«, meldete sie sich, und es lag ein Fragezeichen in ihrer Stimme, die neugierig klang.

»Hallo, Barbara«, sagte Niki und wunderte sich selbst über ihren vertraulichen Ton. »Sie hatten recht mit Ihrem Anruf. Josefinas Tochter will das Schloss tatsächlich verkaufen! Ich wollte es aber nicht glauben und bin einfach hingefahren!«

»Und wieso wollten Sie es nicht glauben?«

»Weil Josefina bis vor Kurzem noch tot war. Irgendetwas konnte da nicht stimmen!«

»Hört sich so an!«

Niki schaute sich um. »Ich sitze hier bei Günther Rembs. Meine Mutter ist auch da. Darf ich laut schalten?«

»Aber natürlich!«

»Guten Abend, Günther«, hörte Niki Barbara sagen. »Schön. Dann können Sie jetzt einsteigen?«

Günther biss sich auf die Lippe. »Leider nein. Meine Frau hat sich für einen anderen Lebensweg entschieden.«

»So plötzlich?«

»Sie sagt, es war nicht so plötzlich. Ich hätte nur alle Ankündigungen und Vorwarnungen missachtet!«

Niki glaubte Barbaras Nicken sehen zu können.

»Ja, das hört man immer wieder – dass Männer aus allen Wolken fallen!«

»Das bin ich heute. Ganz richtig!«

»Und nun liegt das Schloss nicht mehr in Ihren Möglichkeiten?«

»Nun wird es finanziell kompliziert!« Er atmete tief. »Und wir haben zwei Kinder. Die sind zwar schon fast erwachsen, aber trotzdem. Alles ist neu für mich. Und hart. Es wirft mich um Jahre zurück!«

»Was kann ich also für Sie tun?«

Günther zögerte. »Ich fürchte, im Moment eigentlich nichts!«, sagte er dann langsam und schaute dabei Niki an.

»Es war meine Idee. Ich habe einen Gedanken verloren und gehofft, ihn durch ein Telefonat mit Ihnen wiederzufinden!« Niki presste die Lippen aufeinander.

»Und? Hat nicht geklappt?«

»Nein! Aber irgendwie muss er mit Ihnen zu tun gehabt haben. Sorry, wenn ich Sie geweckt habe!«

»Ich habe noch gelesen, keine Sorge. Wenn Sie mich brauchen, rufen Sie einfach wieder an!«

Niki klappte ihr Handy zu und steckte es wieder ein. »Wie blöd!«, sagte sie.

»Mal was anderes«, sagte Julia. »Wenn wir schon die Nacht der Offenbarungen haben, muss ich dir auch was sagen!«

Niki kratzte sich. »Ach, du je! Ich weiss gar nicht, ob ich noch was vertrage!«

»Es ist nicht schlimm. Es hat nur mit deinem Misstrauen Marco und mir gegenüber zu tun!«

Nikis Augen verengten sich. »Also hattet ihr doch was miteinander!«

»Nein.« Julia schüttelte den Kopf. »Überhaupt nicht! Aber Marco und ich waren hier bei Günther, während du bei Michael auf Sylt warst. Marco wollte einen Ausflug machen, den Rheingau und ein Weingut sehen. Wir hatten einen lustigen, aber völlig harmlosen Abend.«

Niki verzog das Gesicht. »Wenn es so harmlos war, weshalb hast du es dann verschwiegen?«

»Du hast hinter jeder Geste etwas vermutet. Ich wollte nicht noch Öl ins Feuer gießen – du warst in dieser Sache ja völlig verbohrt!«

»War ich das?«, fragte sie Günther.

Der zuckte die Achseln. »Keine Ahnung. Aber nachdem

mir Julia dein Verhalten geschildert hatte, fand ich es auch besser zu schweigen. Warum die Pferde scheu machen, wenn es gar keinen Grund gibt!«

»Ich weiß auch nicht. Vielleicht war ich einfach zu verliebt und zu eifersüchtig. Und überhaupt. Ich wollte Marco für mich, für mich allein. Seine Mutter reichte mir da schon, aber dann auch noch dich als Konkurrentin? Ich glaube, das wurde mir einfach zu viel!«

»Ich bin doch nicht deine Konkurrentin!«, warf Julia ein. »Ich bin schlappe fünfundzwanzig Jahre älter als du, wo denkst du hin?«

»Marco steht auf …«, sie warf ihrer Mutter einen kecken Blick zu, »… ältere Damen. In Toronto hat er auch schon wie wild mit Heidi geflirtet. Ich hatte einfach Angst.« Sie nickte vor sich hin. »Zudem bist du ja auch höllisch attraktiv!«

»Oh, danke.« Julia wagte ein kleines Lächeln.

»Ich kann ihr da nur recht geben«, bestätigte Günther.

»Verzeihst du mir, Niki?«, fragte Julia.

»Verzeihst du uns?«, schloss sich Günther an.

»Was soll's auch noch!« Niki hob das Glas und stieß an. »Es ist ja doch schon alles verspielt!«

In diesem Moment setzte sie das Glas heftig wieder ab, sodass der Wein über den Rand schwappte.

»Verspielt!«, sagte sie und horchte dem Klang nach. »Wetten!« Sie schlug mit der Faust auf den Holztisch. »Ja, das ist es!« Ihr Puls beschleunigte sich, und sie schrie fast: »Außenseiterwette! Das ist es. Die Außenseiterwette!« Sie schaute Günther an, und ihre Augen blitzten. »Günther! Hast du hier einen Internet-Anschluss?«

»Drüben im Wohnhaus. In meinem Büro. Warum?«

Niki griff zu ihrem Handy und drückte die Wahlwiederholung.

»Barbara!«, rief sie, und ihr Herz pochte auf ihrer Zunge. »Sie können doch Italienisch. Haben Sie einen Internet-Anschluss?«

Ohne weitere Fragen kam ein energisches »Natürlich«.

»Schauen Sie doch mal, wie die italienischen Wetten stehen, und zwar Marco Del Conte mit Contessa Alessia und dann Marco Del Conte mit den anderen Frauen. Schauen Sie bitte auch nach meinem Namen. Halbach! Ob ich überhaupt aufgeführt bin. Und wenn ja, wie die Wetten auf eine Hochzeit mit mir stehen!«

Julia und Günther hatten noch das Glas in der Hand, und beide stellten es jetzt langsam ab.

»Josefina war's«, erklärte Niki, und ihre Hand zitterte. »Sie sagte, Paolo halte die Außenseiterwette! Und Giorgio hat mir beim Tanzen in Mailand erzählt, dass ganz Italien wegen einer möglichen Hochzeit zwischen Alessia und Marco im Wettfieber sei. Das sei das gesellschaftlich am höchsten gehandelte Paar! Stellt euch vor! Da gibt es also noch mehr Personen und Möglichkeiten!« Sie holte tief Luft. »Mir ist vor Aufregung ganz schlecht!«

»Trink was!« Günther schob ihr ein Glas Wasser hin.

Julia hatte sich noch nicht bewegt. »Ich verstehe trotzdem nicht. Wo ist da die Lösung?«

»Wo da die Lösung ist? Ist doch klar: Ihr beide wettet auf mich. Papa vielleicht auch noch. Und Barbara. Und ich heirate Marco. Dann habt ihr so viel Geld, dass ihr zwei Schlösser kaufen könnt!«

Günther und Julia blieben für einen Moment stumm.

»Und dafür willst du diesen, diesen …«, Julia suchte nach einem Begriff, »… Mistkerl heiraten?«

»Ja, und? Hat Papa es nicht vorgemacht? Und jetzt Günthers Frau? Man kann sich ja auch wieder scheiden lassen!

Aber ich will es ihm heimzahlen! Ich schlage diese Familie mit ihren eigenen Mitteln! Das ist jetzt *mein* Spiel, und ich will es gewinnen.«

Kurze Zeit später rief Barbara zurück. »Diese Buchmacher sind ja wahnsinnig aktiv«, sagte sie erstaunt. »Ich dachte immer, nur in England werden auf alle öffentlichen Ereignisse Quoten angeboten. Ich habe mich getäuscht.« Man hörte ein Rascheln, und dann war wieder Barbara dran. »Augenblick, ich setze nur meine Brille auf!« Niki krallte sich vor Ungeduld die Fingernägel in die Handballen.

»Also, es gibt die Wette, ob die Verlobung zu Alessias einundzwanzigstem Geburtstag stattfinden würde. Dann gibt es eine, ob am Valentinstag oder zu Weihnachten. Am höchsten standen die Wetten auf eine Verlobung zu Silvester.« Sie stockte.

»Das ging ja schief, wie wir mittlerweile wissen«, meinte Julia.

»Und es gibt die Wette, dass Alessia als Erstes ein Mädchen gebären wird. Da steht die Quote übrigens bei 6 zu 1. Und dann gibt es die allgemeineren Wetten.«

»Ja, ja«, sagte Niki ungeduldig. »Aber welche Quote hat Alessia selbst denn nun?«

»Alessia hat die Quote von 4 zu 1.«

»Okay«, sagte Niki, »jeder glaubt also, dass sie es wird!« Sie überlegte kurz. »Das ist ja spannend, ich glaube, ich werde auch wettsüchtig!«

Günther schüttelte nur den Kopf: »4 zu 1? Das ist ja wie beim englischen Königshaus!«

»Gut!« Niki hörte gar nicht zu. »Viel spannender aber sind die Namen. Gibt es Namen außer Alessia?«

»Kann man so sagen.« Barbara zögerte noch einmal. »Wollen Sie das wirklich wissen?«

»Und ob!«, erklärte Niki bestimmt. »Wie viele sind es denn?«

»Ach, gemessen an seinem Status als Italiens begehrtester Junggeselle eher wenig!«

Niki wartete.

»Ich zähle gerade. Es sind fünfzehn. Und Sie an hinterster Stelle. Quote: 97 zu 1!«

»97 zu 1! Donnerwetter!« Niki griff nach ihrem Weinglas. »Darauf brauche ich einen Schluck. Das ist ja irre! Auf mich wurde wahrscheinlich nur ein einziges Mal gesetzt!«

»Aber doch immerhin«, sagte Julia mit einem Anflug von Stolz in der Stimme.

»Und das war sicherlich Paolo! Aber den müssen wir da jetzt rauskegeln!« Sie schaute die anderen an. »Der soll doch an unserem Deal nichts verdienen, oder?!«

»An welchem Deal?«

»Ja, versteht ihr denn nicht?« Niki nahm noch einen Schluck. »97 zu 1. Das ist der Wahnsinn! Mutti, geh schon mal mein Brautkleid schneidern, wir werden reich!«

Als es an der Tür klingelte, hatten sie so viel hin und her gerechnet und zwei weitere Flaschen Riesling getrunken, dass sie völlig beschwingt waren.

Marco stand draußen. Wie ein begossener Pudel. Er folgte Günther in die Küche.

Das Lachen erstarb sofort. Niki schaute ihn an. »Du?«, fragte sie gedehnt. »Dass du dich noch traust!«

»Du hast deine Sachen noch bei uns«, erklärte Julia nüchtern. »Die möchtest du sicherlich holen!«

»Ist doch nicht weiter schwierig«, sagte Niki. »Die Haustür steht ja offen. Für jedermann!«

»Tut mir leid«, sagte Marco.

»Woher weißt du überhaupt, dass ich hier bin?«, wollte Niki wissen.

»Wir haben Julia vorhin hier rausgelassen – und nun steht der Renault vor der Tür. War nicht so schwierig!«

»Stimmt. Du bist schwierigere Aufgaben gewöhnt!« Sie sah ihn mit einem Anflug von Bitterkeit an. »Was hättest du denn gemacht, wenn ich offiziell ja gesagt hätte? Wie wärst du mich anschließend wieder losgeworden?«

»Ich wollte dich nicht loswerden!«

»Ja, ja!«, sagte Niki. »Lass die Lügerei! Ich weiß jetzt übrigens auch, dass du mit Mutti schon mal hier warst. Also auch in diesem Punkt brauchst du mir nichts mehr vorzumachen!«

Marco schwieg. Er stand in der Küche, seine dunklen Haare lagen nass auf dem Kopf, und seine Lederjacke war an den Schultern dunkel. Draußen musste es regnen, dachte Niki erstaunt und spürte, wie sich trotz allem ihr Gefühl für ihn regte.

»Setz dich doch«, sagte Julia und wies auf den leeren Stuhl neben sich.

Günther holte ein weiteres Weinglas.

Niki sagte nichts.

»Ich weiß, es ist unverzeihlich«, sagte Marco. »Und eigentlich wollte ich auch allein mit dir reden!« Er sah die anderen an.

»Ich aber nicht!«, sagte Niki trotzig. »Das hier ist meine Familie. Die hat mich eben getröstet.«

»Aber meine Gefühle gehen sie nichts an!«

»Deine Gefühle interessieren mich nicht. Im Moment interessieren mich ausschließlich meine Gefühle. Und die sagen mir, dass ich auf gemeinste Art benutzt wurde!«

Marcos Schultern gingen nach vorn.

»Ich weiß«, sagte er leise. »Irgendwann wollte ich die ganze Sache stoppen, aber da war es schon zu spät! Meiner Mutter machte es Spaß, und ich hätte sie nur noch durch eine schnelle Hochzeit stoppen können!«

»Gut. Wenn es unsere gewesen wäre, hättest du ja gewonnen!«

Er holte tief Luft. »Das habe ich ja versucht. Aber du wolltest ja nicht!«

»Mein Gott, Marco! Wenn ich dich heirate –«, jetzt kam sie ins Stocken. »Ach, vergiss es«, sagte sie schnell und warf ihrer Mutter einen Blick zu.

»Meine Gefühle für dich sind jedenfalls echt«, erklärte Marco. »Spiel hin, Spiel her!«

»Was sollte diese blöde Geschichte mit der toten Josefina?«, wollte Niki wissen. »Mit so etwas macht man doch keine Scherze!«

»Da gebe ich dir recht«, erklärte Marco. »Isabella wollte dich abschrecken. Josefina hat es nicht krummgenommen. Und es hatte den Nebeneffekt, dass du nicht allein durchs Haus geistern solltest.« Er sah Niki an. »Und dann bist du ja tatsächlich losgelaufen.«

»Wieso, woher weißt du das?«

»Wir haben im Haus aus Diebstahlsgründen Überwachungskameras. Meine Mutter konnte deinen Spaziergang also mehr oder weniger live verfolgen. Es war schon klar, dass du eigentlich an Alessias Brief wolltest. Paolos Auftritt war da nicht eingeplant!«

»Er ist aber wirklich erschrocken!«

»Das ist er allerdings.« Zum ersten Mal zeigte Marco ein kurzes Lächeln, das aber sofort wieder erstarb.

»Überwachungskameras?« Niki spürte, wie ihr die Röte ins Gesicht lief. »In allen Zimmern?«

»Nein, wo denkst du hin. In meinen Zimmern gibt es nichts Wertvolles.« Unter seinen dichten Wimpern warf er ihr einen kurzen Blick zu. »Im Badezimmer auch nicht.«

Niki atmete kurz auf. »Du meine Güte«, sagte sie. »Wenn es nicht so traurig wäre, wäre es wirklich zum Lachen!«

»Dann lach doch einfach!«, sagte Marco. »Das wäre das Beste! Einfach darüber lachen, und alles ist wieder gut!«

»Alles ist wieder gut?« Sie schaute ihn an. »Du bist wirklich wie ein Kind. Man kann einen zerbrochenen Teller zwar wieder zusammenkleben, aber deswegen ist er noch lange nicht wieder heil!«

»Dann fang halt einfach an zu kleben.«

Niki schaute ihre Mutter an.

»Ein Mosaik gibt am Schluss ja auch ein Bild«, fügte er noch an.

»Ein Mosaik ist auch so konzipiert«, sagte Niki. »Aber eine Liebe nicht!«

Günther gähnte.

»Jedenfalls schläfst du heute im Hotel!«, bestimmte Niki. »Und wo ist Paolo?«

»Noch im Schloss.«

»Und wie bist du hergekommen?«

»Mit Josefinas Fahrrad.«

»Mit was?«

»Das stand draußen! Und damit ging es am schnellsten – ich wollte auf kein Taxi warten!«

Am nächsten Morgen kam zeitig der Schlosser, und Niki schaute ihm ungeduldig zu. Sie hatte so viel vor, dass sie von einem Bein aufs andere trat.

Vor einer Stunde hatte Barbara angerufen und gewarnt, das sich die Quoten ändern könnten. Sie hätte ein bisschen im italienischen Blätterwald gestöbert, und die italienischen Zeitungen hätten sich ziemlich über Marcos Abwesenheit in der Silvesternacht ausgelassen. So etwas komme nicht gut, zumal es keinen triftigen Grund gegeben habe. Die allgemeine Annahme war, dass es eine andere Frau gebe.

»Eine andere Frau können wir überhaupt nicht gebrauchen«, erklärte Niki sofort. »Irgendwie müssen wir die italienischen Zocker wieder auf das Paar Marco/Alessia einstimmen!«

»Warum denn eigentlich?«, wollte Barbara wissen.

»Ach, ja, richtig«, sagte Niki. »Sie haben ja gestern nur Teile unseres Planes mitgekriegt.« Sie klärte Barbara kurz über ihre Idee auf.

»Spannend!«, lachte Barbara. »Da schlägt mein altes Herz ja noch einmal richtig schnell!«

»Ja, aber wir können jetzt keine Veränderung an der Konstellation brauchen. Die Italiener sollen weiterhin an ihr Traumpaar Alessia/Marco glauben!«

»Und wie sollen wir das machen?«, wollte Barbara wissen.

»Wir lancieren eine Pressemeldung. Kriegen Sie das hin?«

»Nicht schlecht!«, staunte Barbara. »Ja, krieg ich hin! Mein Italienisch ist gut genug. Die Kontakte finde ich heraus. Fragt sich nur, was wir schreiben wollen.«

»Keine Ahnung! Ich muss überlegen!«

Niki tigerte in der Wohnung auf und ab, während der Schlosser an der Tür arbeitete. Dann rief sie Anne an. Sie hatte Glück, Anne hatte Spätdienst.

»So, meine Gazelle, was gibt es?«, wollte Anne gähnend wissen. Anscheinend hatte sie ihre Freundin aus dem Schlaf gerissen.

»Ich brauche ein Alibi für Marcos Silvesternacht! Kommst du an euren Hotelcomputer ran?«

»Unseren was? Worum geht es denn?«

»Kannst du eine Meldung an einige italienische Nachrichtendienste herauslassen? Dass Marco die Silvesternacht im *Hessischen Hof* verbracht hat und von seiner Alessia träumte, aber nicht fliegen konnte wegen, wegen –«, sie überlegte, »Grippe! Fieber! Schüttelfrösten! Alles zusammen! Prostata!«

»Spinnst du?«

»Nein, den italienischen Text maile ich dir auf deinen PC und die Adressen noch dazu!«

»Aha! Und ich soll das dann verbreiten. So praktisch als hausinterne Info.«

»So wäre das super!«

»Das kann mich meinen Job kosten!«

»Anne, du bist doch findig! In welcher Abteilung lernst du denn gerade?«

»Reservierung.«

»Ja, da bist du doch sowieso am Drücker.«

»Ich mach's aber erst, wenn ich weiß, was der Unsinn soll.«

»Du wirst meine Brautjungfer.«

Es war kurz still.

»Und dafür soll ich offiziell Marco mit dieser Alessia vermählen? Hast du sie noch alle?«

Niki musste lachen. »Mag sich schräg anhören, ist aber perfekt. Ich freu mich jetzt schon!«

»Na, du musst es ja wissen.«

»Danke. Du bist ein Schatz!«

»Ist gut. Ich schlaf jetzt weiter.«

Barbara Halm gab ihr kurz darauf die beiden großen italienischen Nachrichtenagenturen durch und mehrere Zeitungsadressen. »Jetzt brauche ich nur noch den Text«, sagte sie.

»Okay.« Niki überlegte und beobachtete den Schlosser. »Wollen Sie vielleicht zu uns rüberkommen? Gemeinsam dichtet es sich doch besser.«

»Aber gern!« Barbara klang erfreut.

Wenig später klingelte es bereits an der Haustür. Barbara trat herein und ging grüßend an dem Schlosser vorbei. Gut gelaunt schaute sie sich um.

»Schön haben Sie's hier!«, sagte sie und drückte Niki freundschaftlich die Hand.

»Nicht ganz so schön wie Sie, aber wir sind glücklich.«

Niki stellte zwei frische Kaffee auf den Tisch, und Barbara setzte sich. Block und Stift hatte sie mitgebracht, und in ihrer Jeans und der weißen Bluse sah sie frisch und unternehmungslustig aus.

»Ich habe das Gefühl, Sie werden immer jünger«, sagte Niki aus vollem Herzen.

»Das liegt am Umgang mit Ihnen, und dafür möchte ich Ihnen auch gleich mal das Du anbieten. Ich finde, das gehört sich jetzt so.«

Sie stießen mit den Kaffeetassen an.

»Sehr gern«, sagte Niki. »Ich heiße Niki, geborene Nicola!«

»Barbara!«

Sie lächelten sich zu.

»So, okay«, sagte Barbara, »und jetzt der Text.« Sie biss sich in die Oberlippe, knipste dann dreimal auf dem Kuli rum und schrieb murmelnd los: *Der italienische Millionenerbe Del Conte (Del-Conte-Pasta) verbrachte seine Silvesternacht im Hessischen Hof in München. Eine Grippe hielt ihn fest, während seine Braut Alessia in Mailand weilte. Wie man von Marco Del Conte (24) hörte, freut er sich auf eine baldige Hochzeit.* Sie las es noch dreimal leise durch und schließlich laut.

Niki lauschte beeindruckt. »Das gibt es doch nicht!«, sagte sie. »Woher können Sie so was? Das hört sich doch total echt an!« Sie zog Barbaras Block heran. »Und dann noch so schnell! Und was sind das für Hieroglyphen?«

»Steno!«, schmunzelte Barbara. »Das kann heute keiner mehr. Ist aber wirklich nützlich!«

»Unglaublich!« Niki schüttelte den Kopf.

Barbara las den Text noch einmal langsam vor. »Oder fehlt noch was?«

Niki schüttelte nur den Kopf. »Nein, es ist perfekt!«

»Gut, dann übersetze ich es jetzt ins Italienische, und du kannst schon mal den Laptop holen!«

»Möchten Sie auch einen Kaffee?«, fragte Niki im Vorbeigehen den Schlosser, und noch während der dankbar bejahte, kam Julia mit einer Tüte frischer Brötchen herein.

»Ich auch«, sagte sie fröhlich und begutachtete das neue Schloss.

»Sieht man ja gar nichts mehr«, sagte sie anerkennend.

»Aber sicherer als das letzte ist es nicht«, entgegnete er. »Da müssten Sie sich noch etwas einfallen lassen. Ein zweites Schloss beispielsweise oder einen Sicherheitsbügel.«

Julia nickte. »Da haben Sie recht«, sagte sie. »Wir werden uns das durch den Kopf gehen lassen!«

»Aber du kommst gerade rechtzeitig«, rief Niki aus der Küche, »jetzt kann ich dir endlich Barbara Halm persönlich vorstellen!«

»Damit wäre das Trio Infernale also komplett«, lachte Julia und reichte Barbara die Hand.

»Ich freue mich!«, sagte Barbara und stand auf. »Ihre Niki ist mir schon richtig ans Herz gewachsen!«

»Ja, das hat sie erzählt – wobei Ihr Wiedersehen wohl etwas ungewöhnlich verlief ...«

Beide lachten, und Niki kam mit zwei Tassen frischem Kaffee aus der Küche, servierte eine ihrer Mutter und die zweite dem Schlosser. »Aber lasst uns trotzdem jetzt erst diese Meldung fertig machen«, sagte sie, und Barbara las sie Julia auch noch einmal vor.

»Perfekt!«, lobte sie.

»Wenn das mal kein Stich ist«, sagte Niki und holte den Laptop.

Der Schlosser verabschiedete sich, sie sendeten die Notiz an Anne, die eine Stunde später ihr Okay mailte mit dem Nachsatz: »Wenn Sie mich hier entlassen, habt Ihr hoffentlich noch ein warmes Plätzchen für mich!«

Barbara rieb sich die Hände. »So, und nun werden wir die Quote verfolgen.«

Sie saßen bereits am Frühstückstisch, und Niki schnitt sich noch ein Brötchen auf. »Das mit dem Internet machst am besten du«, sagte Niki zu Barbara. »Du hattest das gestern ja schon gut im Griff.«

»Mach ich gern.«

»Und dann muss alles ganz schnell gehen!«, sagte Julia.

»Richtig«, pflichtete Barbara bei. »Auf Niki darf niemand kommen! Sie sollen sich alle auf Alessia konzentrieren! Sie und Günther gehen zur Bank und nehmen einen Kredit auf. So viel sie auf die Schnelle kriegen! Und dann wird Niki zu einer Blitzhochzeit schreiten!« Sie lachte. »Und Sie beide eröffnen ein Schlosshotel im Rheingau!«

»Und wenn er mich nun nicht mehr heiraten will?«, fragte Niki pessimistisch.

»Ein bisschen Risiko muss sein«, meinte Julia nur und schaute Barbara an. »Sie sollten aber auch setzen. Wenn es klappt, ist es *der* geniale Coup! Ich werde meinen –« Es klingelte an der Tür; über die Sprechanlage meldete sich Marco.

Die drei Frauen warfen sich einen Blick zu.

»Gut, dann gehen wir mal, oder?«, schlug Barbara vor.

Julia nickte. »Wird wohl das Beste sein«, sagte sie und stand auf. »Und du, mein Kind, wirst ja schnell merken, wie der Hase läuft!«

Niki nickte.

»Und? Was fühlst du, wenn er jetzt kommt?«, wollte Julia noch wissen und drückte ihr einen Kuss auf die Wange.

»Wenn ich das nur wüsste«, sagte Niki. »Es gehen mir so viele Dinge durch den Kopf, dass ich selbst nicht mitkomme.«

Julia nickte. »Solche Gefühle kenne ich. Ging mir bei deinem Vater auch so. Sich selbst auf die Spur zu kommen ist unglaublich schwierig. Man läuft ja gern auch vor sich selbst davon. Und denk dran, kein Schlosshotel ist so wichtig wie dein Seelenfrieden!«

»Mir ist es wichtig«, sagte Niki und versuchte ein Lächeln. »Ich bin ein zu schlechter Verlierer!«

Es klopfte an die Haustür, und Barbara, die schon im Mantel im Flur stand, öffnete. Zuerst sahen sie einen unglaublich großen Strauß roter Rosen und dann erst Marco.

»Mir ist so schnell nichts Originelleres eingefallen«, sagte er entschuldigend zu Niki, die mit Julia auf ihn zukam.

»Und als was soll ich das werten?«, fragte Niki, und Julia sagte schnell: »Tag und ciao, Marco!«

Sie griff sich ihre Daunenjacke und ging neben Barbara hinaus.

»Es ist kitschig, ich weiß, aber trotzdem soll es ein Liebesbeweis sein. Schließlich stehen rote Rosen für die Liebe!« Er streckte Niki den Strauß hin. »Zumindest in Italien!«

Niki musste lachen. »Jedenfalls sind sie wunderschön! Komm rein, wir suchen eine Vase!«

Sie fand in der Küche einen Sektkübel, stellte den riesigen Strauß auf den langen Tisch und ging mit Marco zur Kaffeemaschine.

»Anfangs war ich eifersüchtig, weil du nach der Nacht mit meiner Mutter die Kaffeemaschine so selbstverständlich bedient hast, als ob du hier zu Hause wärst!«

»Es gab keine Nacht mit deiner Mutter. Was redest du für einen Unsinn!«

»Ich sag dir ja nur, dass mich das getroffen hat.«

»Weil ich eine Kaffeemaschine bedienen kann? Die sind alle gleich.«

Niki schaute ihm zu, wie er zwei Tassen Cappuccino zubereitete.

»Was sagt deine Mutter zu der Geschichte? Freut sie sich?«

»Sicherlich freut sie sich! Aber sie hatte bei diesem Spiel ja auch keine starken Gegner. Ich wollte dich haben, und alles andere war mir egal. Ihre Spielzüge kamen mir dabei ständig in die Quere!«

»Und jetzt heiratest du Alessia, dann ist doch alles in Butter.«

»Einen Teufel werde ich tun!« Er schäumte die Milch auf. »Ich habe sogar den Verdacht, dass meine Mutter Alessia auch langweilig findet, Hochadel hin oder her. Aber jetzt will sie einfach nur gewinnen.«

»So wie dein Vater ihr Gewinn war.«

»Ja, sie ist da ziemlich besessen! Aber wenn man auf ihrer Seite spielt, geht es einem gut.«

Niki überlegte. »So wie Friederike? Die ist doch pleite, munkelt man.«

»Ja, aber wir haben da noch ein kleines Rustico am Comer See, da ist nie jemand von uns. Meine Mutter hat es ihr und Josefina angeboten.« Er stellte die beiden Tassen auf den

Tisch. »Und übrigens, dass Friederike Geldprobleme hat, war mir auch neu. Ich konnte es kaum glauben!«

»Und jetzt verkauft sie das Schloss?«

»Wird sie wohl müssen, wenn die Banken es wollen.«

Niki suchte die Kakaopulverdose. »Weißt du, für wie viel?«, fragte sie nebenbei.

Marco schüttelte den Kopf. »Sie wird eine Zwangsversteigerung vermeiden wollen, also muss es schnell gehen. Anderthalb Millionen vielleicht?«

Niki spürte ihren Puls rasen. »So wenig?«, fragte sie.

»O Gott, was will man damit anfangen? Wer wohnt schon gern privat in so einem Schuppen, und für ein Hotel ist es zu klein! Höchstens zwei Millionen, sag ich mal.« Dabei schüttelte er den Kopf. »Nein, ich denke, wer schnell schießt, ist mit anderthalb Millionen dabei.« Marco grinste. »Wie man ja allgemein weiß, wäre es meine Mitgift gewesen, hätte ich –«

»Wollte dich Josefina überhaupt?«, schnitt ihm Niki das Wort ab. »Sie scheint mir doch eher ein etwas blutleeres Wesen zu sein, das sich zu einem völlig anderen Typ von Mann hingezogen fühlt.«

»Wie kannst du denn so was sagen!«, entrüstete sich Marco. »Was für ein Typ von Mann denn?«

»Nun, Marke leptosomer Professor. Kunstgeschichte, Philosophie und Altgriechisch!«

Marco schüttelte den Kopf. »Wer ist nun bös? Du oder ich?«

»Wieso? Diese Männer wollen auch geheiratet werden.«

Niki streute reichlich Pulver über den Milchschaum.

»Aha!« Marco beobachtete sie. »Und du meinst, ich will auch geheiratet werden, und mich will keine?«

»Zumindest will keine deine Mutter. Du allein magst ja noch angehen.«

Marco zupfte sie am Ohrläppchen. »Meine Mutter ist eigentlich gar nicht so übel. Man muss sie nur zu nehmen wissen. Eine Zockerin halt. Wer ihr auf Augenhöhe begegnet, den mag sie!«

»Aha!« Niki nahm einen Schluck und wischte sich den Milchbart ab. »Wie kommt denn dein Vater damit klar? Er war doch auch, wie soll ich sagen, Objekt. Gewinn.«

Marco zuckte mit den Schultern. »Ich glaube nicht, dass er das so sieht. Sie wollte ihn haben und hat alles drangesetzt; so was schmeichelt doch auch!« Marco nahm ebenfalls einen Schluck. »Und vergiss nicht, meine Mutter war damals auch sehr begehrt. Sie war hübsch und reich. Es gab einige Bewerber!«

Niki wischte ihm mit dem Daumen den weißen Schaum von der Oberlippe. »Lieben sich die beiden denn?«, wollte sie wissen.

Marco zuckte mit den Schultern. »Lieben? Keine Ahnung! Es war wohl für beide die perfekte Lösung, und sie kommen ja auch gut miteinander aus.«

»Und ihr Produkt ist ja auch nicht schlecht geraten!«

»Die Pasta? Ja, stimmt!«

Niki schüttelte den Kopf. »Ich meine dich!«

Marco zögerte.

»Heißt das –«

»Es heißt noch gar nichts!«

Julia hatte Herzklopfen. Es war wie früher in der Schule. Verdammt, sie hatte noch immer diese Scheu gegenüber vermeintlicher Autorität, die sie nicht abstellen konnte. Was war er schon. Ein Bankangestellter, nichts weiter.

Als die Tür zu dem Büro des Mitarbeiters endlich aufging und sie hineindurfte, kam sie sich wie das letzte Sünderlein vor. Du bist fünfundvierzig Jahre alt, sagte sie sich, und er ist gut zehn Jahre jünger, du bist ihm in allem voraus. Also tu so, als ob es gar kein Nein geben kann.

Er war freundlich und verbindlich, hatte ihre Daten auf seinem Bildschirm im Blick und zuckte mit keiner Wimper, als sie ihr Anliegen vortrug.

»Ja, einen Kredit«, sagte er, »das könnte ich schon verantworten!«

Julia atmete befreit auf. Na, also, sagte sie sich, du musst nur bestimmt auftreten, und schon klappt es!

Er tippte auf seiner Tastatur herum und studierte mit angestrengtem Blick den Bildschirm, dann schaute er mit einem freundlichen Lächeln auf: »Also, als Sofortkredit, wie Sie ihn brauchen, wären 5000 Euro kein Problem!« Er wirkte erfreut. »Und da Sie doch sehr zuverlässig sind, wie Ihre Zahlungen zeigen, könnte ich Ihnen auch mit 10 000 Euro entgegenkommen!«

»Ich brauche aber eine Null mehr«, sagte sie schnell. »100 000 müssten es schon sein. Kurzfristig. Das Geld kommt umgehend zurück!«

»Für eine Anlage?« Er hielt den Kopf schräg. »Das hört sich nicht sehr seriös an. Ich könnte Ihnen bei unserer Bank für 10 000 Euro eine sehr bewährte, absolut sichere –«

»Das möchte ich aber nicht. Vielen Dank! Es geht nur um einen äußerst kurzfristigen Kredit. Für ein paar Tage, mehr nicht!«

»Nun gut.« Der Griff zu seiner Krawatte zeigte Julia, dass sie keine Chance hatte. »Das müssten wir natürlich genau prüfen. Und so ganz ohne Sicherheiten …«

»Ich hätte noch mein Auto. Das stelle ich Ihnen so lange hin.«

Er räusperte sich. »Wie gesagt, kurzfristig gehen 10 000.

Mehr kann ich Ihnen bei Ihrer Bilanz nicht geben, verstehen Sie bitte. Für die übrigen 90 000 müssten Sie einen anderen Weg suchen.«

Julia war recht deprimiert, als sie wieder draußen war. Die 10 000 Euro hatte sie mitgenommen, aber Freude darüber konnte nicht aufkommen. Sie fühlte sich jämmerlich. Paolo hatte ihr gerade eine Entschuldigung gesimst, aber das konnte sie auch nicht aufmuntern. Sie hatte ihn ja ganz nett gefunden, aber er war eben auch nur ein Schlitzohr. Und deshalb hatte sie auch keine Lust, mit ihm essen zu gehen, wie er es vorschlug. *Candlelight-Dinner zur Wiedergutmachung.* Sie hätte sich jetzt zwar wahnsinnig gern mit einem guten Essen abgelenkt, aber Paolo war dafür nicht der Richtige. Außerdem hatte sie heute Abend geöffnet. Sie schaute auf die Uhr und seufzte. Es war sowieso Zeit, um ins *Pane e vino* zu gehen. Angelo würde sich schon fragen, wo sie blieb.

Julia rief Niki an. »Ich muss das jetzt erst mal verdauen, Niki, aber unsere Pläne scheinen zu platzen, bevor sie richtig angefangen haben!« Sie schilderte kurz, was geschehen war, und spürte zu ihrem Unmut, dass sie richtig niedergeschlagen war. Da hatte sie voller Optimismus jeden Tag ihre ganze Kraft in das kleine Restaurant gesteckt, und nun sollte ihre ganze Arbeit nichts wert sein. 10 000 Euro. Lächerlich!

»Mach dir nichts draus«, sagte Niki, »uns fällt bestimmt noch was ein. Wir sind doch findige Köpfe!« Sie lachte. »Marco ist noch da«, fügte sie dann leise hinzu.

Was machte das Ganze für einen Sinn?, fragte sich Julia spontan. Wenn Niki ihn wollte, sollte sie ihn nehmen, wenn nicht, dann war es doch das Beste, die ganze Sache zu vergessen!

Angelo wusste zwar nicht, was sie hatte, aber er schob Julia gleich ein Glas Prosecco hin, kaum dass sie sich mit der aktuellen Tageskarte hingesetzt hatte. »Stimmt was nicht?«, fragte er und krempelte sich die Ärmel seiner blütensauberen Kochjacke hoch.

»Merkt man das?«, wollte Julia wissen und griff nach ihrem Stift.

»Ich habe frische Jakobsmuscheln bekommen«, sagte er und zwinkerte ihr zu. »Magst du eine kosten?«

»Und was schreibe ich auf die Karte?«

»Jakobsmuscheln auf Reis an Safransauce mit gedämpftem Chicoree.«

Julia nickte und spürte, wie ihre gute Laune zurückkehrte. »Hört sich großartig an!« Sie nahm einen Schluck. »Komm, setz dich zu mir, und erzähl mir, was du heute Abend sonst noch aus dem Hut zauberst!«

Sie gingen die Reservierungen durch, und Julia hoffte, dass der eine oder andere noch spontan ins *Pane e vino* kommen würde, denn sonst hatten sie zu viel frische Ware eingekauft.

»Mach dir keine Gedanken«, sagte Angelo, »wir werden schon nicht auf den Muscheln sitzen bleiben!«

Sitzenbleiben, genau das war's. Als wäre sie in der Schule sitzengeblieben, so fühlte sie sich.

Aber der Abend entwickelte sich gut, und sie vergaß ihre Trübnis wieder. Und vor allem hatte sie nette und fröhliche Gäste, das tat ihr gut. Schließlich sagte ihr ein Blick auf die Uhr, dass der Abend so gut wie gelaufen war. Da ging die Tür auf, und Barbara und Günther kamen herein. »Frau Halm?«, sagte sie verblüfft und freute sich. »Günther!« Sie drückte beiden die Hand. »Was für eine nette Überraschung!«

»Freut mich«, sagte Barbara. »Das sollte es auch sein!«

Julia schaute sich schnell um.

»Der Vierer ist noch besetzt, darf ich euch den Fenstertisch dort anbieten?«

»Kannst du dich dazusetzen, hast du ein bisschen Zeit?«, wollte Günther wissen und streckte ihr eine Flasche Wein entgegen. »Ich habe dir auch was mitgebracht!«

Julia musste lachen. »Das ist das Highlight für jeden Wirt, wenn die Gäste ihre Getränke selbst mitbringen.«

»Zum Verkosten! Ich glaube, mit diesem Tröpfchen steige ich aufs Siegertreppchen bei dir.« Er grinste. »Das wird die Krönung in unserer neuen Location werden.«

Julia legte sich augenblicklich ein Schatten aufs Gesicht.

»Gut«, sagte sie und spürte, wie der Schwung sie verließ. »Ich hole uns Gläser. Möchtet ihr vielleicht noch eine Kleinigkeit zum Essen? Angelo freut sich, wenn er die restlichen Jakobsmuscheln kredenzen darf!«

»Hört sich gut an.« Barbara nickte. »Für mich gern.«

»Ich schließe mich an!«

Julia verschwand in der Küche, und als sie wieder zurückkam, schauten ihr die beiden fröhlich entgegen. Sie holte tief Luft, gab Günther den Korkenzieher, stellte die drei Gläser ab und setzte sich. »Ich fürchte, ich muss euch die gute Laune verderben«, sagte sie und blickte von einem zum anderen. »Ich bin meiner Bank nämlich leider nur 10 000 Euro wert, damit können wir meinen Plan vergessen. Ich bekomme einfach nicht mehr!« Sie biss sich auf die Lippen. »So schnell zumindest nicht.«

Barbara und Günther lächelten unvermindert. »Das wären bei einer Quote von 97 zu 1 immerhin fast eine Million, nämlich genau 970 000 Euro«, sagte Günther.

Julia schaute ihn an. »Habe ich das richtig verstanden? Ich glaube, ich bin heute irgendwie nicht ganz bei der Sache!«

»Ja, die Quote 97 zu 1 heißt, dass du für einen gesetzten Euro 97 Euro bekommst. Wären bei 10 000 Euro genau 970 000. Reicht doch!«

Julia starrte ihn nur regungslos an.

»Und ich habe heute mit Freifrau von Finkenstein gesprochen«, fuhr Günther fort. »Wenn sie zwei Millionen bekommt, ist sie in kürzester Zeit ausgezogen.«

Julia überlegte. »Zwei Millionen?«

»Ja«, bestätigte Barbara, »Niki meinte sogar, anderthalb täten es auch, habe zumindest Marco gesagt. Aber, na gut, ein hübsches Schlösschen im Rheingau, in dieser Lage und mit Blick auf den Main, da könnte natürlich auch noch ein Amerikaner kommen, und dann geht der Preis wieder in die Höhe …«

»Trotzdem«, sagte Julia. »Wir müssen ja auch noch umbauen. Die großen Weinkeller beispielsweise. Ich weiß nicht, ob die Räumlichkeiten dafür geeignet sind.«

»Sind sie«, unterbrach Günther.

»Und dann die Schlossküche«, fuhr Julia fort, »die Fremdenzimmer, die sanitären Anlagen, die Parkplätze, keine Ahnung, was noch alles. Eigentlich brauchen wir jemanden, der uns das ausrechnen kann.«

»Ich hab das mal schätzen lassen«, sagte Günther. »Man muss in der Größenordnung von vier Millionen rechnen.«

»Ah!«, sagte Julia.

»Ja«, sagte Barbara, »nachdem meine Tochter die Firma meines Mannes nicht übernehmen wollte, weil sie sich in Amerika unsterblich verliebt hatte«, sie verzog leicht das Gesicht, »habe ich die Firma verkauft. Und mein Anteil dümpelt so vor sich hin. Ich könnte ihn sinnvoll woanders einsetzen.«

Julia nickte. »Und welchen Bereich würden Sie dann übernehmen wollen?«, fragte sie vorsichtig.

»Ach, ich würde mich nicht einmischen, also ohne operative Funktion einsteigen, aber zwischendurch kann man eine Frau wie mich auch mal da oder dort einsetzen. Anfangs vielleicht in der Buchhaltung, bis Niki mit ihrem Studium so weit ist. Dafür war ich in unserer Firma anfangs auch zuständig.«

»Das wäre klasse, das fehlt uns nämlich noch«, sagte Julia sofort.

»Und ich dachte, dass ich Ihnen einen Sofortkredit von 40 000 Euro gebe. Wenn unser Spiel aufgeht, hätten wir 14,55 Millionen!«

»Unfassbar!« Julia holte tief Atem. »Und wenn was schiefgeht, was kann passieren? Ist das Geld dann weg? Oder wenn der Buchmacher merkt, dass plötzlich gesetzt wird, so hoch gesetzt wird, verändert sich dann die Quote?«

»Schwer zu sagen. Aber es muss wahrscheinlich wirklich schnell gehen!« Günther entkorkte die Flasche und schenkte ein. »Schlussendlich sind das wunderbare Pläne«, sagte er und schnüffelte an seinem Glas. »Bloß wenn Niki es sich anders überlegt oder Marco nicht mehr will, ist alles passé und war eben nur ein schöner Traum!«

Niki und Marco saßen sich noch immer am Küchentisch gegenüber. Den ganzen Mittag über hatten sie diskutiert, und nun hatte Niki einen Topf mit Wasser aufgestellt und machte sich daran, eine scharfe Peperoni-Bolognese-Sauce zu kochen. Marco nahm die Spaghettipackung mit zwei spitzen Fingern von der Anrichte.

»Keine Del-Conte-Spaghetti?«

»Reine Bosheit!«, sagte Niki. »Ich lasse mich doch nicht von dir verarschen und esse dann noch deine Nudeln!«

»Aber es sind die mit dem besten Biss.«

»Nicht schon wieder al dente, mein Freund«, sagte Niki und drohte ihm mit dem Kochlöffel. »Die Zeiten sind vorbei.«

»Du hast mich nicht gebissen«, sagte er kleinlaut. »Und wieso ist es vorbei?«

»Untersteh dich, sonst schrecke ich dich mit kaltem Wasser ab wie deine Nudeln!«

»Das wird dir nicht gelingen. Ich lass mich nicht abschrecken!« Er schaute sie treuherzig an. »Ich könnte es dir beweisen, wenn du mich nur ließest.«

»Ich lass dich nicht!«

»Hm.« Marco nahm eine feuerrote Peperoni vom Schneidebrett und knabberte daran. »Du könntest wenigstens Revanche fordern«, sagte er. »Stell mich doch auf die Probe. Sag was, und ich tue es. Nur damit du siehst, dass ich es ernst meine. Ich will dich. Egal, ob du mit anderen Nudeln fremdgehst. Es ist verziehen!«

Niki musste lachen. »Das ist mal eine tolle Ansage! Ziemlich ungewöhnlich.«

»Sag was!« Marco kaute weiterhin ungerührt an seiner Peperoni.

»Du brauchst sie nicht zu essen, sie ist höllenscharf.«

»Für dich gehe ich durch die Hölle. Sag was!«

»Was würden deine Eltern sagen, wenn wir in Las Vegas heiraten würden?«

Jetzt musste er doch husten.

»Hab ich's nicht gesagt? Du sollst dich nicht übernehmen«, sagte Niki und schenkte ihm einen spöttischen Blick.

»Du willst mich heiraten?«, fragte Marco. »Wirklich?«

»Ich habe dich gefragt, was sie sagen würden, wenn sie vor vollendete Tatsachen gestellt würden.«

»Gilt so eine Hochzeit in Las Vegas überhaupt?«

»Klar gilt die! Du brauchst nur die beglaubigte Kopie des registrierten Trauscheins und musst sie dann deinem Standesamt vorlegen. Das ist alles!«

»Aha«, Marco musterte sie, »interessant, was du alles weißt!«

Niki schälte eine Zwiebel und begann sie klein zu schneiden. »So was weiß man eben.«

Marco schaute ihren schnellen Handbewegungen zu. »Und wie wäre es mit Gretna Green?«, fragte er. »Das hätte doch viel mehr Charme.«

»Gilt aber nicht! In unserem Fall –« Sie hielt kurz inne und schaute ihn an.

»In unserem Fall?« Er nahm ihr das Messer aus der Hand. »Meinst du es etwa doch ernst?«

»Da ginge eigentlich nur noch ein Kapitän. Aber wir sind im Moment auf keinem Dampfer!«

»Du willst es wirklich?« Marco küsste sie.

Niki spürte das alte Kribbeln im Bauch. Verdammt, sie wollte sich rächen. Da war so ein verliebtes Kribbeln völlig unpassend!

»Aber ein Schiffskapitän darf nur, wenn er auch Standesbeamter ist«, sagte Marco und grinste. »Und mit uns beiden? Italiener und Deutsche? Einer von uns ist immer ein Ausländer, ob in Deutschland oder in Italien.«

Sie mussten beide lachen. Er nahm sie in den Arm und flüsterte ihr ins Ohr. »Wenn du das wirklich willst, sind wir am Sonntag verheiratet. Aber dann musst du auch mit mir leben!«

Niki schauderte. »Bei deiner Mutter? Das wäre die Höchststrafe für mich!«

»Verheiratete Paare gründen selbst in Italien einen eigenen Hausstand!« Er fuhr durch ihre Haare. »Und Wirtschaft kann man auch in Mailand studieren.«

»Wer redet denn von Mailand. Ich will in Wiesbaden bleiben.«

Er lachte. »In Italien haben noch immer die Männer die Hosen an!«

»Das ist der Witz des Jahrhunderts.« Niki schüttelte den Kopf. »Dass ausgerechnet du so etwas sagst!«

Das Salzwasser kochte über, und Niki schob den Topf schnell von der Platte und ärgerte sich über das verkrustete Ceranfeld.

»Das kommt vom unnützen Geschwätz.« Sie griff nach dem Messer. »Und die Sauce wird so auch nicht fertig!«

»Gut«, sagte Marco, »ich helfe dir.«

Er zog ein zweites Messer aus der Schublade, holte sich ein Brettchen und begann, die Peperoni klein zu schneiden.

Eine Weile war es still, erst als das Hackfleisch mit den Zutaten in der Pfanne briet, drehte sich Niki wieder zu Marco. »Am kommenden Sonntag? Das glaube ich dir nicht.«

»Wetten? Du brauchst nur deinen Ausweis, und schon ist es passiert.«

»Vielleicht noch einen Ring?«

»Meinetwegen auch zwei!«

»Und das gilt?«

»Da kannst du sicher sein!«

Niki überlegte kurz. »War das ein Heiratsantrag?«, fragte sie dann.

Marco schaute sie an. »Wenn du so willst!«

Als Niki in dieser Nacht ins Bett ging, war sie nicht sicher, was sie denken sollte. Marco hatte sich in sein Hotel verabschiedet, und kurz darauf war Julia nach Hause gekommen. Niki stand im Schlafanzug in der Küche, und Julia war auf der Suche nach einem Schlummertrunk.

»Ich bin so aufgekratzt«, sagte sie zu Niki, »ich weiß überhaupt nicht, was ich denken soll!«

Sie setzten sich noch einmal an den Tisch, Niki trank ein großes Glas warmes Wasser und Julia einen Whisky. Sie berichteten sich gegenseitig, was in den vergangenen Stunden vorgefallen war, und beide waren sich nicht sicher, ob das wirklich klappen könnte.

»Wie ist dein Gefühl?«, wollte Julia wissen.

»Wenn ich nicht nachdenke, fühle ich mich zu ihm hingezogen, und wenn ich über die vergangenen Wochen nachdenke, könnte ich ihn erwürgen.« Niki nahm einen großen Schluck. »Am Sonntag will er mich heiraten!«

Julia fuhr hoch. »Wie soll denn das gehen?«, fragte sie ungläubig. »Am Sonntag? Da sind doch alle Ämter zu.«

»Keine Ahnung. Aber er ist überzeugt.«

Julia rechnete nach. »In vier Tagen. Bis dahin müssen wir auf dich gesetzt haben!« Sie schaute Niki stirnrunzelnd an. »So viel Geld! Ich habe Angst, dass es nachher futsch ist!«

Am nächsten Morgen rief Marco Niki schon früh an. »Kannst du dir vorstellen«, sagte er atemlos, »was in den italienischen Boulevardblättern steht?«

»Nein, was denn?«, fragte Niki, die nach der langen Nacht aus dem Tiefschlaf gerissen wurde, »hat der Papst geheiratet?«

»So ähnlich. Die haben einen totalen Knall! Meine Mutter rief mich heute Morgen schon höchst entzückt an, aber es stimmt kein Wort von dem, was zu lesen ist.«

Niki gähnte und richtete sich auf. »Also, mal langsam. Deine Mutter ist entzückt. Das kann ja nur was gegen mich sein. Ist das Spiel denn schon beendet?«

»Ich habe es beendet!«

»Also gut, sie aber noch nicht. Gewonnen hat sie erst, wenn du Alessia geheiratet hast. Hat es damit zu tun?«

»Genau! Es steht drin, dass ich die Silvesternacht in München verbracht habe und Alessia und ich von einer baldigen Hochzeit träumen!«

Niki schwieg kurz. »Na, das ist doch ein gelungener Coup deiner Mutter!« Sie schlug ihre Decke zurück. »Damit ist sie doch schon fast am Ziel!«

»Sie wird sich wundern!«, schnaubte Marco. »Und selbst wenn du gar nicht wolltest, würde ich dich jetzt heiraten! Was denkt sie sich denn dabei?«

»Und Alessia, was denkt sie?«

»Ich habe ihr eine SMS geschickt, dass wir das gemeinsam dementieren müssen!«

»Und?«

»Sie meint, morgen sei das alles sowieso wieder vergessen. Mit der Zeitung von heute wickelt man morgen den Fisch ein, hat sie gesagt.«

Niki grinste. Das war ihr gerade recht. »Und jetzt?«

»Pack dir für Sonntag einen Übernachtungskoffer. Vergiss deinen Ausweis nicht. Und nimm vorsichtshalber deine Geburtsurkunde mit. Und zieh irgendwas Schickes an, aber keine Hose, nicht ärmellos und nicht zu kurz. Der Rest ist egal!«

Am Sonntag Morgen stand Marco um acht Uhr mit dem Taxi vor der Tür.

»Machst du es nicht ein bisschen arg spannend?«, fragte Niki und gab dem Fahrer den hübschen Koffer ihrer Mutter, in den sie alles Mögliche gepackt hatte, weil sie sich nicht hatte entscheiden können.

»So eine kleine Entführung muss auch spannend sein!«

»Wo fahren wir denn hin?«

»Zunächst mal zum Flughafen!«

»Nach Mailand, in die Höhle des Löwen?«

»Italien stimmt jedenfalls!«

Niki schaute am Haus hoch und sah ihre Mutter, wie sie am Fenster stand. Sie winkte ihr zu.

Julia, Barbara und Günther hatten bei der großen Marco-Alessia-Wette auf die Außenseiter Marco/Niki gesetzt. Jeder 50 000 Euro.

Zuvor aber hatte Julia ihre Tochter noch einmal ausdrücklich gewarnt. »Wegen uns musst du es nicht tun, wirklich!«

»Ich will aber«, hatte Niki geantwortet. »Und danach lass ich mich wieder scheiden. Darauf hat bestimmt noch keiner gesetzt!«

»Ich denke, die Wette gibt es noch gar nicht.« Julia hatte nur den Kopf geschüttelt.

»Dann wird es aber Zeit!«

Marco und Niki flogen nach Rom. Und nun im Flugzeug wurde Niki die Sache doch etwas seltsam. »Aber nicht zu Papst Benedikt?«, wollte Niki scherzhaft wissen.

»Eigentlich wollte ich, dass wir in unserem Firmenjet getraut werden«, sagte Marco und bestellte bei der Stewardess zwei Gläser Champagner. »Aber unser Kapitän streikte. Erstens hat er keine Befugnis, hat er behauptet, und zweitens würde meine Mutter ihn dann feuern!« Marco grinste. »Das war natürlich ein Argument!« Er zwinkerte Niki zu. »Aber geil wäre es schon gewesen. Wir wären in Mailand gelandet und hätten meine Mutter als Signor und Signora Del Conte begrüßt!«

Niki schluckte. An die Namensänderung hatte sie noch gar nicht gedacht. Aber die Idee hatte natürlich etwas. Blitztrauung im Firmenjet. Dagegen konnte alles andere nur langweilig sein. »Und jetzt?«, fragte sie, »worauf stoßen wir jetzt an?«

»Jetzt wird es ein bisschen mühsamer, aber es wird auch klappen!« Marco reichte ihr ein Glas und hielt seins hoch. »Auf unsere ewige Liebe!«

»Woher bist du eigentlich so sicher, dass du mich liebst?«, fragte Niki noch, bevor sie mit ihm anstieß.

»Ich habe mir die letzten Tage vorgestellt – vor allem nach dem Einbruchdesaster und den Tagen im Hotel –, wie es ohne dich wäre. Und ganz ehrlich, das will ich nicht.« Er sah sie an. »Dann muss es doch wohl Liebe sein!«

Sie tranken einen Schluck.

»Und du?«, wollte er dann wissen. »Du wolltest doch gar nichts mehr mit mir zu tun haben?«

»Ich heirate dich, damit ich mich ein Leben lang an dir rächen kann.«

Er lachte schallend. »Das ist gut«, sagte er. »Darauf nehmen wir gleich noch einen Schluck.«

Nach der Landung in Rom stiegen sie in ein Taxi, und Marco sagte: »So, jetzt fahren wir in ein kleines, süßes Hotel, und danach weihe ich dich in meine Familie ein.«

»Wieso?«, fragte Niki erstaunt, »ich dachte, das bin ich schon.«

Marco lächelte verschmitzt. »Italienische Familien sind wie ein Krake. Überall befindet sich noch ein Arm.«

Im Moment aber musste Niki sich auf den tosenden Verkehr konzentrieren, unendlich viele Roller wuselten zwischen den Autos durch. Unglaublich, mit welch halsbrecherischem Tempo der Taxifahrer durch die Stadt raste, sich weder um durchgezogene Linien noch um den Gegenverkehr kümmerte und dabei auch noch von Rollerfahrern überholt wurde. Niki kniff mehr als einmal schnell die Augen zu, weil sie es schon krachen hörte.

»Keine Sorge«, sagte Marco und drückte ihre Hand. »Da passiert nichts. Das sind die hier gewohnt!«

»Hotel *Campo de' Fiori*«, hatte er dem Fahrer gesagt, und nachdem Niki die ersten Eindrücke von Rom verarbeitet hatte, schlängelten sie sich durch kleine, enge Straßen hindurch, bis sie zu einem großen Platz kamen, auf dem gerade Markt war.

»Da hinten liegt Ihr Hotel, da komme ich jetzt aber gerade nicht hin!«, sagte er, deutete vage über den Platz und stellte ihre beiden Koffer auf die Straße.

»Sie hätten es von hinten anfahren können«, sagte Marco ärgerlich. »Es liegt an der Piazza Navona, das wissen Sie genau!«

Marco bezahlte ihm nicht den vollen Fahrpreis, aber der Fahrer zuckte nur mit den Schultern.

»Will mich abzocken wie einen Touristen!«, schimpfte Marco und nahm die beiden Koffer. »Aber egal!« Er grinste schon wieder. »Italienische Luft, das schenkt mir sofort Lebensfreude!«

Niki schaute sich um. Es war nicht besonders kalt, und die Leute saßen bei einem Espresso an kleinen Tischen oder drängten sich durch die Stände.

»Das ist hier einer der interessantesten Orte des historischen Zentrums«, sagte er. »Von hier aus bist du überall schnell, und das zu Fuß. Warst du schon mal in Rom?«

Niki schüttelte den Kopf. Sie war fasziniert. Vielleicht konnte man in Rom ja auch Wirtschaft studieren?

»Also«, er lächelte ihr zu und sah so jungenhaft unternehmungslustig aus, dass Niki spontan zurücklächelte, »wir müssen natürlich zur Piazza di Spagna, einmal die Spanische Treppe rauf und runter, und zur Fontana di Trevi, eine Münze hineinwerfen. Und natürlich müssen wir zum Kolosseum und zur *Osteria Der Belli*, dort wurde nämlich schon der Champagner für uns kalt gestellt!«

Niki nickte nur noch. Sie war überwältigt.

Das Hotel war wirklich reizend, und Marco hatte ihnen ganz oben ein Zimmer reserviert, das Niki auf den ersten Blick gefiel. Mitten im Zimmer stand ein Bett, das fast den ganzen Raum einnahm. Es war ein kleines Zimmer, aber geschmackvoll eingerichtet, und die Fenster gingen auf den Platz hinaus.

»Schön!«, sagte Niki.

»Die nächste Nacht wird unsere Hochzeitsnacht!«, sagte Marco.

Niki glaubte noch immer nicht daran. Ihr kam alles sehr unwirklich vor. Hochzeitsnacht. Hochzeit. Marco. Toronto. Bridge. Friederike, das Schlossgespenst. Weingut. Die Wette. »Nimm mich in den Arm«, sagte sie.

»Keine Zeit, du musst dich umziehen!«

Während sie das dunkelblaue Kostüm anzog, das sie sich von ihrer Mutter geliehen hatte, und sich dabei seltsam verkleidet vorkam, schlüpfte er in einen dunklen Anzug.

»Das Kostüm steht dir«, sagte er anerkennend.

»Ich weiß nicht so recht«, meinte sie, »es ist von meiner Mutter!«

»Wenn du es nicht magst, fahren wir noch schnell in der Via Veneto an einer Boutique vorbei. So viel gibt mein Taschengeld noch her!«

Der Gedanke reizte sie, dass Isabellas Geld für ihr Hochzeitskleid ausgegeben würde, aber vielleicht brachte es auch Unglück, deshalb lehnte sie ab.

»Ich denke, nachher ziehen wir uns sowieso wieder um.« Sie stand in dem kleinen Badezimmer und steckte sich die Haare hoch. »Wo gehen wir überhaupt hin? Hast du einen italienischen Standesbeamten bestochen?«

Marco griff an ihr vorbei zu seiner Zahnbürste. »Ich sage doch, alles Familienbande!«

Diesmal kam das Taxi bis direkt vor das Hotel gefahren. Der Fahrer verhandelte kurz mit Marco. Niki hörte zwar genau zu, verstand aber nur die Hälfte.

»Es wird dir gefallen«, sagte er. »Ich bin sicher, so etwas macht man in seinem Leben nur einmal!«

Niki wurde die Sache immer unheimlicher. Sie war sich nicht sicher, inwieweit sie Marco trauen konnte. Vielleicht war alles nur ein gigantischer Spaß, und er würde irgendwann einfach schallend loslachen? Immerhin hatte er sie schon einmal reingelegt.

Wieder fuhren sie in halsbrecherischem Tempo durch die Straßen, und wieder schien das niemanden zu stören.

»Da hinten liegt der Petersdom«, sagte Marco und wies nach links. »Da fahren wir aber erst morgen hin!« Er legte seinen Arm um Niki. »Oder nach der Trauung, wenn du unbedingt möchtest.«

»Ich glaube, nach der Trauung, wo immer die stattfinden soll, brauche ich erst mal einen kräftigen Schluck!«

»Das habe ich schon organisiert.«

Es gefiel ihr, wie Marco alles plante und anscheinend genau wusste, was er tat. Seine unbekümmerte Lebensfreude hatte er noch, aber irgendwie wirkte er hier organisierter als in Toronto, wo alles spontan und unverbindlich schien. Vielleicht wurde der kleine Marco ja doch erwachsen.

Sie kamen auf einem kleinen Platz mit einer mächtigen

Kirche an. Sie hatte unendlich viele Säulen und wirkte durch die Verwitterung fast schwarz.

»Okay«, sagte Marco und bezahlte dem Fahrer diesmal den vollen Fahrpreis.

Niki war ausgestiegen, aber sie zögerte.

»So, meine Hübsche«, Marco bot ihr seinen Arm, »darf ich bitten? Und verabschieden Sie sich jetzt bitte von Ihrer Jungfräulichkeit!«

»Was erzählst du da für einen Mist?«, fragte Niki, aber Marco lachte nur.

»Tja, so war das früher. Schön keusch sein bis zur Ehe! Und schau dem Pfarrer nicht unter die Soutane, das ist nämlich mein Patenonkel!«

Niki war stehen geblieben. »Dein was?«

»Der dritte Sohn, der Bruder meines Vaters. Claudio, Paolo und Francesco. Er hält meine Mutter für eine nichtsnutzige Zicke, und trotz aller Gottesfürchtigkeit war er sofort bereit, ihr eins auszuwischen.«

»Bitte?« Niki glaubte nicht recht zu hören.

»Ja, sie hat auch mit ihm mal ein Spielchen gespielt, wollte sich ihn als Gesellschaftslöwen halten. Paolo war ihr zu dröge. Aber Francesco ließ sich vom Bischof zum Priester weihen, und das war's dann. Sie hatte verloren.«

»Aber ihm trotzdem geschadet!«

»Klar, du kennst das ja jetzt. Sie hat versucht, ihn mit einem jungen Priester zu kompromittieren.«

»Mamma mia!« Niki schaute ihn an. »Ist so was erblich? Hast du das auch? Und später unsere Kinder?«

»Wie süß!« Marco küsste sie spontan auf den Mund. »Unsere Kinder! Lauter kleine Zocker! Wenn sie sich dann beim ›Mensch-ärger-dich-nicht!‹ mit allen Mitteln austricksen wollen!«

»Tja«, sagte Niki. »So hat es bei euch wahrscheinlich auch angefangen.«

In der Kirche war es dunkel und noch kühler als draußen. Niki war über ihren warmen Mantel froh und dachte, dass damit das Kostüm sowieso überflüssig war. Sie schritten durch das lange Kirchenschiff nach vorn. Niemand war zu sehen. Nur das Kreuz leuchtete angestrahlt über dem Altar.

»So, da seid ihr ja!«

Eine tiefe Stimme kam von hinten, und Niki drehte sich erschrocken um. Der Mann sah verdammt gut aus. Er hätte Filmschauspieler in einem Leinwandepos sein können. Priesterdrama, dachte Niki, und die *Dornenvögel* fielen ihr ein. Kein Wunder, dass Isabella ihn nicht gehen lassen wollte, er übertraf sogar Claudio.

»Francesco«, Marco trat auf ihn zu, »darf ich dir Niki vorstellen?«

»Freut mich«, sagte Francesco und drückte ihr die Hand. Er trug einen dunklen Anzug, und von einem weißen Stehkragen leuchtete nur ein schmaler Rand am Hals.

»So. Und ihr wollt nun mit meiner Hilfe heiraten?«, sagte er und schaute Niki an. »Willst du das wirklich?« Er trug sein dunkles Haar, das über den Ohren schon etwas grau wurde, sehr kurz und hatte ein gut gebräuntes Gesicht.

Niki betrachtete ihn fasziniert. »Ja, das will ich wirklich!«, sagte sie automatisch.

»Und warum geht ihr nicht den normalen Weg? Zuerst zum Standesamt, dann in die Kirche?«

»Weil Mutter das vereiteln würde, du kennst sie doch. Solange sie noch eine Möglichkeit sieht, wird sie kämpfen. Wenn Gott ja gesagt hat, muss auch sie akzeptieren. Den offiziellen Papierkram können wir dann nachholen!«

Aha, dachte Niki. So lief das also. Vor dem heiligen Sakrament der Ehe kapitulierte sogar Mama Del Conte.

»Liebst du ihn?«, fragte Francesco.

»Ja!«, antwortete Niki.

»Und liebst du sie?«, wollte er von Marco wissen.

»Ja!«, antwortete Marco und drückte Nikis Hand.

»Seid ihr euch dessen bewusst, dass dies hier kein Spiel ist und ihr nun die Ehe miteinander eingeht?«

Beide bejahten sie.

»Und dass ihr euch in guten und schlechten Zeiten beisteht, euch ehrt, liebt und achtet bis an euer Lebensende?«

Niki hauchte ergriffen ja, und auch Marco war gerührt.

»Gut, dann kommt mit mir nach vorn zum Altar. Ich habe alles vorbereitet.«

Am Altar legte er sich eine Stola um, rückte ein Weihwassergefäß in Reichweite und hielt Marco ein kleines Silbertablett hin. »Leg bitte die Ringe darauf«, forderte Francesco ihn auf, und Niki sah gespannt zu, wie Marco eine Schachtel aus der Hosentasche zog und zwei Ringe auf das glänzende Silber legte. Es sah schön aus. In ihrem Ring war ein Diamant eingearbeitet. Sie betrachtete ihn und lächelte.

Dann wiederholte Francesco seine Frage nach der Bereitschaft zur katholischen Ehe. Beide bejahten erneut. Es folgte ein Segensspruch, den Niki nicht verstand, und dann besprengte er die Ringe mit Weihwasser.

»So, und jetzt dürft ihr euch zum Vermählungsspruch die Ringe gegenseitig anstecken!«

Zu was?, wollte Niki schon sagen, aber Marco begann auf Italienisch, und Niki wiederholte im Anschluss nur, dass sie Marco in guten und schlechten Zeiten lieben, achten und ehren wolle, und dachte, dass sich nun gleich die Erde auftun und sie verschlingen würde. Aber es passierte nichts.

»Trag diesen Ring als Zeichen unserer Liebe und Treue«, sagte Marco und steckte ihr den Ring an, und Niki wiederholte den Satz noch einmal auf Deutsch und steckte auch ihm den Ring an den rechten Ringfinger. Beide passten wie angegossen. Es war ergreifend.

Nun gab Marco ihr die rechte Hand. Francesco legte seine Stola darüber, umfasste sie mit seiner Hand und bestätigte die vollzogene Vermählung.

Niki hörte ihr Herz rasen.

»Du darfst die Braut nun küssen«, sagte Francesco zu Marco und trat einen Schritt zurück.

Sie küssten sich kurz auf die Lippen, beide waren sie von dem Moment gefangen, aber dann nahm Marco Niki in den Arm. »So, meine Kleine«, sagte er ihr ins Ohr, »und jetzt hast du mich für den Rest des Lebens für dich.«

Niki dachte an ihre Mutter. Wie gern hätte sie sie dabeigehabt, sie war sicher, dass es ihr auch gefallen hätte. Aber war ihre Ehe tatsächlich rechtsgültig? Es kam ihr immer noch ein bisschen wie Hokuspokus vor. Gleich würde Isabella hinter dem Altar hervorspringen und »Reingefallen, du dumme kleine Deutsche!« rufen.

Aber nichts dergleichen geschah.

Francesco gratulierte den beiden und begleitete sie zur Kirche hinaus. An den Kirchentüren drückte er Niki rechts und links einen Kuss auf. »Willkommen in der Familie!«, sagte er und klopfte dann Marco kräftig auf die Schultern. »Was für ein Husarenstreich! Erzähl mir bitte, wie die Familie das aufgenommen hat.« Er grinste.

Dass ein Priester so hinterhältig grinsen kann?

»Dürfen wir dich noch zum Essen einladen?«, fragte Marco. »Wir haben eine Flasche Champagner kalt stellen lassen!«

»Sehr nett, vielen Dank«, sagte er, »aber ich habe noch zu tun. Viel Glück euch beiden!« Damit zog er sich wieder in die Kirche zurück.

Niki schaute Marco an. »Ist das jetzt wahr? Ich meine, so richtig verheiratet sind wir doch nicht – jedenfalls nicht vor dem Gesetz.«

»Das Gesetz?« Marco lachte. »Welche Gesetze gelten schon in Italien?!«

Der Wirt trat aus dem Haus und wedelte ihnen mit seinem Geschirrtuch einen der langen Tische sauber. Sein Lokal sah wie eine einfache Osteria aus, nichts Besonderes. Niki wollte nicht draußen sitzen, dazu war es ihr dann doch zu kühl.

»Kein Problem«, erklärte der Wirt und ging ihnen voraus ins Lokal. Drinnen war es erstaunlich eng, aber man konnte erkennen, dass es eine bekannte Osteria sein musste. Die vielen Schwarz-Weiß-Fotos berühmter Zeitgenossen an den Wänden bezeugten das. Auf allen war der Chef mit drauf, mal jünger, mal älter, mal dicker, mal dünner.

»Und wie erfährt deine Mutter das jetzt?«, wollte Niki wissen.

»So wie ganz Italien!«, sagte Marco und lachte. »Ich habe eine Anzeige in die Zeitungen setzen lassen, morgen wissen es alle.«

»Und keiner wird's glauben«, fügte Niki hinzu.

»Meine Mutter schon!«

Als der Champagner kam, bat Niki den Wirt, ein Foto von ihnen zu machen, und reichte ihm dazu ihr Handy. Das wollte sie ihrer Mutter schicken mit dem entsprechenden Text.

»Traust du dem Handy noch?«, wollte Marco wissen.

»Ich habe meinen Vertrag verlängert«, erklärte sie schmunzelnd. »Es ist ein neues!« Sie schrieb: *»Vor Gott sind wir nun vermählt. Ob das für die Wette reicht, weiß ich nicht. Hoffe aber! Dicken Kuss, Niki.«*

»Darf ich sehen?«, fragte Marco.

»Nein!«, sagte Niki entschieden. »Ich habe ihr nur geschrieben, dass ich Angst vor der Hochzeitsnacht habe.«

»Dann schreib ihr, dass meine Angst mindestens genauso groß ist!«

Sie lachten beide und stießen miteinander an.

»Meine Frau«, sagte Marco und sah sie zärtlich an.

»Mein Mann«, antwortete Niki und konnte es selbst nicht glauben.

Niki verließ sich ganz auf Marcos Empfehlungen und war nach dem Essen so satt und müde, dass sie kaum noch geradeaus sehen konnte.

»Wollen wir vielleicht jetzt schon unser Hochzeitsbett testen und anschließend noch mal ausgehen?«

Marco nickte erfreut.

Niki mochte in ihrem Kostüm und den hohen Schuhen keinen Meter mehr gehen und war froh, dass der Taxifahrer sie bis vor das Hotel fuhr. Sie schaffte es gerade noch bis zum Lift, in ihrem Zimmer ließ sie von der Tür bis zum Bett ihre Kleidungsstücke einzeln fallen.

»Das war schon immer mein Traum«, sagte Marco hinter ihr. »Eine Frau, die sich vor mir entkleidet und sich dann wild auf mich stürzt!«

Niki fiel bäuchlings ins Bett und war schon in der nächsten Sekunde eingeschlafen.

Marco betrachtete sie eine Weile, legte sich dann neben sie und seine Hand auf ihren Po und schlief ebenfalls sofort ein.

Das Piepsen des Handys weckte sie. Niki richtete sich auf. Es war schon fast dunkel, und sie wusste nicht, wo sie war. Dann sah sie Marco neben sich und ließ sich wieder zurücksinken. Sie war in Rom, und sie war verheiratet. Mit zwanzig. Welcher Irrsinn. Und wenn nun die Wette nicht gewonnen wurde, hatte sie umsonst ja gesagt. Wie konnte man eine kirchliche Trauung annullieren lassen? Keine Ahnung. Wahrscheinlich würde sie dafür in die Hölle kommen.

Sie betrachtete Marco im Halbdunkel, er sah gut aus, wie er so dalag. Sein Körper zeichnete sich auf dem weißen Laken ab, und sie konnte die Konturen seiner Muskeln sehen. Seine Schulterblätter, seine Wirbelsäule. Sie zeichnete sie mit ihrem Zeigefinger nach. Die Schulterblätter und dann den Rücken hinab Wirbel für Wirbel bis zu seinen Pobacken, die sich stramm und fest anfühlten. Sie hätte es schlechter treffen können, dachte sie und grinste. Eigentlich hatte sie sich da ein gutes Stück Mann geangelt. Sie fuhr über die Pobacken hinunter zu den Oberschenkeln. Die hatten ihr schon immer gut gefallen. Besonders der Übergang vom Po zum Oberschenkel war speziell. Wie die Haut sich dort veränderte … Sie beugte sich darüber, um ihn dort zu küssen. Und plötzlich drehte sich Marco um und zeigte, dass er gerade aufwachte.

Niki und Marco kamen aus dem Bett nicht mehr heraus und ließen sich das Frühstück aufs Zimmer bringen. »Aber bitte sag ihm, dass ich ein richtiges Frühstück will! Mit Rührei und Käse und Wurst und überhaupt! Orangensaft und ein Glas Sekt!«

»Oh!« Marco hatte den Telefonhörer in der Hand und betrachtete Niki lächelnd. »Frau Del Conte stellt Ansprüche. Das ging aber schnell!«

»Quatsch, das habe ich zum Frühstück schon immer bestellt! Da brauche ich einfach was Ordentliches. Und bitte auch ein Müsli mit frischen Früchten. Ananas und Erdbeeren und Mango und Kiwi und so.«

Marco gab alles auf Italienisch weiter und fragte dann: »War das alles?«

»Vorerst ja«, erklärte Niki und setzte sich auf. »Und was meinen Nachnamen angeht, darüber haben wir überhaupt noch nicht gesprochen. Ich möchte nicht Del Conte heißen! Da heiße ich ja wie eure Nudeln! Ich bleibe bei Halbach!«

Marco schüttelte den Kopf. »Umgekehrt wird ein Schuh draus. Unsere Produkte heißen wie wir, weil es ein Familienunternehmen ist. Und da du in ein Familienunternehmen eingeheiratet hast, wirst du wie unsere Pasta heißen. Ganz einfach.«

»Aber ich bin Niki Halbach. So kennt mich jeder.«

»Als Nicola Del Conte wird man dich auch schnell kennenlernen. Ist doch völlig egal!«

Niki ließ sich in die Kissen sinken. »Das hört sich aber total fremd an.«

Das Handy klingelte, und Niki griff danach. »Halbach«, meldete sie sich und schaute Marco entschuldigend an. »Siehst du«, sagte sie, »das ist eben einfach mein Name.«

Sie hörte ihre Mutter: »Kannst du reden?«

»Liebe Mutti«, sagte sie laut, »vielen Dank für deine guten Wünsche, wir liegen gerade noch im Bett und warten auf das Frühstück!«

Ihre Mutter senkte die Stimme: »Barbara rief eben an, die italienischen Nachrichtenagenturen melden eure Hochzeit als Sensation! Und sie sprechen tatsächlich von Hochzeit, nicht von irgendeinem Bluff! Es scheint zu funktionieren!«

»Wir heiraten auch noch standesamtlich«, sagte Niki und streckte ihre Zehen zu Marcos Fuß hinüber. »Damit alles seine Ordnung hat!«

»Grüß deine Mutter von mir«, sagte Marco, »und sie soll sich keine Sorgen machen. Wir sind jung, und es wird uns was einfallen. Das Leben ist noch lang und spannend!«

»Hast du gehört, Mutti?«, fragte Niki.

»Ja, da mache ich mir keine Sorgen«, lachte Julia. »Und so wie es aussieht, wird auch unser Leben hier gerade spannend. Grüß Marco von mir.«

Mit dem üppigen Frühstück, das auf einem Servierwagen zur Tür hereingefahren wurde, klingelte auch Marcos Handy.

Er warf einen Blick auf das Display und drückte den Anruf weg. »Mama«, sagte er und grinste. »Bitte nicht jetzt!«

Doch gleich darauf klingelte das Handy wieder. Marco wartete, bis sich die Tür hinter dem Zimmerservice geschlossen hatte, dann schaltete er auf Mithören.

Niki hielt den Atem an, verstand aber kein einziges Wort, bis Isabella plötzlich auf Englisch sagte: »Und für den Fall, dass Nicola gerade zuhört – ganz Italien steht Kopf, und bei uns klingeln die Telefone ununterbrochen. Paolo hat eine sagenhafte Außenseiterwette gewonnen, und es waren wohl noch drei andere Figuren beteiligt, an die nun unglaubliche Summen ausbezahlt werden. Ehrlich gesagt, glaube ich da an keinen Zufall! Sag deiner Nicola, das war ein grandioser Stich. Ich bin begeistert über so eine Gegenspielerin, und ich freue mich, sie endlich kennenzulernen!«

SERIE PIPER

Gaby Hauptmann

Ran an den Mann

Roman. 320 Seiten. Serie Piper

Schöne dunkle Augen hat er, das muss sie zugeben. Eva gönnt sich eigentlich nur noch kurz einen Absacker an der Bar, bevor sie nach Hause fährt. Und jetzt sieht sie dieser Typ da so an. Schon klar, was er will. Aber will sie auch? Unwillkürlich schießen ihr die magischen Worte ihrer frühreifen Töchter durch den Kopf: »Ran an den Mann …«

Frau mit Töchtern sucht ihren Weg – Gaby Hauptmanns Heldinnen finden dabei manchmal mehr, als sie wollen …
Der neue prickelnde Roman der Bestsellerautorin über die Wirrungen eines ganz normalen Lebens!

05/2068/01/L

Gaby Hauptmann

Liebesspiel

Vier Stories über Frauen, die wissen, was sie wollen. 96 Seiten. Serie Piper

Vier Frauen, die wissen, was sie wollen – doch bekommen sie das auch immer? Da ist Lisa, die noch nie einen so knusprigen Männerpo gesehen hat – zu wem der wohl gehört? Oder Heidi, die ihrem schnöden Liebhaber eine unvergleichliche Abfuhr erteilt. Und schließlich Irene, die einen ganz unerwarteten Anruf erhält …
Mit leichter Hand geschrieben, vier Stories für Lesevergnügen pur!

05/2074/01/R